꽃
피는 봄이 오면

꽃피는 봄이 오면

발행일	2019년 6월 28일

지은이	조광현		
펴낸이	손형국		
펴낸곳	(주)북랩		
편집인	선일영	편집	오경진, 강대건, 최예은, 최승헌, 김경무
디자인	이현수, 김민하, 한수희, 김윤주, 허지혜	제작	박기성, 황동현, 구성우, 장홍석
마케팅	김회란, 박진관, 조하라		
출판등록	2004. 12. 1(제2012-000051호)		
주소	서울시 금천구 가산디지털 1로 168, 우림라이온스밸리 B동 B113, 114호		
홈페이지	www.book.co.kr		
전화번호	(02)2026-5777	팩스	(02)2026-5747

ISBN	979-11-6299-746-8 03810 (종이책)	979-11-6299-747-5 05810 (전자책)

이 도서의 국립중앙도서관 출판예정도서목록(CIP)은 서지정보유통지원시스템 홈페이지(http://seoji.nl.go.kr)와
국가자료공동목록시스템(http://www.nl.go.kr/kolisnet)에서 이용하실 수 있습니다.
(CIP제어번호: CIP2019023835)

내 지난 젊은 날과 대화를 하듯 써 내려갔습니다.

행복한 시간이었습니다.

이 책장을 넘기시는 모든 분들께 감사를 드립니다.

차 례

제1부

봄

제1장

2006년 12월.

시속 130㎞를 방금 넘은 듯하다. 과속카메라가 드문드문 있지만 나는 아랑곳하지 않고 차를 몰고 있다. 30분 전이었다.

"야! 민지 지금 공항 가고 있대. 이번에 가면 다시는 한국 안 온다던 데…."

수화기 너머의 나와 이름만 같고 모든 게 다른 김민철의 말이 끝나자, 나의 심장은 떨리기 시작했다.

나는 지금 뭘 하고 있지? 나는 언제나 그렇듯 주저하고, 늦고, 또 올 줄 알았었고, 이게 다가 아닌 줄 알았었다. 그 어정쩡한 나의 생각을 내 심장, 다시 돌리고 싶은 강민철의 심장이 요동을 치며 깨어나라 하고 주저하지 말라 한다.

"알았어. 내가 알아서 할게."

마음과 달리 나는 애써 태연하게 얘기한다.

"야, 뭘 네가 알아서 한다는…."

나는 핸드폰의 종료 버튼을 눌렀다. 황당해하고 있을 민철이의 얼굴이 그려진다. 그래, 알고 있다. 모두들 내가 민지를 잡지 못할 것이라 생각한다는 것을…. 나는 늘 그랬으니까.

　그러나 아니다. 이제 변하고 싶었다. 그 10년이란 시간 동안 나는 많이 후회했고, 잊어야 할 기억이라 생각했던 그 시간들은 내가 만들어 낸 허상같이 느껴졌다.

　나는 급히 자동차 키를 챙겨서 주차장으로 갔다. 그리고 나의 차는 방금 130㎞를 넘었고, 난 공항으로 가고 있다. 그리고 민지를 붙잡고 꼭 고백을 할 것이다. 그래야 한다.

　10여 년 전의 그 무기력함은 이제 없을 것이다.

제2장

1997년 2월.

"민철! 사진 좀 찍어 주라. 근데 너는 대학 어디 붙었어?"

얼굴이 빨개지는 게 느껴진다.

"아직 발표 기다리고 있어…."

발표는 벌써 나와 있었다. 그 숱한 ARS의 낙방 통보들을 듣고 있노라면 참 허무하다는 생각이 들었었다. 뭐 공부가 체질인 애들처럼 열심히는 안 했지만 나름대로 열심히 했다. 그랬던 난데, 그 몇 초 만에 사무적인 비보를 듣고 있노라면 그들은 나의 존재감을 전혀 개의치 않는 듯했다. 혹시나 그 학교에 가면 합격자 명단에 내 이름이 있는 것 아닌가 하는 불신이 들기도 했었다.

이름도 가물가물한 녀석의 얼굴에 미안함이 피어오른다.

"아…. 그래 좋은 소식 있겠지. 너 공부 잘하잖아. 수능도 잘 나왔잖아?"

교실에서의 자리가 나와 최장거리로 떨어져 있던 녀석은 날 잘 알지 못했다. 난 공부를 잘한 적이 없었다.

"수능 망쳤어. 나… 괴롭다. 사진기나 줘라. 잘 찍어 줄게."

나는 일회용 카메라를 뺏듯이 가로채서 아무개와 아무개의 사진을 힘없이 찍어 준다.

날씨가 춥다. 어제까지 눈이 왔던 하늘은 온데간데없이 청명하다. 기온은 뚝 떨어졌고 칼날 같은 바람은 볼살을 할퀸다. 고등학교 졸업식, 마치 몇 번이나 했던 것처럼 아무 감정이 들지 않는다. 아니 감정이 너무 이상하고 더러워서 마음이 닫혀 버린 것 같았다.

"강민철!"

"저 새끼 저기 있네. 야, 어디 있었어?"

"열라 느려터진 자식 또 졸업식이라고 세수는 하고 왔나 보네."

왁자지껄, 한 무더기의 검은 놈들이 나를 둘러싼다.

"이제 왔어. 와서 상현이랑 민기가 사진 찍어 달래서… 오늘 되게 춥다. 그치?"

나는 날씨 얘기로 애써 화제를 돌린다.

"춥지 그럼! 니미럴 내 꼴 봐라. 난 계란하고 밀가루 처맞고 완전 거지 됐다."

말 그대로 성진이의 머리는 밀가루로 하얗게 변해 있었으며 교복도 엉망이었다. 어디서 후배들에게 호되게 당하고 온 모양이었다.

"용준이는 졸업식 안 온대. 어제 술 먹고 떡 됐대. 졸업장하고 앨범 받아다 달래서 꺼지라고 했지."

진길이는 하얗게 된 머리를 털면서 말한다. 손에는 용준이의 졸업장과 앨범 두 권이 들려 있었다.

"이따 어떻게 한대?"

"저녁에 먼저 만나고들 있으면 그쪽으로는 온대, 졸업주는 처잡숴야 된다던데."

건우가 못마땅한 표정을 지으며 말한다.

"미친놈. 졸업식은 안 오고. 돈이나 갖고 오라고 해. 주둥이만 갖고 오지 말고."

얼굴이 네모꼴이라 도시락이라 불리는 석호가 한마디 거든다.

"야, 근데 졸업식인데도 매점 열었나? 마지막으로 우동 먹고 싶은데. 담배도 한 대 피우고 말이야. 흐흐."

교복 재킷의 양쪽 소매가 통째로 없어져서 괴상한 조끼를 입고 있는 것만 같은 진길이는 저 멀리 다른 친구들 무리에게 손을 흔들며 말을 한다.

"한번 가 보자!"

친구들은 올 때처럼 왁자지껄 매점으로 향한다. 뒤따라가는 나를 건우가 붙잡는다.

"오늘 마지막으로 원서 넣으러 간다며?"

"응, 근데 너무 멀어서…."

"어딘데?"

"삼척."

"삼척? 음, 거기가 동해보다 먼가? 동민이는 어제 동해로 등록금 가지고 내려가던데…. 아침에 전화 와서는 이제 올라온다고 붙었다고 하더라. 자취한다고."

"알아, 나도. 그저께 같이 가자고 했었어. 홈페이지 디자인과라고 하던데. 근데 눈도 많이 오고 해서 그냥 집에 있었어…."

"어찌 됐든, 동민이 대단해. 붙어 버렸네. 근데 홈페이지 디자인이 뭐냐?"

동민이가 대단하단 건우의 말이 가볍게 지나가는 말인 건 알지만 왠지 나의 무기력함에 한마디 하는 듯 느껴졌다.

"나도 처음 들었는데. 동민이는 뭐 집만 전문으로 하는 인테리어 디자인과라고 하더라."

"아, 그래? 너는 어쩔 거야. 삼척도 거리는 비슷할 것 같은데, 오늘 원서 넣을 거야?"

"응, 멀긴 한데… 가 봐야지. 마지막인데."

"그래, 애들이 말은 안 해서 그렇지 걱정 많이 하더라. 요번에 수험생이 적은 건지 대학들이 많은 건지 우리 같은 들러리들, 멀리 갈 맘만 먹으면 다 붙는데 말이야. 너만 재수하게 생겼다고. 동민이까지 붙어 버렸으니까…. 암튼 빨리 갔다 와. 오늘 아무래도 밤새서 술 마실 것 같으니까 빨리 가서 합격해 버리고 이따 밤에 축하주나 마시자. 밤늦게는 올 수 있지?"

"그럴게."

단순 무식하며 정 많은 친구들이었다. 힘든 일이 있을 때 다 함께 울어 주고 다음 날 다 같이 머쓱해했던 정겨운 친구들, 이 친구들이 없었다면 나의 고교 생활은 정말 암흑 같았을 것이다.

성진, 진길, 석호, 용준, 동민, 명일 그리고 건우, 이렇게 나까지 여덟 명. 정말 말썽도 많이 부렸었다. 인문계지만 참 공부들을 안 했다. 그러다 고2 겨울방학부터 애들이 철이 들었는지 대한민국 어디든지 괜찮으니 전문대 포함 대학은 어디라도 가 보자고 약속을 했고, 굳어 있던 연산을 담당하는 뇌를 사용하기 시작했다. 그리고 내신은 포기하고 수능만을 특화해서 공부를 하기 시작했다.

아주 미약하게나마 점수가 올랐다. 그리고 작년 200점 만점에서 400점 만점으로 바뀐 첫 수능을 보게 됐다. 뭐 점수는 별반 다르지 않았지만 그냥 찍어서 나온 점수와는 성취감이 달랐다. 마냥 신났고 열심히 친구들과 발품을 팔며 전국으로 원서를 넣고 다녔다.

같은 대학, 같은 과에 지원을 하면서 함께 합격했을 때의 꿈을 꾸었다.

멀리 천안에 가서는 면접 전날 진탕 술을 마시고 다음 날 면접에 늦은 적도 있었지만, 대학 학생식당에서 1,500원짜리 설렁탕으로 해장을 하는 느낌은 꼭 대학생이 된 착각을 일으키게 만들었었다.

그렇게 친구들과 같이 원서를 넣고 다니는 동안 하나둘씩 합격자들이 생겨났다. 노력과 천운이 따라서 수능 최고점을 받은 성진이가 먼저 합격의 기쁨을 누렸다. 그리고 하나님과는 친하진 않지만 신학과에 붙어 버린 용준, 알파벳도 까먹고 있을 것 같지만 영문과에 붙은 진길, 무슨 메카닉과에 붙게 된 석호, 경영학과에 합격한 명일, 그리고 천안의 일본 학과에 붙은 건우, 마지막으로 오늘 우리가 고2 때 바캉스로 갔던 동해에서 합격 소식을 알려온 동민이…. 그러나 나는 그렇게 친구들과 함께 원서를 넣어 댔지만 모두 낙방을 하고 말았다. 점수도 비슷비슷 고만고만했지만, 이상하게도 나에게만 합격의 기운이 빗겨 가고 있었다.

친구들이 하나둘 합격을 할수록 축하는 해 주었지만 나의 초조한 마음은 계속 커져만 갔다. 원서도 다 같이 쓰러 다니다 점점 같이 가는 친구들이 줄어들었다. 어제는 동민이가 둘이 함께 동해에 가자고 했지만 난 가지 않았다. 눈 때문에 안 갔다는 핑계는 내 상황에서 사치같이 들리겠지만, 정말 눈 때문에 안 간 것 같다. 그냥 회색빛의 하늘에서 내리는 눈을 보면서 추운 거리와 집의 안락함을 바꾸고 싶지 않았다.

이 폭설이 내리는 상황에 가지 않아도 내일 아니면 모레 다른 무언가가 있을 것이란 막연한 생각이 나를 나태하게 만들었었다. 아니면 자포자기의 심정이었을까…. 동민이가 날 덜 부추겨서 그랬던 것일까? 아무튼 어제 가지 않았고, 그렇게 괴롭지도 않았으며, 동민이는 재수를 하지 않겠다는 강한 의지로 유학의 꿈을 이루었다.

군무를 이루던 물고기 떼들이 갑자기 각자의 살길들을 찾아서 흩어졌고, 순식간에 홀로 남은 물고기 한 마리는 어디로 갈지 몰라 멀뚱멀뚱 두 눈을 껌벅이며 그저 떠 있기만 할 뿐이었다.

"후우…. 아, 이제 몰래 피우는 담배 맛도 끝이구나."

명일이의 말에 모두들 피식 웃는다. 매점 뒤 우리가 항상 선생님들 몰래 담배를 피우던 곳이다.

"건우가 담배 피우다 걸려서 여기 일주일 동안 청소했었잖아. 하하하."

"그때 장난 아녔어. 다들 피웠는데 나만 걸려서. 내가 다 불려다 말았다."

건우는 졸업식의 흔적으로 엉망이 된 매점 주위를 둘러보며 말을 했다.

"민철이 이제 출발해야 되는 거 아냐? 삼척 간다며?"

진길이가 물어온다. 시계를 보니 11시가 조금 넘었다.

"응, 가야지."

나는 담배를 깊게 들이마신다.

"뭉그적거리지 말고 빨리 갔다 와. 동민이는 아까 출발했다고 음성 왔더라."

모두들 작달막해진 담배를 비벼 끈다. 석호는 아쉬운지 필터까지 빨아 피울 기세로 마지막 모금을 빨고 있다.

"자, 가자! 이제 여기도 마지막이구나…."

우리는 매점을 지나쳐서 아직 졸업 뒤풀이를 하고 있는 친구들과 인사를 나누며 교정을 걸어갔다. 이대로 학교 밖으로 나가 버리면 끝이라는 생각을 하니 이상한 기분이 들었다. 나의 고교 생활이 끝나가고 있다. 이제 저기 보이는 후문을 지나면 정든 이곳과 이별이며 울타리 밖의 다른 세상이 열릴 것이다.

"저기 민철이네 담임 아니냐?"

석호의 말에 모두들 후문으로 향하던 발길을 멈추고 뒤를 돌아본다. 정말 내 담임 선생님이 나를 부르고 계셨다. 손에는 뭔가를 들고 계셨다.

저건… 맞다. 내가 교무실에 들러서 마지막으로 작성한 대학 원서였다.

"야, 나 원서 두고 왔다! 먼저들 가고 있어. 갖고 올게."

"아, 미친, 정신 좀 차리고!"

친구들의 원성을 뒤로하고 나는 선생님한테 뛰어갔다.

"강민철! 요것도 깜박하고 가냐?"

선생님은 내 귓불을 잡아서 흔드신다. 그리고 다시 이것저것 당부의 말씀을 해 주신다. 고마우신 말씀들이다. 낙방이 불을 보듯 뻔한 제자가 안쓰러우신 듯 마지막으로 원서를 넣어 볼 만한 곳을 추천해 주신다.

나는 슬쩍 멀어져 가는 친구들을 바라봤다. 후문으로 나가고 있는 친구들의 뒷모습…. 나는 아직 학교에 남아 있었다.

그날 나는 삼척에 가지 않았고, 저녁 친구들의 모임에도 가지 않았다.

제3장

"아이고… 나 참, 친구들 다 붙을 때 뭐 했나?"

나는 고개를 숙인 채 눈으로 거실 장판의 무늬를 따라가고 있었다. 미로였으면 좋을 것 같은 무늬는 따라가다 보면 명쾌한 끝이 내 눈길을 가로막기만 한다. 그럼 나 역시 명쾌하게 그 벽을 건너뛰었다. 지금 상황도 명쾌하게 건너뛰어 내일 아침… 아니, 그보다도 더 먼 시점으로 갔으면 좋겠다.

어머니의 말이 듣기 싫어서는 아니었다. 단지 고된 하루 일과를 마치시고 늦은 저녁을 드시는 어머니와 아버지의 평온한 시간을 나의 무능함으로 망치게 하는 것이 죄송스러웠다.

두 분은 작은 횟집을 하고 계셨다. 가게에서 저녁을 드셔도 될 법하지만 두 분은 언제나 문을 닫으시고 들어오셔서 집에서 늦은 저녁을 드셨다. 늘 함께 일을 하시는 바람에 아버지, 어머니, 형과 나 이렇게 네 식구는 다른 집들처럼 다 함께 하는 저녁이 없었다. 한창 사춘기 시절을 홀로 보냈을 자식들을 생각해 늦어도 저녁은 집에서 드시며, 가족들과 함께 하고 싶으셨던 것 같다. 그런 부모님의 생각이 나의 저녁식사를 두 번으로 만들었고, 살은 자꾸만 쪄 갔다.

"그래, 용준이랑 건우도 붙었나?"

아버지는 떨어진 밥풀을 주워서 밥상 모퉁이에 올려놓으시며 말씀하셨다.

"네."

"갸들은 재주도 용타…. 만날 그렇게 같이 처놀고 다니면서 대학은 떠억 하고 붙어 버리네. 어디 붙었나? 서울이나?"

"아니…. 건우는 천안이고, 용준이는 안양인가 안성인가 거기에 있는 거 붙었어…."

"우짜꼬…. 완전히 이산가족 돼 뿌렀네…. 허허… 너만 서울에 있으니까 좋나?"

어머니의 말을 듣다 보니 차라리 호되게 혼을 내셨으면 하는 마음이 든다.

"언제 내가 좋다고 했어?"

가슴이 답답하다. 아버지가 숟가락을 내려놓으신다.

"그래 재수 학원은 얼마나 하나? 오늘 알아봤나?"

아버지의 말에 나는 수첩을 가져왔다. 오늘 재수 학원 몇 군데를 알아보며 받아 적은 내용들이다. 원래 필기와는 거리가 먼 나인데 그냥 처박혀 있던 수첩을 찾았고 수화기 건너편에 있는 감정이 없는 것 같은 여자의 말들을 적어야 할 것 같아 적었다. 내 쪽으로 돌아앉으신 아버지 앞에 수첩을 펼쳤다. 음… 얼마였더라. 펼치기만 하면 얼마인지 딱 해답이 적혀 있을 것 같은 수첩엔 온갖 낙서인지 뭔지 모를 내용들이 뒤죽박죽 적혀 있었다. 정리가 안 된 나의 머릿속 같았다.

"하이고야…. 글씨 봐라. 이게 다 큰 놈 글씨 맞나? 무슨 암호가? 자슥아."

얼굴이 뜨거워진다. 글씨를 못 쓴다고 공부를 못하는 건 아니지만 공부를 못하는 애들 대부분이 글씨를 못 쓴다. 창피했다.

"저기 은경이는 누꼬?"

어머니가 그 복잡하고 많은 암호 중에 은경이란 단어를 해독하시고 나에게 물으셨다. 모른다. 은경이…. 나의 무의식이 적었었나 보다. 그 밑에 볼펜으로 북북 그은 검은 줄들 속에 있는 하트는 해독을 못하신 게 천만다행 같았다.

"은경이고 나발이고…. 이런 자슥이 무슨 대학이고 재수고?"

아버지의 꾹꾹 참으셨던 속마음이 튀어나온 것 같았다. 차라리 이렇게 말씀을 하셨으면 좋겠다고 요 며칠간 나의 눈치를 보시는 것 같은 두 분의 모습을 보며 생각을 했었다. 나도 생각이 많고, 두 분도 나만큼, 아니 나보다 더 생각이 많아 보였던 며칠간이었다.

서로 멍해 있었고, 티브이에 나오는 대학 전형에 관한 뉴스라든지, 어떤 대학의 경쟁률 내지는 합격자의 밝은 얼굴들이 이때쯤엔 원래 이렇게 많이 나왔던 것인지 하는 의문이 들 정도로 우리 가족의 심경을 건드리는 티브이 프로그램들이 많았다. 아버지의 재떨이에 담배꽁초들은 평소보다 더욱 빨리 채워져 갔다. 그리고 시간은 점점 2월의 마지막으로 다다르고 있었다. 빨리 결정을 지어야 했다. 저 밑의 이름도 생소한 어느 대학으로 가든지, 아님 재수를 하든지, 아니면 아무것도 안 하든지…. 모두들 예민한 상황에서 나만 넋을 놓고 있는 듯했다. 그러다 며칠 전 건우의 대학 오리엔테이션 가는 모습을 보며 조금 마음이 흔들렸고, 동민이가 입학식에 입을 옷이 없다고 해서 명동에 있는 옷가게에 함께 가서 스트라이프 정장을 골라 줄 때 마음의 결정이 내려지는 듯했다. 그래 한 해 늦어지더라도 친구들과 대학 생활을 해 봐야겠다!

나는 그 암호 수첩이 아닌 나의 머릿속에서 학원비를 찾아냈다.

"60만 원 정도였는데…."

"달에?"

"네…."

침묵이 흘렀다. 어머니는 설거지를 하시러 부엌으로 가셨고 아버지는 조용히 담배를 꺼내 피우셨다. 담배 연기는 따뜻한 거실에서 참 천천히도 퍼지고 있었다.

"알았다. 내일 등록하러 가고 어여 들어가 자라…."

"휴우우우…."

담배 연기가 어두운 골목으로 퍼져 나가고 있다. 나는 우리 집 대문 돌로 된 문턱에 앉아서 담배를 피웠다. 2월의 끝자락 추운 한기가 돌바닥을 뚫고 올라와 엉덩이를 얼릴 것 같지만 그런 것을 신경 쓸 겨를이 없었다. 입에서는 담배 연기가, 눈에서는 눈물이 흐르고 있었다. 내가 너무 한심해 보였다. 부모님께 죄송한 마음…. 군에 있는 형도 재수를 했었다. 나는 형처럼 집에 부담을 주고 싶은 생각은 없었다. 그런데도 이렇게 두 분의 고단한 삶에 무게를 또 얹어 드렸다. 코에서 담배 연기도 나오고 콧물도 나온다. 훌쩍거리며 노란 가로등 불빛에 그늘진 대문 벽 뒤로 얼굴을 숨긴다.

'또각또각.'

누가 온다. 밤 열두 시가 다 되어 가고 있었다. 조용히 좁다란 골목에 울려 퍼지던 여자의 구두 소리는 내 앞에서 멈춘다. 정확히는 앞집에서 멈췄다. 며칠 뒤면 3월이긴 하지만 아직 겨울이다. 여자는 짧은 주름치마를 입고 있었다. 노란 가로등 불빛에 여자의 긴 생머리는 진한 갈색으로 보였다.

얼마 전에 앞집이 새로 이사를 오더니 아마 그 집 사람인가 보다. 이 골목에는 내 또래의 젊은 여자는 살고 있지 않았기 때문이다. 그런데 이 여자는 집 앞에 서서 들어가지는 않고 그냥 서 있기만 할 뿐이었다. 아니다. 그냥 서 있는 게 아니라 흔들거리며 서 있었다. 술에 취했는지, 좌우로 흔들흔들거리며 서 있었다. 집까지 다 와서는⋯ 조금만 노력을 하면 따뜻하고 편안한 집인데 안타까움에 대문 안에 넣어 주고 싶었고, 그 여자가 눈물과 콧물로 범벅이 된 나를 발견하지 않길 빌고 있었다.

홀쩍거리지도 못하니 이상하게 코가 더 나오는 것 같았다. 그런데 나는 홀쩍거리지도 않고 울음도 참고 있는데, 홀쩍거리는 소리도 들리고 울음을 참는 소리가 나고 있었다. 가만 보니 앞에 여자가 몸도 흔들고 눈물도 흘리고 콧물도 흘리고 있었다. 나 참, 이 좁은 골목 안에 밤 열두 시가 다 되어서 눈물 콧물을 흘리고 있는 사람이 둘이나 있다니⋯. 삶이 다 똑같이 힘들구나 하는 생각이 들었다. 괜한 동정심도 일긴 하지만 내가 가서 무슨 위로를 한다거나 하는 생각은 할 수가 없다. 말 그대로 내 코가 석자나 나와 있기 때문이었다. 또 지금 인기척을 내서 저 여자가 나의 존재를 안다면 우선 기절할 정도로 놀랄 것이고, 소리를 지를 수도 있다. 그러면 이 골목이 깰 것이고 우리 부모님도 깰 것이고, 저 집 사람들도 깰 것이고, 나는 대학도 떨어진 놈이 야밤에 이상한 오해도 사기 충분한 조건이고, 답답함에 한숨이 나오지만 숨을 쉴 수도 없는 상황이었다.

점점 한계점이 오고 있었다. 나는 저 여자의 홀쩍이는 소리에 타이밍을 맞춰서 나도 함께 홀쩍이려 했다.

"홀쩍⋯ 홀쩍⋯."

여자의 홀쩍이는 소리가 들리고, 나는 하나, 둘, 셋을 센다. **이때다!**

"홀쩍."

"후울쩍."

내 코는 석 자. 나의 훌쩍임이 길었다. 그 찰나 여자는 뒤를 돌아봤다.

술 취한 게 귀도 밝다.

눈이 마주쳤다. 여자는 그렁그렁한 눈으로 나를 바라보고 있었다. 예뻤다. 추운 밤바람에 벌겋게 달아오른 앳된 볼살, 눈물 가득한 동그란 눈, 진갈색 생머리 사이로 보이는 매끄러운 이마… 옷차림도 그렇고 나와는 다른 세계의 사람 같았다.

심장이 두근거리기 시작했다. 그리고 나는 코를 훔쳤다. 눈물을 닦았다. 어차피 나는 너와는 다른 세계의 사람이라는 걸 몸짓으로 보여 주듯이… 창피하지도 않았다. 길어진 출타에 한없이 놀란 얇은 니트의 소맷자락은 걸레가 되어 가고 있었다.

다행히 여자는 소리를 지르지도 않았고 기절도 하지 않았다. 나는 담배에 불을 붙이려 고개를 숙였다. 환하게 불빛이 일고 나서 다시 고개를 들었다. 앞을 보니 그 여자는 아직도 나를 바라보고 있었다. 나도 무심히 그 여자의 눈을 바라봤다. 여자는 코를 훔쳤다. 그리고 눈물을 닦았다. 여자의 코트 소매도 걸레가 되어 가고 있었다.

"너 고3이지?"

방금 울음을 그친 여자의 목소리는 아이같이 들렸다.

"네… 아니, 졸업했어요…"

"응, 졸업했구나…. 그래서 이제 담배 피우는 거야?"

흔들흔들 내 앞에서 흔들리는 여자가 물어온다.

"그전부터 피웠어요…"

"그래? 그럼 나도 담배 한 대만 줄래?"

"네? 아, 네. 여기요…"

나는 호주머니에서 꼬깃꼬깃 찌그러진 담뱃갑을 꺼내 담배 한 개비를

서 있는 여자한테 두 손으로 건넸다. 여자는 건넨 담배를 받으려 손을 뻗는다. 흔들리는 몸에서 뻗어 나온 팔은 흔들리고 있었고, 여자는 담배를 쥐고 있는 내 손목을 잡았다. 순간 정신이 아득해지며, 여자의 체온이 느껴졌다. 처음엔 찼다. 하지만 조금씩 온기가 느껴졌다. 얼마나 내 손목을 잡고 있었을까. 흔들거리던 여자는 눈을 한번 끔벅였다. 맺혀 있던 눈물이 볼로 흘러내렸다. 그리고 여자의 손은 내 손목에서 손등을, 그리고 손가락을 거쳐서 마지막으로 담배를 집어갔다.

부드러웠다. 엄마가 아닌 다른 이성의 체온을 느껴 본 게 언제더라…. 남고를 지나 남중을 지나 초등학교로 내 기억의 페이지를 뒤로 넘겨 보아도 기록은 없었다.

담배를 건네받은 여자는 작은 핸드백에서 라이터를 꺼냈다. 그리고 담배에 불을 붙이고 내 옆에 앉았다. 술 냄새가 나고 있었다. 그러나 군대에 간 형한테 나던 술 냄새와는 달랐다. 뭔가 달짝지근한 냄새라고 해야 할까? 여자가 담배 연기를 내뿜는다. 그 연기가 밤바람에 날려 내 얼굴을 스쳐 지나간다. 생전 처음 느껴보는 연기다. 그 속엔 담배도 들어 있었고 술도 들어 있었으며 향기도 들어 있고 여자의 숨도 들어 있었다.

"왜 울고 있었어요?"

이상한 상황에서 이상한 용기가 말을 하게 했다.

"나? 나 우는 거 훔쳐봤구나?"

"훔쳐보긴요. 여기 내가 먼저 앉아서 울고 있었…."

아차 싶었다.

"너도 울고 있었구나…."

"뭐 눈물 콧물 다 봤잖아요."

여자는 고개를 흔들거린다.

"내가 왜 울었느냐면… 왜냐면….”

'왜냐면.’ 나는 속으로 말을 따라 하고 있었다.

"근데 너는 왜 울었어?"

여자는 갑자기 되묻는다.

"저요? 음.”

나는 담배를 다시 꺼내 물고 불을 붙였다.

"그냥요….”

"음… 그래. 서로 울었던 건 모른 척하는 거야. 이유가 뭐든 뭐 슬퍼서 울었겠지. 아냐?"

"네, 맞네요….”

우리는 말없이 서로 담배를 피웠다. 오늘따라 담배 연기는 뭉게뭉게 예쁘게도 뿜어져 올라간다. 여자는 담배를 피우면서 많이 진정돼 보였다.

"술 많이 드셨어요?"

"아니, 조금. 원래 많이 못 먹어…. 근데 오늘은 좀 먹었네. 후훗….”

여자는 웃으면서 말을 이어 갔다.

"근데 대학은 붙었어? 졸업했다며?"

나는 대답 대신 담배를 한 모금 빨았다.

"음, 떨어졌나? 아무튼 내 친구들도 이번에 대학 가거든.”

뭔 소린가?

"친구들이 이번에 대학 간다고요?"

"응, 내 친구들도 대학 가.”

"누나 몇 살인데요?"

"누나는 무슨 징그럽게. 열아홉 살이야. 아니다. 이제 한 살 먹었으니까 스무 살이지.”

코끝이 시려 온다.

"근데 왜 반말해요? 동갑이면서?"

"너도 반말해, 그럼."

어이가 없었다.

"아, 춥다…. 나 들어간다. 너도 빨리 들어가 엄마한테 혼나겠다. 담배 잘 피웠어."

여자는 흔들흔들거리며 마주 보고 있는 집으로 들어갔다. 나는 계속 뭔가를 얘기하려 입을 뻐끔거린 것 같다. 추웠다. 슬리퍼를 신은 맨발에게 이제야 신경이 쓰였다. 엄지가 무사히 달려 있는 것을 보고 안도했다. 이제 사회다. 정신을 똑바로 차려야 한다. 예쁘면 나보다 나이가 많을 거라는 생각부터 정리하고 가야겠다. 나는 담배를 한 대 더 피우고 들어갔다. 오랜만에 미소가 지어진 것 같았다. 그런데 내가 고3인 건 어떻게 알았을까?

제4장

1997년 3월.

'따르르르릉. 따르르르르릉.'

오랜만에 듣는 자명종 소리. 참 한결같이 짜증스럽다. 그리고 지금 울리는 자명종 소리는 지금껏 들었던 자명종 소리 중 가장 짜증스럽게 들렸다. 고등학교 때 나의 꿈 중 하나는 빨리 졸업을 해서 6시에 일어나지 않는 것이었다. 정말 간절했다. 그러나 졸업을 한 지금 6시에 자명종이 울린다. 그리고 나는 학교가 아닌 이제 학원을 가야 했다. 울고 싶을 정도로 슬펐다.

"아이고, 내 팔자야. 도시락을 몇 년을 싸야 하나…. 지 형도 일 년을 더 싸게 하더니만 저놈도 형 닮아 이 지랄이고…. 아이고야, 우애도 좋다, 증말…."

"아침부터 뭘 또 구시렁거리나…. 먹는 아침 좀 덜어서 싸면 되겠구먼…."

두 분의 대화가 방으로 흘러들어 오고 있다. 도시락을 싸 오라고 했다. 아니, 싸 가야만 했다. 여덟 시까지 등원을 하면 밤 열한 시까지 나올 수가 없다고 했다. 수업이 끝나고 저녁부터 열한 시까지는 강제 자율학습이다. 자율이라 하고 강제인 그 모순에 대한 부당함을 말한다는 것은 한 번의 실패자인 우리들에겐 사치이며 아직 정신 못 차린 불량품쯤으로 낙인 찍힐 것이 뻔했다. 아무튼 그 강제 자율학습까지 모두 마치려면 나에겐 도시락이 필요했다. 두 끼의 시간이며 두 끼를 모두 매점에서 때우기엔 나에게 허락된 금액이 한없이 모자랐다. 부모님도 나도 다시는 겪고 싶지 않은 고3을 다시 시작하는 기분에 마음이 무거웠다.

그리고 고등학교 때처럼 뭉그적거리다간 아버지한테 상욕을 먹기 십상이라, 서둘러 학원 갈 준비를 했다. 본격적인 재수생의 아침이 밝았다.

고요한 버스 안. 스쳐 지나가는 아직 어두운 바깥의 풍경보단 창문에 비치는 형광등 불빛 속의 버스 안이 내 눈에 보인다. 오른쪽의 내가 학생이라 부르기엔 나와 별 차이가 없어 보이는 교복 입은 여학생은 버스 손잡이를 잡고 얇은 자신의 팔목에 이마를 기대어 눈을 감고 있었다. 귀에 꽂힌 이어폰에서 간간이 음악 소리가 들렸다. 눈을 감고 있는 여학생의 얼굴을 무심히 보던 나는 우리 집 앞의 동갑내기 여자가 생각이 났다. 내 팔목을 잡았을 때의 부드러운 손의 감촉이 아직도 남아 있는 듯했다.

학창 시절 친구들이 이성 문제로 나에게 고민을 털어놓을 때도 나는 이해하는 척만 했었다. 왜 나에게 그런 고민을 털어놓는지 이해도 안 갔다. 여자란, 먹거나 노는 시간을 뺏는 정도로밖에 생각이 들지 않았다. 그런 골치 아픈 이성에게 맘이 뺏겨서 힘들어하는 친구들을 보며 음식의 행복을 느껴 보면 고민이 사라질 것이란 생각이 들곤 했다. 안타까웠다. 아무래도 초등학교 때 지독히도 인기가 없었던 내가 남중, 남고를 거치며 이제는 내가 먼저 이성들에게 무관심해져 버렸던 것 같았다.

그랬던 난데 이상하게도 그 앞집 여자만은 다르게 자꾸 생각이 나고 있었다. 그것도 이 암울한 시기에 말이다. 이런 날 생각하면 참 한심한 생각이 들긴 했지만, 그런 생각마저도 지금 내 가방에 들어 있는 도시락 반찬에 대한 궁금증보다는 그리 크지 않았기에 그냥 잠깐의 일탈을 한 느낌뿐이지, 이성에 대한 나의 근본적인 생각이 변한 것은 아니었다.

　생각은 꼬리를 물며 학원의 남녀 합반에 대한 생각이 들어오고 있었다. 학원은 마치 고등학교를 작게 만들어 건물 하나에 축소를 해 놓은 느낌이었다.

　모든 게 있었다. 교문, 교무실, 교실, 매점, 교실 층에는 반들이 나열되어 있었다. 50명 정도 되는 학생들이 학교와 같이 한 반을 이루었다. 크게 다른 점이라면 남녀 합반이라는 것이었다. 고등학생 때는 어디 어디에 남녀공학이 있다는 것이 전설처럼 생소하게 들렸었다. 간혹 보습 학원에서 남녀공학을 다니는 학생들을 만나면 너무나 많은 궁금증이 폭발을 하곤 했었다. 그러나 그 남녀공학의 학교도 물어보면 안도의 한숨인지 한탄의 한숨인지는 모르겠지만 늘 한숨으로 끝났었다. 그 이유는 그 남녀공학의 학교도 남녀 합반은 시행하지 않고 있었기 때문이었다.

　그렇게 희귀한 장소로 나는 가고 있다. 그러나 뭐 그냥 조금의 호기심 정도이지 크게 개의치는 않았다. 그래도 첫날인데 어머니가 맛난 반찬이나 싸 주셨으면 하는 마음뿐이었고 안 나오던 수능 점수나 팍팍 오르길 바랄 뿐이었다.

　어느새 학원은 다음 정류장 앞에서 기다리고 있었다.

　학원은 신설동에 있었다. 나는 신설동에 있는 신라학원 앞에 서 있다. 한 번 이상의 낙방을 본 학생들이 분주하게 학원으로 들어가고 있다. 걸음걸이들이 다들 빠르다. 뭔가 결의에 찬 듯한 힘찬 발걸음들…. 그래,

이제 새로운 무리들 속으로 나는 들어간다. 저 힘찬 무리에 들어가면 나도 덩달아 목적지에 안착할 수 있을 것 같은 생각이 들었다. 나도 힘차게 발걸음을 내딛었다.

학원 입구로 들어서니 한쪽에 경비원이 등원하는 학생들을 살벌하게 살펴보고 있었다. 뭔가 삼엄한 분위기. 비장한 목적의식을 가지고 있어야만 출입이 허가되는 듯한 느낌이다. 그리고 앞에는 지하철과 똑같이 생긴 개찰구가 두 줄로 놓여 있다. 그곳에 학원증을 대면 개찰구의 철봉이 돌아가며 나를 학원 안으로 밀어 넣는다. 1층 복도를 지나 2층으로 가는 계단을 올라간다.

나는 어제 반을 배정받았다. 이곳에도 반이 있었고, 담임이 있었다. 모든 것이 학교다. 어제 담임 선생님과 상담을 했었다. 마흔 후반의 남자 선생님이셨다. 선생님은 나에 대해 이것저것 물으셨다. 수능 성적과 지원했던 대학들, 그리고 고등학교 내신과 특별히 어려워하는 과목과 좋아하는 과목들…. 물론 좋아하는 과목은 없다고 했다. 그리고 교제하는 이성도 물어보셨다.

하나하나 성실히 답변한 나는 정답을 몇 개나 맞혔나 하는 마음으로 선생님의 얼굴을 보았지만 도통 표정을 알 수가 없는 선생님이셨다. 선생님은 그리고 희망적인 이야기들을 해 주셨다. 뭐 차라리 잘 떨어진 거다. 그 성적으로 어중간한 데 가 봤자 아무것도 안 된다. 차라리 일 년을 더 공부해서 실력을 쌓아 제대로 된 대학을 가는 것이 훨씬 낫다고 하셨을 때는 나는 무릎을 칠 뻔했다. 그리고 마치 내가 모든 계획대로 차근차근 준비해서 여기까지 온 모범적인 재수생인 듯한 느낌마저 들 정도였다. 그리고 선생님과 이 학원의 자랑으로 넘어갈 때는 펄럭이던 나의 귀가 잠잠해지고 있었다.

마지막으로 선생님은 이곳은 연애 금지라고 하셨다. 만약 연애를 하다 발각이 되면 학원에서 퇴강 처리된다고 하셨다. 개인의 욕구쯤은 대학을 위해서 모두 무시를 해야 하는 시기이며 그런 장소라는 것을 강조하는 듯했다.

나는 3층에 있는 5반의 문을 열었다. 그곳에는 벌써 반 정도의 학생들이 자리에 앉아 있었다. 첫날이라 신경 써서 일찍 나왔지만 그래도 중간이었다. 그리고 여학생들이 있었다. 신기했지만 다들 무슨 작심이라도 한 듯 집에서 입고 있는 복장 그대로 온 것 같았다. 다들 선생님께 연애 금지라는 말을 들어서일까? 나와 별 차이가 없어 보이는 그들을 있는 그대로 받아들이기 시작하고 있었다. 우리의 목적은 분명 대학이었기에…

나는 두 줄씩 네 분단으로 나눠져 있는 책상들을 쭈욱 훑어봤다. 두 자리 다 빈 곳은 없었다. 다들 홀로 앉은 채로 짝꿍을 기다리고 있는 처지였다. 나는 일 분단의 뒷자리에서 두 번째 자리, 벌써 엎드려 자고 있는 남학생의 옆자리에 앉았다. 창가에 앉고 싶었다. 앞자리엔 여학생이 있었고, 맨 뒷자리는 선생님과 너무 멀어 보였다고 말하고 싶지만 언제나 나의 고정 위치 같은 자리다. 뒤에서 두 번째 자리는… 그냥 본능적으로 이곳에 앉았다.

"휴우…"

한숨이 나왔다. 이건 안도의 한숨이었다. 학교는 아니지만 앞에 진녹색의 칠판이 보이는 책상에 앉으니 마음이 안정되어 갔다. 추운 겨울 그렇게 대학 원서를 들고 동분서주했던 나와 친구들, 그리고 홀로 남겨진 나는 몹시도 외로웠다. 친구들과 신분이 달라졌다고 해야 할까? 마냥 환하게 웃고 있는 친구들을 보고 있으면 나 자신에게 너무 화가 났다. 그러나 이곳은 나와 같은 처지의 사람들이 모여 있다. 이제 난 혼자가 아니었다. 가방에서 필기도구와 교재를 꺼내 책상 위에 올려놓았다. **그래, 나는 할 수 있다!**

의지가 불끈 솟는다. 책장을 펴고 부정 탈까 봐 새로 산 연습장을 꺼내서 첫 페이지를 넘겼다. 그때 칠판 위에 있는 방송 스피커에서 지직거리며 말소리가 흘러 나왔다.

"경비실에서 알립니다. 7158번 오토바이 타고 온 학생은 주차를 다시 해 주시기 바랍니다. 다시 한 번 말씀드립니다. 7158번 오토바이를 몰고 온 학생은 주차를…"

"어, 내 건데…"

옆에 엎어져 있던 남자가 일어났다. 그리고 잠깐 망설이는가 싶더니 교실 밖으로 튀어나갔다. 옆 책상을 보니 침이 고여 있었다. 한참을 잤나 보다. 정신 못 차린 친구들은 어디나 있는 법이니까…. 여기도 그랬다. 조금 있으니 오토바이 주인이 툴툴거리며 들어온다. 그리고 자리에 앉는다.

"이거 뭔 물이래."

남자는 손바닥으로 책상 위의 침을 스윽 문지른다.

"오토바이도 찬데 주차장에 넣어야지 왜 자전거 옆에 두라고 난리야, 쪽팔리게…. 욕 나오네. 몇 살이에요?"

슬쩍 쳐다보던 나와 눈이 마주치자 욕을 하려던 남자는 나에게 물었다.

"아, 저요?"

"예, 거기요."

"스무 살이요."

"어, 나랑 동갑이네요!"

이 반에 있는 거의 대부분이 동갑이겠지만 이 남자는 동갑을 발견한 것이 무척 기쁜지 활짝 웃으며 말했다.

"동갑인데 말 놓죠? 우리."

벌써 우리다. 이 붙임성 좋은 남자도 요 몇 달간 더럽게도 외로웠었나 보다. 그래, 다들 외롭고 힘든 겨울을 보내고 이곳에 모인 것이다. 왠지 모를 동질감이 들며 나도 이 붙임성 좋은 동갑내기가 싫지는 않았다.

"그… 그래. 말 놓지 뭐."

"난 민철이야. 김민철. 반갑다."

김민철이란다. 난 강민철이다. 이게 무슨 인연인지…. 참 웃긴 인연이다.

"어, 난 강민철인데…."

"뭐야, 너도 민철이야? 흔한 이름이긴 하지만 여기 이렇게 또 있네. 야, 다행히 성은 다르다. 하하하! 근데 너 담배 피우냐?"

"응 피우지."

"그래, 잘됐다. 우리 수업 시작하기 전에 담배나 한 대 피우고 오자."

"그러자."

썩 내키지는 않았다. 이건 마치 고등학교 때 새 학년에 올라간 모습 같았다. 이러기 싫었다. 맘 다잡고 공부만 하려 했다. 하지만 이곳에 나와 같은 시련을 겪은 동갑이 있고, 그 당시와 같이 몇 분 있으면 수업이 시작되고, 우리에겐 똑같이 담배가 있기에 나는 나갈 수밖에 없었다.

우린 수업이 곧 시작이라 재빨리 휴게실이 있는 5층 옥상으로 올라갔다. 옥상 한쪽에는 새시(Sash)로 지어진 매점이 커다랗게 있었다. 그리고 중앙에는 화단을 조성해 놓았다. 반대편에는 흡연 공간이라 허리만큼 오는 철재 재떨이가 드문드문 놓여 있었다. 꺼지다 만 담배꽁초에서 연기가 타오르고 있었다. 민철이는 덜 꺼진 담배꽁초에 하얀 침을 뱉으며 말을 했다.

"고등학교는 어디 나왔어?"

"저기 서림고등학교."

"아, 그래. 서림 나왔구나! 나는 대현 나왔어."

대현고등학교는 우리와 같은 버스를 타고 다녔기에 잘 알고 있었다. 집 근처 학원을 오니 다들 비슷한 지역의 학생들이 오고 있는 듯했다.

"우리 중학교에서도 서림 많이 갔었는데…. 가만, 누가 갔었더라? 아, 맞다! 혹시 박창현 알아? 키 작고 얼굴 새카맣고 되게 웃긴 놈 있는데."

"박창현?"

나의 머릿속에 박창현이란 인물은 없다. 기억이 안 나는 게 아니라 정말 없다. 그래도 민철의 설렘을 그냥 망치고 싶진 않아서 기억이 날 듯 말 듯한 표정을 지으며 열심히 머릿속을 뒤적거리는 척을 했다.

"어… 잘 모르겠는데."

"아, 그렇구나…."

꼭 찾아야 하는 사람이었나 보다. 민철이는 굉장히 아쉬워하고 있었다. 나는 담배를 깊게 빨아들였다. 가슴을 타고 들어가는 연기가 느껴지고 기분이 좀 편해졌다. 가만 보니 민철이는 얼굴도 하얗고 코도 오똑한 게 잘생긴 얼굴이었다. 여자들한테 인기가 있어 보였다. 침 흘리며 자던 아까와는 달라 보였다.

"오토바이 타고 왔어?"

"응, 브이에프 흰색. 쇼바는 낮췄지. 겁나 빨리 달리면 쏭카로 보여 흐흐."

공부도 더럽게 안 했을 것 같다.

"근데 넌 수능 몇 점 맞았었냐?"

갑자기 나의 치부를 캐묻는다. 말해야 하나 망설여졌다.

"좀 많이 못 봤어. 묻지 마라."

"큭큭, 알았다. 그냥 물어봤어. 어차피 다 같이 떨어진 거 뭐 기분 나쁜 건 아니지? 난 149 맞았었거든. 400점 만점에 150도 못 맞았다니까 부모님이 노발대발하시더라. 내 애마 브이에프 작살 날 뻔했지… 아버지가 장도리, 그런 게 집에 있더라고, 아무튼 그 어마하게 큰 장도리를 들고 내 애마 부수러 나가셨는데 나는 벌써 갸를 피신시켜 놨지. 흐흐흐. 지금도 찾고 계셔."

149… 나보다 잘 봤다는 민철이의 이야기는 충격적이었다. 나는 134… 진짜 죽을 때까지 비밀로 하고 싶었다. 이 엄청나게 논 것만 같은 김민철도 149를 맞았는데 나는 왜 그랬을까 하는 후회가 든다. 혹시 채점이 잘못됐거나 한 건 아니겠지… 이 생각은 지난겨울에도 많이 한 의심이기에 이제 그만하고 싶다. 친구들의 말로는 그럴 일도 없거니와 모의 성적보다 고작 10점 적게 나온 건 그냥 더 잘 봤다고 생각해야 한다고들 했다. 그래 과거는 잊자. 이곳 담임 선생님도 말씀하셨다. 이곳은 해마다 기적이 일어나는 곳이라고, 수능 50점 오르는 일은 허다하고 최대 70점 이상도 오르는 기적을 보셨다고 했다. 나는 그 기적의 주인공이 될 것이다. 그래서 오는 겨울은 가슴 따뜻하게 보낼 것이다. (잠깐, 최대 70이 올라도 204다…) 나는 기적은 물론 약간의 초능력까지 필요로 하나 보다. 그러나 그 어떤 것이 필요하든 나는 해 낼 것이다.

"야, 종 울린다!"

김민철의 말소리가 들렸고, 망상에 헤매던 나와 김민철은 첫 수업부터 지각을 하게 생겼다. 빨리 3층까지 가야 한다. 우리는 발이 안 보이도록 뛰어 내려간다. 나는 듯했고 우선 초능력이 먼저 생기는 것 같았다. 교실

뒷문은 열려 있었다. 안에서는 아직 자리를 잡고 있는 학생들이 어수선하게 서 있었다. 아직 선생님은 오기 전이었다.

우리는 맡아 놓은 창가 쪽 자리로 가고 있었다. 우리 뒷자리에는 남자한 명과 머리가 긴 여자 한 명이 앉아 있었다. 아, 아니다. 여자가 아니고머리가 긴 남자였다. 학교가 아니니 개성 넘치는 학생들이 많았다. 민철은 벌써 뒷자리 남자들과 인사를 나누고 있다. 누가 봐도 어색해 보였지만 민철이만 뭐가 그리 좋은지 연신 웃고 있었다. 민철이가 이름 모를 남자의 긴 생머리를 만지고 있을 때 나는 어쩔 수 없이 눈인사를 하고 자리에 앉았다. 학생들은 앞줄부터 쭈욱 자리를 잡고 앉아 있었다. 아직 우리 앞자리의 여학생만 혼자 앉아 있었다. 그때 한 여학생이 내 앞자리에앉으려 했다.

"아, 죄송한데 여기 자리 있어요…."

"아, 예. 알겠어요."

먼저 앉아 있던 여학생은 굉장히 미안한 표정으로 앉으려는 학생에게정중히 말을 했다. 옆으로 고개를 돌린 그 앞자리의 여학생은 짧은 단발머리를 뒤로 묶고 있었다. 깜박이는 속눈썹은 길이가 무척이나 길었다.그리고 자신의 책가방을 들어서 빈자리의 의자에 올려놓으려 내 쪽으로몸을 돌렸다. 그러다 계속 쳐다보던 나와 눈이 마주쳤다. 속눈썹이 길면깜박이는 모습도 슬로 모션으로 보이는 것 같았다. 나는 민망한 마음에그냥 인사를 해 버렸다.

"아, 안녕하세요?"

"예, 안녕하세요."

여자는 쑥스러운 건지 무서운 건지 모를 표정을 하고 앞으로 고개를돌렸다. 나는 얼굴이 빨개진 것 같다. 옆 민철이한테 인사 병이 옮았나

보다. 뒷골이 떵하다.

"오오오올!"

언제 뒷자리와 인사가 끝났는지 돌아앉았던 민철은 나를 보고 있었다. 그리고 엄지를 치켜세우고 있었다.

"이뻐?"

민철은 소리는 내지 않고 입만 벙긋 한다. 나는 화끈 달아오른 얼굴을 들킬세라 책상 밑으로 엄지를 치켜세워 민철에게 보여 줬다.

"오오오올… 사귈 거야?"

민철이 웃으며 또 입 모양으로 말한다. 진지한 표정이 더 웃겨서 나도 모르게 웃음이 튀어나왔다. 나도 소리가 안 나게 말한다.

"사귀면 쫓겨난다니까 참아야지."

"그래 잘 생각했어. 큭큭."

민철과 나는 같이 얼굴을 감싸고 웃었다. 오랜만에 주접질을 하니 학창시절로 잠시나마 돌아간 것 같았다. 그리고 어제 봤던 담임 선생님이 들어왔다. 특유의 무표정을 하고 계신 선생님은 수업에 앞서 이런저런 당부의 말씀을 다시 하고 계셨다. 학생들은 다 아는 이야기지만 대학을 가기 위해선 이마저도 암기해야 하는 공식인 듯 집중을 하고 있었다. 바로 그때 뒤쪽 문이 열렸다. 선생님, 학생들 모두 뒤쪽 문으로 고개가 돌아갔다.

그리고 뒷문에서 한 여자가 들어왔다. 보라색 무스탕에 짧은 치마를 입고 연한 화장을 한 여자는 진갈색 생머리를 뒤로 넘기며 걸어오고 있었다. 뒤로 메고 있는 책가방만이 학생임을 말해주고 있었다.

'또각또각.'

나는 눈이 휘둥그레졌다. 그리고 내 앞의 여학생이 손을 살짝 흔들었다. 그러자 그 여자는 손을 흔든 여학생의 옆자리에 와서 앉았다. 다들 말없이 그 여자만을 바라봤다. 담임 선생님도 지각생의 당당함에 할 말을 잃은 것처럼 아무 말 없이 바라보기만 할 뿐이었다.

그리고 갑자기 내 얼굴이 아까보다 더욱 뜨거워지고 있었다. 이 화려하게 예쁜 여자는 바로 우리 앞집의 그 동갑내기 여자였기 때문이었다. 나는 이마에 두 손을 갖다 대었다. 심장이 이상하게 쿵쿵거린다. 나의 이상함을 느꼈는지 민철이 내 옆구리를 찌른다. 민철을 바라보니 또 소리 없이 입만 벙긋거린다.

"왜 사귀려고?"

나와 민철은 또 얼굴을 가리고 웃어 넘어간다.

제5장

"왜 아까부터 이상한 표정이냐?"

나와 민철은 첫 교시가 끝나고 옥상으로 담배를 피우러 올라와 있었다. 앞집 여자애를 봤던 내 표정이 아직까지 남아 있었나 보다.

"아니…."

나는 담배를 쭈욱 들이마신다.

"혹시 너 아까 지각했던 여자애, 우리 앞자리에 앉은 그 애 보고 뿅 간 거 아니야? 하하."

"그런 거 아니야."

나는 애써 무덤덤한 표정을 지으며 말했다. 민철이에겐 그렇게 말을 했지만 아닌 게 아니라 지금까지도 기분이 이상했다. 며칠 전 서로 울었던 모습을 보인 후로 앞집을 두리번거리는 일이 종종 있었다. 괜히 집 앞에서 평소보다 더 자주 담배를 피웠었다. 특별한 이유도 없었다. 그냥 신경이 쓰였다고 해야 할까? 얼굴이나 마주치면 인사나 다시 한 번 해 보려고 했던 걸까? 나도 내 심경을 잘 모르는 상황이었다. 그리고 오늘 그 애를 여기서 마주쳤다. 나를 봤을까? 그 애가 들어왔을 때 나는 먼저 알아보고 고개를 숙였던 것 같다.

"형! 여기요!"

민철이 옥상으로 올라오는 계단 쪽을 보며 손을 흔든다. 고개를 돌리니 우리 뒷자리에 앉았던 남자 둘이 걸어오고 있었다. 그들은 민철의 손짓을 보고 우리 쪽으로 왔다. 민철은 원래 알았던 사이처럼 친근해 보였다.

"형식이 형 여기 제 짝꿍 아까 봤었죠? 저랑 동갑인데 이름도 같아요! 하하."

"어, 그래. 박형식이라고 합니다."

박형식이란 사람은 얼굴이 까만 편이었다. 머리는 짧은 스포츠머리를 하고 있었고 키는 그리 큰 편이 아니었다. 나보다 한 뼘 정도 작았다. 전체적으로 순박해 보이는 인상이었다.

"예, 안녕하세요? 말씀 편하게 하세요."

"어, 그래요. 하하하."

"아, 그리고 이 형은 준기 형."

준기란 사람은 머리가 어깨까지 내려오는 장발에, 힙합바지를 입고 허리엔 손가락 마디만 한 굵기의 체인 액세서리를 차고 있었다.

"안녕하세요? 서준기라고 합니다."

"안녕하세요."

우리는 서로들 악수를 했다. 그리고 모두들 새로 담배를 꺼내 물고 불을 붙였다. 옥상이라 바람이 더 강한 건지, 날이 흐려서 바람이 강한 건지 라이터 불이 자꾸 꺼졌다. 누가 신호를 보낸 것도 아니었지만 우리는 자연스레 둥그렇게 모여서 벽을 만들었다. 그 안에는 바람이 불지 않고 있었다. 그리고 따뜻했다. 우리 모두는 담뱃불을 붙이고 다 함께 웃었다. 첫 수업이 끝난 옥상엔 삼삼오오 모여든 학생들로 붐비고 있었다.

"어, 눈이다."

준기 형의 말에 우리는 하늘을 올려다봤다. 정말 눈발이 날리고 있었다. 3월이 되어서 내리는 눈이다. 겨울이 한창이던 시절에 왔으면 무척이나 설렜을 이 눈도 3월이 되어 늦게 내리니 뭔가 서글퍼 보였다. 이 눈도 겨울 끝자락이라도 함께하려 애쓰고 있는 걸까? 아마도 마지막 눈일 것이다. 모두에게 기억되는 첫눈과는 다른 마지막 눈이 내리고 있다. 조금 늦었지만 분명 눈이다. 우리도 조금 늦었을 뿐이다.

"안녕!"

여자의 목소리가 크게 들렸다. 우리뿐만 아니라 주변에 있던 모두들 소리가 나는 쪽으로 고개를 돌렸다. 그곳엔 앞집 여자와 짝꿍이던 여자가 우리를 향해 걸어오고 있었다. 앞집 여자의 인사 소리가 생각보다 컸었던지라 뒤따라오는 여자는 창피한지 고개를 푹 숙이고 있었다. 그리고 그 두 명의 여자는 우리 앞에 섰다. 정확히 내 앞에 섰다.

"너 아까 내 뒤에 앉아 있었지? 왜 아는 척 안 했어?"

주위 사람들의 시선이 느껴졌다. 아마도 내 얼굴은 빨개서 터질 듯 보일 것이다. 분명….

"아, 아니. 그게 아니라…."

"안녕하세요? 얘랑 친구예요!"

이 거침없는 여자는 민철과 형들에게 인사까지 하고 있다.

"아, 예? 예, 얘랑 친구시라고요."

민철은 눈이 휘둥그레지며 나를 보고 말한다.

"아, 친구시구나…."

준기 형도 나를 본다.

"아, 반갑습니다. 박형식이라고 합니다. 나이는 스물… 스물넷입니다."

형식이 형은 자기소개를 하고 있다. 차렷 자세로 한 것 같기도 하다.

"아, 그러시구나! 저는 혜정이예요. 신혜정. 그리고 제 친구 민지."

혜정이라는 이름을 오늘 처음 알게 된 앞집 여자애는 뒤에 있던 친구를 끌어당긴다.

"안녕하세요? 정민지라고 합니다."

"예, 저는 김민철입니다. 같은 민자 돌림이네요! 이것도 인연인데. 음, 아무튼 반갑습니다!"

민지라는 여자는 민철의 씩씩한 자기소개를 듣고 살짝 웃었다.

"예! 저는 서준기입니다."

민지의 미소를 보고 준기 형의 목소리는 더욱 커져만 간다. 이러다 누군지 모를 마지막 소개자는 피를 토할 듯하다.

"근데 너 이름이 뭐더라…?"

혜정이가 나를 보며 말했다. 이름을 까먹은 듯 얘기하지만 이름을 말한 적도 없었다. 형들과 민철이 의아하게 바라본다.

"강민철이야."

"응, 민철…. 아 잠깐 애도 민철이라면서. 이름이 같네! 둘이. 하하 민철이들…. 재밌다. 아무튼 우리 친하게 지내자. 오빠도요."

오빠 소리를 들은 형식이 형은 눈빛이 흐려지는 게 아무래도 정신을 잃을 듯 보였다. 그래도 이성의 끈을 놓지 않고 입을 뗐다.

"꼭 그래요, 혜정 씨…. 민지 씨도요."

"혜정 씨는요. 하하. 말 편하게 해요. 저도 그래도 되죠?"

"저도 오빠인 것 같습니다. 혜정 씨! 민지 씨!"

오빠를 강조하며 준기 형이 갑자기 튀어나왔다. 누가 보면 이산가족 상봉회같이 보일 것 같다.

"하하하, 그래요. 오빠, 준기 오빠도 친하게 지내요."

오빠로 인정받은 준기 형은 기분이 좋은지 언니처럼 긴 머리를 살짝 뒤로 넘겼다.

"뭐 따뜻한 거라도 마시죠? 눈도 오는데."

아직 반말이 익숙지 않은 형식이 형이 말을 했다.

"음, 민지 뭐 마실래? 그냥 따뜻한 커피 마실…"

혜정의 말이 채 끝나기도 전에 민철이는 매점 쪽으로 뛰어갔다. 조금 있으니 양손과 입으로 자판기 커피 여섯 잔을 가지고 오는 진기명기가 펼쳐졌다. 우리는 다들 커피 한 잔씩을 마시며 흩날리는 눈발을 구경했다. 옅어진 구름 사이로 해가 밝게 모습을 드러낸다. 눈발은 내리쬐는 햇빛을 받으며 이리저리 날아다녔다.

그해 마지막 눈을 우리 모두는 함께 맞았고, 첫눈이 올 때까지의 일은 상상도 할 수 없었다. 눈은 바닥에 쉽사리 쌓이지 못했다.

내가 간직할 수 없었던 추억처럼….

한 달 후.

"야 너 뭐 싸왔냐?"

"모르지. 아침에 어묵 볶는 냄새가 나긴 했는데…"

반찬 통을 여니 빨갛게 무쳐진 단무지가 시큼한 냄새를 풍기고 있었다. 어묵은 어디로 사라진 걸까…. 꿈이었을까? 아무튼 오늘도 나의 반찬은 무친 단무지다. 이틀째고 어머니가 단무지를 많이 무쳐 놓으셨나 보다.

"나는 민철이 때문에 무친 단무지의 참맛을 알았다. 하하!"

형식이 형이 단무지를 두 개 집어 가며 말을 한다. 자주 싸 가도 맛만 좋다고 하는 형식이 형이었다.

"민지 거 열어야지. 흐흐."

민철이는 포크를 공격적으로 집어 든다. 열린 민지의 반찬 통에는 가지런히 싸인 계란말이와 하나씩 나눠진 오이소박이, 동그랗게 뭉쳐진 시금치무침이 정성스럽게 자리를 잡고 있었다.

"난 민지네 계란말이가 제일 맛있더라."

혜정이가 계란말이를 덥석 집으면서 말한다. 오물오물 씹는 모습이 아이같이 귀여웠다.

점심시간. 우리 책상에서 다들 같이 먹는 점심밥. 민지와 혜정은 뒤를 돌아앉았고 형식이 형과 준기 형은 의자를 우리 옆으로 붙여서 함께 먹었다.

"야! 군대에서는 말이야 똥국이란 게 있는데."

"뭐야, 오빠. 밥 먹는데 똥 얘기하지 마라!"

형식이 형의 말에 혜정이가 눈을 흘기며 말을 한다.

"아니 그런 게 아니라 국 얘기야 국!"

"국? 분명 똥이랬어! 내가 들었다."

준기 형이 은밀히 얘기한다. 머리는 뒤로 질끈 묶었다. 김칫국물에 머리가 닿았을 때부터였다.

"아니 내가 분명 똥국이랬지."

"아, 똥! 국! 난 들어 봤어. 군대에 있다는 똥 넣어서 만들었다는 국! 6·25 때 많이 먹었다던데 요즘도 먹어 형?"

민철이 되묻는다. 민지와 혜정은 얼굴을 찌푸린다.

"아니야 된장국을 말하는 거야. 근데 그게 부대마다…."

"아니, 오빠. 내가 말했지. 이제 군대 얘기 하지 말라고. 아주 내가 군대 갔다 온 것 같다니까. 근데 이제 군대에 똥국인지 뭔지 아무튼 군대

똥 얘기까지⋯. 다시 군대 가고 싶어?"

다들 밥풀이 튀도록 웃는다. 형식이 형도 웃는다.

"알았다. 아무튼 똥국! 똥국! 똥은 안 넣은 똥국! 똥맛은 안 난다고!"

형식이 형이 작심을 한 듯 고래고래 마지막 외침을 한다. 주위에서 얼굴을 찌푸리며 형식이 형을 본다. 형식이 형은 주위를 보며 씩 웃었다.

"형 봤어? 저기 은주 누나 형 보고 웃었다."

준기 형이 소곤거리자 형식이 형은 얼굴이 빨개진다.

"진짜? 의식하지 마. 형 지금 얼굴 터질 것 같으니까. 내가 다시 봐 볼게."

민철이는 말을 하곤 2분단 중간 쪽을 바라본다. 그리고 갑자기 손을 흔든다.

"누나! 점심 맛있게 먹어. 오늘 되게 이쁘다, 누나. 하하하."

"아, 미친⋯."

형식이 형이 민철에게 조용히 말한다. 형식이 형은 2분단을 등지고 있었기에 뒤의 상황을 모른다.

"응. 민철이도 꼭꼭 씹어 먹어!"

은주 누나도 민철에게 손을 흔들며 말을 한다. 어느새 민철이의 흔들던 손은 고개를 숙이고 있는 형식이 형의 머리 위에서 형식이 형을 가리키고 있었다. 그걸 본 은주 누나는 크게 말한다.

"형식 씨도 점심 맛있게 먹어요!"

형식이 형은 전기에라도 감전이 된 것처럼 벌떡 일어나서 뒤를 돌아본다.

"예, 은주 씨도 맛있게 드세요."

"와하하하하."

우리를 포함한 학생들 대부분이 크게 웃었다.

우리 반에 스물넷 먹은 사람은 형식이 형과 은주 누나 둘밖에 없었다. 그래서 공식 커플처럼 사람들이 놀려 댔다. 연애 금지의 학칙을 조롱이라도 하듯 반 친구들은 재밌어했다. 아마도 민철이 먼저 시작을 했던 것 같다.

그런데 은주 누나는 아무렇지도 않게 동생들의 애교쯤으로 생각하고 별 신경 안 썼지만 형식이 형은 진짜 부끄러워했었다. 그리고 형식이 형이 은주 누나를 진짜 마음에 들어 한다는 사실을 안 지 얼마 안 됐고 그것은 우리 여섯만 알고 있는 비밀이었다. 그도 그럴 것이 은주 누나는 형식이 형에 비해 정말 예쁘고 세련되게 생겼었다. 형식이 형의 까무잡잡하고 작은 키를 보고 있노라면 시골에서 갓 올라온 촌놈 같았기에 우리는 함부로 다가가거나 고백을 하라는 말을 못 하고 있었다.

그리고 여기는 엄연히 연애 금지의 학칙이 있는 재수 학원이다. 선생님들의 말씀대로 우리같이 실패를 보았을 때는 그 어떤 것도 뿌리치고 원하는 목표를 향해 정신을 가다듬고 공부에 매진하는 수밖에 없다. 돌에 걸려 한 번은 넘어질 수 있지만 같은 돌에 두 번 넘어지는 것은 실패자라고 했다. 그 말은 교도소에 있는 말이라고 하셨다. 그렇다. 여긴 철창 없는 교도소나 다름이 없었다. 그나마 이렇게 점심시간이라든지, 쉬는 시간에 함께 웃을 수 있는 사람들이 있다는 것 자체만으로도 감사를 해야 했으며 내 주위에 있는 사람들의 소중함을 느끼면서 위안을 삼아야 했다. 만약 연애를 한다면 퇴강은 물론이고 주위의 학생들도 손가락질할 것은 뻔했다.

그렇기에 형식이 형의 고민은 커져만 가고 있었고 은주 누나에 대한 생각도 함께 커지고 있었다. 물론 그 모든 걸 무릅쓰고 고백을 한다 해도 받아줄 리 없다고 모두들 냉철한 생각을 하고 있었다.

"근데 오빠. 오빠는 군대 가기 전에 회사도 다녔다면서 제대하고 왜 힘들게 굳이 대학을 가려고 하는 거야?"

혜정이가 민지의 반찬 통에서 오이소박이를 집어 먹으면서 형식이 형에게 물었다. 혜정이는 컵라면을 먹고 있었다. 혜정이는 도시락을 잘 싸오지 않았다. 도시락이 질렸다고 했다. 어느 날은 민지가 혜정이 도시락까지 싸 오는 날도 있지만 혜정이는 그런 날이면 좀 시무룩해 보였었다.

"나? 응, 그게 너희랑 같지 뭐. 대학을 꼭 가야겠다는 생각이 들었어. 회사를 다니는 내내…."

"왜? 급여가 달랐었나?"

준기 형이 말했다.

"뭐 급여가 다른 것도 크게 작용하긴 했는데, 그냥 나를 바라보는 동기들의 시선이 싫었어. 알겠지만, 나는 공고를 나왔잖아. 그 당시 공고를 선택하던 때는 꼭 성적 때문만은 아니었어. 집안 형편도 넉넉하진 않았지만 굳이 내가 대학을 가고 싶은 생각이 있었으면 집에서 도움 좀 받고 나도 아르바이트 해서 보태면 대학을 갈 수도 있기는 했어. 그러나 나는 그 시간이 필요 없게 느껴졌었어. 대학이 길게는 4년 적게는 2년인데 말이야. 남자는 군대도 가잖아. 그 모든 시간을 합치면 남자는 스물일곱 아니면 여덟에 첫 직장을 얻게 된단 말이야. 그래서 언제 내가 독립을 하나 하는 생각? 또 나는 엔지니어가 되고 싶었거든. 엔지니어는 현장에서 실질적인 학습을 하는 것이 더 큰 도움이라고 생각을 했고 말이야."

"근데 동기들의 시선이 뭔데?"

준기 형이 뭔가 퉁명스럽게 묻는다.

"나처럼 고등학교를 졸업하고 바로 회사로 들어오는 사람들과 대학을 졸업하고 들어오는 사람들은 같은 동기로 부르긴 하지만 가는 길이 달라지더라고. 그래, 그 사람들은 힘들게 대학 공부 다 하고 들어왔으니까 그건 인정해야지. 그런데 그 이후야 나는 아니, 내 선배지. 나랑 같은 코스를 밟은 선배인데, 그 선배는 생산 라인에서 3년이 넘도록 있었는데도 함께 들어왔던 대학을 나온 동기들과는 다르게 이유 없이 진급이 되질 않는 거였어. 더 큰 문제는 그 선배보다 늦게 들어온 후배들도 대학만 나왔다 하면 그 선배보다도 나은 대우를 받는 모습을 보고, 느꼈지. 그리고 나도 그렇게 될 것이고, 그런 나를 바라보는 동기들의 시선이 싫었어. '넌 나완 다른 종이야' 하는 느낌이 든 순간 군대를 갔다 와서 이 사회가 바라는 그런 엘리트가 돼야겠구나 했지. 내가 생각하는 엘리트와 사회가 생각하는 엘리트의 괴리를 느꼈다고나 할까?"

촌스럽게 생긴 형의 입에서는 엘리트가 되겠다는 포부가 흘러나왔다.

"그럼 형은 과도 다 선택해 놨겠네?"

밥을 한입 가득 입에 물고 있는 민철이 물었다.

"생각해 놓은 전공은 있는데 뭐 성적에 맞춰서 대학이나 가 봤으면 좋겠다."

"뭐야. 엔지니어가 꿈이라면서?"

밥을 다 먹은 준기 형은 머리를 풀면서 말을 했다.

"야, 그 회사에 다니던 대학 나온 동기들 중에 신방과도 있었다. 과는 상관이 없더라. 대학만 나오면 되지. 웃기지 않냐? 나는 공고에서 기본은 배우고 왔었는데 말이야."

"나도 신방과 갈 건데."

민지의 속삭이듯 말하는 소리에 다들 귀를 기울인다. 그 모습을 보고 동그란 민지의 눈은 더욱 동그래진다.

"뭐라고? 곤충 소리가 난 것 같은데."

민지의 목소리가 작다고 다들 파리가 앵앵댄다고 놀리고들 있던 참이다.

"신방과 간다고!"

민지는 목소리에 힘을 주어 다시 얘기한다.

"파리도 소리치니까 크구먼! 하하하."

짓궂은 민철의 놀리는 소리에 민지도 얼굴을 찡그리지만 이내 함께 웃었다.

창밖의 가로수엔 이제 조금씩 연녹색의 새싹이 보이고 있었다. 유독 심했던 꽃샘추위도 가고 이제 정말 봄의 초입에 있었다.

칠판에 분필이 부딪치는 소리가 조용한 교실 안에 울려퍼지고 있었다. 저 분필 소리는 어쩔 때는 정신을 깨우는 날카로운 소리가 난다. 또 어떨 때는 쉽사리 잠이 들지 않는 아이를 위해 어머니가 불러주시는 자장가 같은 소리가 날 때도 있다. 그리고 지금 들리는 소리는 자장가이다. 나의 눈꺼풀은 반이 감겨 있는 것 같다. 점심시간이 지나고 첫 수업 시간은 따뜻해지는 이 계절에 정말 쥐약 같은 시간이었다. 모두들 잠과 사투를 벌이고 있는 듯하다. 옆의 민철이는 아까부터 새근새근 아기 소리를 내며 자고 있다.

"드르렁!"

갑자기 뒤에서 호랑이의 포효 소리가 난 것 같다. 아, 우리의 엘리트 형님 같다. 다행히 나는 엘리트 형의 코골이 때문에 잠이 번뜩 깼다.

민철이도 놀라서 깼는지 책상에 흘린 침을 닦고 있었다.

왼쪽 얼굴에는 수학 공식이 자국 나 있었다. 필기 중이었나 보다.

"누구야?"

칠판에 필기를 하시던 수학 선생님이 돌아보셨다. 다른 앞쪽의 학생들도 모두 돌아봤다. 나도 뒤를 돌아봤다. 살짝 졸던 준기 형은 상황 파악을 하곤 코를 골고 있는 형식이 형의 옆구리를 세게 찔렀다.

"상병! 박형식."

아, 엘리트 형은 아까 그렇게 똥국 똥국 하더니 꿈에서 군대 똥국을 드시고 있었나 보다.

"와하하하하하."

교실이 난리가 났고, 형식이 형은 깼으며 그 냉혹하던 수학 선생님도 웃고 말았다.

"이봐, 박형식 상병님. 빨리 가서 세수하고 와. 가서 위병소 말뚝 세우기 전에."

"하하하하."

형식이 형은 멋쩍은 듯이 뒤통수를 긁으며 자리에서 일어났다. 그리고 다른 사람은 눈에도 들어오지 않는 듯이 은주 누나의 눈치만을 살핀 것 같았다. 그 모든 광경을 죄다 본 은주 누나는 눈물을 흘리며 형식이 형에게 손을 살짝 흔들어 주고 있었다.

공고를 나와 회사를 다니며 많은 걸 느껴서 다시 공부를 시작한 형식이 형은 그만의 엘리트 코스를 걸어왔다. 그러나 누구에게나 상식적이고 이상적인 형의 엘리트 코스는 없었다. 아니 존재는 하지만 불합리한 길의 연속이 될 것을 알아 버렸던 것이다. 형의 욕심이 크다고 할지 모르겠지만, 최저생계비란 것처럼 최저자존심비란 것도 있지 않을까? 형은 그것을 견디기엔 자존심이 허락을 안 했던 것이다. 물론 지금 이 자리에 있다고 이 형이 원하는 것을 모두 얻었다는 것도 아니다. 단지 여기는 닭이 되고 병아리가 되고 싶은 알들의, 그것도 한 번 부화가 안 됐던 알들의 부화장일 뿐이니까 여기서 끝까지 부화가 되지 않고 사라지는 알들도 많다는 것을 우린 분명 알고 있다.

형식이 형이 잘됐으면 좋겠고 그만의 엘리트가 아닌 이 사회가 모두 알아주는 엘리트가 되길 나는 기원한다. 그리고 형은 다음 날부터 엘리트 상병 박형식으로 불리며 또 그만의 엘리트 코스를 걷기 시작했다.

제6장

이곳의 생활은 빡빡하기 이루 말할 수가 없었다. 초심을 잃었다면 할 말 없지만 정말 여기서도 숨이 쉬어진다는 게 신기할 따름이다. 물론 쉬는 시간에 담배도 피우고, 매점에서 음료수도 마시고 먹을 것도 먹곤 하지만 점점 시간이 지날수록 답답해져만 갔다.

그러나 오늘은 한줄기 빛과 같이 중대한 약속이 생겼다. 어제였다. 삐삐가 울려서 보니 음성이 들어와 있었다. 건우였다.

"야, 애들 금요일이라고 모처럼 다들 올라왔대. 이따가 술 마시기로 했으니까 올 수 있으면 와서 술 한잔 하자. 연락해."

술을 마신다고 했다. 그때 시간이 저녁 7시였다. 수업은 끝나고 자율학습 시간이었다. 열한 시까지 자율적인 학습이 끝나야지만 학원에서 나갈 수 있었다. 고로 나는 친구들한테 갈 수가 없었다. 한번 가 보려고 꿍꿍이를 써 볼까 생각도 해 봤지만, 나와 같은 처지의 학생들이 모두들 자율적으로 학습을 하는 것을 보고 농땡이를 피우기 싫었다. 그리고 시간이 흘러 친구들이 만나고 있을 무렵 10시쯤 삐삐가 또 울렸었다. 음성이었다. 나는 옥상에 있는 공중전화로 가서 사서함을 들었다. 그 음성에는 친구들이 한가득 모여 있었다. 그리고 노래를 부르고 있었다.

"이제 불러! Cause Here I stand for you~ 난 나를 지켜가겠어~ 언젠

가 만날 너를 위해."

아주 가관이었다. 거하게들 취한 친구 놈들이 신해철 노래를 고래고래 부르고 있었다.

"세상과 싸워 나가며~ 너의 자릴 마련하겠어. 야, 이거 내가 부를래. 아 씨, 뒤로 좀 가고."

난리도 아니다. 노래는 개판이고 지들끼리 노래하다 싸우고….

"하지만 기다림에 늙고 지쳐 쓰러지지 않게~ 어서 나타나 줘~ 민철이 새끼 나오지도 않고."

고래고래 질러대던 노래가 끝나고 술 취한 친구들이 한마디씩 한다.

"강민철이 뭐 너무 무리하지 말고 무리한다고 몇 점이나 오르겠냐, 니 머리에…. 그냥 수능 전날 술 먹고 찍어 봐. 알아? 더 잘 나올지. 하하하. 아, 미안 호호호."

용준이다. 잔인한 농담을 하지만 노래는 제일 열심히 불렀다.

"보고 싶다! 민철아! 나 오늘 너 보고 싶어서 너 좋아하는 통닭 많이 먹었어. 다음에는 꼭 보자."

석호였다. 혀가 엄청 꼬여 있다. 집에나 잘 들어갈 수 있을지 모르겠다. 친구들의 안부 인사인지 놀리는 건지 모를 왁자지껄한 음성이 끝나가고 있을 때 나의 눈시울은 붉어지고 있었다.

노래는 엉망으로 불렀지만 친구들의 노랫소리를 들었을 때 가슴이 찡하고 고마운 마음이 들었었다. 그리고 나도 이곳이 아닌 그 무리에 함께 있고 싶은 마음에 울적해졌고, 뭔지 모를 복잡한 심경이 스치고 지나간다. 그리고 이제 봄꽃들도 피어나는지 진한 꽃향기도 슬쩍 스쳐 지나간다. 어디서 맡아 봤던 향기다. 무슨 꽃이었더라…. 음성은 끝났고, 나는 수화기를 내려놓았다. 그리고 뒤로 돌았다. 어둑어둑해진 옥상, 올라와 있는 사람들도 없었다. 그런데 내 뒤에 뭔지 모를 어두운 물체가 있었다. 우선 일차적으로 내 심장은 박동을 멈췄고 그 물체가 나에게 달려들며 소리를 칠 때 내 속에 있는 모든 소화기관 및 생명을 관장하는 모든 장기가 내려앉는 느낌이 들었다.

"어… 흑."

나는 신음소리를 내며 그 자리에 주저앉고 말았다. 하늘이 도왔는지 오줌은 안 나왔다.

"하하하하! 강민철 놀랐지?"

누군가 자빠져 땅바닥에 앉아 있는 나를 보며 깔깔거린다. 혜정이었다.

"야, 나 지금 죽을 뻔했어…. 여긴 왜 있냐? 근데."

"매점 안에 있는데 너 올라오는 거 보고서 놀래려고 뒤에서 있었지. 하하."

나는 벗겨진 슬리퍼를 주워 신고, 엉덩이를 털면서 일어났다.

"응, 그랬구나…. 뭐 먹으려고?"

"아니 〈별은 내 가슴에〉 보러 왔지, 여기서 안재욱 되게 멋있어졌어. 원래 별로였는데."

"매점에서? 티브이를?"

매점에는 티브이가 없었다.

"아니, 아줌마들 쉬는 방에는 있어. 아줌마들하고 친해졌거든. 엄마 같고 좋아. 그래서 부탁했지. 나도 몰래 들어가서 좀 보자고. 이건 비밀이다."

환하게 웃으면서 말하는 혜정이도 민철이 못지않게 붙임성이 좋다. 드라마도 좋아하고. 그래, 저렇게 밝은 아이가 이곳에 갇혀 있으니 답답할 만도 했겠다.

"재밌겠다…."

"너도 볼래? 내가 아줌마들한테 특별히 너까지는 부탁해 볼게."

"괜찮아. 공부해야지. 언제 티브이 보냐?"

혜정은 답답한 느낌인지 작은 입을 삐죽거린다. 혜정이의 입술은 참 예쁘다. 뭘 바르는지 언제나 반질반질하다. 전체적으로 작은 입이지만 입술은 도톰한 게 정말 앵두 같단 표현이 딱 들어맞는 입술이었다.

"매일 하는 공부, 어쩌다 한 번씩 하는 드라마는 좀 보면서 해도 돼. 바보야."

"알았어. 그래도 안 볼래…."

"그래, 알았다. 완전 모범생 나셨구먼. 근데 너 친구들 되게 웃기더라."

"웃긴 놈들이지…. 되게 친해. 초등학교 때부터 친구인 놈도 있어."

"노래는 못하더라. 다들."

어느새 옥상 화단에 앉아 있는 혜정이의 얼굴을 보니 웃음을 참고 있었다.

"너 들었구나…."

"하하하. 아니, 그게 아니라…. 하하. 그냥 어떻게 하다 보니 듣게 됐어."

혜정은 어쩌나 웃겼던지 났던 눈물을 손으로 찍어 누르며 말했다.

"너 놀래려고 살금살금 뒤로 갔는데, 네가 무슨 노래를 듣고 있는 거야. 그래서 난 또 네가 이상한 취미가 있는 줄 알았지. 그런 거 있잖아. 이상한 전화 001로 시작하는 거. 하하. 그리고 귀를 살짝 갖다 댔는데 네 친구들이 어쩌나 목소리가 큰지 다 들리더라! 듣다 보니 다 들었지…. 기분 나쁜 건 아니지? 난 부럽기만 한데 뭐…."

기분은 나쁘지 않았다.

"응…. 안 나빠. 그냥 오줌 쌀 뻔해서 그랬지 뭐. 빤쓰도 없는데…."

혜정이는 웃으며 내 팔을 때리고는 말한다.

"되게 놀랐지? 흐흐. 내가 얼마나 숨을 죽이고 있었는지. 들킬까 봐 웃음을 꾹 참는데 나도 죽을 뻔했어."

혜정이는 담배에 불을 붙이기 전 긴 머리를 뒤로 쓸어 넘긴다. 낯익은 향기가 난다. 맞다. 아까 났던 향기다. 아 혜정이 냄새였구나…. 혜정이가 내 뒤에 바짝 붙어서 함께 수화기 소리를 듣고 있는 모습을 상상하니 나도 모르게 웃음이 났다.

"그런데 친구들 되게 좋다. 공부한다고 합창하면서 응원도 해 주고, 아까 그 노래 신해철 노래지? 제목이 뭐더라. 나도 들어봤는데…."

"응, 그거 「히어 아이 스탠드 포 유」잖아."

"아, 맞다! 그거."

"친구들하고 노래방 가면 그거 많이 불러 끝부분이 정말 멋있거든. 노래 좋아."

"너 그거 잘 불러? 노래 잘하나 보다!"

"아니, 그냥 막 부르는 거지 뭐."

"나도 담에 기회 되면 불러 줘. 니 노래 한번 듣고 싶다."

혜정이가 내 노래를 듣고 싶다고 한다. 이성에게 처음 들어 본 말이다. 기분이 묘했다.

"네가 왜 내 노래를 듣고 싶냐?"

"음… 우린 친구고 그리고 이웃사촌이고 이 정도면 불러줘도 되지 않나? 하하."

뭘 기대한 걸까, 나는…. 피식 웃음이 났다.

"맞지. 이웃사촌."

"친구들이 오늘 다 모여서 술 마셨나 보네? 거기 못 가서 우울해 보였던 건가?"

"내가 우울해 보였어? 그랬나?"

나는 아니었던 것처럼 되물었다.

"응, 계속 한숨 쉬고, 볼펜으로 톡톡 두드리고 너 땜에 난 자율 때 집중도 못했다고."

"아, 그랬었구나. 미안."

내색을 안 한 줄 알았는데 난 제대로 툴툴거리고 있었나 보다.

"하하. 아니야. 그냥 조금 들렸을 뿐이야. 근데 친구들 술 잘 먹나 봐?"

"내 친구들 꾼들이지 엄청 먹어 대. 미친 것 같아. 너도 잘 마시잖아. 저번에…."

나는 지난 2월에 술에 취해 있던 혜정이가 떠올라서 슬쩍 물어봤다.

"아, 그때."

담배를 피우던 혜정이가 갑자기 말끝을 흐렸다. 침묵이 잠시 흘렀다. 나는 혜정이의 속을 뭔가 잘못 건드린 것 같아 어찌 할 바를 모르고 최선을 다해서 최대한 검은 하늘만을 바라보고 있었다. 이런 상황에서의 대처법은 어느 과목에서 가르쳐 주는지에 대해서도 생각을 해 보았다. 생물이 가장 근접해 있는 것 같긴 했다. 내 늘어진 추리닝보다 더욱 늘어진 추리닝 주머니에서 난 담배를 한 대 꺼내 물었다. 그리고 불을 붙일 때쯤 조용하던 혜정이는 입을 뗐다.

"너 엄청 울었던 날? 하하하. 막 코 먹고 배부르겠더라! 너 코 좋아해?"

갑자기 뒷골이 땅한 게 지금 불고 있는 바람과 함께 사라지고 싶었다. 혜정이는 계속 말을 이어 갔다.

"너 대학 떨어져서 막 울고 있던 거지? 안 봐도 비디오다. 바보같이…."

"자기도 울었으면서…."

난 억울한 듯 한마디 뱉었다.

"자아기? 자기라니? 너 나 좋아해?"

혜정이는 갑자기 유치하게 말꼬리를 잡는다. 그리고 웃음기를 싹 지우고 고개를 돌려 내 눈을 똑바로 바라봤다. 내 속에 들어갔던 담배 연기에 체하는 느낌이 들었다. 혜정이의 큰 눈동자는 긴 머리색과 비슷한 진갈색 눈빛이었다. 마스카라를 살짝 바른 속눈썹은 봄바람에 흔들거리고 있었다. 향기가 났다. 혜정이의 향기가 나고 있었다. 나도 혜정이의 눈에 취한 듯 피하지 않고 계속 바라봤다. 그리고 뭔지 모를 이상한 감정이 휘몰아치고 올라왔다. 가슴이 간질간질한 게 엄청 가벼워지는 느낌이다. 눈 뒤가 계속 뜨거워진다. 그리고 나는 눈을 깜박였다.

"짝!"

나는 머리를 감싸고 있다. 뭔가가 내 이마를 철썩 때렸다. 아무래도 손바닥 같다. 웃음소리가 들린다. 귀가 멍한 게 뇌진탕이 살짝 왔다 간 것 같은 의심이 들기까지 한다.

"아… 씨. 왜 때려? 이 정도면 뇌세포 겁나 죽었어…."

"하하하, 바보. 눈싸움이야, 방금."

혜정이는 얼마나 웃긴지 배를 잡고 허리를 숙인 채 웃고 있다.

"다시 한 번 해."

나는 말했다. 그리고 우리는 다시 눈싸움을 시작하고, 나는 혜정이의 예쁜 눈을 다시 본다.

"짝!"

나는 다시 머리를 감싸고 있다. 더 셌다. 혜정이의 웃음소리는 더 커졌고 나의 뇌세포는 더 사라진 것 같다. 자율 때 외웠던 임오군란 연도가 기억이 안 난다.

"그만하자…."

"그래 많이 아프지? 그러니까 덤비지 마라. 그리고 비밀은 지키는 거야. 그때 울었던 거 우리 비밀이랬거든!"

"알았다…. 비밀 꼭 지킬게."

"내 손 맵지?"

"응."

"분하면 나중에 또 도전해. 오늘은 내가 예고 없이 눈싸움을 해서 아주 약간 미안하기도 하거든…. 그러니까 음… 너도 우울해하기도 하고, 우리 내일은 자율 없으니까, 우리도 술 한잔 하러 갈까? 오랜만에 노래방도 가 보고."

그렇게 해서 오늘 나는 혜정이와 술을 한잔 하기로 약속을 했다. 외출을 한 달여 만에 하는 것 같다. 이성과 단둘만의 약속은 물론 처음이다. 여러 모로 설레는 날이다. 아침부터 아껴 뒀던 청바지에 형의 흰색 폴로 티를 찾느라 엄마한테 한소리 들었다. 재수생이 무슨 멋을 부리고 있냐고 잔소리를 들었을 때는 살짝 양심이 찔리긴 했지만 오늘 혜정이와의 약속은 어제 친구들 모임과는 성격이 달랐다. 우선 같은 재수생의 신분이라 서로의 심정을 누구보다도 잘 헤아릴 수 있었고, 또 함께 공부를 안하게 되니 어찌되었든 안도감이 들 것 같았다. 그리고 가장 중요한 것은 이성이었으며, 더 중요한 건 예쁜 이성이었으며… 이건 내 생에 첫 데이트였기 때문이었다. 나는 수업이 끝나기만을 목이 빠져라 기다리고 있다.

"모두 파이팅! 반갑다!"

형식이 형의 구호에 맞춰 우리 모두는 높이 들었던 술잔을 입에 갖다 대었다. 나는 벌컥 벌컥 맥주를 들이마셨다. 목구멍이 따가웠지만 찢어지기라도 하겠냐 하며 넘겨 버렸다.

여긴 대학로의 '캠브리지'라는 호프집이다. 그리고 모두 있다. 교실 일 분단 뒤쪽을 옮겨 놓은 것 같은 이 분위기… 고로 안도감은 절정이다. 혜정이의 끝나고 술을 마시자는 말에 흥분하며 군가를 부르던 형식이 형, 군가 소리에 잠이 깨 박자에 맞춰 스키 춤을 추던 민철, 그리고 헤드뱅잉을 하던 준기 형까지… 모두들 누군가가 제발 술 한잔 하자고 하길 기다리고 있던 사람들 같았다.

이들의 얼굴에서 웃음이 끊이질 않는다. 데이트가 회식 자리로 바뀔 때의 실망감은 이루 말할 수 없었지만, 내 인생이 그렇지 뭐 하는 한탄과 함께 바로 수긍을 해 버렸다. 그리고 이렇게 호프집에 자리를 잡고 다들 웃으며 즐거워하는 모습을 보니 오히려 잘됐다는 생각이 든다. 학원에서만 보던 사람들… 그것도 젊음의 거리, 이름도 거룩한 '대학'로에 함께 있으니 설레는 마음이 좀처럼 잦아들지 않고 있었으며 자유로운 모습이 무척이나 생소하고 좋아 보였다.

"야, 민철이 술 되게 먹고 싶었구나!"

연거푸 두 잔을 내리 마신 나를 보며 형식이 형이 감탄을 한다.

"오늘 맥주가 맛있네요. 안주도 맛있고…"

나는 스페셜 안주에 딸려 나온 보물 같은 닭다리를 집으며 말했다.

"와! 안주발 장난 아니다. 보니까 계속 먹어. 아주 쉬질 않아. 하하. 이것도 더 먹어라."

민철이는 바지 주머니에서 가운뎃손가락을 꺼내 보이며 웃는다. 나는 아랑곳하지 않고 민철이를 보며 닭다리를 한입 가득 베어 물고 씩 웃었다.

"와! 이렇게 다들 바깥에서 보니까 정말 좋다. 그치?"

민철과 내 사이에 앉아 있던 혜정이가 민철과 나를 번갈아 보며 말했다.

"나 잘했지? 하하."

혜정이는 자신의 빈 잔에 피처를 들고 맥주를 따르며 말을 한다.

"야, 앞사람 재수 없으라고 혼자 따라 먹어? 나 대학 떨어지라고?"

형식이 형이 혜정이 들고 있는 피처를 뺏어 들어 남은 잔을 채워 준다. 그리고 나머지 사람들의 잔도 채워 준다. 내 왼쪽에는 혜정이가 앉아 있고 오른쪽에는 민지가 앉아 있었다. 혜정이가 동갑끼리 섞어 앉자며 이렇게 배치를 하였고 맞은편에는 형들 둘만 덩그러니 있었다. 그러나 형들은 우리를 마주 보게 되어서 더 좋다고 했다. 교실에서 언제나 우리들 뒤통수만 보고 있다가 이렇게 마주 보는 게 더 좋았나 보다.

이곳 캠브리지 호프집은 젊은 사람들이 많이 오는 곳이어서 1층부터 3층까지 빈자리가 없을 정도로 우리 또래의 사람들로 가득 차 있었다. 우리는 조금 일찍 들어왔기에 3층 창가의 좋은 자리에 앉을 수 있었다. 하늘은 그 어떤 날보다 맑았고 드문드문 무리지어 가는 새하얀 구름은 이제 곧 피어날 벚꽃의 전주곡 같았다. 모질게 추웠던 그 겨울은 이제 사라져 가고 어느새 봄 안에 들어와 있었다.

"잠깐만. 은주 언니한테 삐삐 온 거 같아. 전화해 봐야겠다."

혜정이가 삐삐를 보면서 테이블 모퉁이에 있는 작은 전화기를 달라고 한다. 형식이 형은 은주 누나의 이름을 듣더니 갑자기 어색한 미소를 짓기 시작한다.

"아, 이 형 또 긴장하고 있어. 형! 그냥 아무렇지도 않게 대하라고. 더 이상해."

"알아. 나 그러고 있지 않냐?"

"아니야. 지금 입이 삐뚤어진 거 같아. 하하."

아닌 게 아니라 정말 형식이 형 윗입술이 파르르 떨리고 있다. 붙임성 좋은 우리 혜정이는 오지랖이 발동을 하여 은주 누나까지 섭외를 끝내 놓은 후였고, 집이 돈암동인 은주 누나는 우리 신라학원의 교복과 같은 추리닝을 사복으로 갈아입고 오신다고 했다.

"민지야. 너도 안주 좀 먹어. 맥주만 마시지 말고."

나는 조용히 맥주를 홀짝이는 민지에게 안주 그릇을 살짝 밀어 준다.

"응, 먹고 있어. 그런데 정말 오랜만에 외출하니까 좋긴 하다. 날씨도 좋고."

"너도 학원 들어오고 처음이야 외출하는 거? 술도 처음이고?"

"응, 나도 사람 많은데 나온 거는 처음이야. 술은 가끔 혜정이랑 한잔씩 하긴 했어."

의외였다. 술 한입도 못 마실 것 같은 민지가 혜정이랑 같이 술을 마셨다니….

"아니, 언제? 그렇게 늦게 끝나는데 갈 데가 있긴 있어?"

"저기 우리 학원 옆쪽 동묘 쪽으로 올라가면 포장마차들 있어 거기서 떡볶이 사 먹으면서 그냥 반주 한잔씩 한 거지."

민지는 반주라는 말을 하면서 머쓱한 표정을 지었다.

"반주? 하하. 너네 완전 술꾼들이었네. 혜정이는 좀 먹는 줄 알았는데 민지 너까지. 이야! 정말 다시 보이는데."

나는 고개를 옆으로 돌려 민지를 눈으로 훑는 시늉을 했다.

"많이 먹지는 않고 둘이 소주 한 병 시켜서 나눠 먹는 거지 뭐…."

그럼 2월에 혜정이가 취했을 때도 민지랑 같이 먹었던 건지도 모르겠다.

"그런데 너 오늘 되게 깔끔하게 하고 왔다. 맨날 무릎 나온 추리닝만 입고 오더니 청바지도 잘 어울리네."

처음이다. 뭔가가 잘 어울린다는 말…. 그래, 맞다. 요즘 내가 살이 좀 빠진 거 같긴 했다. 재수생의 스트레스로 인해 자연스럽게 다이어트가 됐나 보다. 안 그래도 아침에 청바지를 입는데 예전에는 꽉 끼었을 허벅지가 살짝 남아도는 느낌이었다.

"야, 니네 둘만 뭘 그렇게 속닥거리냐? 사귀냐?"

준기 형은 민철과 한참 얘기를 하다 나와 눈이 마주치자 갑자기 우리를 놀려 댄다.

"어라, 민지 얼굴 빨개지네…. 민지 민철이 좋아하는 거 아니야? 하하하."

형식이 형이 맞장구를 치며 함께 놀린다. 민지를 살짝 보니 귓불이 정말 빨갛게 변해 있긴 했다.

"형 미쳤다고 민지가 민철이 같은 애를 좋아해요? 저 먹기만 하는 애를…. 민지가 강민철을 좋아하는 건 갑자기 오늘 은주 누나가 형한테 사귀자고 하는 것보다 더 가망성이 없는 얘기라고요. 하하하."

뭐 놀라운 얘기는 아니지만 그래도 저렇게 확인 사살을 하는 민철이가 얄밉게 보였다.

"뭐 그 정도까지…. 아무튼 강민철 열심히 해 봐라. 하하하."

그렇다고 정말 은주 누나가 사귀자고 한 것도 아니고, 사귀자고 할 일도 없겠지만 괜스레 어깨를 으쓱거리는 형식이 형이 나를 위로한다.

"그런데 오빠. 오빠는 왜 머리를 길러요?"

뜬금없이 민지가 준기 형한테 머리에 대해서 물어본다. 역시 여자들은 미용에 관심이 많은가 보다. 방금 전 이야기가 창피했었는지 민지의 귓불은 아직도 빨갛게 달아올라 있었다.

"응… 이거."

준기 형은 긴 머리를 만지작거리며 들어 본다.

"사연이 많지… 나 음악 하는 거 아나?"

우리는 다들 준기 형을 바라봤다. 형식이 형은 이미 알고 있었다는 듯이 별로 놀라지 않고 있었다.

"그건 알지? 나 고등학교 자퇴한 거…."

우리는 모두 고개를 끄덕였다.

"그땐 막무가내였지…. 한번 나가면 같이 밴드 하는 친구들과 몇 박 며칠을 합주실에 틀어박혀서 연습하고, 다른 팀들 노래도 듣고…. 아무튼 집에 들어가질 않았어, 나중에는 집에서 실종신고까지 냈으니까 말이야. 그때가 16살에서 17살 정도였지. 그러다 뭐 집에 잡혀 가면 또 나오고…. 그러기를 반복하다가 집에서 알아서 하라며 포기를 하시더라고. 너무 좋았어. 그리고 바로 엄마하고 고등학교 자퇴를 하러 갔지. 그날 우리 엄마 참 많이 울더라…."

준기 형은 맥주를 쭉 들이켰다. 그걸 본 우리도 조용히 건배를 하고 맥주를 들이켰다.

"오빠! 음성 왔는데 은주 언니 이제 출발했대. 배스킨으로 온다고 한 30분 후에 누구 나와 있으라고 하네. 오빠가 나가 있을래?"

은주 누나의 음성을 들은 혜정이가 형식이 형한테 물었다.

"그럴까?"

"아니야, 형! 형 오늘 너무 엉망이야. 거기서 기다리면 서 있어야 될 텐데 형 추리닝 지금 서도 앉아 있는 거 같아. 그거 지금 2주째 입고 있지?"

"2주는 아니다. 조금 됐지. 그렇게 엉망인가? 그래 그럼 여기서 있지 뭐…."

이럴 때 보면 형식이 형은 사랑 앞에선 꽤 귀엽단 생각이 들었다.

"형을 위해서야. 형 상체는 괜찮아. 다행히 티는 웬일로 갈아입었어 오늘? 아무튼 우리가 알아서 할 테니까 형은 은주 누나 오면 화장실도 가지 마. 지금 갔다 와."

민철의 카운슬링을 정말 잘 듣는 형식이 형이다. 척 봐도 인기가 있어 빼는 민철이의 말을 형식이 형은 늘 신뢰하고 있었다. 그리고 민철이의 판단을 보면 틀린 적도 없었다.

"그래서 준기 형 자퇴하고 음악 계속 했어?"

나는 끊긴 준기 형의 과거사를 다시 물었다.

"준기 오빠 음악 했었어? 역시 멋있어. 뭔가 있을 줄 알았다니까. 하하."

크게 웃는 혜정이를 보고 민철이가 조용히 하라고 입에 검지를 갖다 댄다. 조용해지자 준기 형은 다시 말을 이었다.

"응. 자퇴를 하고 본격적으로 음악에 몰두하려 했었지…. 일 년 동안은 정말 음악에 미쳐 있었어. 공연도 했었고. 여기 근처야. 마로니에 공원 뒤쪽에 있는 작은 공연장에서 많이 했었지. 유명한 선배들 노래도 하고 우리 자작곡도 연주하고. 그래도 팬들 꽤 있었어. 음악 하는 형들한테 칭찬도 많이 들었어. 계속 이렇게 나가다 보면 우리나라에서 손꼽히는 베이스 연주자가 될 수 있겠다고 말이야. 난 밴드에서 베이스를 쳤거든. 그 둥둥거리는 소리가 심장 소리 같고 좋았어…. 그런데 어느 날 집과 연락이 안 되던 나를 찾아서 공연장으로 여동생이 찾아왔더라고…. 울고 있더라. 아버지가 돌아가셨다고. 교통사고였어."

우리는 모두 고개를 숙인 준기 형을 똑바로 바라볼 수가 없었다. 옆에 있는 민지는 눈물이 나는지 냅킨을 두 장 뽑아 갔다.

"늦게 장례식장에 갔지. 내가 상주니까. 아버지를 한 반년 못 뵙다가 영정 사진으로 뵈니까 미치겠더라고…. 다 내 잘못 같고. 내가 집에 있었으면 이런 일이 일어나지 않았을 것 같고 아무튼 내 자신을 용서를 할 수가 없었어. 그렇게 상을 치르고 이제 셋 밖에 남지 않은 우리 가족의 가장이 되었지 내가. 엄마, 나, 여동생…. 그런데 내가 더욱 미치겠던 건 그런 와중에서도 '음악은 어떻게 하지?' 하는 생각이 드는 거야…. 그럴 때 큰아버지가 찾아오셨어. 우리 엄마와 큰아버지 나, 셋이 얘기를 했어. 우리 가족에 대해, 내 앞날에 대해 나는 어찌 되었건 정리가 되면 음악을 해서 꼭 성공하겠다고 했지. 그래서 엄마 동생을 내가 책임지겠다고. 그런데 말이야…."

제7장

"그런데 말이야…. 아무리 내가 성공할 자신이 있다고 해도 믿질 않는 거야. 그때까지 내가 이룬 게 없으니 그럴 수도 있지만, 그냥 그 두 분은 나를 정신을 아직 못 차린 아이쯤으로 치부해 버리는 거야…. 내 꿈인데 말이야. 그리고 계속 얘기를 해 갈수록 나도 믿지 못하게 돼 버리더라고, 내 자신을, 내가 가려는 길을…. 그분들은 단순히 연예인으로 말씀을 하시지만 어찌 되었건 그쪽 길의 험난함에 대해서만 말씀하시는 거야. 그쪽에선 사람 구실 정도만 하는 것도 낙타가 바늘구멍에 들어가는 것과 같다는 말씀에서부터 무명 생활의 당연한 고난 등을…. 그렇게 계속 비관적인 말을 듣다 보니 나도 모르게 비관적이 돼 버리고 겁이 나고 그렇더라. 아버지가 안 계신다는 것도 큰 부담이었고. 그래서 나도 알았다고 했지. 그럼 두 분들의 뜻대로 사람 구실을 하겠노라고. 그래서 취직을 한다고 했지. 취직이 안 된다면 막노동이라도 하겠다고. 그러니까 두 분은 집 걱정은 하지 말라고 하더라. 넉넉하진 않지만 아버지가 피해자이기에 보험금이 이곳저곳에서 나왔대. 그래서 그걸로 집은 꾸려갈 테니 검정고시도 보고 대학도 가라고 하시더라고…. 그게 하늘에 계신 아버지를 위해서 내가 할 수 있는 최선의 효도라고…. 그래서 어쩌겠냐? 나의 행복 따위는 던져 버렸지. 그래도 길렀던 이 머리만큼은 못 버리겠더라고. 그리고 아냐? 나중에 대학 가서 대학가요제에 나가서 대상을 받을지. 하하! 너무 심각한 표정들 하지 마라. 부담스럽다."

준기 형은 웃지만 왠지 우린 쉽게 웃을 수 없었다. 준기 형은 행복 따위는 던져 버렸다고 했다. 행복을 버리고 어른들이 바라는 그 안정된 길로 방향을 바꿨다. 순전히 어른들의 뜻대로… 안정된 삶과 행복이 비례하는지도 의문이 든다.

한편으론 준기 형이 부러웠다. 나와 두 살 차이이지만 형은 자신이 원하는 것이 무엇인지 찾았고, 또 그것을 위해 고등학교까지 포기하며 열정을 불태웠다. 나는 20년간 살면서 그 어떤 것을 위해 준기 형 같은 열정을 보인 적이 있었던가? 기억을 더듬을 필요도 없다. 단 한 번도 없었으니까… 지금 재수 학원의 수많은 재수생들은 몇몇을 제외하곤 전부 나와 같을 것이다. 그냥 앞서 가는 정어리의 뒤를 생각 없이 따라가는 바닷속 정어리떼들… 그 무리에서 꿈과 행복은 사치와 같을 것이니까… 단지 살아가기 위한 삶을 우리는 살아가고, 그렇게 강요받고 있는 듯했다.

"어, 혜정아 왜 그래? 괜찮아?"

민철의 말에 옆에 앉은 혜정이를 보니 고개를 숙이고 두 손으로 얼굴을 감싸고 있었다. 조금씩 떨리는 어깨를 보니 분명 울고 있었다. 준기 형의 지난 사연이 가슴을 아프게 했나 보다. 언제나 밝아서 씩씩한 줄만 알았던 혜정이도 마음이 많이 여린 것 같았다. 무엇이 그리 슬픈지 울음을 그친 민지가 와서 다독여서야 겨우 진정이 된 혜정이었다. 즐거운 날 민지와 혜정이를 본의 아니게 울려 버린 준기 형은 미안한 마음이 드는지 괜스레 웃기지도 않은 우스갯소리를 해대고 있었다. 아직 훌쩍거리고 있던 혜정이가 갑자기 고개를 들고 형식이 형한테 얘기를 했다.

"아, 은주 언니 올 때 됐는데…"

목소리는 방금 울음을 그쳐서 그런지 탁하게 새어 나왔다. 꼭 울음을 그친 아이 목소리 같았다.

"혜정아 괜찮아? 그래 누가 나가 봐야겠다."

준기 형은 고개를 든 혜정이를 챙겨 주며 나를 보며 얘기했다. 일어날 수 없는 형식이 형도 나를 본다. 민철이는 날아가는 참새와 눈이 마주쳤는지 창밖만을 뚫어지게 보고 있다. 나인 것 같다.

"그래, 내가 나갔다 올게."

나는 나갔다 오면 차가워질 튀김들을 보며 아쉬운 눈빛을 보냈다. 아직 배고팠다.

"혜정아 이제 괜찮아?"

민지의 말에 혜정이는 고개를 끄덕이면서 분위기를 바꾸려는지 맥주잔을 들었다.

"그럼 민철이랑 내가 갔다 올게… 바람도 좀 쐬고."

민지가 나와 같이 나간다는 말에 남은 튀김들은 머릿속에서 사라지고 있었다. 나와 민지는 함께 나갔다. 뒤에서 형식이 형의 목소리가 들린다.

"잘 모셔 와라."

아직 여섯 시가 채 안 된 시간, 파란 하늘은 가슴을 들뜨게 했다. 이제 바람도 제법 봄기운을 받았는지 찬 기운은 많이 사그라져 있었다. 시원한 봄바람이 얼굴을 스친다. 토요일 저녁 젊은 사람들의 물결로 대학로는 인산인해였다. 거리에는 사람들의 웃음소리로 가득 찬 것 같은 느낌이 들었다. 내 얼굴에도 미소가 번지고 있었다. 그냥 좋았다. 머리 위에는 파란 하늘, 발밑에는 구름이 깔려 있는 것처럼 둥둥 떠가는 느낌이 든다. 몇 잔 마신 맥주의 취기인 것 같지만 꼭 그것만은 아니었다.

횡단보도 앞에서 파란불을 기다리고 있다. 옆에 있는 민지를 살짝 봤다. 살짝 붉어진 볼이 귀여웠다. 오늘은 매일 뒤로 묶던 단발머리를 풀고 있었다. 바람에 머릿결이 살짝 흔들거리고 있었다. 그사이 파란불이 들어왔다. 횡단보도 앞에 기다리던 청춘들이 차도로 몰려나온다.

"…"

민지가 뭐라고 한 것 같다.

"뭐라고 했어?"

나는 민지를 보며 되물었다.

"…고."

다시 말하는 민지의 목소리는 수많은 청춘들의 웅성거림에 묻혀 여전히 잘 들리질 않았다. 나는 허리를 약간 숙이며 민지에게 더욱 바짝 다가붙으며 물었다.

"뭐라고?"

민지의 어깨와 내 어깨가 맞닿는다. 우린 그대로 걸었다.

"좋다고!"

민지는 손으로 입을 감싸 내 귀에 바짝 대고 소리쳤다. 그때 내 쪽을 바라보던 민지가 앞에 오던 사람과 부딪치려고 했다. 나는 민지의 어깨를 감싸 안아 내 쪽으로 당겼다. 내 품에 안긴 채로 방금 사람들은 피했지만 반대편에서 사람들이 계속 밀려들어 나는 그렇게 민지를 감싸 안은 채로 횡단보도 끝까지 건너갈 수밖에 없었다. 심장이 두근거렸다. 민지를 내 팔로 감싸 안고 있었다. 팔에 민지의 체온이 느껴졌다. 내 가슴에 닿아있는 민지의 어깨에 나의 두근거리는 심장 소리가 울릴까 봐 걱정이 됐다. 민지도 나에게 살짝 기댄 느낌이 들었다. 내 생에 이렇게 크게 심장이 뛰었던 적은 없는 것 같았다. 횡단보도에 다다른 나는 자연스럽게 민지를 감쌌던 팔을 내렸다. 그렇지만 가는 내내 민지의 어깨와 나의 어깨는 살짝 닿은 채로 걸어가고 있었다.

"나도 좋다."

맥주와 봄기운 그리고 분위기에 취해 불쑥 내 입에서 튀어나왔다.

"뭐라고?"

"아… 아니 나도 좋다고."

민지가 빙그레 웃었다. 건물 사이로 내비치던 봄볕에 민지의 얼굴이 환하게 피어올랐다.

"스티커 사진이다. 혜정이랑 저번에 저기서 찍었었는데."

민지가 가리킨 곳엔 스티커 사진기 두 대가 붙어 있었다. 그 앞엔 스티커 사진을 찍으려는 연인들이 줄을 서서 기다리고 있었다. 우리 친구들도 졸업 전에 한번 찍어 보자고 그 작은 스티커 안에 머리통 여덟 개를 넣느라 애를 먹었던 적이 있었다. 요즘은 부쩍 늘어 대학로 곳곳에 설치가 되어 있었으며 그 앞은 언제나 연인, 친구들로 붐비고 있었다.

"나도 한번 찍어 봤었는데 웃기더라. 쪼그만 게."

민지는 작은 열쇠고리를 보여 준다. 그 작은 열쇠고리에는 더 작은 스티커 사진이 한 장 붙여져 있었다. 스티커엔 혜정이와 민지가 환하게 웃고 있었다. 그 밑엔 깨알 같은 이니셜이 프린팅되어 있다.

SHJ.JMJ

"음, 신… 혜정, 정민지구나! 아, 이렇게 글씨도 넣을 수 있었네?"

"웅, 요즘은 하트 같은 모양도 넣을 수 있고, 프레임도 바꿔서 천국같이 찍을 수도 있어."

"잘 나왔네, 너희도."

"잘 나왔어? 그럼 한 장 줄까?"

"응."

나는 얼떨결에 대답을 했고, 민지는 지갑에서 똑같은 스티커 사진을 꺼내 나에게 건네 줬다. 스티커이고 작긴 해도 여자의 사진이다. 그것도 둘이 나 들어 있는…. 또 둘 다 예쁘다. 이런 건 소중히 다뤄야 한다. 나는 구겨지지 않게 내 지갑에서도 가장 안전하고 소중한 장소인 주민등록증 뒤에 사진을 넣었다. 그 모습을 가만히 보던 민지는 또 환하게 웃었다. 민지의 웃음에는 사람들을 행복하게 만드는 기운이 들어 있는 것 같았다.

우리는 어느새 대학로의 랜드 마크가 되어 버린 배스킨 라빈스 앞에 도착을 했다. 여기는 우리와 같은 청춘들로 더욱 붐비고 있었다. 모두들 누군가를 기다리고 만났으며 얼굴들엔 설렘이 가득했다. 젊음의 열기와 설렘이 봄볕 아래에서 새싹을 틔워 내고 있는 듯했다. 지금 내가 처한 이 행복한 상황은 나와 내 친구들이 그렇게도 고대하던 그 모습 그대로였기에 나의 들뜬 마음은 쉽게 가라앉질 않고 있었다. 고등학교를 졸업하고 대학교에 무사히 입학을 한 후 누군가와 당연히 이성이다. 그 이성과 따뜻한 봄날 거리를 거닐면서 데이트를 하는 모습… 예고 없이 이뤄 버린 우리들의 꿈에 얼떨떨해 하고 있을 무렵 옆쪽에 늘어선 포장마차들이 눈에 들어왔다.

"민지야 우리 저기 가서 떡볶이 먹을래?"

"너 배고파?"

"아니… 배고픈 건 아닌데, 가서 맛만 볼까?"

봄도 좋고 젊음도 좋고 맥주의 취기도 좋지만 모든 것은 식후경이다.

배고팠다.

"언니 오면 어쩌지?"

"뭐 얼마나 된다고, 먹으면서 이쪽 보고 있으면 되지."

"음, 그래. 가자."

우리는 가장 가까운 포장마차 앞으로 가 사람들을 비집고 자리를 잡았다.

"아줌마! 여기 떡볶이 일 인분하고요…. 음, 민지야 순대 먹을래?"

"난 떡볶이만 있으면 돼."

"여기 순대도 일 인분 주세요!"

그럼 왜 물어보냔 듯이 민지가 나를 보고 웃는다. 난 순대를 먹어야 했다. 빨간 양념으로 범벅이 된 떡볶이를 보니 군침이 나와 소리가 안 나게 겨우 넘겼다.

"학생! 순대만 줄까?"

"아니요! 허파 하고 뭐 있는 건 다 주세요."

민지가 피식 웃는다.

"하하, 학생 잘 먹네. 귀도 좀 줄까?"

"예, 코도 있으면 주셔도 돼요."

민지가 얼굴을 찌푸리면서 옆구리를 찔렀다.

"농담이야, 하하."

"그치, 정말 코 나오면 나 가려고 그랬어."

"총각 여기!"

아줌마가 팔을 쭉 뻗어서 떡볶이 그릇을 건네 줬다. 민지가 언제 들었는지 이쑤시개를 챙겨 준다. 나는 파와 어묵과 떡볶이를 한번에 꽂는 고급 기술을 펼친다. 달짝지근하면서 매콤한 떡볶이는 정말 맛있었다.

"맛있지, 민지야?"

오물오물 씹고 있는 민지는 고개를 끄덕였다. 그사이 나온 순대에서는 김이 모락모락 올라오고 있었다. 나는 순대를 소금에 찍어 입에 넣었다. 순대를 음미하는데 민지를 보니 종이컵을 들고 어묵 국물을 따르고 있었다. 그리고 내 앞에 국물이 담긴 종이컵을 갖다 놓았다. 친구들과 먹을 때 많이 먹는다고 구박을 받던 내 모습이 떠올랐다. 꿈인지 생시인지…. 지금 나를 챙겨 주는 누군가가 있다. 민지는 볼수록 착하고 차분하며 여성스러웠다. 얼굴도 예쁘고 누가 이런 민지와 사귀게 될지 그놈이 부러웠다. 활달하고 털털한 혜정이와 어떻게 둘도 없는 친구가 되었는지도 궁금했다.

"매일 웃고 밝아서 혜정이는 잘 안 울 줄 알았는데 아까 준기 형 얘기 듣고 많이 울더라."

"혜정이… 기분 많이 이상했을 거야."

"왜 기분이 이상해?"

나는 이쑤시개로 순대 옆에 있는 귀의 물렁뼈를 찌르면서 물었다.

"음… 이거 너만 알고 있어야 돼."

"응, 알았어. 뭔데?"

"사실 혜정이 대학 붙었었어…"

나는 놀랐지만, 자신이 원하던 곳에 가려고 재수를 선택하는 경우도 많았기에 그러려니 했다.

"어디 붙었었는데?"

"H대 서양화과…"

"H대? 서양화과?"

나는 눈이 휘둥그레져서 민지를 쳐다봤다. 우선 혜정이가 예체능 쪽인 줄도 몰랐으며, 예체능 쪽 재수생들은 수업이 모두 끝나면 자율은 빠지고 각자 예체능 학원으로 실기 준비를 하러 갔었다. 그런데 혜정이는 실기 학원에 가기는커녕 우리와 함께 자율학습을 계속 해 왔다. 또 혜정이가 공부는 좀 한 줄 알았지만 H대에 붙을 정도인 줄은 몰랐기 때문이다.

"원래 가려던 곳이야?"

"응…."

들어볼수록 내 머릿속은 혼란스러웠다. 미술을 전공하고 싶은 학생이 H대 그것도 서양화과에 합격했다. 그런데 입학을 않고 지금 재수 학원에서 재수 중이다. 이해가 가질 않았다. 그리고 목표로 잡았던 곳이라니….

"그런데 왜 안 가고?"

"아버지가 반대하신대…."

"아버지가 반대를 하신다고? 왜?"

"그냥 그 정도만 알고 있어줘…. 좀 복잡해. 그리고 혜정이한테 아는 척하면 안 돼."

"응, 알았어."

혜정이를 처음 봤던 때 혜정이는 서럽게 울고 있었다. 그 이유가 이것 때문이었을까? 아마도 그랬을 것이다. 아무리 그래도 이해가 가질 않았다. 도대체 혜정이의 부모님은 어느 정도를 원하시는지 모르겠지만 본인이 노력해서 합격까지 했는데, 부모님 당신들의 뜻과 다르다고 포기하게 만드셨다니 아까 준기 형 사연을 듣고 울던 혜정이가 이해가 가며 안타까운 마음이 들었다.

"어떡해! 너 떡볶이 국물 흘렸다."

나는 민지의 눈을 따라 내 가슴팍을 보았다. 민지의 말대로 떡볶이 국물이 길쭉하게도 묻어 있었다. 흰색의 폴로 티셔츠다. 형의 티셔츠다. 나는 이제 곧 휴가 나올 형의 주먹이 생각나 아찔한 기분이 들었다.

"어, 이거 안 지워지는 거 아닌가? 너무 빨간데…. 이거 형 건데…."

나는 허공에 매달려 있는 냅킨 통에서 재빠르게 냅킨을 뽑아 떡볶이 국물을 문지르려 했다.

"민철아 잠깐만!"

민지가 내 손을 잡는다.

"아주머니, 저 여기 물 없어요?"

"응, 저쪽에 있어."

"잠깐만 문지르지 말고 있어."

아줌마가 가리킨 포장마차 끝 쪽에는 누런색의 큰 양은주전자가 있었다. 민지는 사람들 틈을 비집고 지나가 종이컵에 물을 받아 왔다.

"그거 막 문지르면 더 번진단 말이야…."

민지는 우선 마른 냅킨으로 떡볶이 국물 자국을 살며시 눌렀다. 그랬더니 뭉쳐져 있던 양념이 냅킨에 묻어 나왔다. 그리고 냅킨에 방금 떠 온 물을 부어 살짝 짜낸 뒤 자국을 톡톡 두드리기 시작했다. 그러자 점점 빨간 자국이 옅어져 가고 있었다.

나는 내가 흘린 떡볶이 국물 자국을 지우고 있는 민지의 얼굴을 내려다보고 있다. 나도 민지도 서로 마주 보고 있었다. 꼭 뒤에서 보면 민지가 내 품에 안겨 있듯이 보일 것이다. 이놈의 심장이 또 요동을 친다. 가슴이 간지럽다고 할까.

그렇다. 며칠 전에도 이런 느낌을 받았었다. 가슴이 가벼워지고, 간지럽고, 설레다 못해 텅 비어 버리는 느낌…. 눈이 시리기까지 한다. 민지는 정말 사랑스럽다. 이 아찔한 기분…. 친구들이 나에게 와서 그렇게 털어 놓던 그 고민을 이제야 나도 하게 되는 걸까? 이 느낌이 그게 맞는다면 그래, 나는 민지를 좋아한다.

처음 민지를 봤을 때부터 지금까지 겪었던 민지의 모습들이 머릿속을 스쳐 지나간다. 민지를 볼 때마다 설레던 그 이상한 기분들이 모두 민지를 좋아하려 한 신호였던 것처럼 느껴졌다. 민지를 안아 주고만 싶다. 심장이 쿵쾅거린다. 민지도 나를 좋아했으면 좋겠단 생각이 들자 갑자기 가슴이 답답해진다.

어떻게 하면 민지가 나를 좋아할까? 그냥 좋아한다고 고백을 해 버릴까? 민지를 놓치고 싶지가 않다. 나만으로 꽉 차 있던 내 가슴속에 빈자리가 생겨 버렸다. 가슴이 커진 건지 내가 작아진 건지 모르겠지만…. 그 빈자리에 민지가 들어오지 않는다면 너무 외롭고 괴롭기에 무엇도 중요한 느낌이 들지 않을 것 같았다. 이런 게 사랑인가? 그렇다면 민지가 나를 좋아하지 않는다면 너무 아플 것 같았다. 나에게 사랑은 스무 살의 봄날에 갑자기 찾아오고 있었다.

제8장

"야! 너희들 되게 잘 어울린다. 호호호."

뒤에서 들리는 소리에 나와 민지는 놀라서 돌아봤다.

"어, 누나!"

은주 누나가 웃는 얼굴로 서 있었다. 후줄근한 추리닝은 온데간데없고 하얀 실크 셔츠에 하늘색 부츠컷 청바지를 입고 있는 누나는 굉장히 세련돼 보였다.

형식이 형… 다른 사람 찾아봐요. 형식이 형에게 연민이 피어오를 무렵…

"근데 너희들 여기가 배스킨 앞이야?"

"언니, 많이 기다렸어요?"

"그래!"

"누나 제가 떡볶이 먹자고 해서…."

"하하, 아니야. 조금밖에 안 기다렸어. 오니까 없길래 삐삐 치려고 여기 뒤에 공중전화 앞에서 기다리고 있는데 너희가 딱 있더라고. 아주 딱 붙어 있는 게, 사귀는 거 아니야, 너희?"

누나 뒤쪽으로 보이는 공중전화 부스에는 사람들로 줄이 길게 늘어서 있었다.

"아니에요, 언니…."

민지는 은주 누나의 말에 얼굴이 새빨개진다.

"농담이야, 민지야. 하하, 근데 의외로 너희 잘 어울린다. 오늘 민철이 옷 이쁘게 입고 나왔네. 멋있다, 야!"

"그래요? 그냥 토요일이라…."

나는 누군가에게 멋있다는 말을 처음 들었고 어떤 반응을 해야 할지 몰라 그냥 허벅지를 긁으며 멋쩍게 웃으며 말했다.

"아무튼 다들 어디 있는 거야? 가자, 나도 오늘 오랜만에 술 좀 취해 봐야겠다."

어느새 땅거미가 지며 옅은 어둠이 내리깔리고 있었다. 젊음의 거리가 이제 본격적으로 더욱 화려해질 시간이다. 곳곳의 네온등이 반짝이며 켜지고 있었다.

캠브리지로 가는 길, 은주 누나와 민지는 학원이 아닌 밖에서 만나는 게 신나는지 걷는 동안 얘기가 끊이질 않고 있었다. 나는 좀 전의 민지의 사랑스럽던 모습이 끊이질 않고 떠오르고 있었다. 티셔츠에 묻었던 국물 자국은 거의 사라졌지만 내 가슴에는 아직도 민지의 손길이 남아 있는 듯했다. 그리고 가슴에 묻은 민지의 자국은 더욱더 선명해지고만 있었다.

"어, 왔다! 누나 여기!"

민철의 목소리가 크게 들린다.

"와, 언니 정말 몰라보겠다. 되게 예뻐."

시끄럽던 호프집은 더욱 소란스러워졌다. 우리는 창가에 있는 학원 동기들에게 손을 흔들며 갔다.

"나 왔어."

은주 누나가 조금은 새침하게 웃으며 말했다.

"오셨어요?"

형식이 형은 살짝 일어났다가 금세 다시 앉았다. 민철의 코치를 정말 최선을 다해서 따르고 있었다.

"형식 씨도 밖에서 보니까 되게 신기하다. 하하, 술 많이 마셨어요?"

"아니 많이 안 마셨어요. 근데 은주 씨 저녁 안 드셨죠?"

자신의 맞은편에 앉는 은주 누나를 보며 형식이 형은 말했다.

"아직 안 먹었어요. 근데 뭐 여기 먹을 거 많네."

은주 누나 옆에 민지가 앉고 나는 형식이 형 옆에 앉게 되면서 자연스럽게 민지를 바라보게 되었다. 은주 누나를 데리러 가기 전의 민지와 지금의 민지는 다른 사람이 되어 있었다. 지금 혜정이를 보고 있는 눈을 돌려 나를 봐 줬으면 좋겠다는 생각이 든다. 아까처럼 단둘이서 맥주를 한잔하고 싶은 마음이 든다. 이상한 조바심 같은 것이 가슴에서 올라온다.

"그래도 뭐 드셔야죠! 여기 뭐 식사 될 만한 게 없나…."

형식이 형이 두꺼운 메뉴판을 펼치고 뭔가를 찾아 내려갔다. 형식이 형은 은주 누나에게 대접할 따뜻한 밥 한 끼를 찾고 있는 듯하지만 여긴 호프집이었다. 찾는 시간이 길어진다.

"형 무슨 언어 영역 보냐? 뭐 그렇게 지문을 심각하게 봐, 하하."

형식이 형은 무안한지 민철이에게 복화술로 욕을 전달하고 있었다. 그 모습을 본 우리 모두는 다 같이 크게 웃었다. 준기 형이 형식이 형에게 귓속말로 뭐라 하니 형식이 형은 이번엔 준기 형에게 복화술을 한다. 나중에 들으니 오버하지 말라고 했다고 한다. 민지와 혜정 그리고 은주 누나는 뭐가 그리 신나고 재미있는지 연신 웃어댄다. 서로 머리 염색에 대해 얘기도 하는지 머릿결도 만져 가며 얘기를 하는 게 영락없는 여고생들 같았다. 학원의 갑갑함에서 벗어나니 정말 물가에 내놓은 아이처럼 신나게 떠들고만 있는 우리들이었다.

"하하, 괜찮아요. 형식 씨 이거 먹고 이따 시켜요. 우리 술이나 다 같이 한잔 하죠?"

"아! 하하, 아직 술도 안 따라 드렸네요."

형식이 형은 은주 누나를 비롯한 모두에게 술을 한잔씩 따라 주고 마지막으로 은주 누나에게 맥주 한 잔을 하사받고는 기쁨을 숨기지 못하고 있었다.

"자, 이렇게 학원 밖에서 만나니까 정말 반갑고 올해엔 모두 꼭 대학 붙길 바라!"

은주 누나가 다 같이 건배를 하면서 말을 했다. 큰 소리로 말했지만 '학원'과 '대학', '붙길 바라' 등의 핵심 단어는 다른 좌석에 들리지 않게 작게 말을 했다. 은주 누나가 눈에 띄게 작게 말을 했지만 모두 이해하는 눈치였고 그냥 살짝 웃을 뿐이었다. 우린 이 대학로에 자격지심과 이루지 못한 패배의식에 조금씩의 주눅이 들어 있는 느낌이었다. 그러나 그 누구도 그것을 내색하려 하지 않았다. 그런데 은주 누나가 행동으로 우리의 신분은 살짝 숨겨 두자는 암묵적인 신호를 한 셈이 돼 버린 것이다.

"파이팅!"

우리는 다 같이 건배를 하고 모두 맥주를 들이켰다. 은주 누나도 오랜만에 술을 마시는지 한잔을 그대로 비웠다.

"빈속에 그렇게 마시면 안 되는데…"

형식이 형의 오버가 또 시작되고 있었다.

"형식 씨! 우리 동갑인데 말 편하게 하는 거 어때요?"

"어, 진작에 그랬어야지. 은주 누나랑 박 상병 둘 때문에 얼마나 어색한 줄 알아?"

준기 형이 한소리 거든다.

"그, 그럴까…. 하하하."

형식이 형은 기분이 좋은지 금세 채워져 있던 술잔을 또 비운다.

"잘됐다. 둘이 이제 내외하지 말고 친하게 마니또도 하고 그래. 하하."

혜정이가 어색해하는 둘을 놀려 댄다.

"혜정! 마니또가 언제 적 거니? 세련되게 엑스 동생, 아니 엑스 동갑하자. 호호."

은주 누나는 한술 더 떠서 얘기한다. 그 앞에서 연신 헤헤거리고 있는 박 상병 형식이 형은 침을 안 흘리는 게 용해 보였다. 모두들 크게 웃어 댔다. 그렇게 나도 한참을 웃다 앞을 보니 민지가 나를 보고 있었다. 민지는 나를 보며 싱긋 웃었다. 어떻게 대처해야 할지 몰라 나도 그냥 어색하게 웃어 보였다. 민지는 손으로 아까 떡볶이가 묻었던 곳을 가리키며 '괜찮아?' 소리 안 나게 입으로만 벙긋거렸다. 나도 소리가 안 나게 '괜찮아. 고마워' 하고 말했다. 우리는 같이 웃었다. 그리고 내가 술잔을 들고 민지에게 건배를 하는 시늉을 하자 민지는 자기 술잔을 들었다. 우리는 둘만의 비밀처럼 살짝 건배를 하고 맥주를 마셨다. 내 생에 가장 달콤한 맥주처럼 느껴졌다.

"소주 마실 사람."

준기 형이다. 민철이 손을 들고 은주 누나도 웃으며 손을 든다. 은주 누나가 손을 드는 걸 보고 형식이 형도 손을 번쩍 든다. 준기 형이 서빙을 불러 소주와 이것저것 주문을 한다. 형식이 형은 계속 은주 누나에게 무언가를 권했고, 마지못해 은주 누나도 고개를 끄덕였다.

"오빠들, 나 담배 피워도 돼?"

"야, 언제는 묻고 피웠냐? 옥상에서 만날 같이 피우다가 뭔 소리야. 하하."

"난 또 장소가 새로워서. 그냥 예의상 물어본 거니까, 뭐."

혜정이는 담배를 꺼내 물고 불을 붙인다. 뿌연 담배 연기가 퍼진다. 그러자 다들 잊고 있었다는 듯이 담배를 꺼내기 시작했다. 담배를 안 피우는 민지만 혼자 술을 홀짝였고 우리는 모두 담배를 꺼내 물고 허공으로 연기를 내뿜었다. 그 한 달여의 재수생 기간 동안 모두들 담배만 느 것 같았다. 다들 각자만의 사연과 각자만의 고민이 있듯 담배 연기도 제각각 흩어지고 있었다.

형식이 형의 공고생의 패기도, 준기 형의 날아가 버린 밴드의 꿈도…. 그리고 혜정이의 4B 연필도 모두 저 담배 연기와 함께 사라져 가는 듯 보였다.

"야, 너희들 옆 반 얘기 들었어?"

"무슨?"

은주 누나가 소주잔을 들며 물었지만 우리는 옆 반의 정보는 알지 못하고 있었다.

"모르는구나. 그 이름이 선주라고 했나. 아무튼 남자는 모르는데, 거기 같은 반에 남자랑 여자랑 몰래 사귀었는데 그걸 선생님한테 걸려서 그 둘 정말 잘렸대!"

"진짜?"

우리는 정말 놀랐다. 학원에 들어오기 전 담임 선생님으로부터 주의사항을 듣긴 했지만 그저 이성에 대해 관심 갖지 말고 공부에 집중하라는, 말 그대로 주의 정도로만 생각했었기 때문이다.

"그런데, 선생님은 둘이 사귀는 걸 어떻게 알았을까? 뽀뽀하다 걸렸대? 하하."

"아니야, 학원 안에서는 둘이 같이 앉지도 않았대. 혹시 몰라서."

"그럼 어떻게 알았을까?"

"모르겠는데, 그쪽 반 애들은 자신들 중에 누군가 프락치가 있다고 생각하더라고."

"프락치? 에이 설마."

"아니야. 그럼 프락치가 없으면 어떻게 알았겠어? 반 애들은 둘이 사귀는 걸 알고 있었다고 하더라고. 선생님 없을 때 점심은 같이 먹었다고 하니까…"

우리들은 소주잔을 들고 다 같이 마셨다. 은주 누나의 옆 반 얘기처럼 소주 맛도 썼다. 연애를 하면 안 된다는 경각심이 일기도 하지만 반항심도 함께 일었다.

"그런데 연애를 하면 안 되나. 나 참… 훗훗."

민철이가 부당함에 항의하듯 퉁명스럽게 말을 했다. 소주의 술기운이 이제 올라오는지 이상하게 웃기도 했다.

"그러게…. 근데 학원에서는 합격률을 올리는 데만 신경을 쓰니까. 우리의 감정까지 통제하고 싶은 거겠지. 프락치? 무슨 음모가 도사리고 있는 것 같은데."

준기 형이 음모론을 제기한다. 술이 꽤 들어갔나 보다. 하긴 우리 주제에 무슨 연애인가? 가당치도 않은 얘기다. 학창 시절에도 못해 봤던 연애를, 있던 연애도 끊어야 할 판에 말이다. 그러나 그게 우리의 의지에 의해서 결정하는 것이 아닌 학칙에 의해 못 박혀, 강요를 받고 있다는 것이 못마땅할 뿐이었다.

나는 앞에 놓인 소주잔을 입에 털어 넣었다. 그리고 그 앞에 있는 민지의 얼굴을 봤다. 그리고 형들과 민철, 은주 누나, 혜정의 얼굴을 스치듯 쳐다보았다. 그리고 젊음으로 가득한 주위를 둘러보았다. 우리와 가까운 테이블에도 사람들이 많이 모여 있었다. 그쪽에서 박수 소리가 크게 들려왔다. 그러자 나와 비슷한 또래의 남자가 벌떡 일어났다. 그리고 뭐라고 계속 얘기를 했다. 여기까진 들리지 않았지만 쑥스러운 얼굴 표정을 봐서는 아무래도 자기소개 비슷한 걸 하는 듯 보였다. 남자의 말이 끝나고 요란한 박수 소리와 아우성이 들린 후 그 남자는 앉고 그 옆의 남자가 또 일어났다.

나는 눈을 돌려 다른 테이블을 봤다. 그곳에도 젊은 남녀가 열 명 정도 모여서 신나게 술을 마시고 있었다. 우리 쪽을 등지고 앉아 있는 남자의 야구점퍼 뒤에는 'G.Y.UNIVERSITY'라고 자수가 크게 놓아져 있었다.

조금 주의 깊게 보니 우리는 대학생들 사이에서 하나의 섬처럼 있었다. 갑자기 이상한 기분이 들었다. 지금 우리가 이루고 싶은 그것을 저 사람들은 모두 해 냈다. 그리고 그것을 온전히 즐기고 있다. 지금 내가 느끼고 있는 이 이상한 죄책감이 그들에겐 없을 것이다. 웃어도 마음속 한쪽이 불안해서 마냥 즐겁지만 않은 지금의 나와 아니 우리와 저들의 웃음은 근본부터가 달라 보였다. 저들에겐 고민도 없고 그저 지금 앞에 주어진 청춘을 오롯이 즐기기만 하면 된다고 생각을 하니 눈물이 날 정도로 그들이 부러웠다. 갑자기 속이 메스꺼웠다. 방금 불을 붙인 담배 연기 때문인지 오랜만에 마신 술 때문인지 아님 이 둥둥 홀로 떠 있는 섬에서 멀미가 나는 것인지….

"민철아, 괜찮아?"

앞에 있는 민지가 고개를 숙인 나를 먼저 알아보고 물었다. 나는 갑자기 속에서 뜨거운 게 올라오는 느낌이 들어 민지의 물음에 대답을 못하고 화장실로 뛰어갔다. 우측 모퉁이에 있던 화장실이 없어졌다. 뜨거운 건 이제 목젖 바로 밑에까지 올라왔다. 큰일이다. 무슨 일이지? 나는 손으로 입을 막고 두리번거렸다. 아, 저기 좌측 모퉁이에 화장실이라고 써있다. 착각했다. 나는 다시 좌측 모퉁이로 뛰어간다. 최단거리로 가도 모자랄 판에 최장 거리로 입을 막고 가고 있다.

"야, 왜 그렇게 왔다갔다해? 무슨 벌칙이야? 하하하."

저 멀리 민철의 목소리가 들린 것 같다. 나는 드디어 화장실 안으로 들어왔다. 그리고 변기에 오늘 겪은 어지러움을 모두 쏟아냈다.

"잘 가, 민지야. 들어가서 음성 남겨!"

"응, 너도 잘 들어가고. 혼자서 민철이 괜찮겠어?"

"괜찮아. 그냥 집 앞에 놓고 난 들어가면 돼. 하하."

"알았어. 잘 들어가 혜정아."

가물가물 멀리서 혜정이와 민지가 대화하는 소리가 들렸다. 그리고 움직였다. 눈을 뜨니 택시 안이었다. 오른쪽에는 혜정이가 앉아 있었다. 나는 왼쪽 문에 몸을 반쯤 비스듬히 기대고 있었다. 얼굴은 택시 창문에 붙어 일그러져 있었다. 나는 몸을 겨우 가눠 바로 해서 앉았다.

"어, 깼어?"

"응, 여긴 어디냐?"

"어디긴. 민지 내려주고 집에 가고 있지. 내가 원래 누구 안 챙기는데 너는 앞집에 살아서 데리고 가는 거야. 영광인 줄 알아. 그리고 무슨 남자가 그렇게 술을 못 먹냐?"

"오랜만에 먹으니까 정신이 없다…. 나 뭐 실수했어?"

"아니 실수는…. 뭐, 그냥 노래방에서 춤을 좀 추긴 했는데 재밌었어! 하하."

노래방에서 춤을 췄단다. 내가…. 나는 술이 확 깼다.

"정말? 나 진짜… 하…."

"민지도 막 웃고 다들 좋아했으니까 걱정 마."

"민지도 봤구나, 봤어…."

"봤지, 당연! 네가 막 민지 앞에서만 춰댔는데! 너 민지 좋아하냐?"

뒷골이 찌릿해지는 느낌이 온몸으로 퍼진다. 지구상에서 사라지고 싶은 생각이 간절히 들었다.

"아니야, 무슨."

민지가 봤구나…. 오늘 나의 달콤했던 생각은 이별을 고하며 사라진다.

"그런데 너 아까 나한테 한 말 기억나?"

내가 무슨 말을 했지? 설마….

"뭐?"

"아니 아까 이렇게 우리 만나서 노는 거 편하지가 않다며? 죄책감이 든다나 뭐라나."

내가 술이 취해서 별소릴 다 한 모양이었다.

"아니 뭐 그냥…."

"너무 힘들어하지 말라고…. 다들 편하지만은 않았을 거야. 그래도 즐거웠다는 게 중요하지."

"응, 나도 무지 즐거웠어."

"그래, 오늘 즐거웠으면 그걸로 됐잖아. 그리고 내일 열심히 공부하면 되니까."

혜정이는 정말 낙천적인 성격이다. 분명 본인이 꿈꾸던 대학, 전공과에 붙었다. 그러나 정확한 사연은 모르지만 여기서 이렇게 우리와 같은 수험생의 신분으로 있다. 거기다 지금은 나를 위로해 주기까지 하고 있다. 혜정이가 창문을 연다. 시원한 봄바람이 택시 안을 가득 채운다. 남아 있던 술기운이 모두 날아가는 기분이다. 혜정이를 보니 눈을 감고 봄바람을 느끼고 있었다. 혜정이의 머릿결이 날리며 혜정이의 향기가 차 안을 채운다.

"아, 좋다! 그냥 매일 이대로만 살았으면 좋겠다."

혜정이는 오늘을 잊지 못할 것 같다는 표정을 짓고 있었다.

"나는 어려서부터 오늘을 되게 중요하게 생각했어, 내일보다…. 아니 내일이 두려울 때가 많았어. 안 왔으면 하고…."

"그게 무슨 말이야?"

"아니, 그냥…. 그래서 언제나 오늘은 어제보다도 더, 내일보다도 더, 즐겁고 싶었어."

알 수 없는 얘기를 하는 혜정이를 보니 아직도 눈을 감고 혼잣말을 하듯 읊조리고 있었다.

"우리 엄마 아빠는 따로 살거든…. 그런데 나는 엄마랑 살아. 엄마가 좋으니까 아빠는 무서웠어. 정말…."

혜정이의 말에 살짝 놀랐다. 구김살이라곤 하나 없는 혜정이에게 아픈 가정사가 있으리라고는 상상도 할 수 없었기 때문이었다.

"그런데 엄마는 무슨 일만 있으면 내일 아빠한테 나를 데려다 준다고 말하곤 하셨어…. 그게 얼마나 두려웠던지, 내가 말썽을 피울 때나 뭘 사 달라고 조르거나 심부름을 안 한다거나 할 때마다 엄마는 그 무서운 말을 자주 하셨어…. 그러면 내가 말을 잘 들으니까…. 거기다 가끔 만나는

아빠도 같은 말씀을 하셨었어. 나를 데려가겠다고⋯. 나는 그래서 내일
이 싫었어. 내일이 오면 아빠가 대문을 열고 나를 데리러 올 것만 같아
서⋯."

"⋯."

나는 무슨 말을 해서 혜정이를 위로해 주고 싶었지만, 혜정이의 아픔
앞에 감히 어떤 말도 찾아 낼 수가 없었다. 혜정이의 감은 눈에서 눈물
이 살짝 흐르고 있었다. 단지 봄바람만이 혜정이의 눈물과 아픔을 보듬
어 주고 있었다.

제9장

"강민철!"

나는 뒤를 돌아봤다. 멀리서 혜정이가 웃으면서 손을 흔들고 있었다. 체크셔츠에 진한 청바지, 뒤로 메고 있는 백팩은 영락없는 대학생 같았다. 아니 대학생이라고 느껴지는 게 단지 옷 때문만은 아닌 것 같았다. 나는 우리와 무엇이 다른지 혜정이를 가만히 보았다. 그리 오래 걸리지 않고 우리와의 차이점을 알아 낼 수 있었다. 그것은 밝은 표정이었다.

아침에 학원으로 오는 길, 얼마 차이 나지 않는 고등학생들과 같은 버스를 타고 함께 흔들거리며 오는 등굣길. 그 긴 하루의 부담감은 아직 포장도 채 뜯기 전이다. 유쾌할 리도 없고 간밤에 달콤한 꿈도 악몽처럼 느껴질 시간이다. 우리는 누가 더 우울한지 겨루기라도 하듯 인상을 쓰며 학원으로 들어간다. 하지만 혜정이는 언제나 밝고 당차며 발걸음부터가 우리와는 달라 보였다. 그러나 저번 주에 혜정이의 비밀을 알고 난 뒤부터는 이런 혜정이가 마냥 유쾌해 보이지만은 않았다. 저 밝은 미소 뒤에 있을 혜정이의 슬픔이 웃음에 배어 나오는 듯 보였다.

"어, 혜정아!"

"야, 너는 귀를 막고 다니냐? 아까부터 불렀는데, 그냥 뒤도 안 돌아보고 가더라. 너 정말 안 들렸어?"

"정말 안 들렸는데…."

"그래, 알았어! 둔하긴…. 근데 너 매일 몇 시쯤에 나와?"

"일곱 시 십 분쯤?"

"응, 그래? 나랑 비슷하게 나오네. 시간 맞으면 같이 오자. 매정하게 혼자 오지 말고!"

그러고 보니 혜정이와 바로 앞집에 사는 이웃이지만, 여태껏 등굣길에 집 앞에서 마주친 적이 없었다.

"그래, 시간 맞으면 같이 오지 뭐…."

"뭐지, 이 반응? 싫어?"

"아, 아니 그런 게 아니고. 괜히 나 때문에 너 지각하는 게 아닌가 하고…."

"우리 그럼 이렇게 하자. 일곱 시 십 분에 나오는데, 딱 오 분씩만 기다리기로. 오 분 기다리고 가면 매정하게 생각하지 않기로. 어때?"

"그래, 알았어!"

나는 혜정이가 또 반응이 안 좋다고 할까 봐 목소리에 힘을 주어 대답을 한다.

"그래, 좋아! 그럼 같이 등교하는 기념으로 저기 보이는 어묵부터 먹어 보자!"

"어묵?"

혜정이가 가리키는 곳엔 매일 고소한 마가린 향을 풍기며 나를 미치게 만들던 토스트를 파는 노점이 있었다. 그곳엔 아줌마 한 분이 부지런히 토스트를 굽고 계셨다. 아줌마 앞에는 토스트가 익어 가는 검은 큰 철판과 어묵이 익어 가는 네모난 어묵통이 나란히 놓여 있었다. 그리고 그 앞엔 베지밀 병들이 가지런히 일렬로 놓여 있었다. 아침마다 그 앞을 지나긴 하지만 시간도 시간이거니와 나는 무슨 일이 있어도 아침을 먹고 나왔었기에, 그곳은 나에겐 눈요깃거리 코스일 뿐이었다.

"웅! 매일 저길 지나면서 먹고는 싶은데 혼자 먹기가 좀 그래서 그냥 지나쳤었거든…."

"너 아침 안 먹었어?"

"웅, 너는 먹고 나와?"

"난 매일 먹지."

"야, 부지런하네! 매일 지각 비슷하게 해서 아침은커녕 욕만 먹고 나올 줄 알았는데. 하하! 뭐야! 그래서 안 먹겠다고?"

"아, 아니야. 먹자."

아침을 먹고 나와도, 저 어묵통에 든 꼬치 정도는 모두 먹어 치울 수 있었다. 토스트 노점 앞에는 정장을 입고 있는 회사원들과 우리 학원에 다니는 것 같은 학생들 몇몇이 서 있었다.

"아줌마 이거 먹으면 돼요?"

나는 혜정이와 자리를 잡고 어묵을 가리키며 아줌마한테 물었다.

"웅, 그쪽 다 익었으니까 먹어도 돼! 어마, 아가씨 참 이쁘장하게 생겼네. 눈이 어쩜 그렇게 이쁘게 생겼냐? 탤런트 해도 되겠어!"

"하하! 감사합니다!"

혜정이의 밝은 얼굴은 더욱 밝아지며 나를 보며 으쓱 댔다. 이상하게 내 얼굴이 붉어진다.

"봤지? 너 영광인 줄 알아!"

혜정이가 소곤댔다. 그래, 맞긴 하다. 이 모습도 만약 고등학교 친구들이 봤다면 믿지 못할 광경이긴 했다.

"국물!"

혜정이는 어묵 꼬치를 하나 입에 물고 말을 했다. 나는 어묵을 하나 입에 물려다가 다시 내려놓고 종이컵에 어묵 국물을 따라서 혜정이 앞에 갖다 놓았다. 혜정이는 종이컵을 들고 뜨거운 국물을 입으로 후후 불며 맛있게도 마셨다.

"민지랑 너랑 가끔 저 위에 포장마차에서 소주 마신다며?"

"웅, 민지가 말했구나…. 저기 포장마차 떡볶이도 맛있고 그리고 우동도 맛있어. 담에 갈 때 너도 같이 가자. 괜찮아. 그리고 소주 마시러 간 거 아니야. 떡볶이 먹으러 갔다가 소주 먹은 거지!"

혜정이는 귀엽게 눈을 흘기면서 말했다.

"그래, 좋지. 그런데 민지는 남자친구 있어?"

혜정이가 고개를 돌리며 의아하게 나를 본다.

"그건 왜? 너 민지 좋아하냐?"

"아니, 그냥 민지는 얌전해서… 그냥 궁금했어. 소주도 먹는 게 신기했거든."

나는 겨우 둘러댔지만 등 뒤에선 진땀이 흐르고 있는 것 같았다.

"뭐가 신기하냐? 민지도 사람인데… 소주도 먹고 하지. 어쩔 땐 막 취하기도 하는데 뭐. 남자친구는 없어. 야! 난 궁금하지 않아?"

"뭐가?"

"나는 남자친구가 있는지 없는지? 소주는 얼마나 마시는지? 음 또… 쉬는 날 뭐 했는지 하는 거… 그런 거 있잖아?"

"너 남자친구 있어?"

"됐어! 내가 엎드려 절을 받지, 아주…. 야, 다 먹었어. 계산하고 와. 아줌마 잘 먹었습니다."

나한테 보였던 퉁명스러움은 사라지고 아줌마한테 상냥하게 인사를 하고 혜정인 가 버린다.

"응, 이쁜 아가씨 또 와!"

뒤돌아서 가던 귀 밝은 혜정이는 아줌마의 말을 듣고 다시 이쪽으로 돌아본다.

"에! 매일 올게요."

노점 앞에서 먹던 손님들의 얼굴엔 옅은 미소가 번져 갔다.

혜정이와 이런저런 얘기를 하며 걷다 보니 어느새 학원 입구가 눈에 들어왔다. 다들 무거운 부담감을 책가방에 한가득 담고 지하철 개찰구와 꼭 닮은 곳을 통과하고 있었다.

"이건 도시철도공사에서 사온 건가 봐, 그치?"

혜정이도 나와 같은 생각을 하고 있었나 보다.

"아무래도 그런 거 같지?"

나는 학원증을 개찰구 위에 대고 차가운 철봉을 밀며 말을 했다.

"나는 버스보다 지하철을 좋아하는데, 지하철 타면 기차 소리랑 비슷하잖아. 덜컹덜컹하는 게. 그래서 꼭 어디 여행 가는 기분이 들어…."

"지하철 타고도 여행 갈 수 있어. 난 친구들하고 지하철 타고 월미도까지 갔었어."

"정말? 월미도 거기 섬 아니야?"

개찰구를 지나 계단을 올라가던 혜정이가 돌아보며 물었다.

"맞지. 섬이긴 한데 육지나 마찬가지야. 다리로 다 연결이 돼서…."

"와! 그래도 멋지다. 지하철 타고 그렇게나 멀리 갈 수 있다는 게… 정말 바다까지 볼 수 있겠다. 육지랑 연결은 됐어도 바다는 보일 거 아니야?"

혜정이가 '바다'라는 단어를 내뱉을 때의 표정은 천진난만한 아이처럼 보였다.

"보이지… 바다. 또 월미도엔 놀이공원도 있어. 바이킹도 있고 디스코 팡팡도 있고. 그런데 우리나라에서 제일 무서운 바이킹은 월미도에 있는 거라고 하더라. 우리 친구들도 그거 탔다가 정말 장난 아니게 무서웠어. 우리만 탔었는데 아저씨가 켜 놓고 어딜 갔나 봐. 멈추질 않는 거야. 친구들이 소리소리 질러서 겨우 멈췄다니까."

"정말? 우와 재미있겠다. 다른 곳에 있는 건 짧아서 별로였는데…. 월미도, 인천에 있는 거지? 거기 정말 한번 가 보고 싶다…."

혜정이의 가 보고 싶다는 말은 '지금 못 가서 너무 아쉽다'라고 말하는 듯 느껴졌다.

"가면 돼지! 지하철로 인천에 내려서 버스만 갈아타면 돼. 바다 보는 거 어렵지 않아 언제든지 볼 수 있고, 갈 수 있어. 담에 시간 나면 함께 가자."

나는 아침부터 갑갑한 교실로 들어가는 혜정이를 조금이나마 위로 하고 싶은 마음에 월미도에 같이 가자는 말을 불쑥 해 버렸다.

"정말? 그래, 우리 시간 나면 꼭 가 보는 거다. 약속!"

나는 얼떨결에 혜정이가 내민 새끼손가락에 나의 새끼손가락을 걸고 흔들었다. 힘차게 흔드는 혜정이의 새끼손가락은 부드럽게 말캉거렸다.

"야! 니네 뭐하냐? 아침부터…."

계단 위에서 목소리가 들렸다. 고개를 돌리니 민철이가 뭔가를 들고 이리저리 흔들며 우리를 보고 있었다. 그러더니 뒤로 돌아 교실로 빠른 걸음으로 들어갔다. 손에는 그 뭔가를 쥐고 계속 머리 위로 들고 있었다. 우리는 민철이를 따라 교실로 들어왔다. 교실에는 어느새 학생들이 거의 차 있었다. 우리 자리를 보니 형식이 형과 준기 형, 그리고 민지가 앉아 있었다. 아침부터 어묵을 먹느라 우린 조금 늦게 들어왔다.

"안녕! 오빠들, 그런데 민철이는 뭐하는 거야?"

혜정이는 자리에 앉으며 인사를 하고, 창밖으로 몸을 반쯤 내밀고 있는 민철이를 보며 말했다.

"어, 민철이 핸드폰 샀는데 잘 안 터지나 봐."

형식이 형이 민철이 대신 혜정이의 궁금증을 풀어 준다.

"아… 형 저거 핸드폰 아니라니까, 아까 말해 줘도 그러네. 저거 시티폰이라고…"

준기 형이 형식이 형을 보고 답답한 표정을 지으며 말을 했다.

"그거나 그거나…"

"아니 엔지니어라며… 핸드폰은 걸고 받고 다 되고, 민철이가 핸드폰이라고 사기 친 저 시티폰은 거는 것만 된다니까. 못 받는다고 전화를… 차가 전진만 되고 후진이 안 돼! 어때 답답하지? 그러니까 다른 거라고 아예… 싸기도 하고."

"그래도 이제 핸드폰은 망한 거지, 다들 삐삐 있는데 말이야. 삐삐랑 시티폰 같이 가지고 있으면 호출 보고 시티폰인가 그걸로 전화하면 되니까… 비싼 핸드폰을 누가 사겠냐?"

"그렇긴 한데… 저러고 통화를 해야 되니까 문제지…"

준기 형은 창밖으로 몸의 반이 나가 있는 민철이를 안타깝게 바라보며 말을 했다.

"어, 그래. 나? 아 오늘 동아리방에 좀 일찍 나왔어. 시끄럽지? 그래 빨리 일어나고 학교 갈 준비해. 응, 알았어…. 그래. 아, 그리고 오늘 나 공강 없이 그냥 꽉 찼어. 저녁엔 동아리 선배들하고 연습해야 돼서 좀 바쁘니까 음성 남겨. 시간 날 때 나도 음성 남길게. 응, 끊어."

창밖으로 민철이의 통화 내용이 들린다. 민철이는 아무래도 대학교에 입학을 하고 온 것 같았다.

"아이고, 후배님! 우리 오늘 어떤 동아리 연습을 할까요? 수리 원인가요? 수리 투인가요?"

창밖에서 상체를 꺼내고 있는 민철이를 보며 준기 형이 말을 한다.

"어, 들었어? 음, 수리 투를 하자고. 수리 원은 포기했으니까. 하하."

"잘났다…."

준기 형이 넉살 좋은 민철이를 보며 한마디 하고 같이 웃는다.

"민철아, 그거 시티폰 줘 봐!"

"살살 다뤄. 어제 개통한 거야. 아직 액정 스티커도 안 뗐어."

"이야, 이거 핸드폰하고 똑같이 생겼네. 더 작고 좋네! 이거!"

건네받은 혜정이는 시티폰을 이리저리 돌려가며 감탄을 하고 있다. 나는 책가방을 정리하다 뒤돌아본 민지를 보고 눈인사를 했다. 인사를 하는 나를 보며 민지는 웃으며 말을 한다.

"안녕? 민철, 근데 둘이 같이 왔어?"

"아… 아니 여기 밖에서 바… 방금 만나서 들어왔어."

나는 민지에게 뭔가 죄를 지은 것처럼 말을 더듬거리고 있었다. 민지는 눈에 힘을 줘서 날 노려보는 척을 하고 이내 웃는다.

'뭐지…?'

나는 의아했다. 저건 꼭 여자친구라는 신분의 여자가 남자 친구라는 신분의 남자에게 질투를 하거나 남자가 뭔가 잘못을 저질렀을 때 하는 표정이라고 텔레비전에서 본 것같기 때문이었다. 혹시 민지도 나를…? 상상만으로도 가슴이 설레어 오지만 있을 수 없는 일이란 생각이 들며 난 고개를 가로저었다.

"근데 민철아, 너 여자친구 없다고 했었잖아?"

시티폰을 계속 만지작거리고 있는 민철에게 혜정이가 물었다.

"아, 며칠 전에 사귀기로 했어."

"민철이 멋있다! 근데 누구랑?"

혜정이가 대책 없어 보이는 민철이에게 감탄을 한다.

"야, 사기 대학생! 사진 좀 보자."

뒤에서 듣고만 있던 준기 형과 형식이 형의 머리가 민철을 에워싼다.

"대학생이야?"

"대학생이야 경기도 S대 다녀 유아교육과. 그래서 나도 그냥 대학생이라고 했지. 여기 K대."

"K대? 그걸 믿어?"

"못 믿을 게 뭐 있나? 뭐 와서 확인할 거야?"

"그래도 좀 낮춰서 입학하지. 너 외관상 K대는 들통날 것 같은데…. 하하하."

"들통 나면 들통 나는 거지 뭐…."

"사진!"

형식이 형의 외침에 민철은 가방을 뒤적거린다.

"여기 스티커 사진 찍었는데 자세히 봐, 멋진 게 있거든…."

"이야. 이쁘다."

스티커 사진에는 긴 생머리를 늘어트린 예쁘장한 여자와 민철이가 어깨동무를 하고 있었다. 그리고 그 밑에는 'KMC·PSH' 이니셜과 그 사이에 하트가 귀엽게 박혀 있었다.

"이쁘지? 걔 이름이 박성현이거든…. 그런데 말이야, 요것도 봐 봐."

민철이는 다른 스티커 사진을 보여 줬다. 거기엔 방금 보았던 이니셜과 하트가 그대로 찍혀 있는데 민철이만 홀로 좌측에 있었다. 꼭 처음 사진에서 여자 친구만 빠진 모습이었다.

"이게 뭐야?"

"흠… 궁금들 하지? 하하하, 뭐냐면 말이야. 얼마 전에 대학로 록카페에서 애를 만났거든."

"너 록카페도 다니냐? 할 건 다하고 다닌다. 완전…."

"아무튼 성현이를 만났는데 록카페에 있는 여자 중에 애만 빛이 나더라고. 그래서 삐삐 번호 달라고 했지."

"그러니까 그냥 줘, 번호를 막?"

형식이 형은 이 헌팅 과목을 아주 흥미롭게 듣고 궁금한 건 바로 바로 질문하는 성실한 학생이었다.

"아니지… 겨우 받았지. 그리고 몇 번 만났어. 종로에서도 보고 대학로에서도 보고. 그런데 얘가 마음을 열 듯 안 열 듯 애간장을 녹이는 거야…."

"그래서?"

"그래서 내가 고백을 하려고 하는데 그냥 하는 것보단 좀 더 로맨틱한 게 없을까 생각을 했어…. 뭐냐면 먼저 내가 이 첫 번째 스티커 사진을 찍어 놨지. 혼자서 말이야."

민철은 우리가 봤던 두 번째 스티커 사진, 즉 민철이와 이니셜만 나온 스티커 사진을 보여 준다.

"그래서 술 한잔 하다가 분위기가 무르익었을 때 스티커 사진을 보여 줬어. 보여 줬더니 이게 뭐냐고 묻더라고 성현이가. 그래서 이니셜 보라고 했지. 너라고, PSH는 박성현 너라고…. 그 빈자리엔 이름표가 있어서 아무나 채울 수 없다고 그러니 네가 채워 달라고 했지 영원히…."

"캬… 역시 김민철! 그래서 여자 친구가 알았다고 사귀자고 했어?"

형식이 형은 마치 자신이 사귀게 된 것처럼 신나 하며 민철에게 묻는다.

"뭐 당연한 거 아니야? 하하하. 그래서 스티커 사진의 빈자리를 채우려고 다시 이렇게 찍은 거지!"

민철이는 이제 빈자리가 채워져 둘 다 모두 나온 첫 번째 스티커 사진을 자랑스럽게 다시 보여 줬다.

"야, 한 자리만 바뀌었으면 형식이 형이 채웠겠다. 형식이 형 이니셜 P.H.S잖아! 하하하."

준기 형의 예리함에 우리 모두 배를 잡고 웃으며 넘어갔다.

"그래도 민철이 멋있다. 살짝 유치하긴 하지만. 하하하."

혜정이는 민철이 혼자 덩그러니 나온 작업용 스티커 사진을 보고 웃으며 말했다.

"쉿! 잠깐… 은주 씨 왔나?"

형식이 형이 갑자기 은주 누나의 행방을 묻는다.

"아니, 아직 안 나왔네."

"그래? 그럼 요 작업 내역을 은주한테는 얘기하지 말아 봐."

"왜? 형 이걸로 은주 누나한테 고백하려고?"

"아니, 그냥…. 일단 얘기하지 말아 봐…."

다들 걱정스러운 눈빛으로 형식이 형을 보고 있지만 정작 형식이 형의 눈빛은 이글이글 타오르고 있는 것만 같았다.

제10장

이제 햇살이 제법 따가워지고 있었다. 점심을 먹고 얼마 남지 않은 휴식 시간의 옥상은 갑갑함에 못 이겨 햇살로 나온 학생들로 붐볐다. 담배 연기와 여기저기서 들리는 웃음소리, 점심이 모자랐는지 벌써부터 군것 질거리를 사 놓고 둥그렇게 모여서 먹고 있는 학생들, 화단은 연녹색의 새싹들로 가득했다. 우리들의 이 옥상 캠퍼스는 이제 정겹게까지 느껴지고 있었다.

"그래도 민철이 여자 친구는 좋겠다. 저렇게 뭔가 이벤트도 준비하는 남자 친구가 있어서…."

혜정이는 당당하게 핸드폰인 것처럼 이리저리 옮겨 다니며 시티폰으로 통화를 하고 있는 민철이를 보면서 말했다.

"아 그거 스티커 사진? 유치하던데 여자는 그런 거에 감동하나?"

나는 민철이를 함께 바라보고 있는 민지가 들을 수 있도록 살짝 큰 목소리로 말을 했다.

"원래 여자들은 유치하고 사소한 거에 반하는 거야! 민지야, 민철이 멋있지 않냐?"

"뭐 그렇긴 한데…."

나는 민지의 흐려지는 말끝을 자세히 들어 보려 몸을 혜정이 쪽으로 슬쩍 붙인다.

"한데…"

혜정이 건너편에 앉아 있는 민지의 목소리는 더욱 작아지는 듯하고 나는 혜정이 쪽으로 더 붙는다.

"아, 뭐야! 왜 이리 붙어. 날도 더운데!"

너무 붙었나 보다. 혜정이가 나를 밀어내서 나는 화단 바깥으로 엉덩방아를 찧는다. 보도블록만 한 높이라 아프진 않지만 쪽팔리기에 나는 자연스럽게 자세를 고치며 그냥 맨 바닥에 양반 다리를 하고 앉았다. 오른손에 쥐고 있던 타 들어 가던 담배는 부러지진 않았지만 꼬부라져 있었다. 나는 꼬부라진 채로 담배를 들이마셨다. 내뿜는 연기에 나의 복잡한 심정을 실어 보낸다.

"뭐야, 이 거지는!"

통화를 마친 민철이가 나를 내려다보며 말을 했다. 민철의 말에 혜정이가 미친 듯이 웃는다.

"와하하하하."

"왜 그렇게 세게 미냐? 안 다쳤어, 민철아?"

민지가 안쓰러워하는 눈빛을 보내며 말한다.

"응, 괜찮아."

괜찮지 않았다. 창피한 것도 문제는 아니다. 지금 나는 아까 끊긴 민지의 대답이 몹시 궁금했다. 그렇기에 이 옥상 시멘트 바닥의 찬 기운은 문제도 되지 않았다.

"지금 여자 친구는 어디래?"

바닥에 엉덩방아를 찧은 나는 거들떠보지도 않고 혜정이는 민철에게 묻는다.

"응, 학교 근처 커피숍이래."

"대학생들이라 좋구나, 나도 이렇게 날씨 좋은 날 점심 먹고 커피숍에서 커피나 한잔 하면서 놀았으면 좋겠다! 민지야, 우리도 내년엔 꼭 저렇게 놀자. 알았지?"

"그래."

민지는 혜정의 말에 웃으면서 대답을 했다. 나도 내년에 그 커피숍에서 함께 커피를 마시고 싶다. 민지의 환한 웃는 모습을 내년에도 보고 싶었다.

"민철아, 이제 그냥 막 뒹굴고 다니기로 한 거야? 그래도 여기가 서울역도 아니고 지킬 건 지켜야지! 하하."

"왜? 난 자유롭고 보기 좋은데! 꼭 대학 캠퍼스 잔디밭 같다. 홋홋."

옆을 보니 요즘 부쩍 친해진 형식이 형과 은주 누나가 함께 있었다. 조금 뒤에선 준기 형이 나를 보며 의미심장한 미소를 띠며 담배에 불을 붙이고 있었다. 나는 엉덩이를 털며 일어났다. 튀어나와 있던 추리닝의 무릎이 탈골이 된 듯 더욱 튀어나와 있었다.

"어, 올라왔어요? 혜정이가 밀어서… 하하하."

"동갑들이라 재밌다, 너네! 동갑들은 이렇게 밀고 노는 건가?"

은주 누나는 가만히 옆에 있던 형식이 형을 옆으로 민다. 형식이 형은 오버를 떨며 옆으로 나가떨어지는 시늉을 한다. 얼굴은 좋아 죽을 것 같은 표정을 하고 있었다.

"하하하, 형식이 오빠 귀엽다!"

"귀엽긴…. 뒤에서 보니까 아주 징그러워 죽겠다. 노인네 노망이 들었나…."

"와하하하."

준기 형의 말에 우리 모두는 크게 웃었다.

"언니 얘기 들었어? 민철이 여자 친구 생겼어, 대학생인데 자기도 대학생이랬대. 여기 K대라고 뻥치고 사귀고 있대!"

혜정의 말에 민철이는 뭔가 자랑스러운 표정을 지으며 늠름하게 담배에 불을 붙였다.

"그래? 근데 사귄 건 좋은데, 대학생이라고 거짓말 한 건 좀 그렇다. 나중에 여자 친구가 알면 실망할 텐데. 그러지 말고 사실대로 얘기하는 게 낫지 않아?"

"나도 그럴 생각이야… 처음엔 그냥 끌려서 꼭 사귀고 싶었어. 그래서 거짓말도 해 가며 그랬는데, 며칠 사귀어 보니 착하기도 하고 더 좋아지는 거야… 내가 계속 거짓말하면 안 되겠구나 하는 생각이 들더라고. 나도 고민이야. 어떻게 말을 꺼내야 될지…"

민철이는 이제야 속마음을 꺼내 보이고 있었다. 우리에겐 여자 친구한테 대학생이라고 거짓말을 한 게 별거 아닌 것처럼 말을 했지만 정작 본인은 계속 마음이 쓰이고 있던 모양이다.

"그래 민철이 네가 솔직하게 얘기하면 여자 친구도 이해해 줄 거야. 꼭 그 말을 해. 너하고 정말 사귀고 싶어서 거짓말을 했다고 그럼 뭐 더 감동받을 수도 있지…"

"우선 좀 지나고 나서… 어쨌든 말했다 차이면 은주 누나가 여자 소개시켜 줘야 돼!"

"너 하는 거 봐서. 그리고 넌 무슨 재수생이 꼭 그렇게 연애를 해야 되니? 나중에 대학 붙고 사귀든가… 아무튼 웃겨, 민철이. 하하하!"

연녹색의 이파리들이 살랑거리고 있다. 우리들은 나란히 화단에 앉아서 준기 형이 사온 아이스크림을 먹고 있었다.

"누나, 누나는 지금 사귀는 사람 없지?"

갑자기 준기 형이 은주 누나에게 물었다. 형식이 형의 사주가 분명하다. 형식이 형은 아무렇지 않은 척 하늘을 보고 있지만 몸이 방금 45도 정도 은주 누나 쪽으로 비틀어졌다. 형식이 형도 그렇지만 우리도 궁금하긴 했다.

"응, 나? 어떨 것 같은데?"

"없을 것 같은데?"

형식이 형의 목소리는 분명 언어 영역 지문을 읽은 듯 굉장히 어색하게 들렸다.

"나도 없을 것 같아, 언니 끝나고 집으로 바로 가잖아. 현희 애들하고, 만약 있었으면 남자 친구가 한번은 학원 앞으로라도 데리러 왔겠지. 아닌가? 다른 데서 몰래 만나나?"

"음, 혜정이가 날 그렇게 미행하고 있었는 줄 몰랐네, 하하. 그래 지금은 없어. 얼마 전에 헤어졌어."

"그래? 그래도 다 정리된 거지?"

혜정이가 형식이 형의 눈빛을 마주치며 은주 누나한테 말한다.

"뭐, 당연하지. 남자 하나 가지고 뭐. 세상에 반은 남자고 나 같은 매력적인 여자가 남자 하나 때문에 힘들어하겠니? 호호호."

형식이 형의 안도하는 모습이 눈에 보이지만, 형은 더 힘든 길로 들어서고 있는 것만 같았다. 나는 아이스크림의 남은 과자를 한입에 털어 넣고 일어났다. 그리고 담배에 불을 붙이고 깊게 연기를 들이마셨다. 그리고 자연스럽게 돌아서서 아직 화단에 앉아 있는 민지를 봤다. 아이스크림을 먹는 모습이 귀여웠다. 오늘은 진한색의 청바지에 회색 후드티를 입고 왔다. 가슴이 또 간지러워진다. 지금 나의 이 기분, 누군가를 바라만 봐도 꿈을 꾸는 듯 몽롱해지는 이 느낌. 이 느낌을 지금 형식이 형도, 민철이도 느끼고 있을 것이란 생각을 하니 신기하게 느껴졌다. 그러나 이상하게도 나보다는 덜할 것만 같았다. 뭐든 지금 내가 겪고 있는 것이 제일 큰일처럼 느껴지는 기분 탓일까? 아니면 정말 내가 더 깊게 빠진 것일까? 그렇다면 나는 지금 무얼 하고 있는 것일까? 형식이 형만 치밀하다고 생각을 하고 있는 저 뻔해 보이는 전략, 사기 대학생까지도 불사하며 사랑을 쟁취하는 민철이의 저돌적인 모습, 나는 저 둘보다 심한 가슴앓이를 한다고 느끼지만 정작 행동으로 옮기고 있는 것은 아무것도 없었다. 그렇게 치자면 나는 사랑도 아닌 그저 호감 정도의 기분을 가지고 괜한 호들갑을 떠는 것은 아닐까? 내 인생에 비교할 데이터가 없기에 이 정도의 느낌이 어느 정도의 강도인지 알 턱이 없었다. 그렇기에 민지에 대한 나의 마음에 의심이 들기 시작했다.

나는 앉아 있는 민지의 눈을 뚫어져라 바라봤다. 나를 볼 때까지…. 민지는 혜정이를 보며 무슨 말을 하고 있다. 얼굴에는 옅은 미소가 번지고 있다. 나는 더욱 눈에 힘을 주어 민지를 쳐다본다. 가슴은 간지러움에 터져나갈 것만 같다. 그때 민지가 어떤 느낌을 받았는지 얼굴을 들어 나를 바라봤다. 우리는 눈이 마주쳤다. 나는 민지의 눈길을 피하지 않고 계속 바라봤다. 민지도 그 눈길을 피하지 않는다. 그러더니 민지는 나를 보며 살짝 웃어 준다. 터질 것 같은 심장은 나에게 사랑이 맞다고 말을 해 주고 있었다. 처음 느끼는 감정이지만 분명 맞다. 난 민지를 좋아한다. 그리고 형식이 형이나 민철이의 사랑은 풋사랑이 맞는 것 같다. 이 느낌을 가지고 아직도 살아 있으니 말이다. 나는 민지의 눈길을 피해 돌아섰다. 돌아섰지만 아직도 민지의 눈길이 느껴지고 있다. 그 환한 미소, 지금 뒤를 돌아보면 민지가 계속 나를 보며 웃어 주고 있을 것만 같았다.

다시 보고 싶고, 계속 보고 싶었다. 가슴이 시리고 참을 수가 없었다. 바로 뒤만 돌면 민지가 있다. 그러나 나는 뒤를 돌아보지 못했다.

"철아! 밥 먹어라!"

엄마의 목소리가 들리고 있지만, 내 몸은 시체같이 움직이질 않았다. 일찍 일어났었다. 이상하게 일요일 아침에는 눈이 일찍 떠졌다. 주중 내내 힘들게 일어날 때마다 이번 일요일엔 원 없이 자리라 다짐을 하지만 막상 일요일이 되면 일찍 일어나게 된다.

아까 여덟 시쯤 일어나서 일요일 아침 티브이 프로그램을 무의식적으로 돌려보고, 냉장고 문도 열어 봤다. 먹다 남은 구겨진 과자 봉지를 부스럭거리며 뒤지기도 했으며, 조용히 베란다 문을 열고 나가 담배도 피웠다. 모든 건 부모님이 깨지 않게 조용히 이루어졌고, 은밀한 나만의 일요일 아침을 맞이하고 다시 잠이 들었었다. 그리고 지금 나는 다시 평일 아침처럼 일어나는 것이 죽기보다 싫어진 후였다.

"철아! 안 일어나나!"

엄마의 목소리는 더욱 커져 가고 있다.

"백숙해 놨다. 빨리 먹어라."

'…!'

어느새 나는 일어나 방문을 열고 있었다. 작은 거실에는 밥상이 차려져 있었다. 밥상 위엔 하얀 닭이 삶아져서 놓여 있었다. 김이 모락모락 올라오는 닭은 굉장히 컸다. 엄마가 작심을 하시고 아들 몸보신을 시켜 주려고 하셨나 보다.

"얌마, 느그 엄마가 그렇게 불러 쌌는데 이제야 일어나나?"

화장실에서 나오시는 아버지는 축축한 머리를 수건으로 부비시며 말씀을 하신다.

"으이고 재수한다는 자슥이 지금 열한 시다, 열한 시. 일찍 일어나서 책을 좀 보든가… 쯧쯧…. 어디 붙을지 앞이 깜깜하이."

"일요일인데 좀 잘 수도 있지…. 저렇게 아침부터 애를 잡아서 뭐 한다고. 민철아, 어여 묵어라. 너 좋아하는 닭 삶았다. 여기 인삼도 많이 넣었다."

엄마는 큼지막한 닭다리를 뜯어서 내 앞접시에 놓아 주신다. 그리고 하도 삶아져서 흐물흐물해 보이기까지 하는 인삼도 놓아 주신다.

"돈 벌어 뭐하나, 마누라는 자식 챙긴다고 서방은 신경도 안 써 주는데…."

아버지는 직접 닭다리를 뜯어 앞접시에 놓으시며 말씀하셨다.

"당신은 어디 가서 혼자 몰래 좋은 거 많이 먹고 다니더구먼, 어젯밤에 어디 갔다 왔나? 또 미현이 아빠랑 술 마시러 갔제? 당신은 밖에서 먹어라, 좋은 거."

엄마는 아버지가 뜯어 놓으신 닭다리를 뺏어 어머니 접시에 올려놓으시며 아버지를 흘겨보셨다.

"허허허, 아주 먹지 말라 하지!"

두 분은 티격태격하셨지만 얼굴에 지어진 장난기는 숨길 수가 없었다. 나는 통통한 닭다리를 굵은 소금에 찍어 한입 베어 물었다. 갖은 약재의 향이 은은히 나는 닭고기는 부드러우면서 정말 맛있었다. 공복인 상태에 닭 맛을 보자 나는 반사적으로 허겁지겁 살을 발라 먹기 시작했다. 그때였다. 베란다 유리창에 검은 그림자가 비치면서 누가 얼굴을 빼꼼히 내밀고 있었다. (그 당시 우리 집은 2층으로 된 양옥집 1층에 살고 있었다. 옛날 양옥집이라 한옥집처럼 작은 마당이 있었고 마당과 우리 집 베란다는 세 칸짜리 계단으로 이어져 있었는데 우리는 베란다 창문을 현관처럼 사용했으며 겨울을 제외하곤 언제나 활짝 열어놓곤 했었다.)

"민철아…."

"어!"

머리가 긴 여자가 웃으면서 나와 우리 가족을 바라보고 있었다. 혜정이가 서 있었다. 아버지와 엄마는 이 낯선 상황에 어리둥절하며 나와 혜정이를 번갈아 가며 보셨고….

"켁… 켁…."

속옷만 입고 계신 아버지는 놀라 사레가 들렸다.

"안녕하세요?"

"누구… 민철이 친구가?"

"아, 예. 민철이 친구 신혜정이라고 합니다."

혜정이는 엄마의 물음에 대답을 하면서 나를 살짝 째려봤다. 멍하게 있지 말고 빨리 자기를 아는 척하란 뜻 같았다.

"어, 어, 혜정아!"

사레가 들린 아버지는 물을 마시면서 나를 보셨다.

"응, 저기 학원 친구. 우리 앞집 살아."

나는 입에 문 닭의 잔재를 닦으며 말을 했다.

"뭐 하나? 친구 왔는데?"

아버지는 이상하게 긴장하신 모습이었다. 다른 남자 친구들이 왔을 때랑은 전혀 다른 모습이셨다.

"어, 알았어."

나는 아버지의 말씀에 엉거주춤 일어났다.

"민철이 친구라꼬? 어마야, 꼭 인형같이 생겼네."

"예, 감사합니다!"

혜정이는 엄마의 칭찬에 환하게 웃었다. 혜정이는 예쁘다는 말에 굉장히 약한 것 같았다.

"혜정아 잠깐만…."

나는 휴지로 손을 닦으며 일어나려 했다.

"혜정이라고? 혜정이 밥은 먹었나?"

"아… 아직이요."

"그래, 잘됐다. 여기 들어온나. 지금 우리도 막 먹기 시작했다. 혜정이도 같이 먹자."

엄마는 베란다에 서 있던 혜정이의 손목을 잡고 거실 안으로 혜정이를 들이셨다. 일어나던 나는 다시 앉았고, 혜정이도 얼떨결에 내 옆에 앉게 되었다. 엄마는 부엌으로 가서서 앞접시 하나와 숟가락, 젓가락을 챙겨서 나오셨다.

"닭 또 있으니까 많이 먹고, 죽도 끓이니까 죽도 먹고, 혜정인 백숙 좋아하나?"

"예, 좋아해요!"

"여보, 닭 또 있다며 여기 닭다리 하나 뜯어온나?"

"아, 맞다. 혜정이 닭다리 하나 챙겨 줘야겠네…."

엄마는 아버지의 말에 혜정이의 앞접시를 다시 들고 부엌으로 들어가셨다. 다시 나온 엄마의 손엔 우리가 먹었던 닭다리보다 훨씬 큰 닭다리가 올라가 있었다. 그리고 그 큰 닭다리를 혜정이 앞에 놓아 주셨다.

"와, 되게 크다!"

혜정인 앞에 놓인 자신의 손보다도 훨씬 커 보이는 닭다리를 보며 말했다.

"내는 주지도 않던 닭다리가 말하니까 떡하니 나오네! 허허."

"어, 다리 안 드셨어요?"

아버지의 말씀에 혜정이가 말을 했다.

"아야!"

"주책도 아주, 아니다. 혜정이 많이 먹어라. 이 양반 신경 쓰지 말고."

엄마가 아버지의 허벅지를 꼬집으면서 말을 하신다.

"하하, 예! 잘 먹겠습니다!"

이제야 긴장이 좀 풀리나 보다. 혜정이는 젓가락으로 닭다리를 찌르고 손으로 살짝 잡았다.

"아, 뜨거워!"

혜정이는 방금 꺼내온 닭이 뜨거운지 잡았던 손을 입에 댔다.

"이 문딩이 자슥아, 친구 살 좀 발라 줘라! 얼마나 뜨겁겠나?"

"어? 어!"

"아, 괜찮아요."

나는 아버지의 말씀에 젓가락으로 혜정이 접시에 있는 닭다리를 분리해 살을 발라냈다. 혜정이는 괜찮다고는 하지만 내가 발라놓은 살을 소금에 찍어 맛있게도 먹었다.

"오래 살 일이네. 민철이를 찾아오는 여자 친구도 있고."

아버지는 이 상황이 재밌는지 혜정이와 나를 보시며 말씀하셨다.

"그런데 이 앞집 산다고?"

엄마는 닭 껍질을 벗기고 살코기를 혜정이 접시에 올려놓으시면서 물어본다. 분리된 닭 껍질은 내 앞접시에 던지듯이 내려놓으신다. 좋았다.

"예, 바로 앞집이요. 작년 시월에 이사 왔어요."

"아, 저번에 영석이네 이사 가고 들어온 집인가 보네? 1층 맞지?"

"예, 1층이요."

혜정이는 엄마가 발라준 살코기를 소금에 살짝 찍어서 입에 넣었다.

"목 멕히겠다. 이 국물도 먹어 봐라."

엄마는 닭국물에 파를 넣은 닭곰탕을 혜정이 앞에 올려줬다. 그리고 소금을 조금 쳐 주신다.

"아, 감사합니다."

혜정이는 숟가락으로 국물을 떠서 먹는다.

"와, 어머니 정말 맛있어요!"

"어머니 소리 듣기 좋네. 하하, 이렇게 이쁜 딸 하나 있으면 얼마나 좋을까? 그래 형제는 어떻게 되고?"

"아, 저 혼자예요."

"외롭겠네…. 아부지는 뭐 하시나?"

"엄마는 뭘 그렇게 물어봐? 닭 먹으라고 해 놓고…. 엄마가 자꾸 말 시켜서 혜정이 닭도 못 먹잖아."

나는 혜정이의 아버지에 대해 묻는 엄마의 말에 아차 싶어서, 닭 핑계를 대며 말을 돌렸다. 그리고 발라둔 살을 혜정이 접시에 올려주면서 혜정이 얼굴을 슬쩍 봤다. 혜정이는 오물오물 씹으면서 살짝 웃고 있는 듯 보였다.

"아무튼 자주 놀러 와라. 엄마가 맛있는 거 많이 해 줄게. 볼수록 연예인같이 이쁘네."

"네, 어머니!"

예쁘다는 소리에 약한 혜정이는 큰 소리로 말을 했다.

제11장

익숙한 실로폰 소리가 작게 들리고 있었다. 나는 눈을 떴다. 티브이에서 나는 소리였다. 티브이 속엔 송해 아저씨가 나와서 어떤 아줌마가 입에 넣어 주는 떡 같은 걸 먹고 있었다. 나른한 일요일 오후 나는 거실에서 잠들어 있었다. 티브이의 볼륨은 아주 작게 줄여져 있었다. 나는 일어나 앉았다. 내 옆에는 엄마가 주무시고 있었다. 그리고 건너편 엄마 옆에는 혜정이가 자고 있었다. 엄마와 혜정이는 홑이불을 함께 덮고 있었는데 엄마의 오른팔은 안듯이 혜정이 어깨에 올려져 있었다. 딱 붙어 자고 있는 둘은 누가 보면 영락없는 모녀 사이 같았다. 아버지는 목욕탕에 가셨는지 안 계셨다. 티브이 볼륨은 아버지가 줄이고 가신 듯했다.

백숙을 다 먹은 우리 가족과 혜정이는 과일도 먹고 이런 저런 얘기를 나눴다. 내 생에 처음으로 찾아온 여자 친구. 부모님은 신기하기도 하셨고 또 딸이 없는 우리 집에서 조금 외로워하시던 엄마는 혜정이를 정말 친딸처럼 예뻐해 주며 좋아하셨다. 처음엔 어색해하던 혜정이도 지금은 제집처럼 엄마 옆에서 낮잠을 새근새근 자고 있었다. 학원 매점 아줌마들도 그렇고 우리 부모님들까지 혜정이는 어른들이 좋아하는 붙임성 좋은 아이였다. 나는 앉아서 이 생소한 광경을 보고 있다가, 바로 앞에 집을 놔두고 여기서 잠을 자고 있는 혜정이가 재밌어서 피식하고 웃었다.

나는 엄마와 혜정이가 깰까 봐 조용히 일어나 베란다로 나가 슬리퍼를 신고 집 밖으로 나갔다.

작은 골목 위로 새파란 하늘이 보였다. 따뜻한 봄날 파란 하늘을 보니 기분이 좋아진다. 아니다. 기분은 아까부터 좋았다. 파란 하늘을 보니 좋았던 기분이 더욱 좋아졌다. 나는 대문의 널찍한 돌 문턱에 앉아 담배를 꺼내 물고 불을 붙였다.

"휴…."

며칠 있으면 수능 모의고사가 있다. 학원에서 다시 대입 준비를 시작한 지 두어 달…. 과연 전보다 몇 점이나 오를지 긴장이 되고 두렵기까지 했다. 오늘 아침밥을 먹고 일찍 독서실에 가려 했었지만 그러질 못했다. 내 머릿속의 나만의 계획이기에 보채거나 탓하는 사람은 아무도 없다. 그러나 맘이 불편해진다. 방금 전가지 좋았던 기분은 사라지고 무거운 부담감과 죄책감이 동시에 찾아온다. 담배 맛이 써진다. 만약 지금 내가 대학생이라면, 그리고 지금 혜정이가 대학 친구라면 이 한가롭고 나른한 일요일의 이 생소한 상황은 그저 행복하기만 했을 것이다.

"언제 깼어?"

혜정이는 어느새 깼는지 문 앞에 서 있었다.

"어, 일어났어? 나도 좀 전에 깼어."

"야, 우리 저쪽 공원으로 가자. 나도 담배 피우게."

우리는 길 건너편의 작은 공원으로 향한다. 길가로 나오니 봄 햇살이 따사롭게 우리를 내리쬔다.

"너의 부모님 되게 좋으시다. 백숙도 정말 맛있었어. 그런 것도 집에서 해 먹는구나…."

"백숙을 집에서 안 해 먹어?"

"응, 나는 처음 봤어."

"백숙을 처음 먹어 본 거라고?"

"아니 백숙 같은 거, 삼계탕? 아무튼 물에 삶은 닭은 다 밖에서 사 먹는 줄 알았거든…. 밖에서는 먹어 봤지."

"너희 엄마가 안 해 주셔?"

"응, 엄마는 요리 잘 안 해…."

나는 혜정이의 엄마가 요리를 잘 안 하신다는 말이 정확히 무슨 말인지 이해가 가지 않았지만 혜정이의 목소리가 별로 안 좋아지는 것 같기에 더 이상 묻지 않았다.

"뭐 해도 맛이 없어. 음식 솜씨가 별로야, 우리 엄마. 웃기지? 하하하."

"응, 뭐 어머니들이라고 음식을 다 잘해야 하는 건 아니니까…."

혜정이가 도시락을 안 싸 오는 이유가 어머니가 요리를 못하셔서 그런 걸까 하는 생각이 들었다. **뭐, 나도 다들 싸오는 저녁 도시락을 안 싸 가지고 다니는데…. 저마다 다른 이유가 있겠지….**

우리는 공원의 벤치에 나란히 앉았다. 나뭇잎 사이로 햇살은 계속 움직이며 따라다니고 있었다. 나는 호주머니에서 담뱃갑을 꺼내 혜정이에게 건넨다. 아무래도 담배를 가지고 있지 않을 것 같았다. 혜정이는 담배를 한 개피 꺼내 물고 불도 달라는 듯 손을 내민다. 나는 라이터도 건네준다.

'치직.'

연기가 피어오른다. 나도 담배를 꺼내 물고 불을 붙였다.

"아까 살 발라줘서 맛있게 먹었어. 고마워, 그리고…."

"뭘 별것도 아닌데 발라주면서 나도 좀 뺏어먹었어. 하하."

혜정인 살짝 뜸을 들였다 말을 한다.

"그리고 너희 어머니가 우리 아빠 물어보셨을 때 일부러 그런 거지?"

"아… 그거. 아니, 그게 아니라 너 닭도 먹고 해야 되는데 자꾸 뭐 물어보니까 그런 거지."

"음, 훗훗… 그래? 사실 말해도 상관없어. 우리 집 얘기. 뭐 앞집에 사시면 다 아실 텐데…. 그리고 부끄럽지도 않아. 맞지 않으면 억지로 계속 사느니 헤어지는 게 낫지…. 그런데 가끔 너도 섬세할 때가 있긴 하구나. 하하하. 어울리지 않게 아무튼 날씨도 좋고 맛난 것도 먹고 너희 부모님도 알게 되고 음… 기분이 좋다. 오랜만에."

"오랜만에 좋기는… 매일 기분이 좋아 보이는데. 하하!"

"그런가? 훗훗."

"너 추리닝 입은 거 처음 보는 것 같은데?"

혜정이는 남색 추리닝 바지에 흰색 후드티를 입고 있었다.

"어, 그래? 뭐야, 내 후줄근한 모습이 실망스럽다는 거야?"

맞다. 혜정이가 뭔가 되게 어려진 느낌이 아까부터 들고 있었다. 그건 바로 화장을 전혀 하지 않은 맨얼굴이어서 그랬나 보다.

"화장도 안 했구나?"

"야, 그럼 집 앞에 나오는데 화장하고 옷 차려 입고 나오냐?"

"아니, 신기해서. 하하하. 너 이런 편한 모습 처음이잖아."

화장을 안 하고, 후줄근하다고 말하는 추리닝을 입고 있어도 혜정이에게선 빛이 나는 것 같았다.

"맞다! 그런데 갑자기 우리 집에 왜 왔어?"

"하하! 그러네. 누가 보면 닭 냄새 맡고 간 줄 알겠다. 내 참고서 받으러 갔지, 오늘 아침에 준다고 했잖아."

"아, 그거? 그거 내일 아침에 준다고 했는데…."

"무슨? 민지도 같이 들었는데 그래서 이따가 저녁에 민지 오기로 했단 말이야."

혜정이의 필기가 잘된 참고서를 빌렸었다. 그리고 주말이 지나고 월요일에 주기로 한 것 같은데 혜정이는 오늘 주기로 했단다. 뭐 민지도 함께 들었다니까 혜정이의 말이 맞겠지만, 또 내가 보고 싶은 대로 보고 내 맘대로 생각하는 버릇이 도졌나 보다.

가끔 그랬다. 머릿속에선 내일 모레라고 하는데 입으로는 내일이라 말하고, 늦잠을 잔날 내가 매일 타는 157번 버스를 분명히 탔는데 다른 버스를 타 버려 더욱 늦어 버리고, 대학 원서를 분명 가방에 넣었는데 교무실에 두고 오고…. 그래서 학창시절에 친구들은 나를 보며 이기적인 귓구멍, 눈구멍, 입구멍을 줄여 '이기적 구멍'이라고들 불렀었다. 그러나 내가 이기적이라기보단 그런 상황들은 대부분 긴장되거나, 뜻하지 않은 일이 생겼을 때 발생을 하곤 했기에 순발력과 관련한 문제라고 나는 생각을 하고 있었다. 어찌되었든 나는 혜정이의 참고서를 다 베끼지 못했다.

"아직 정리 못했지?"

"응…."

"그래, 그럼 내일 줘. 민지랑은 언어 먼저 풀면 돼."

"미안, 괜히 나 때문에…."

"미안하면 내일 매점에서 아이스크림 사 주는 거다."

"응, 알았어."

"오늘 날씨 되게 좋다. 저기 벚꽃 봐! 되게 이쁘다."

혜정이가 가리킨 곳에는 하얀 꽃이 풍성하게 핀 벚꽃나무가 몇 그루 모여 있었다. 살랑살랑 부는 바람에 하얀 벚꽃이 날린다. 곳곳에서 벚꽃 축제를 한다던 뉴스가 떠올랐다.

"응, 진짜 이쁘다. 벚꽃 축제 한다던데…"

"벚꽃 축제? 어디서?"

"응, 여의도에서도 하고 여기 어린이 대공원에서도 매년 하는데 이때쯤 야간 개장도 할걸?"

"어린이 대공원이면 근처네. 거기도 벚꽃나무가 많았구나…"

"응, 거기도 엄청 많아. 예전에 친구들하고 한번 갔었어. 벚꽃나무 막 흔들어서 꽃잎 떨어질 때 사진도 찍고 재밌었지."

"아, 정말? 재밌었겠다. 나도 그렇게 해서 사진 찍고 싶다."

혜정이는 정말 그렇게 해 보고 싶은 듯 벚꽃나무로 달려가더니 나무를 조금 흔들어 본다. 살짝 날리던 벚꽃 잎이 눈처럼 많이 날린다. 하얀 벚꽃잎이 날리고 그 아래에서 혜정이는 벚꽃보다 더욱 환하게 웃고 있다.

"와, 예쁘다. 벚꽃 축제 가면 장난 아니겠는데? 민철아, 우리 오늘 어린이대공원 가자!"

혜정이가 떨어지는 벚꽃잎 속에서 나를 보며 외친다.

"오늘?"

"응, 오늘! 민지도 빨리 오라고 해서 같이 가면 되겠다."

"민지도?"

"응, 같이 가야지."

처음 어린이 대공원에 가자고 했을 땐 당연히 안 된다고 하려 했다. 그러나 민지도 간다는 말에 머릿속은 혼란스러워지고 있었다. 민지가 보고 싶기도 했다. 그리고 이성과 벚꽃 축제를 간다는 것 자체가 학창시절 꿈꾸던 졸업 후 나의 모습 중 하나였다. 말만 들어도 가슴이 설레 온다. 갈등이 된다. 가슴은 가자고 하고 머리는 가지 말라 한다.

"안 될 것 같은데…"

며칠 있으면 수능 모의고사가 있다. 지금 혜정이나 민지와 나는 다르다. 안 그래도 성적이 바닥인 내가 실력이 있어서 여유를 부리는 혜정이나 민지를 따라서 어울리다가는 뭔 일이 벌어질지는 불을 보듯 뻔하고 그건 생각조차 하기 싫었다. 그래도 민지가 정말 보고 싶었다.

"아, 왜? 같이 가자."

"안 돼…. 모의고사 있잖아. 좀 이따가 독서실 가려고 했어."

"야! 다다음 주에나 있잖아. 그리고 오늘은 일요일인데 하루는 쉬어야지."

"쉬기는… 재수생이 무슨 염치로 일요일이라고 쉬냐? 공부해야지…."

혜정이는 아쉬운 듯 계속 나를 바라본다.

"그러지 말고 가자. 가서 맛있는 것도 먹고 놀이기구도 타고 그러자, 응?"

이게 무슨 일일까? 오늘 많은 경험을 한다. 여자가 그것도 내가 본 이성 중 손에 꼽을 정도로 예쁜 이성이 놀이공원에 가자고 나를 조른다. 일생에 이런 날이 오긴 오는구나…. 가슴 한편이 타들어가는 듯 갈등이 되지만 오늘은 정말 어쩔 수가 없다. 나는 마음속으로 다음을 기약한다. 그러지 않고서는 이 기회를 맨 정신으론 그냥 흘려보낼 수 없었기 때문이다. 모의고사 후 아님 내년에 자랑스럽게 입학 후 보란 듯이 혜정이와 민지와 함께 벚꽃 축제에 꼭 가리라 다짐을 한다. 그러니 한결 들뜨고 안타까운 마음이 조금은 누그러진다. 그래 내년에 이 무거운 부담감이 모두 없어진, 벚꽃잎처럼 가벼운 마음으로 벚꽃 축제에 가면 정말 행복할 것이다. 고진감래라 했다. 조금만 참자. 나는 주문을 외우듯 마음속으로 다짐을 한다.

"미안해, 이번엔 정말 안 되겠다."

나는 최대한 단호하게 말을 했다.

"치… 됐어, 가지 마! 민지랑 둘이서 가야겠다."

혜정이는 삐친 듯 갑자기 벤치에서 일어나 앞으로 걸어간다. 그러다 뒤를 돌아보며 말했다.

"너 맘 바뀌어서 온다고 하면 죽는다!"

나는 멀어지는 혜정의 뒷모습을 바라봤다.

벚꽃이 만발한 따뜻한 봄날의 일요일, 우린 그렇게 동네 공원에서 함께 있었고 혜정이의 뒷모습은 눈을 감으면 아련하게 떠오른다.

첫 수업을 알리는 종소리가 들린다. 나는 이마에 송골송골 맺힌 땀을 닦았다.

"휴…"

"야! 너 조금만 늦었으면 못 들어왔겠다!"

등원 시간인 8시 정각까지 학원 안으로 들어오지 못하면 학원 입구는 닫힌다. 학교와는 달랐다. 여긴 다른 수험생의 피해에 극도로 예민한 교칙이 있었다. 지각을 해서 늦게 들어와 수업 분위기를 망치는 일을 사전에 막겠다는 의도였다. 단 1분만 지각을 하여도 여지없이 학원에 들어올 수 없었으며, 입구의 경비원 아저씨는 비정하리만큼 매정했다. 나도 몇 번 지각을 해서 못 들어온 적이 있었다. 경비원 아저씨에게 아무리 사정을 해도 아저씨는 들어주질 않았다. 하긴 언제나 8시 정각이 지난 후의 학원 앞 풍경은 학원에 들어가지 못한 학생들로 붐볐고, 그 학생들 중 한 명만 특별 대우해 줬다간 사달이 나도 날 것이다. 그렇기에 아저씨에게 사정을 하다가도 이내 곧 운명처럼 받아들이고 그 빈 하루의 일과를 때울 방법을 모색해야만 했다.

"내 뒤에 뛰어 오던 애는 못 들어온 것 같더라."

나의 요란한 착석 소리에 깬 민철과 이런저런 모험과 같았던 등교 이야기를 했다.

"그래도 넌 지각은 잘 안 하네?"

나는 언제나 나보다 먼저 들어와 숙면을 취하는 민철이가 신기했다.

"난 쏭카가 있잖아. 얌마. 버스랑 같냐? 댕기면 5분이면 와, 여긴. 흐흐, 그리고 말야. 나 그제 토요일에 성현이랑 뽀뽀했다."

"뽀뽀?"

"엄밀히 말하면 키스지."

"키스?"

민철이는 키스란 엄청난 단어를 내뱉고 창밖을 내다본다. 성현이란 여자 친구를 떠올리는 듯 보였다. '키스' 내가 못 해 본 그 많고 많은 것 중 빨간 줄로 밑줄이 쳐진 그것! 고등학교 친구 중에 키스를 해 본 놈들은 많았다. 그러나 나와 몇몇은 키스는커녕 손을 잡아본 경험도 없었다.

"그리고 이 손으로 가슴을⋯ 흐흐흐."

민철이 오른손을 살짝 들어 나에게 보여 주며 말을 한다.

"가슴을?"

나의 말소리가 살짝 컸었는지 민철이는 입에 검지를 댄다.

"쉿! 흐흐흐⋯ 엄마야!"

나에게 조용히 하라며 웃던 민철이 갑자기 엄마를 찾는다. 나도 놀라서 보니 민철의 오른쪽 팔목을 누가 잡고 있었다.

"이 손이냐?"

형식이 형이다.

"뭐야! 깜짝이야, 아⋯씨 귀도 밝어!"

"그래서 가슴을 이 손으로 어쨌다는 거냐?"

형식이 형이 취조를 시작한다.

"탁탁탁! 거기."

선생님이 우리 쪽을 보며 주의를 주신다. 우리는 웃음을 꾹 참으며 얼른 앞을 보며 앉았고 형식이 형은 아쉬워하며 민철의 팔목을 놓아 주었다. 앞쪽을 보니 민지가 어수선한 우리 쪽을 살짝 보고 있었다. 나와 눈이 마주치자 민지는 입 모양으로 인사를 한다.

'안녕!'

나도 입 모양으로 답했다.

'응, 안녕.'

인사를 하고 민지는 앞으로 고개를 돌린다. 그리고 내 앞엔 혜정이가 앉아 있다. 그러나 이 소란을 듣고도 혜정이는 뒤도 안 돌아본다. 삐쳤나?

"야 그래서 어떻게 됐다는 거야?"

수업이 끝나자마자 형식이 형은 민철이를 돌려 앉히며 못다 한 이야기를 들으려 했다.

"아, 형. 무슨 뽀뽀 가지고 그렇게 궁금해하냐?"

준기 형이 한심하다는 듯이 형식이 형을 보며 말한다.

"아, 그냥 궁금하니까. 그리고 뽀뽀만이 아니라니까 그러네."

나는 이 낯설지 않은 남자 고등학교 같은 풍경이 재밌기만 했다.

"왜 그래?"

뒤에서 민지의 목소리가 들린다. 나는 앞쪽으로 다시 돌아본다. 앞을 보니 민지가 돌아앉아 나를 보고 있었고, 혜정이는 자리에 없었다.

'어! 어디 갔지?'

그새 자리를 비운 혜정이가 궁금했다.

"혜정이는?"

"응, 화장실 갔어."

민지는 오늘 하얀색 블라우스를 입고 왔다. 햇살에 비쳐진 모습은 천사같이 보였다.

"어제 벚꽃 축제 재밌었어?"

"어? 벚꽃 축제?"

민지는 벚꽃 축제를 처음 들어본 사람처럼 되묻는다.

"응, 어제 어린이 대공원 안 갔어?"

민지가 어리둥절해한다.

"응, 안 갔는데."

제12장

"그래? 혜정이가 너랑 벚꽃 축제 간다고 했었는데…."

"혜정이가? 그런 소리 없었는데…. 언제 그랬어?"

"응? 어제 공원에서 그랬는데, 담배 같이 피웠었거든…."

민지가 알 수도 있겠지만, 우리 집에서 백숙을 함께 먹었다는 말은 하지 않았다.

"아! 어제 그랬구나. 근데 혜정이 너희 집에서 닭 먹었다며?"

"어? 어… 어제 혜정이가 갑자기 집에 와서 같이 먹었어."

나는 뭔가 찔리는 기분이 들며 말을 더듬거리고 있었다.

"너희 부모님 되게 좋다고 하더라… 음식도 잘하시고, 일부러 혜정이만 부른 거 아니지?"

"아, 아니야!"

"하하, 알아. 나도 다음에 너희 집에 초대해 줘야 돼. 알았지?"

"초대는 무슨, 그냥 닭 삶아서 먹은 건데…. 그래, 여름에 복날 오면 엄마한테 해 달라고 할게. 그때 먹자."

민지가 귀엽게 웃으며 새끼손가락을 내민다. 나는 얼굴이 살짝 달아오르는 느낌이 들었지만 애써 태연한 척 무심히 손가락을 걸고 위아래로 흔들었다. 흔들리는 건 손만이 아니었다. 가슴이 흔들려 울렁댄다. 민지와 마주 보던 눈동자도 어디에 둬야 할지 몰라 흔들린다. 그리고 요즘 약속이 부쩍 늘었다. 얼마 전 혜정이와도 무슨 약속을 한 것 같은데 기억이 나질 않았다.

"혜정아! 다음에 민철이네서 닭 먹기로 했다."

뒤를 보니 혜정이가 자리로 오고 있었다.

"그래? 나도 가야지. 어머니 딸 하기로 했거든."

다행이다. 어제 일로 삐친 건 아니었나 보다.

"그래, 혜정이도 같이 가자."

"딸인데 당연히 가야지."

혜정이가 나를 곁눈질로 보며 말을 한다.

"그리고 그보다도 먼저 말이야, 우리 엠티 가자!"

혜정이는 나와 민지를 보다 고개를 돌려 민철이의 키스 신에 대해서 공부를 하던 형들과 민철이에게 단호한 목소리로 말을 했다.

"엠티?"

"그래, 엠티."

형식이 형의 되물음에 혜정이는 친절하게 확인을 해 준다. 다들 어리둥절한 가운데 민철이가 먼저 입을 뗐다.

"난 어디든 간다. 엠티."

"역시 민철이는 멋지단 말이야. 누구랑은 많이 다르다, 하하."

혜정이가 나를 흘겨보며 말을 했다. 완전히 안 삐친 것도 아니었나 보다.

"엠티면 일박 이일로 가자고?"

"일박 이일이면 당연 더 좋겠지만. 음, 그래도 우리가 재수생 신분이니까 주위 눈도 있고 하니 가까운데 있잖아, 벚꽃 축제 같은 데. 거기나 갔다 오는 게 어때? 요즘 누구 말로는 공원 야간개장도 하고 좋다더라…."

그 누구는 나인 것 같지만 혜정이는 나를 보지 않고 형들을 보며 열정적으로 말을 하고 있다.

"나도 갈래. 바람 좀 쐬자, 우리!"

준기 형이 동참을 했다.

"그런데 언제 가나?"

"이번 주 토요일, 오빠 괜찮지?"

형식이 형의 물음에 토요일에 가자는 혜정이를 보며 형식이 형은 눈빛으로 어떤 말을 하는 듯 보였다. 형식이 형의 눈빛은 혜정이를 넘어 2분단에 있는 은주 누나에게로 향해 있었다. 혜정이는 알았다는 듯 의미심장한 미소를 짓고 뒤를 돌아보며 말을 했다.

"언니! 우리 토요일에 벚꽃 축제 가자!"

은주 누나는 짝꿍인 현희와 얘기를 나누다 혜정이의 말에 이쪽으로 돌아본다.

"벚꽃 축제? 재밌겠다. 토요일?"

2분단에 앉은 은주 누나는 짝꿍인 현희와 친하게 지냈다. 현희는 우리랑 동갑이었다. 현희는 얼굴이 굉장히 작았다. 졸업을 해서 머리를 기를 만도 하지만 쇼트커트를 계속 하고 다니고 있었다. 쌍꺼풀이 없는 큰 눈에 전체적으로 예쁘게 생겼지만 왠지 말을 붙이기가 힘들 정도로 차가운 인상이었다. 앞에는 현희와 어울리는 친구들이 앉아 있었다. 교실 좌석이 지정되어 있는 것은 아니지만 이상하게도 처음 앉았던 그 자리가 지정석처럼 굳어져 버렸고 또 자연스럽게 그 주위의 학생들과 친하게 지내다 보니 이제는 누구도 자리를 옮기려 하지 않고 있었다. 뭐 간혹 새로 들어오는 학생들이 빈자리인 줄 알고 앉긴 하지만 이내 원래 자리 주인에게 양보를 하고 주위 학생들이 정말 빈자리로 친절히(?) 안내를 해 주곤 했다.

"응, 저번 주부터 벚꽃이 절정이래. 이번 주 토요일에 가려고. 현희도 시간 되면 같이 가자!"

은주 누나와 얘기를 나누다 혜정이의 말에 함께 고개를 돌려서 이쪽을 바라보고 있는 현희한테도 혜정이는 함께 가자고 한다. 그런데 분명 혜정이의 말을 들었을 것 같은 현희는 대꾸도 않고 고개를 돌려서 앞을 본다. 머쓱해진 혜정이는 고개를 돌려 우리 쪽을 한번 보고 어깨를 으쓱대더니 다시 은주 누나를 보고 말을 하려 했다.

"누나 같이 가자!"

민철이가 갑자기 소리를 친다.

"알았어. 이따 어떡할지 얘기해 줄게."

은주 누나는 웃으면서 대답을 하고 다시 현희 쪽으로 고개를 돌렸다.

"누나 가는 걸로 알고 있을게."

민철이가 다시 말한다. 은주 누나는 다시 고개를 돌려 우리 쪽을 보며 말없이 웃었다.

"그래, 형식이 오빠, 준기 오빠, 민철이는 가고 민지도 가는 거고…"

혜정이는 말하는 도중 민지를 본다. 민지도 웃으면서 고개를 끄덕인다.

"음… 이제 강민철만 가면 다 가는 거네."

혜정이는 웃음을 살짝 거두고 나를 본다. 난감하다. 어제는 분명 모의고사가 코앞이라 갈 수 없다고 했다. 그 마음은 지금도 마찬가지긴 하다. 이제 다음 주면 모의고사다. 학원에 들어와 두 달여 정도, 정말 열심히 했다. 작년 고3이던 이맘때하곤 비교조차도 할 수 없었다. 망나니 같던 친구들이 모두 대학에 붙어 버리고 나만 덩그러니 여기에 남겨졌다. 내가 아무리 열심히 해서 나만의 작은 성공을 이뤘다 해도, 그건 현재 친구들이 벌써 이뤄 버린 것이란 생각은 나를 더욱 패배 의식에 사로잡히게 만들고 있었다. 그리고 그마저도 아직은 불투명했다. 만약 또 낙방을 한다면 그건 상상만 해도 식욕이 사라지는 엄청난 감정의 소용돌이였다. 그런 상황에서 혜정이와 형들은 엠티인지 소풍인지를 가자고 한다. 다들 대입 걱정은 하지 않는 사람들 같았다. 혹시 나만 너무 유난을 떠는 건 아닌가 하는 생각까지 들 정도였다. 그러나 아무리 생각을 해도 유난은 아닌 것 같다. 난 나를 안다. 나는 더 해야 한다. 그리고 이제 와서 간다고 하면 나는 혜정이한테 웃긴 사람이 될 것은 안 봐도 뻔했다.

혜정이는 일부러 이런 상황을 만든 것일지도 모른다. 어제 아무렇지도 않은, 그냥 조금 삐친 정도가 아닌, 아마 어제부터 칼을 갈고 온 것일 수도 있었다. 벚꽃 축제에 모두 가자고 한 다음, 마지막으로 나의 의사를 물었다. 이건 함정이다. '네가 어떻게 나오나 보자'. 지금 혜정이는 속으로 웃고 있을 수도 있다. 아니다 또 한편으론 혜정이는 정말 벚꽃 축제에 가고 싶은 것일 수도 있다. 어제 벚꽃나무 아래에서 해맑게 웃던 혜정이는 정말 행복하게 보였다. 그리고 벚꽃 축제가 있다는 말도 내가 했다. 불에 기름을 부은 격일까…. 그래 놓고는 내가 가지 않는다고 하니 혜정이가 야속하게 느꼈을 수도 있었다. 복잡하다. 머릿속이 터질 것 같다. 나도 그냥 그 엠티에 마음 편하게 가고 싶다. 그렇게 가고 싶다. 그러나 모의고사는 다음 주다.

"가자, 민철아."

민지의 목소리가 들린다.

"그래, 가자!"

나의 목소리가 들렸다. 혜정이의 주먹이 내 옆구리를 파고들었다.

우리는 이 한 주 동안 모이기만 하면 소풍 같은 엠티 이야기로 떠들썩했다. 정말 소풍을 기다리는 어린아이들 같았다. 누구는 통닭을 싸 가자 하고, 김밥을 싸 가자 하고, 가면 다 판다고 하고, 공원 매점에서 술을 파는지 안 파는지 얘기할 때는 '어린이' 자가 붙는 대공원인데 술을 팔겠냐 하며 옥신각신, 그러다 마지막엔 형식이 형이 공원으로 전화까지 하는 사태가 벌어졌었다. 그리고 판다는 안내에 준기 형은 내기에서 졌는지 만 원을 냈다.

우리의 관심사는 다음 주에 있을 모의고사가 아닌 이번 주 토요일에 있을 엠티로 변해 있었다. 지금 내 친구들, 아니 재수생이라는 신분이 아닌 모두에게는 이 대수롭지 않은 공원 나들이가 우리에겐 학창시절 수학여행처럼 손꼽아 기다리는 큰 행사가 되어 버린 기분이었다.

날씨는 더욱 좋아지고 있었다. 봄의 날씨가 이렇게 사람을 들뜨게 했었는지 새롭게 느끼던 한 주였다. 그러다 소풍 전날인 금요일에는 봄비가 제법 많이 내렸다. 다행이었다. 다음 날인 토요일에 왔으면 우리의 소풍이며 엠티인 벚꽃 축제 나들이는 엉망이 되었을 것이다.

"이야, 날씨 정말 좋네, 혜정이가 날짜를 기가 막히게 잡았네!"
"그래, 오빠. 잘 왔지?"
우리는 어린이 대공원 입구에 들어서고 있었다. 맑디맑은 하늘은 어제 비가 와서 더욱 파랗게 보였다. 기분 탓인지 모르겠지만 공기도 여느 때보다 상쾌하게 느껴졌다. 민지와 혜정이, 준기 형과 형식이 형, 민철이와 나 그리고 은주 누나 이렇게 일곱 명은 손꼽아 기다리던 소박한 엠티에 무사히 참석을 했다. 입구에는 엄마, 아빠 손을 잡고 나온 아이들을 홀릴 알록달록한 장난감들을 파는 좌판이 줄줄이 깔려 있었다. 솜사탕을

파는 아저씨는 분주히 손을 돌려 가며 솜뭉치를 부풀리고 있었고, 봄바
람에 오색 풍선이 살랑살랑 흔들리며 벚꽃 축제를 장식하고 있었다. 소
라와 골뱅이를 파는 포장마차에는 벌써부터 사람들로 붐비고 있었다. 나
들이를 나온 사람들은 많았고 얼굴들은 하나같이 벚꽃처럼 밝고 즐거워
보였다.

안쪽으로 들어갈수록 도심의 회색빛은 사라지고 꽃향기와 함께 연녹
색의 나무들이 우리를 맞이해 주고 있었다. 양쪽으로 길게 늘어선 플라
타너스의 잎사귀는 싱그러운 연녹색 빛을 띠고 따사로운 봄볕을 맞고 있
었다. 그보다 낮은 자리에는 오늘의 주인공인 벚꽃나무가 가지런히 늘어
서 있었다. 다른 계절엔 그냥 지나치던 그 많던 나무가 모두 벚꽃나무였
나 보다. 하얗고 작은 꽃잎들이 눈이 내린 듯 나무들을 온통 뒤덮고 있
었다. 많은 사람들이 벚꽃을 좋아하는 이유는 아마도 눈을 닮아서일지
도 모른다는 생각이 들었다. 바닥엔 정말 눈이 온 것처럼 떨어진 벚꽃 잎
으로 하얗게 덮여 있었다.

"어제 비가 와서 꽃잎들이 많이 떨어졌구나…."

옆에서 혜정이의 목소리가 들렸다.

"비가 와서 꽃잎들이 떨어진 거라고? 지금도 많이 피어 있는데?"

"바보야, 어제 비가 안 왔으면 지금 네가 밟고 있는 꽃잎들이 모두 나무
에 매달려 있겠지…."

그러고 보니 벚꽃나무가 많아서 온통 하얗게 보이긴 하지만 한 그루만
보자면 지난주 우리 동네에서 봤던 벚꽃나무보단 꽃잎이 적긴 했다.

"아, 그렇구나…."

"지난주에 왔으면 엄청 더 예뻤을 텐데 말이야."

혜정이가 걸으면서 나를 째려본다. 전주에는 그렇게 안 온다고 하던 나

다. 그리고 일주일 후 지금 여기 벚꽃 축제에 와 있다. 혜정이 말대로 전주에 왔으면 더욱 좋았을 수도 있겠다. 지금보다 더욱 많은 벚꽃 잎이 있었겠으며 모의고사는 더 멀리 있겠으니 기분은 좀 더 홀가분했을 것이다.

"그래도 이번 주에 왔으니까 형들도 같이 왔지…. 은주 누나도 오고…."

"칫… 잘났다."

지난주에 동네 벚꽃나무 아래에서 아이처럼 환하게 웃으며 즐거워하던 혜정이의 모습이 떠올랐다. 혜정이는 예쁘고 활달해서 나보다도 많이 돌아다녀 봤을 것 같지만 어떨 때 보면 세상 물정 모르는 아이 같아 보일 때가 있었다. 전주에 이곳에 많이 오고 싶었었나 보다. 그리고 정말 이곳에 오고 싶어서 나에게 함께 오자고 말했을 것이다. 그러나 나는 안 간다고 했었다. 아이 같은 혜정이는 많이 실망했었을 것이다. 혜정이에게 미안했다. 그리고 이 자리에 있는 내가 조금 민망하기도 했다.

"오빠, 빨리 와."

혜정이가 뒤를 돌아보며 소리쳤다. 뒤를 돌아보니 형식이 형과 은주 누나는 저 멀리 포장마차에서 기웃거리고 있었다. 준기 형이 크게 소리를 지른 후에야 우리 쪽을 바라보고 뭐가 그리 즐거운지 함박웃음을 지으면서 이쪽으로 왔다.

"이따 나가면서 먹자니까 골뱅이는! 꼭 말을 안 들어."

늦게 따라온 형식이 형을 보며 준기 형이 타박을 한다.

"아니 골뱅이도 골뱅인데 소라도 정말 맛있겠더라! 소주도 팔더라고, 은주가 소라 맛있게 보인다고 해서 조금 먹어볼까 했었지."

"응, 정말 맛있어 보이더라. 난 길가에서 저렇게 소라 파는 거 처음 봤어."

은주 누나도 형식이 형의 말에 한마디 거든다.

"아, 누나는 여기 어린이 대공원 처음 와 봐요?"

"어렸을 때 와봤지. 그리고 그때는 정문으로 들어갔었나 봐. 기와로 된 큰 문이 있었는데…. 여기는 후문이라며?"

"응, 여기는 후문이야. 그런데 정문보다 후문이 볼 게 더 많아. 여름에는 저기 분수대에서 분수 터널도 만들어 주고 재밌어."

민철이가 담배를 꺼내 물면서 설명을 해 준다.

"이제 표 사자."

"내가 갔다 올게."

혜정이의 말에 내가 대답을 했다. 그냥 오늘은 혜정이의 말에 묵묵히 다 따라 주고 싶었다.

"그래, 그럼 네가 갔다 와."

은주 누나가 아까 모았던 회비에서 만 원짜리 한 장을 건네준다.

"응, 여기서 담배들 피우고 있어요. 갔다 올게."

모두들 담배를 한 대씩 꺼내 무는 모습을 뒤로하고 나는 매표소 쪽으로 걸어갔다.

"민철아 같이 가자!"

민지의 목소리가 들렸다. 뒤를 돌아보니 민지가 따라오고 있었다. 착한 마음을 먹으면 복이 온다. 담배를 피우지 않는 민지는 매표소에 함께 가자고 했다.

"그래!"

민지는 오늘 분홍색 카디건을 입고 있었다. 정말 진달래같이 예쁘다는 생각이 들었다. 학원에서 볼 때보다 이곳에서 보니 더욱 사랑스럽고 가슴은 더욱 설레 오고 있었다.

"저기 대관람차 보인다."

민지가 가리키는 곳을 보니 멀리 대관람차가 높게 보이고 있었다. 분명 돌아가고 있겠지만 멀리서 보니 꼭 멈춰져 있는 듯 보였다.

"그러네! 꼭 안 움직이는 것 같다."

"하겠지? 저거 꼭 타고 싶다. 어렸을 때 정말 좋아했었는데…."

"자세히 봐 봐. 움직이잖아."

나는 민지를 멈춰 세우고 멀리 있는 대관람차를 잠시 보라고 손짓을 했다.

"정말이네. 다행이다. 이따 우리 저거 타는 거지?"

"그래, 꼭 타자."

민지가 환하게 웃는다. 대관람차가 움직이는 것을 보고 신나 하는 민지를 보니 기분이 좋아지며 가슴이 간지럽다 못해 저린 느낌이 든다. 민지가 정말 좋다. 언제나 함께하고 싶고 지금 당장 민지와 달려가서 대관람차를 탔으면 좋겠단 생각이 들었다. 그러나 이런 내 맘을 민지는 모를 것이란 생각을 하니 슬퍼진다. 나를 조금만 더 자세히 본다면 내가 분명 민지 자신을 좋아하고 있다는 것을 알 수 있을 텐데…. 저 대관람차를 본 것처럼 아주 잠시만 내 눈을 보고 있으면 분명 알아차릴 수 있을 텐데…. 아니 알아차리지 않았으면 좋겠단 생각도 들었다. 민지는 나 같은 놈을 분명 좋아하지 않을 테니…. 그렇다면 정말 가슴이 아플 테니까…. 작년에 실연당한 용준이가 얼마나 힘들었을지 이제는 이해할 수 있었다.

민지의 얼굴을 살짝 보았다. 눈이 마주쳤다. 민지는 또 환하게 웃어 준다. 아니다 정작 나는 대관람차를 자세히 봤던 걸까? 민지의 마음을 멀리서 보고 움직이지 않는다고 단정을 지어 버린 게 아닐까? 여태껏 나에게 보였던 민지의 행동들을 가만히 생각해 보니 나를 좋아해 줄 수도 있겠다는 생각이 들었다. 민지는 여태껏 다른 이성들이 나에게 대했던 것과는 전혀 다르게 대해 줬다. 그런 생각을 하다 보니 이상한 자신감이 생긴다. 그리고 가슴이 뛰기 시작했다. 이런 느낌은 처음이다. 마치 방금백 미터 달리기를 뛰고 난 것처럼 심장이 쿵쾅댄다. 그리고 나는 다짐을한다.

나는 오늘 민지에게 고백을 할 것이다.

제13장

"저기요, 사진 한 장만 찍어 주세요."

형식이 형이 아이들과 나들이 나온 인상 좋은 아줌마한테 사진을 찍
어 달라고 부탁을 하고 있었다.

"아, 예."

인상 좋으신 아줌마는 일회용 카메라를 넘겨 받고 우리 쪽으로 온다.

"야, 야, 빨리 자리 잡아!"

형식이 형이 부리나케 이쪽으로 뛰어오며 외친다. 안 그래도 우리는
이 근방에서 가장 예쁘고 커다란 벚꽃나무 아래에 자리를 잡고 있었다.
전형적인 두 줄 단체 사진의 정석대로 위치를 한 우리. 앞줄엔 은주 누나
와 민지 그리고 지금 달려온 형식이 형이 앉았고 나와 혜정이 그리고 민
철이와 준기 형은 나란히 뒷줄에 서 있었다. 나는 민지 옆에 앉으려 하다
혜정이가 사진을 찍을 때 나무를 흔들라는 명령을 내렸기에 아쉬운 마
음을 뒤로하고 뒷줄에 서 있었다.

"민철아 벚꽃나무 잘 흔들어야 돼!"

혜정이는 지난주에 했던 얘기를 잊지도 않고 있었다.

"응, 알았어."

"우와 예쁘겠다! 강민철 세게 잘 흔들어."

은주 누나의 주문도 들어온다. 나는 군소리 없이 혜정이의 말에 따라 굵은 나뭇가지를 잡고 흔들 준비를 한다.

"여기서 찍으면 될까요?"

"네!"

우리는 합창을 하듯 대답을 한다.

"하나."

아주머니가 카메라를 보며 신호를 주신다.

"민철아 흔들어!"

나는 있는 힘껏 벚꽃나무의 굵은 가지를 흔들어 댔다. 그러자 하얀 벚꽃잎들이 정말 눈이 오듯이 떨어진다.

"와!"

다들 사진기를 바라보지 않고 떨어지는 벚꽃 잎을 보며 감탄사를 연발하고 있다.

"와, 진짜 예쁘다. 꼭 눈 같다."

"군대에선 눈을 악마의 똥가루라고 하지."

"오빠 여기 와서도 군대 얘기 하고 싶어?"

"하하, 아니야. 여기선 정말 이쁘네. 안 치워도 되니까. 하하하."

다들 웃으며 손을 내밀고 떨어지는 벚꽃을 잡아보려 한다.

"둘!"

아주머니의 두 번째 신호가 들린다. 우리는 신호를 듣고 뻗었던 팔을 내리고 다시 자세를 취한다. 아래를 보니 가운데 앉아 있던 은주 누나가 양쪽에 앉은 형식이 형과 민지에게 어깨동무를 한다. 옆쪽에 준기 형과 민철이도 어깨동무를 한다. 나는 흔들던 나무에서 손을 내리고 어정쩡하게 차렷 자세를 취한다.

"셋!"

아주머니가 셋을 외치기 직전 혜정이는 나에게 팔짱을 꼈다.

"찰칵!"

혜정이의 온기가 느껴지고 어깨엔 하얀 벚꽃이 내리고 있었다. 우리는 사진을 다 찍은 후에도 한참을 날리던 벚꽃잎을 바라보며 있었다.

"저 나무 아래에 돗자리 깔면 되겠다."

형식이 형이 풍수지리를 본 후 선택한 자리를 향해 나와 민철이는 달리기 시합을 하듯 신나게 뛰었다. 따뜻한 봄바람이 귓가를 간지럽히며 지나간다. 시원했다. 민철이와 나는 운동장에 풀어놓은 초등학생들처럼 이유 없이 뛰었고 웃었다. 잔디밭이 푹신푹신했다.

우리는 나무 아래에 도착을 했고 살짝 그늘 진 자리에 돗자리를 폈다. 뒤를 보니 재수생 동창들은 아직 못다 찍은 사진을 찍으면서 이쪽으로 느긋하게 걸어오고 있었다. 주위에선 가족들, 친구들과 함께 벚꽃 축제를 즐기러 온 사람들이 군데군데 자리를 차지하고 싸온 음식들을 먹으며 웃음꽃을 피우고 있었다. 이 자리도 빨리 뛰어 오지 않았으면 아마도 다른 일행에게 양보를 해야만 했을 것이다.

우리가 싸온 음식은 은주 누나와 형식이 형 그리고 민지가 잔뜩 들고 있다. 이제 사진은 그만 찍고 빨리 이쪽으로 와서 뭐라도 먹었으면 좋겠다는 생각이 들었다.

"이야, 좋다."

돗자리에 다리를 쭉 펴고 앉은 민철이가 오는 일행들을 바라보며 말을 했다.

"매일 이랬으면 좋겠다."

나는 뒤로 누우면서 말을 했다. 탁 트인 하늘이 보였다. 가슴이 뻥 뚫릴 정도로 시원했다. 달리느라 이마에 송골송골 맺혔던 땀이 바람에 말라 가고 있었고 하늘은 눈이 시릴 정도로 파랬다.

"얘기 들었어?"

"무슨 얘기?"

"형식이 형 오늘 은주 누나한테 고백한대."

나는 벌떡 일어났다. 멀리 이쪽으로 걸어오는 형식이 형과 은주 누나가 보였다. 나는 민철이 쪽으로 고개를 돌렸다.

"진짜?"

"응, 진짜야. 형 되게 진지해. 지금 봐 봐. 웃고 있지?"

멀리 형식이 형이 보였다. 까무잡잡한 얼굴에서 하얀 이만 선명하게 보이는 걸로 봐서 웃고 있는 게 틀림없었다.

"응, 막 웃고 있네."

"지금 웃는 게 웃는 게 아닐 거야…. 긴장감이 장난 아니겠지. 손엔 땀도 나고."

나는 내 손에 난 땀을 느끼고 있다. 아닌 게 아니라 아까부터 나도 손이 차며 땀이 나고 있었다.

"그리고 이런 일도 처음이라고 하더라."

"응."

"응, 알고 있었어?"

"아, 아니…."

난 무심코 내 얘기를 해 버리고 얼버무렸다. 나도 오늘 민지에게 고백을 하려 한다. 그리고 나도 이런 일은 처음이며 손엔 땀이 나고 있었다.

"너는 은주 누나가 형식이 형 고백을 받아 줄 것 같냐?"

민철이가 선뜻 대답하기 힘든 질문을 한다. 다시 멀리서 오고 있는 형식이 형과 은주 누나 쪽으로 고개를 돌렸다. 방금 군대에서 제대를 한 듯한 짧은 머리는 멋을 부리려 무언가를 바른 듯 반짝인다. 키는 은주 누나보다 반 뼘 정도 크다. 얼굴은 교실에만 있는데도 언제나 탄 듯 검기만 하다. 형의 말로는 타서 검다는데 아무래도 원래 검은 얼굴인 것 같다. 쌍꺼풀은 짙게 졌지만 왠지 느끼한 쌍꺼풀이다. 형식이 형의 전체적인 몽타주다. 그리고 은주 누나는 오늘따라 나들이를 나온다고 더 화사하게 차려입은 듯 보였다. 옷뿐만이 아니다. 은주 누나는 또래들보다 더 성숙한 느낌이 들었다.

그래서 후줄근한 추리닝을 입고 학원에 나와도 세련된 느낌이 들었었다. 먼저 와서 잔디밭에 돗자리를 깔고 앉아 있는 우리 또래의 남자들이 은주 누나를 곁눈질로 보는 게 느껴진다. 분명 은주 누나는 인기가 있는 스타일이다. 그러나 지금 내가 생각한 것은 그 둘의 외형일 뿐이다. 요즘 들어 두 사람, 형식이 형과 은주 누나는 부쩍 친해져 쉬는 시간이면 단짝 친구처럼 지냈다. 물론 현희가 자리를 비웠을 때의 얘기다. 그리고 형식이 형도 남자들이 보는 관점에서는 정말 진국인 사나이였다. 동생들에게 권위적으로 굴지도 않고 언제나 친형처럼 따뜻하게 대해 주었다. 그리고 여학생들에겐 무심한 듯하지만 안 보이는 곳에서 자상하게 챙겨 주는 일이 많았다. 나한테도 그랬었다. 저녁 도시락을 싸 가지 않는 나는 저녁 시간이면 조용히 옥상 매점으로 향하곤 했다. 그러던 어느 날 형식이 형이 나를 불렀다. "민철아. 나 밥이 좀 모자라다고 하니까 집에서 도시락을 하나 더 싸 주네. 근데 또 먹으니까 많다. 이거 너 먹어라" 하면서 매일 도시락을 하나씩 더 싸 와서 나에게 줬다. 그걸 본 준기 형과 민철이도 반찬을 더 싸 온다든지 밥을 더 싸 온다든지 하면서 우리는 점심은 물론이고 저녁밥도 함께 먹게 되었었다. 물론 나는 그런 형들과 민철이가 고마워서 때때로 간식을 사 주곤 했다.

　형식이 형은 늘 그랬다. 촌스러운 검은 얼굴과 작은 키, 그 외형에 형식이 형의 배려심과 자상함은 가려져 있었다. 그런 아름다운(?) 형이 오늘 은주 누나에게 고백을 한다고 한다. 그리고 민철이는 나에게 그 결과에 대해서 묻고 있다.

　"힘들 것 같은데…."

　그래도 반전은 없어 보였다.

　"그렇지? 누난 너무 예쁘다. 왜 오늘따라 더 이쁘냐? 슬프게…."

　민철이가 형식이 형을 안타깝게 바라보며 말을 하지만 이런 상황이 재밌는지 눈꼬리는 웃고 있었다. 나는 오늘따라 더 예쁘다는 은주 누나를 바라봤다. 정말 환한 얼굴은 평소보다 예뻐 보였다. 어두침침한 학원이 아니어서 더욱 그런 것 같았다. 그리고 옆에는 더욱 환한 얼굴이 보였다. 민지였다. 민지도 은주 누나 못지않게 예쁘다. 아니 은주 누나는 비교도 안 될 만큼 민지는 예뻤다.

　'나도 오늘 민지한테 고백을 할 거야… 어떻게 될 것 같아?'

　난 속으로 민철이에게 물어본다. 주위 남자들의 시선이 민지에게도 머문다. 분명 민지도 어디 빠지는 얼굴이 아니다. 그런 민지가 과연 나의 고백을 받아줄까? 정말 나에게 호감을 갖고 있을까? 지금 민지는 준기 형과도 얘기를 하며 환하게 웃는다. 나는 형식이 형과 같은 운명처럼 느껴지며 넘치던 자신감은 사라지고 있었다.

　조금 남았던 그늘은 사라지고 봄볕이 따사롭게 비치고 있었다. 우리는 자리를 옮기지 않고 봄볕을 그대로 맞으며 잔디밭에 편하게 둘러 앉아 있었다. 봄바람에 벚꽃잎들은 춤을 추듯 날리고 있었다.

　"아, 배부르다."

민철이가 캔맥주를 마시고 볼록해진 배를 보며 말을 했다.

"통닭 되게 맛있네! 어디서 사 온 거야?"

"학원 뒤쪽 진미호프라고 있는데 저번에 먹었을 때 맛있길래 거기서 사 왔어."

나는 아직 남은 통닭을 먹고 있었다.

"민철아, 배 안 불러?"

민지가 물어온다.

"아니. 배는 부른데… 안주로 먹는 거지, 뭐."

나는 애써 옆에 놓여 있던 캔맥주를 집어 든다.

"웃기고 있네! 그 맥주 따지도 않았구먼, 하하! 그냥 먹어. 뭐가 부끄럽다고 뻥을 쳐 가며 먹냐? 하하하."

민철이의 예리한 분석에 다들 웃는다. 민지도 웃는다. 나의 귓불이 살짝 빨개지는 듯 열이 올라온다. 민지한테 멋진 모습을 보여도 모자랄 판에 지금 김민철 때문에 놀러 와서도 먹기만 하는 놈으로 낙인 찍히려 한다. 막아야 한다.

"아… 아니야. 나 원래 안주 먹고 술 먹어."

"푸하하하하!"

불이 난 곳에는 기름을 부으면 안 된다. 모두 난리가 난 듯 웃어 댄다. 좀처럼 크게 웃지 않는 준기 형도 뒤로 누워 웃고 있다.

'치익, 딱!'

민지가 웃으면서 내가 들고 있던 맥주를 가져가서 캔 뚜껑을 따고 나에게 건네준다.

"알아… 안주 먹었으니까 빨리 술 마셔. 자, 건배!"

민지는 건배를 하자며 자신의 맥주 캔을 든다. 나도 건배를 하려 맥주 캔을 들었다. 민지가 나를 좋아해 준다면 뭐든지 하고 싶은 생각이 든다. 그러자 마음이 또 심란해진다.

"뭐야, 둘만 건배 하냐? 우리도 끼워줘."

혜정이하고 은주 누나도 맥주 캔을 부딪친다. 그리고 웃음을 멈춘 형들과 민철이도 끼어든다.

"모두 건배!"

형식이 형이 외친다.

"잠깐, 나도 할 말이 있어."

혜정이가 맥주를 마시기 전에 한마디 한다.

"우리 내년에 대학 붙었다고 모르는 척하기 없기다!"

"당연하지. 그런 놈 있으면 내가 학교 찾아간다. 정말!"

형식이 형이 우리 모두를 둘러보며 말을 한다.

"찾아올 학교나 있었으면 좋겠다. 난 떨어지면 다시 대학로로 가니까, 나 찾을 땐 거기로 오면 돼 다들. 하하."

준기 형이 말한다.

"그래, 나도 물론 모르는 척 안 할 거니까 걱정들 하지 마. 우리 계나 하나 만들까?"

은주 누나가 혜정이가 예쁜지 혜정이의 흘러내린 옆머리를 쓸어 넘겨주며 말을 한다.

"야, 민철이들은 왜 말이 없어?"

혜정이가 나와 민철이를 보며 말을 한다.

"당연히 우리 재수 동창들 잊으면 안 되지!"

민철이의 큰 목소리가 들린다.

기분이 좋다. 따뜻한 봄날 꽃들은 만개를 하고 벚꽃잎은 흩날리고 있다. 그리고 지금 나는 연초록의 잔디가 덮인 들판에 좋아하는 사람들과 함께 있다. 3개월 전 모든 대학에 떨어졌을 때만 해도 이런 광경은 상상도 못했다. 지금은 지극히 현실감이 들지 않을 정도로 행복하다. 더욱 믿기지 않는 것은 이곳에 내가 좋아하는 이성도 있다는 것이다. 이런 상황은 대학에 들어가야지만 느낄 수 있는 것인 줄 알았다. 그것이 캠퍼스의 생활이라고 드라마든 친구들이든 말을 했으니까. 그러나 지금 나는 대학도 들어가지 않았지만 상상하던 그것을 느끼며 즐기고 있다. 뭔가 이상하고 불편해진다. 이런 것도 고등학생 때 친구들과 공부는 않고 놀던 그 망나니 같던 모습과 다른 게 뭔가 하는 생각이 불쑥 들었다. 2월에 느꼈던 그 실망감과 후회는 생생한 기억으로 각인이 되어 있었다. 나는 점점 그때의 불안감이 가슴속에서 살아나고 있었다. 그리고 봄바람은 살에는 날카로운 겨울바람으로 변해 가는 기분이 들었다. 그리고 그 속엔 또 낙방을 한 내 모습이 있는 듯 보였다.

"야, 강민철!"

제14장

"야, 강민철!"

추운 겨울 속에 있던 나를 누군가 깨운다. 그리고 깨어보니 벚꽃 축제이며 날은 따뜻하다.

"어, 어?"

혜정이가 나를 보고 있다.

"야, 너는 대학 가면 우리 안 보겠다 이거지?"

모두들 내 쪽으로 고개를 돌려 나를 보고 있다. 나도 그들을 본다. 형식이 형과 준기 형, 은주 누나, 민철이와 혜정이 그리고 민지. 이들을 학원에서 만나지 않았더라면 우울하기 그지없는 재수 생활을 버티기가 무척이나 힘들었을 것이다. 그렇지만 또 이들과 어울리며 나는 불안해한다. 참 이기적이다. 나는 우울한 재수 생활에 위안만을 이들에게서 얻으려는 것일까? 아니면 그저 어찌 어찌한 상황에 따라 또 여기까지 휩쓸려 온 표류 중인 사람인 것인가? 그러다 민지의 밝은 얼굴이 눈에 들어온다. 민지의 미소는 나에게 많은 역할을 한다. 지금은 빛이고 등대였다.

"아니야! 꼭 볼 거야!"

나는 다짐을 외치며 손에 들고 있던 맥주를 한 번에 들이마셨다. 그리고 나의 굳센 다짐만큼 빈 캔을 온 힘을 다해 구겨 버렸다.

'빠지직.'

"왜 저래?"

"왜 혼자 마시는 거야?"

민철이의 목소리가 들리고 다들 멀뚱한 표정으로 나를 보고들 있다.

"하, 엉뚱한 새끼 저거 하려고 뜸 들인 거야?"

형식이 형이 맥주 캔을 다시 높게 든다.

"어찌 되었든 내년에 다시 이곳에 오자! 다들 위하여!"

"위하여!"

다들 복창하며 맥주 캔을 부딪친다. 나는 얼떨결에 찌그러진 빈 맥주 캔을 갖다 댄다. 옆에 있는 민지가 나를 보며 웃는다.

"어, 이건 또 언제 찍었대?"

준기 형이 웃으면서 형식이 형에게 물어본다.

"저번에 찍어 놓은 거야. 흐흐."

스티커 사진이었다. 스티커 사진 안에는 형식이 형 혼자 찍혀 있었다. 그리고 그 밑에는 이니셜이 있었는데 이니셜은 'CEJ·PHS'였다. 이니셜 사이에는 작은 하트가 찍혀 있었다.

"차은주, 박형식? 이거 민철이가 고백할 때 써 먹은 거잖아. 하하하!"

혜정이가 이니셜을 소리 내 읽으면서 웃는다. 소리가 좀 컸다고 느꼈는지 형식이 형은 멀리 있는 화장실 쪽을 바라본다. 좀 전에 민지와 은주 누나는 화장실에 갔다. 그리고 형식이 형은 여자인 혜정이에게 조언을 구하려 준비해 온 스티커 사진을 보여 주고 있었다.

"어때? 혜정아 은주가 받아줄까?"

"오빠가 용기 있게 고백한다니까 멋지긴 한데 말이야…."

"그런데?"

"어렵다는 얘기 아니겠어?"

준기 형이 끼어든다. 형식이 형은 준기 형을 노려본다. 준기 형은 살기를 띤 눈길을 피해 하늘을 올려다본다. 형식이 형은 맥주를 들이켰다.

"형, 그만 먹어. 그러다 술 취하면 어쩌려고 그래? 술 취해서 고백하면 추해져."

민철이가 형식이 형의 맥주 캔을 뺏는다.

"취중진담 노래도 안 들어 봤냐? 그리고 많이 안 먹었어, 인마."

형식이 형은 민철이에게서 맥주 캔을 다시 뺏어온다.

"아무튼 혜정아 네가 볼 때 어때? 사귀자고 하면 좋다고 할까?"

"요즘 오빠랑 언니 무척 친하게 지내잖아. 나보다 오빠가 더 잘 알지 않아? 둘이 있을 때는 어때?"

"음, 좋아 재밌고…."

"재밌기만 해? 그런 거 있잖아. 바라보는 눈빛이 다른 사람을 볼 때랑 다르다든가, 학원 끝나고 둘만 만나자고 한다든가? 일요일에 영화를 보자고 한다든가… 아무튼 그런 거."

"바라보는 눈빛이 다르긴 하더라. 형식이 형을 볼 때는 음… 초점을 흐리게 해서 돌리더라."

준기 형의 짓궂은 농담에 둘은 잔디밭에서 레슬링을 한다. 그리고 혜정이는 형식이 형이 찍어 놓은 스티커 사진을 들고 유심히 바라본다. 혜정이의 입가에 옅은 미소가 지어진다.

"오빠!"

"응, 그래."

형식이 형은 머리를 털면서 혜정이 앞에 가부좌를 틀고 앉는다.

"언니가 받아 줄 수도 있고, 거절할 수도 있잖아."

"그렇지…"

"거절하면 은주 언니 안 볼 거야?"

"아니!"

"그렇지? 그럼 은주 언니가 받아줄지 아닐지 하는 생각은 버리고 그냥 고백을 해 봐. 안 그럼 나중에 분명히 후회할 거야. 오빠 이렇게 누군가에게 고백을 하고 싶을 정도로 좋아해 본 적 있어?"

"없어…"

"그럼 첫사랑이야?"

민철이가 끼어든다.

"첫사랑은 아니야. 중학생 때 교생 선생님을 좋아했었지."

"아… 전교생이 좋아하는 교생 선생님을 거기 넣으면 안 되지! 교생 선생님은 왜 중학생 때 많이 오는 줄 알아?"

준기 형이 형식이 형에게 묻는다.

"왜?"

"질풍노도 시기의 학생들에게 성 정체성을 확인해 주려고 그러는 거야. 근데 다들 첫사랑이래. 나도 우리 교생 선생님 되게 좋아했었지만 첫사랑이라곤 생각 안 한다. 교장 선생님이면 모를까. 특이하니까. 하하하."

"그럼 준기 오빠 첫사랑은 언제야? 있긴 있었어?"

"나? 있었지… 내 첫사랑은 몸매가 장난 아니었지…. 몸매가 좋으면 콜라병 몸매라고 하잖아. 내 첫사랑은 그 정도는 저리 가라야. 허리는 잘록한 게 바스트하고 힙은 완전 글래머라고. 목은 길고 얼굴은 또 얼마나 작은데…"

"뭐야? 오빠 그렇게 안 봤는데 몸매 엄청 따지는구나! 또 남자라고 엉

큼하긴…."

"우린 만나면 언제나 열정적으로 서로의 몸을 부벼 댔어."

첫사랑과 몸을 부볐던 장면이 떠오르는지 준기 형은 자리에서 일어났다.

"왜 일어나는 거야? 징그럽게…."

혜정이가 눈살을 찌푸리며 말을 한다.

"혜정인 눈 감고! 그래 어떻게 부볐는지 부벼 봐라."

형식이 형이 어이없는 표정을 지으며 말을 한다.

"우린 이렇게 부벼 댔어."

준기 형은 갑자기 기타 치는 시늉을 한다. 그리고 헤드뱅잉을 하고 만다.

"뭐야? 기타였다는 거지, 지금!"

"하하하! 그렇지 뭐."

"아이고, 저… 주접 싸고 앉았네! 모가지를 아주… 심장 떨려 죽겠구먼 사물을 어디다가 비교해."

"하하하, 오빠도 정말!"

"그래! 은주가 받아줄지 아닐지는 상관없어. 지금 내 마음을 보여 주는 걸로 충분해, 그냥 고백도 않고 아무 일도 없던 것처럼 넘기는 게 더 힘든 것 같아…."

형식이 형이 준기 형을 보며 웃다가 다짐을 하듯 말을 내뱉는다.

"그래, 오빠. 젊은 날의 사랑은 그 자체만으로도 아름다운 거래. 그래서 짝사랑이라도 충분히 해 볼 만한 가치가 있는 거랬어…. 그래서 오빠가 멋있는 거야! 은주 언니가 받아주면 더 좋은 거고…. 음… 그렇다면 말이야. 오늘 어디서 고백을 하는 게 좋을까? 신난다! 훗훗."

형식이 형은 자신의 마음을 전하는 것으로 만족한다는 듯이 마음을 먹은 것 같았다. 왠지 형식이 형이 멋있게 보였다. 형식이 형은 모든 일에 열정이 가득한 느낌이다. 자신의 진로도 자신만의 의지와 열정으로 선택을 해 왔다. 그 앞에 장애물이 놓여도 금세 새로운 길을 찾아 이곳 재수학원에 오는 선택을 과감하게 하였다. 사랑도 마찬가지다. 형식이 형에겐 은주 누나의 승낙은 그리 중요하게 보이지 않았다. 혜정이의 말처럼 젊은 날의 사랑을 아름답게 있는 그대로 받아들이고 있었다. 열정적으로…. 형식이 형은 복잡한 생각 따위는 안중에도 없어 보였다.

"대관람차 어때?"

나는 아까 민지와 대관람차 이야기를 했던 게 떠올라 불쑥 말을 해 버렸다.

"대관람차?"

"거기다!"

형식이 형이 마음에 드는지 나에게 고맙다는 듯 느끼한 눈빛을 보낸다.

"그래, 대관람차를 타고 맨 꼭대기에서 고백을 하는 거야! 은주 언닌 좋겠다…."

"그럼 둘이 타야겠네?"

민철이가 화장실 쪽을 보며 말을 했다.

"당연하지…. 자연스럽게 둘만 태워야겠는데?"

준기 형이 말했다. 우리는 어느새 작전을 지휘하는 본부가 되어 머리를 맞대고 삥 둘러 앉아 있었다. 가운데에는 형식이 형의 스티커 사진이 놓여 있었다. 사진 속의 형식이 형은 부자연스럽게 하얀 이를 뽐내며 웃고 있었다.

"표 다 끊어 왔어?"

은주 누나가 묻는다.

"응, 준기 형은 안 탄대. 자, 여기, 여기…."

민철이가 대관람차 표를 나눠 주고 있다. 아까부터 형식이 형은 긴장을 했는지 말이 없다. 우리는 민철이가 나눠준 표를 받고 대관람차를 기다리는 길게 늘어선 줄의 맨 뒤에 따라 섰다. 벚꽃 축제의 주말이라 사람들은 시간이 지날수록 더욱 많아지고 있었다. 대관람차를 기다리는 줄도 제법 길었다. 여섯 시가 되어 가지만 길어진 해는 아직 환하게 하늘을 비추고 있었다. 맨 앞에는 은주 누나와 형식이 형 그리고 그 뒤로 민철이와 혜정이, 나와 민지 순으로 서 있었다.

"꺄아아악!"

놀이기구가 움직이는 소리와 사람들의 비명 소리가 들린다. 뒤를 돌아보니 바이킹이 최고점까지 올라갔다 내려오길 반복하고 있다. 우리는 모두 바이킹 쪽을 봤다. 소리치는 사람들의 표정을 보며 꼭 함께 탄 것 같은 표정을 짓고 있었다. 보기만 해도 재밌었다. 이곳저곳에서 놀이기구는 움직이고 있었고 곳곳에서 사람들의 즐거운 비명 소리와 웃음소리가 들렸다. 놀이공원의 소음은 듣고만 있어도 기분을 즐거워지게 했다.

"야, 강민철 너 무서운 거 잘 타냐?"

움직이는 바이킹을 바라보던 혜정이가 갑자기 나에게 물었다.

"응, 좋아하지."

"이거 타고 우리 저거 타 보러 갈래?"

"바이킹?"

"응."

"그래, 다 같이 타러 가자."

"아니야. 민지는 무서운 거 못 탄단 말이야…."

"민철이도 있잖아. 같이 타지 뭐."

"지금 민철이한테도 물어봤어! 얘 의외로 또 무서운 건 싫대. 너 나랑 둘이 저거 타기 싫어서 그래?"

"아… 아니 내가 왜 너랑 타기 싫어? 이거 타고 가자."

"답답하게 뜸 들이기는…."

민지가 옆에 있기에 난 선뜻 대답을 못했다. 혜정이에게 미안했다. 오늘만큼은 정말 잘해 주고 싶은데…. 마음속이 복잡해져만 갔다.

"표 보여 주세요."

어느새 우리가 탈 차례가 되었다. 우리는 아까 짜 났던 계획대로 일사 분란하게 행동하기 시작한다.

"아이고, 배야!"

민철이다. 정차를 하지 않고 계속 느리게 움직이고 있는 대관람차에 형식이 형과 은주 누나가 타는 모습이 보인다. 대관람차엔 성인 기준 네 명이 타게 되어 있었다.

"괜찮아?"

혜정이가 민철이를 보며 연기를 한다.

"형 안 되겠어. 먼저 타!"

"뭐야! 야, 강민철. 민지야, 아무나 빨리 와."

아무것도 모르는 은주 누나가 아무나 타라고 외친다.

"어라!"

나는 손에 들고 있던 대관람차 표를 던지듯 계단 밑으로 날린다.

"누나, 나 표 떨어뜨렸어요! 주워 올게, 먼저 가요."

"뭐야! 애들아!"

우리는 각자 맡은 임무대로 대관람차 앞에서 어수선하게 연기를 하고 있었고 그 사이 짜증이 난 안내원은 형식이 형과 은주 누나만을 태운 채로 밖에서 문을 걸어 잠갔다. 관람차의 조그만 창문으로 형식이 형의 하얀 이가 선명히 보였다.

'작전 성공!'

우리는 내가 떨어뜨린 표를 주우러 다시 계단 밑으로 내려왔다. 그리고 다시 관람차를 기다리고 있는 줄의 끝으로 가서 다시 줄을 섰다.

"야, 시늉만 하라니까 정말 떨어뜨리냐?"

민철이가 툴툴거리며 말을 했다.

"어, 그랬었어? 나는 진짜 던지라는 줄 알았지."

"하… 얘, 또 지 듣고 싶은 대로 듣고 난리다."

민철이는 답답했는지 고개를 저으며 말을 한다.

"은주 언닌 좋겠다. 저런 곳에서 고백을 받으면…"

민지가 부러운 듯 대관람차를 올려다본다.

"힘들겠지만 은주 누나가 눈 한번 딱 감고 형이랑 사귀어 줬음 좋겠다. 하하."

민철이도 간절한 눈빛을 담아 대관람차를 바라본다.

"쯧쯧쯧… 집이 그렇게 힘들어, 학생?"

그때였다. 앞쪽에서 혀를 차는 소리와 함께 말소리가 들렸다. 우리는 모두 앞쪽을 쳐다봤다. 앞에는 어떤 할아버지가 우리 쪽을 보고 있었다. 우리는 뒤를 돌아봤다. 우리 뒤로 어느새 대관람차를 타려는 사람들이 차례를 기다리며 서 있었다.

"아니 거기 학생 말이야!"

앞에서 다시 말소리가 들린다. 우리는 다시 앞을 바라본다. 할아버지는 분명 우리에게 말을 하고 있었다.

"저희요?"

민철이가 할아버지에게 물었다.

"그래, 거기 너 옆에 학생 말이다! 너덜너덜 다 떨어진 바지를 입고 있는 여학생!"

"킥킥!"

주위에서 웃음소리가 들린다. 할아버지는 혜정이를 말하고 있었다. 오늘 혜정이는 무릎이 살짝 찢어진 연한 색의 구제 청바지에 초록색 체크 셔츠를 입고 있었다.

"저요?"

혜정이는 얼굴이 빨개져서 할아버지에게 물었다.

"그래, 젊은 사람이 귀가 먹었나…. 쯧쯧쯧…."

할아버지는 여덟 살 정도로 보이는 여자아이의 손을 잡고 있었다. 아마도 손녀 같아 보였다.

"아니, 학생인지 아닌지는 모르겠지만 말이야. 집이 어렵나? 왜 찢어진 바지를 입고 다녀?"

"아, 아니 그게…."

혜정이는 너무 당황스러운지 말까지 더듬으며 대답을 못하고 있었다. 주위에선 계속 웃는 소리가 들리고 있었다.

"지금 전쟁 통도 아니고 다 큰 처자가 찢어진 바지를 입고 무릎은 훤히 까 놓고 말이야, 여기 있는 아이한테 부끄럽지도 않나?"

할아버지는 주위의 웃는 소리는 아랑곳하지 않고 점점 더 언성을 높여만 가고 있었다. 혜정이의 얼굴을 보니 이제 귀까지 빨개져 있었다. 대관람차를 기다리는 모든 사람들이 우리 쪽의 소란을 구경하는 듯 보였다.

"아니, 왜 말이 없어? 벙어린가. 집이 어렵냐고? 부모가 없냐고?"

혜정이의 눈을 보니 그렁그렁 눈물이 맺혀 있다. 그것을 보니 순간 화가 치밀어 올랐다. 정작 손녀한테 부끄러운 건 혜정이가 아니라 세상과는 담을 쌓고 산 것만 같은 저 무례한 할아버지 같았다. 그때였다.

"됐어. 가자, 혜정아. 대답 안 해도 돼!"

민철이는 금방이라도 울 것 같은 혜정이의 손을 잡으며 말했다. 그리고 돌아보며 눈에 힘을 주어 할아버지를 쳐다본다. 민철이의 손에 이끌려 혜정이는 줄 바깥으로 걸어간다. 민지와 내가 따라가려 하자 민철이는 줄을 기다리고 있으면 곧 올 테니 우리에게 남아 있으라고 했다. 돌아보는 민철의 얼굴도 빨개져 있었다.

나와 민지는 줄에 남았다.

"대답을 안 해도 돼? 어디서 어른한테 버릇장머리 없는 놈이."

젊은 놈이 나이 든 사람한테 함부로 했다고 할아버지는 역정을 내지만 민철이는 뒤도 돌아보지 않는다. 민철이에게 무시당하는 할아버지는 더욱 크게 소리를 질러 대지만 민철이는 아랑곳하지 않고 혜정이의 손을 꼭 잡고 멀어져만 갔다.

둘의 멀어지는 모습을 보며 이상한 기분이 들었다. 화가 났다. 고래고래 소리를 지르는 할아버지에게 화가 났으며, 이 상황을 멍하니만 바라봤던 나에게도 화가 났다. 혜정이의 눈에 맺혔던 눈물에게 화가 났으며, 웃음을 참던 사람들에게 화가 났다. 저 멀리 혜정이의 손을 잡은 민철이의 손에게 화가 났으며, 바닥에 수없이 떨어진 지난주에 피어 있었을 벚꽃잎들에게 화가 났다. 그리고 떨어져 있던 벚꽃잎들은 사람들의 발자국에 검게 변해만 가고 있었다.

제15장

"혜정인 괜찮나 모르겠네…."

조용히 창밖을 바라보던 민지가 나를 본다. 우리는 대관람차를 탔다. 민철이와 혜정이를 기다렸지만 그 둘은 우리 차례가 될 때까지도 오지 않았다. 민지도 마음이 불편한지 그렇게 타고 싶어 하던 대관람차를 타고도 말없이 창밖만을 바라보고 있었다. 아까 민지도 눈물을 글썽거렸었다.

"그 할아버지 정말 이상하더라…."

"그러게. 이제 내일 모레면 이십일 세긴데 지금 이런 걸로 얘길 들어야 하나…. 화난다."

"응…. 나도. 근데 아까 민철이 멋있었어…. 내가 다 고맙더라. 그렇게 해 줘서."

민지가 민철이를 멋있다고 한다. 맞다. 멋있었다. 아까는 민철이가 나보다 먼저 나선 것이라 생각을 했다. 그러나 지금 생각을 해 보니 꼭 그런 것도 아닌 것 같다. 만약 민철이가 그 자리에 없었다면 과연 내가 나서서 무엇인가를 했을까? 답이 쉽게 내려지질 않았다. 움직이는 창 밖 나무들의 키가 작아져만 가고 있었다. 이상한 할아버지는 나에게 이상한 분노를 들게 했지만 덕분에 민지와 단 둘이 대관람차를 타게 됐다.

"오빠는 고백을 잘 했을까?"

맞다. 형식이 형의 고백을 까맣게 잊고 있었다.

"그러네. 지금쯤 내렸을 텐데…."

나는 창 쪽으로 몸을 가까이 대고 아래를 쳐다봤다. 작아진 사람들이 이리저리 어지럽게들 움직이고 있다. 그중에 형식이 형을 찾기는 어려워 보였다. 민지도 함께 창밖 아래를 바라보다 못 찾겠는지 이내 내 쪽으로 고개를 돌린다. 우리는 눈이 마주쳤다. 가슴이 떨려온다. 나는 오늘 민지에게 고백을 하려 한다. 그리고 우연찮게도 형식이 형이 그렇게도 원하던 고백 장소에 우리도 둘만 있게 되었다. 나도 여기서 고백을 해야 할까? 그러나 이내 혼란스러운 마음이 든다. 조금 전에 느꼈던 혜정이를 보며 안타까웠던 마음과 민철이가 혜정이를 데리고 가는 모습을 봤을 때의 감정이 쉽사리 사라지질 않고 있었다. 그리고 그 감정을 어떻게 받아들여야 할지 몰라 답답하기만 했다.

"와, 저기 봐 봐. 되게 예쁘다!"

내 앞에 마주보며 앉아 있던 민지가 내 등 뒤쪽을 가리킨다. 나는 고개를 돌려 뒤를 봤다.

노을이었다. 서쪽 하늘은 이제 져 가는 해로 진한 오렌지 빛을 띠고 있었다. 아름다웠다.

"이쪽으로 와서 봐."

민지가 고개를 돌리고 노을을 보고 있는 나에게 자신의 옆으로 와서 앉으라고 한다. 나는 민지의 옆으로 가서 앉았다. 둥그런 대관람차가 기우뚱 움직인다. 그리 넓지 않은 좌석으로 인해 나의 오른쪽 어깨와 민지의 어깨가 맞닿았다. 민지의 체온이 느껴지자 내 심장은 또 요동을 치기 시작한다. 그리고 우리는 노을을 함께 바라보고 있었다.

"되게 오랜만에 본다. 이런 거…. 이렇게 예뻤구나."

혼잣말 같은 민지의 목소리가 작게 들렸다.

마치 꿈을 꾸는 듯했다. 석양의 자상하고 부드러운 빛이 우리의 얼굴을 쓰다듬고 있었고, 우리는 점점 지는 태양을 따라가고 있는 듯한 느낌이 들었다. 민지와 나는 계속 하늘로 올라가고 있었고 내 가슴은 간지럽다 못해 마비가 오는 듯 숨이 잘 쉬어지질 않았다. 그렇지만 숨이 차진 않았다. 오히려 뭔가 처음으로 느끼는 그 무엇이 가슴속에서 뚫고 나와서 시원한 기분이 들었다.

나의 팔에 닿아 있는 민지의 팔을 느껴 본다. 석양처럼 따뜻했다. 그리고 나는 살며시 민지의 손을 잡았다. 심장이 멎는 기분이다. 내 손이 너무 찼던지 민지의 손이 움찔거린다. 그리고 민지의 손도 조금 움직이더니 내 손을 살며시 잡았다. 작고 따뜻하고 부드러웠다. 내 심장의 박동은 내 팔을 지나 내 손을 통해 민지에게도 전해질 만큼 크게 뛰고 있었다. 나는 고개를 돌려 민지를 봤다. 내 눈길을 느꼈는지 민지도 고개를 돌린다.

"저기…."

나를 보는 민지의 눈동자가 커진다.

"어, 그러니까…."

무슨 말을 어떻게 해야 될지 생각이 나질 않고 있다. 머릿속이 하얗게 비어 버린 것 같았다. 차가워진다. 앞을 보니 해는 지고 햇살은 온데간데없이 하늘만 진한 오렌지 빛을 띠고 있었다. 그마저도 이제 옅어지며 하늘 아래는 진회색의 땅거미로 뒤덮여 있었다. 그 대비가 너무도 선명하여 서글픈 마음까지 들 정도였다.

이제 우리가 탄 대관람차는 서서히 아래로 내려가고 있었다. 그리고 멀리 숲과 도시의 경계선이 눈에 들어온다. 너무나 이질적이라 설레던 마음이 차가워지는 기분이다. 경계선 너머의 일상을 잊으려 이곳에 왔지만 막상 그 경계선을 눈으로 마주하니 뭔가 속고 있다는 기분이 들었다. 지금 내가 느끼는 이 기분, 아니 오늘 느꼈던 그 모든 설레던 기분들이 모두 가짜인 것처럼 느껴졌다. 저 냉정한 일상 속에 지치고 힘들어 이곳에 그저 진통제를 맞으러 온 것뿐이다. 진통제를 맞은들 나는 재수생이고 내일이면, 아니 몇 시간만 지나 집으로 돌아가면 그 무거운 중압감은 여지없이 나를 기다리고 있을 것이다.

아침에 엄마한테 독서실을 간다고 거짓말을 했다. 엄마는 도시락을 싸지 않았다며 미안해하셨다. 그리고 낡은 지갑에서 만 원을 꺼내 주셨다. 그리고 나는 지금 어린이 대공원 벚꽃 축제에 있다. 부끄러웠다. 그냥 부끄러웠다.

"뭐라고?"

민지가 묻는다. 나는 잡았던 손을 살며시 놓았다.

"아니, 미안하다고…."

"뭐가?"

"손… 손잡아서…."

민지는 자신의 손을 무릎 위에 얹는다.

"괜찮아. 친구끼리 손잡을 수도 있지, 훗훗."

민지는 내 눈을 보며 웃어 준다. 나는 다짐을 했다. 내년에 꼭 대학에 합격해서 민지에게 고백을 할 것이라고, 오늘의 이 감정을 잊지 않을 거라고 그리고 이 고백을 조금만 미루는 것뿐이라고, 변하는 건 아무것도 없을 것이라고….

"다들 어디 있지?"

나와 민지는 대관람차에서 내려 나머지 사람들을 찾아다녔다. 어두워진 놀이공원엔 색색들의 조명이 환하게 밝혀져 있었다.

"삐삐 쳐 볼까?"

"그러자. 공중전화가 어디 있었는데…."

그때였다.

"강민철! 민지야!"

소리가 들리는 쪽으로 고개를 돌렸다. 그곳엔 바이킹이 있었다. 바이킹은 맹렬한 속도로 움직이고 있었다. 그리고 잠깐 멈췄다가 다시 반대쪽으로 떨어진다. 그 맨 끝자리에 낯익은 얼굴들이 있었다. 우리를 보고 다시 손을 흔든다.

"민지야!"

혜정이었다. 그리고 그 옆에는 무서운 걸 못 탄다는 민철이가 미친 듯이 소리를 질러 대고 있었다.

"으아아아아악!"

민철의 목소리는 절규에 가까웠고 다른 이들의 즐거운 비명과는 달리 그냥 비명같이 들렸다. 혜정이의 얼굴엔 웃음이 가득했다. 다행이었다. 아마도 민철이가 혜정이의 기분을 풀어주려 못 타는 바이킹을 함께 타 준 것으로 보였다.

"쟤 저러다 죽겠다, 야."

뒤를 돌아보니 어느샌가 준기 형이 와 있었다.

"어, 형. 어떻게 찾았어?"

"나도 너희 찾아다니다가 저 소리 듣고 왔다."

"으아아아악!"

"얼레 쟤네 손잡고 타네! 뭐야 다들 쌍쌍이 노는 거였어?"

정말 둘은 손을 잡고 있었다. 아까는 민철이가 곤경에 처한 혜정이의 손을 잡은 거라면 지금은 그 반대 같았다.

"오빠, 형식이 오빠는 어떻게 됐대요?"

"모르겠어. 정확히 말을 안 하는 거야. 또 누나가 옆에 있는데 계속 물어보기도 그렇고 아무튼 지금 먼저 포장마차에 가서 자리 잡아 놓는댔어. 가서 자세히 물어봐야지."

민철이의 비명 소리가 몇 번 더 들린 후 바이킹은 서서히 멈춰서고 있었다. 안내방송이 들리고 사람들은 출구로 몰려나오고 있었다.

"혜정아!"

민지가 혜정이의 얼굴이 보이자 손을 흔든다.

"진짜 재밌다. 하하하. 나 팔 올리고 타는 거 봤지?"

혜정이는 정말 재밌었는지 밝게 웃고 있었다. 그리고 그 뒤로 민철의 얼굴이 보였다. 민철이는 알 수 없는 표정을 짓고 있었다. 넋이 나간 듯 눈빛은 공허했다.

"진짜 죽는 줄 알았다. 다시는 안 타…"

"보기보다 무지 심약하네. 민철이 너 소리 지르는 게 얼마나 큰지 멀리서 듣고 이쪽으로 왔다, 내가. 하하."

"아니야, 형. 이거 진짜야. 나 고소공포증 있나 봐. 어쩐지 본능적으로 타기 싫었거든…"

"그래도 민철아 고마워. 아까 내가 바이킹 타자니까 아무 소리 없이 표 끊어 오더라고."

혜정인 민철이가 대견스러운 듯 등을 두들겨 준다.

"혜정아 괜찮아, 이제?"

민지가 묻는다.

"뭐? 아! 아까 그 미친 할아버지? 괜찮아. 젊은 사람이 참아야지. 하하하!"

"미친 할아버지? 그게 누구야?"

그 자리에 없던 준기 형이 묻는다.

"아니, 있어 그냥. 이따 말해 줄게. 형식이 형은?"

민철이가 아직은 말하고 싶지 않은지 형식이 형의 행방을 묻는다.

"응, 지금 밖으로 나갔어. 누나랑 포장마차에 가서 자리 잡아 놓는대."

"누나가 받아줬대?"

"몰라. 그 양반이 입을 다물었어."

"차였구먼, 뭘…."

"아니야. 이상하게 얼굴이 밝더라. 빨리 가서 다시 물어보자."

"그래. 하도 소리를 질렀더니만 배고프다. 빨리 가자."

"형!"

멀리 형식이 형과 은주 누나가 보인다. 둘은 플라스틱 테이블 한자리를 차지하고 있었다.

"빨리 와!"

형식이 형이 손짓을 하며 우리를 부른다. 얼굴이 밝다.

"왜 이리 늦어. 사람들은 많은데 자리 잡고 있다고 눈치 보였잖아, 인마."

"뭐야 벌써 두 병째야?"

준기 형은 빈병을 흔들며 형식이 형과 은주 누나를 본다.

"아니야. 맛만 봤어. 하하."

맛만 봤다고 하기엔 테이블에 빈 소라껍데기가 너무 많았다.

"무슨 맛은… 맛있어?"

민철이가 소라 하나를 집으며 말을 한다.

"얘들아 빨리 먹어 봐. 소라랑 골뱅이 정말 맛있다."

은주 누나는 들고 있던 소라 살을 이쑤시개로 꺼내서 혜정이와 민지 앞에 놔 준다.

"잠깐 잠깐 빨리 잔들 받고!"

형식이 형은 뭐가 그리 신났는지 리듬까지 타며 우리 앞에 놓인 소주 잔을 채워 준다.

"잔들 들고!"

우리 일곱 명은 좁은 테이블에 다닥다닥 붙어서 소주잔을 머리 위로 올린다. 어두워진 밤에 노란색의 가로등이 우리를 비추고 있다. 대공원 후문에 길게 늘어선 포장마차엔 벚꽃 축제의 끝자락이 아쉬워 술 한잔 을 하려는 사람들이 옹기종기 모여 있었다. 노란 가로등 불빛에 비친 벚 꽃잎은 낮에 보던 느낌과는 사뭇 달랐다. 낮에 봤던 벚꽃은 하얀 순백의 발랄한 느낌이었다면 지금 노란빛이 더해진 벚꽃잎은 왠지 별빛 같은 쓸 쓸함이 묻어 있는 듯 보였다. 아마도 지금 내 아쉬움이 벚꽃을 물들이고 있는 듯했다.

"오늘 정말 재미있었고 아까도 말했지만 내년에도 우리 잊지 말고 꼭 보자!"

형식이 형은 우리 얼굴을 하나하나 새기듯 돌아가며 천천히 봤다.

"뭐야, 먼저 술 먹더니만 혼자서 감성 타고 있어, 아주…. 기분 좋게 위 하여!"

준기 형이 술잔을 다시 높게 들고 외친다.

"위하여!"

우리는 모두 큰 소리로 따라 외치고 잔을 부딪쳤다.

"캬아, 좋다. 여기 소라."

형식이 형이 술을 마시고 이쑤시개로 뽑은 소라를 자신의 입이 아닌 은주 누나의 입으로 가져간다. 누나는 아무렇지도 않게 웃으면서 먹는다.

"땡큐! 형식."

"뭐야 둘이 어떻게 됐어? 사귀는 거야?"

준기 형은 궁금증을 더는 못 참겠는지 둘에게 직접 물어본다.

"아니야…. 그냥 좋은 친구지 뭐…."

형식이 형이 조용히 얘길 하고 고개를 숙이며 소라를 까는데 몰두하는 척을 한다.

"뭐지, 이 분위기? 너희들 오늘 일 다 알고 있었구나?"

"아니, 뭐 조금 알지…. 근데 누나 정말이야?"

"뭘?"

"아니 둘이 친구라는 거…."

"친구지, 그럼. 친한 친구. 오해들 하지 마. 연인보다 더 편하고 좋은 친구도 있는 거야. 꼭 좋다고 남녀가 사귀어야 되는 건 아니야. 오늘 형식이가 이벤트도 해 주고 그래서 내가 특별히 친한 친구 하자고 한 거라고. 그렇지, 형식아? 스티커 사진이 정말 재밌어서 너무 크게 웃은 게 조금 미안하지만 말이야. 하하! 그래도 형식이랑 같이 스티커 사진 찍으러 가기로 했다. 그치 형식아?"

"응, 맞아."

형식이 형은 씩 웃으며 또 소라를 까서 은주 누나에게 먹여 준다.

"으이구, 잘났다! 그래도 차이고 풀이 죽어 있지 않아서 보기는 좋네. 하하하. 잘됐어, 차라리."

준기 형이 웃으면서 모두의 잔을 채워준다. 오늘 형식이 형의 고백은 실패를 했지만 그래도 어색한 사이가 아닌 정말 친한 친구로 남기로 했나 보다. 그게 가능한 건지는 정확히 알 수 없지만 지금 둘의 모습만 보자면 가능할 수도 있겠다는 생각이 들었다. 새싹과 꽃들로 가득한 오월의 밤은 나에게 설렘과 애잔함을 동시에 주고 있었다. 모두의 가슴에는 이날이 어떻게 새겨질지 궁금했다. 그리고 나의 손에 아직도 느껴지는 것만 같은 민지의 손길은 나의 가슴을 더욱 아련하게 만들고 있었다.

"오늘 벚꽃도 보고 좋았다. 내년에 정말 또 갈 거야. 왜 고등학생 때는 거길 갈 생각을 못 했을까…. 정말 좋던데 말이야."

혜정이는 오늘 정말 재밌었는지 오는 내내 있었던 일을 끊임없이 재잘거리고 있었다. 우리는 사람들을 보내고 지하철역에서부터 집으로 걸어오고 있었다.

"아까 화 많이 난 것 같던데…."

"뭐, 그 할아버지?"

"응."

"화가 나긴 했지…. 하마터면 울 뻔했다니까…. 민철이가 나서 줘서 괜찮았지."

"응, 그런 것 같더라."

"그런데 할아버지한테도 화가 났었지만 정말 더 화가 났던 건, 그 할아버지가 손을 잡고 있는 손녀가 너무 불쌍해서도 화가 났어. 어린아이가 볼 때는 할아버지가 옳다고만 생각을 할 텐데 말이야. 그 애기한테는 내가 어떤 큰 잘못을 하고 있는 사람으로 보일 것 아니야? 그리고 그런 고지식하고 매너 없는 할아버지 밑에서 자라게 될 아이는 자유롭지 못한 사고를 갖게 될 수도 있고, 아무튼 막 그 모든 게 섞여서 눈물이 날 뻔했어…."

"아이들 좋아해?"

"응, 아이들 예쁘고 좋아. 나는 빨리 결혼해서 아이를 낳고 싶어. 여러 명. 하하."

"나는 아이들은 별로…. 시끄럽고 말 안 듣고 그래서…."

"뭐 너 어렸을 때는 말 잘 들었냐? 다 똑같지. 아이에서 청소년으로 그리고 어른으로 그리고 나이가 들어 노인으로… 다 겪는 거지."

"다 겪어도 다른 거지! 너는 나이가 들면 다 똑같이 아까 그런 할아버지처럼 될 거야?"

"음, 맞네…. 그건 아니지. 나는 아주 인자한 할머니가 될 거야. 그리고 젊은이들과도 허물없이 이야기할 수 있는 그런 젊은 할머니? 그래, 정신이 젊은 할머니가 될 거야. 자신의 생각만을 젊은이에게 강요하지 않는 그런 할머니…. 그리고 나이가 들어도 신랑하고 손을 꼭 잡고 다니는 예쁜 할머니. 하하하."

우리는 어느덧 집이 있는 골목길로 접어들었다.

"이제 다 왔네! 잘 들어가."

나는 우리 집을 등지고 혜정이에게 인사를 건넸다.

"응, 너도 잘 들어가고."

그때였다. 혜정이네 집 대문이 열리면서 어떤 양복을 입은 아저씨가 나오고 계셨다. 그리고 그 아저씨는 혜정이에게 말을 걸었다.

"혜정이 이제 들어오니?"

혜정이는 말을 거는 아저씨를 돌아본다. 그리고 놀란 목소리로 말을 했다.

"어! 아… 아빠."

제16장

"어! 아… 아빠."

혜정이가 아빠라고 부른 아저씨는 감색의 양복을 말끔하게 차려입고 있었다. 우리 아버지랑은 다르게 머리는 새치 하나 없는 검은색이었고 뒤로 넘긴 머리에선 윤기가 흐르고 있었다. 키도 180센티미터 가까이 되는 것 같았다. 얼굴은 언뜻 봐도 아저씨라고 하기엔 주름이 너무 없었고, 지금도 그렇지만 젊은 시절엔 미남 소리를 꽤 들었을 것만 같았다.

"응, 그래. 늦게 들어오네?"

"어디 좀 갔다 왔어…"

혜정이 아빠는 뒤에 있는 나를 누구냔 식으로 바라본다.

"아… 안녕하세요?"

"어, 그래요. 누구지?"

"민철이. 우리 앞집에 살아. 친구야."

혜정이가 나를 대신해서 대답을 한다.

"어, 그래?"

혜정이네 아빠의 시선이 다시 나에게로 온다.

"안녕하세요? 강민철이라고 합니다."

"그래, 씩씩하게 잘 생겼네. 인연이네. 앞집에 동갑이 살고, 그래 민철

군은 어느 대학교를 다니나?"

갑자기 말문이 턱하고 막혔다.

"대학은 무슨 대학! 쟤도 혜정이랑 같은 재수생이야! 오늘도 저 녀석하고 놀다 들어오는 거지?"

"엄마!"

혜정이는 아저씨의 옆으로 나오는 아줌마에게 엄마라고 부르며 소리를 쳤다. 혜정이네 엄마도 아빠와 마찬가지로 젊어 보였다. 우리 엄마나 다른 친구들의 엄마들은 대부분 파마머리를 하고 있었는데 혜정이네 엄마는 긴 생머리를 하고 있었다. 그리고 그 긴 생머리를 위로 올려서 집게 모양의 머리핀으로 고정을 시켜 놓았다. 혜정이 엄마의 얼굴에서 혜정이가 보였다. 둘은 서로 쏙 빼닮아 있었다.

"밤늦게 왜 이리 소리를 질러? 동네 시끄럽게…."

"엄마, 민철이 처음 보는데 무슨 말을 그렇게 해?"

"그래 처음 보지! 처음 보면 바른 말도 못하는 거야?"

혜정이네 엄마는 고개를 돌려 나를 바라본다.

"안녕하세요…."

나는 얼떨결에 인사를 했다.

"그래, 민철이라고 했니?"

"네…."

"듣자 하니 같은 재수생이라고 하던데 너는 공부도 안 하니?"

혜정이네 엄마는 화가 나 있었고, 화가 난 이유는 재수생인 딸과 내가 늦게 들어오는 모습을 봤기 때문일 것이다. 그리고 우리는 술에 살짝 취해 있기까지 했었기에 나는 죄인이 된 기분이었다.

"죄… 죄송합니다."

나는 혜정이 엄마의 눈도 마주치지 못한 채 땅만 바라보며 고개를 숙였다.

"민철아, 그러지 말고 빨리 집에 들어가!"

혜정이는 고개를 숙인 나에게 말을 했다. 그러나 나는 혜정이 말대로 집에 들어갈 수가 없었다.

"엄마랑 얘길 하는데 집에 들어가라니!"

혜정이네 엄마의 목소리도 커져만 가고 있었다.

"그래, 죄송한 건 아나 보네. 그럼 죄송하면 앞으로 어떻게 해야 될 것 같니?"

"엄마! 정말 왜 그래?"

"왜 그래? 왜 그러긴. 너 하고 다니는 꼴을 봐! 만날 저 녀석하고 술이나 먹고 다니고 또 재수생이라고 다 같은 재수생인 줄 알아? 한 번 보자, 너는 어느 대학에 지원을 했었니?"

혜정이네 엄마는 나를 보며 내가 지원했던 학교를 묻고 있다. 분명 말해도 모를 것 같지만 나는 내가 지원한 대학 중에 가장 유명한 대학이 어딘가 머릿속에 떠올려 본다. 하지만 나도 어디가 유명한지 하물며 어디에 지원을 했었는지도 기억이 가물가물 했다. 그냥 '어느 지방이니?'라고 물으셨다면 쉽게 대답이 나왔을 것 같았다.

"엄마! 그만하라고!"

혜정이가 엄마에게 소리를 지른다.

"너 왜 이렇게 버릇이 없어졌어? 아빠도 계신데!"

"아니, 엄마가 처음 보는 내 친구한테 너무하는 건 생각 안 해?"

"너무하긴! 너 보니까 술도 먹었구나. 여보, 애가 이렇다니까. 요즘 저 녀석 만나고 이렇게 술이나 먹고 다니고⋯. 지금이 대체 몇 시야?"

"그만하라고! 강민철 빨리 들어가!"

혜정이는 나에게 집에 들어가라고 하지만 어른들 앞에서 그냥 들어가는 건 예의가 아닌 것 같아 나는 어찌할 바를 모르고 있었다.

"선희야, 그만하자."

혜정이의 아빠가 흥분한 혜정이 엄마의 손목을 잡으며 말을 했다.

"뭘 그만해! 지금 혜정이가 삐뚤게 나가는 게 뻔히 보이잖아. 그런데 가만히 있으라고? 내가 혜정이를 여태껏 그렇게 키운 줄 알아? 오빠가 뭘 아는데? 나보고 그만하래! 내가 혼자 혜정이를 키우면서 무슨 일을 겪었었는지 뻔히 알면서 어떻게 나한테 그렇게 말할 수 있어?"

혜정이 엄마의 노여움은 이제 혜정이 아빠에게로 번지고 있는 듯 보였다.

"그만해…. 그만하라고…."

혜정이의 말소리가 작게 들린다. 그리고 이내 나를 등지고 엄마 쪽을 바라보고 있던 혜정이의 등이 조금씩 들썩거린다. 나는 왜인지 알고 있다. 가슴이 아려온다. 벚꽃을 봤고, 노을을 봤으며, 환하게 웃던 모두의 얼굴을 본 오늘이다. 그런 오늘 혜정이는 두 번의 눈물을 보이고 있었다.

"…. 무책임하게 말이야!"

혜정이 엄마의 목소리는 더욱 커져만 가고 있었다. 동네를 시끄럽게 하는 건 이제 혜정이 엄마였다. 그리고 들썩이던 혜정이의 등은 움직이고 혜정이의 얼굴이 내 눈에 들어온다.

"미안해…. 민철아…."

혜정이의 멈추지 않는 눈물은 눈가에 예쁘게 그려져 있던 마스카라를 온통 검게 풀어헤쳐 놓았다. 혜정이의 마음에 저 검은 물이 스며들지 않았으면 좋겠다는 생각이 들자 이상하게 내 눈에서도 뜨거운 게 느껴졌다.

"들어가…. 제발 들어가 줘…. 괜찮아."

혜정이는 내 눈을 보며 들어가라고 말을 한다. 그리고 괜찮다고 말할 때는 정말 괜찮다는 것을 보여 주기라도 하듯 애써 웃어 줬다. 나에게 웃어주느라 갑자기 눈웃음을 보인 혜정이의 눈에선 더욱 많은 검은색 눈물이 왈칵 흘러내렸다.

"나 들어간다…."

"그래, 들어가…"

"미안해."

나는 돌아서서 무겁기만 한 발걸음을 옮긴다.

'끼이이익 철컹.'

나는 대문을 등지고 우리 집 마당에 서 있다. 담배를 하나 꺼내 물었다. 혜정이 엄마의 성난 목소리와 혜정이의 울음 소리가 대문 너머로 들리고 있었다. 담배에 불을 붙였다. 혜정이의 훌쩍이는 소리가 들리자 오늘 보았던 혜정이의 모든 얼굴이 머릿속을 스쳐 지나간다. 그리고 마지막 눈물을 흘리며 웃어 주던 얼굴에서 멈춰 섰다. 나는 울고 있는 혜정이의 손을 잡고 이 어두운 골목이 아닌 밝은 어딘가로 멀리 달아나는 상상을 한다. 그러자 내 뺨에선 뜨거운 것이 흘러내렸고 한참이 지나서야 그 뜨거운 것은 잦아들었다.

드디어 오늘이 밝았다. 오늘을 기다리느라 정말 목이 빠지는 줄 알았다. 내 생에 오늘을 오늘같이 기다려 본 것은 처음이었다. 오늘은 바로 재수생이 되고 나서 처음으로 치른 모의고사 성적이 발표되는 날이었다. 학원 내에서만 치르는 시험은 본 적이 있지만 이렇게 제대로 공부를 하고 또 전국에서 보는 모의고사는 처음이었다. 그리고 예전 고교 시절 성적이 발표되는 날은 심히 우울한 날 중 하나였고 나중에는 아예 신경도 쓰지 않게 되었던 날이었다. 그러나 오늘은 다르다. 모의고사를 치르던 지난주엔 이상하게도 평소보다 머리가 맑아진 느낌이었다. 시험지를 받았을 때의 언제나 느끼던 그 생소함은 사라지고 뭔지 모르게 익숙한 단어들이 많이 보였다.

그렇다. 언제나 어색하기만 하던 시험지에 친근감이 들 정도였다. 첫 교시 언어 영역의 몇 번을 읽어도 이해가 안 가던 그 길고 긴 지문들은 쓱 한 번만 읽어 내려가도 머릿속에 쏙쏙 들어오는 것이었다. 시험 시간 내내 기분이 좋았다. 수리 원에선 전부는 아니지만 이제 시험지가 나에게 무엇을 묻는지는 알 것 같았고 몇 문제는 풀기까지도 했었다. 수리 투에서 내가 암기를 했던 문제가 나왔을 때는 희열을 느꼈다. 그리고 영어에선 처음부터 감이 좋았다. 듣기 평가가 들리는 것이었다. 그래도 재수를 선택하고 공부를 열심히 한 보람을 느끼게 되었던 한 주였다. 일부러 채점도 미뤘다. 감이 좋았고 괜히 설레발을 떨었다가 부정만 탈 것 같았기 때문이었다.

그리고 그 결과가 드디어 오늘 발표가 된다. 아침에 알람이 울리기도 전에 눈이 떠졌고 세수를 하던 중 울리는 알람을 끄러 뛰어 나오기까지 했다. 엄마는 아침부터 왜 그렇게 요란법석을 떠느냐고 뭐라 한마디 하셨지만 며칠 전부터 나의 자랑에 함께 신나 하신 것을 숨기기엔 오늘 아침 밥상에 놓인 반찬이 너무나 많았다.

"뭐야… 뭔 일 있어?"

민철이가 교실로 들어오며 놀라서 묻는다. 자가 이동수단이 있는 민철이가 우리 여섯 중 늘 제일 먼저 등원을 했었기에 나를 보고 놀라는 게 이상하지만은 않았다.

"아니, 오늘 그냥 일찍 눈이 떠져서."

"어디 아픈 거야? 갑자기 자던 눈이 왜 떠져?"

민철이는 책가방을 풀면서 의아한 눈으로 나를 본다. 하긴 내가 생각해도 별난 일이다. 재수 생활을 하면서 이렇게 일찍 나와 본 적이 없기에 이 고요한 교실의 풍경을 느껴 본 적도 없었다. 둘러보니 나와 민철이를 포함해서 열 명 정도가 교실에 나와 있었다. 몇몇은 아직도 이름을 모르고 있었다. 아마도 재수 생활이 끝날 때까지도 모르고 지나갈 것이다.

"어찌 됐든 좋네! 친구야, 우리 담배나 피우러 갈까! 담배 있냐?"

"있어. 가자."

우리는 휴게실이 있는 옥상으로 향했다. 옥상에는 벌써 몇몇의 학생들이 올라와서 담배를 피우거나 커피를 마시고 있었다. 마치 힘든 하루 일과의 시작 전에 심호흡을 하는 듯 보였다. 우리는 서로 담배에 불을 붙이고 연기를 들이마신다.

"휴우…."

"아, 맞다! 오늘 저번에 봤던 모의고사 성적 나오는 날이지?"

"응."

"아, 나 망했다…. 시험 본 거 우리 아빠가 알아 버렸는데…. 고등학교 때처럼 성적표 훼손시켰다간 내 사지가 훼손될 거라고 말하던데…. 하, 망했어…. 오늘이었어…."

"공부 좀 하더니만 잘 안 나왔어?"

"어쭈! 말하는 게 뭔가 거만함이 묻어 있는데? 너 잘 봤구나?"

"아니야, 하하!"

"아니야… 넌 지금 표정에 나와 있어, '나 잘 봤다!'라고…. 자식, 그래서 오늘 일찍 나왔구먼, 맞지?"

"아니, 꼭 그런 건 아닌데, 그냥 궁금하잖아. 재수하고 처음 본 시험이기도 하고…."

"근데 너 표정이 너무 밝다. 히야, 부럽다. 난 안 봐도 죽 쑨 것 같은데…. 아는 게 하나도 없더라고. 나 이제 죽었다. 진짜 이번만 혼나고 공부 열심히 할 거야."

내가 부럽다는 민철이의 말에 나는 애써 부정을 하진 않았다. 대신 허공에 담배 연기만을 기분 좋게 연신 뿜어 댔다.

"잘 못 보면 좀 어떠냐. 아직 시간 많이 남았잖아! 뭐 좀 마실래?"

내가 누군가에게 성적에 관한 위로까지 하고 있었다. 며칠 안에 아침의 해를 서쪽에서 볼 듯하다.

"응… 컵라면…."

울상을 짓고 있는 민철이는 담배를 깊이 들이마시며 말을 했다. 우리는 컵라면을 마시듯 먹고 교실로 내려왔다.

교실은 어느새 학생들로 가득 차 있었다. 민지와 혜정이 그리고 형들도 모두 자리에 앉아 있었다. 혜정이의 뒷모습이 보인다. 혜정이 옷차림은 많이 가벼워졌다. 얇은 흰색 블라우스를 입고 있었으며 긴 소매는 팔이 훤히 보이게 접어 올려져 있다.

6월의 햇살은 이제 점점 뜨거워지고 있었다. 그날 이후 혜정이와 나는 누구랄 것도 없이 약속이라도 한 듯 그 일을 먼저 말하지 않고 있었다. 그렇다고 우리 사이가 데면데면한 것도 아니었다. 그냥 그렇게 서로 아무 일도 없던 것처럼 지내고 있었다. 궁금한 게 아예 없어서 그런 것은 아니다. 그날 혜정이가 흘린 눈물 모두가 나의 궁금증이었다. 그러나 또 혜정이의 눈에서 눈물이 흐르는 것을 볼 자신이 없기에 나의 궁금증은 어두웠던 그날에 모두 묻어 두고 가고 싶은 마음뿐이었다.

"뭐냐? 니네 가방 던져 놓고 둘만 매점 갔다 오냐? 치사하게…."

준기 형이 자리에 앉는 우리를 보며 말을 했다.

"어, 형님들 어제 잘 주무셨습니까?"

민철이가 갑자기 존댓말을 써 가며 능청스럽게 웃는다.

"니네들 동갑이라고 우리 따돌리는 거냐? 매점에 갔다 왔으면 껌이라도 한 통 사 왔어야지."

형식이 형이 갑자기 나에게 헤드록을 건다.

"켁켁, 형… 형 담배만 피우고 왔어요. 케켁."

"지금 분명히 라면 냄새가 나고 있는데 이게 어디서 거짓부렁을. 안 되겠다, 죽어라!"

"켁켁."

"오빠! 민철이 진짜 죽겠다. 지금 얼굴 터지려고 해!"

갑자기 시끌벅적해진 뒤쪽을 돌아본 혜정이가 살인을 저지르려는 형식이 형을 말린다.

"그래?"

형식이 형은 내 얼굴을 확인하더니 한 번 더 힘을 주고 이내 나를 놓아 주었다.

"켁… 하… 아, 형 진짜…."

"근데 강민철은 왜 이렇게 일찍 나온 거야? 어제 집에 안 갔어?"

준기 형이 숨을 들이쉬고 있는 나에게 물어온다.

"아, 이 자식 모의고사 잘 봤는지 성적 확인한다고 신나서 일찍 나왔대!"

민철이가 나 대신 대답을 해 버린다. 나는 헤드록을 당했을 때보다 얼굴이 더 빨개지는 느낌이 들었다.

"아, 아니야! 그냥 일찍 나왔다니까."

"민철이 시험 잘 봤구나?"

어느새 민지까지도 뒤쪽으로 돌아앉아서 나에게 말을 건넨다.

"어쩐지 강민철 요즘 좀 열심히 하더라. 내 참고서도 막 늦게 갖다주고 말이야. 하하. 그래도 잘됐네!"

민지와 나란히 내 쪽으로 돌아앉은 혜정이도 한마디 거든다. 이제 귀까지 빨개진 게 느껴진다. 이제 아니라고 한들 이 분위기를 어찌할 수가 없었다.

"아니야… 올라봐야 뭐 조금 몇 점 올랐겠지 뭐…"

나는 체념하듯 말을 했다.

"그래도 오른 게 어디냐? 나는 채점해 봤는데 좀 떨어졌단 말이야."

민지는 몇 점 올랐다는 나의 말에 축하를 하듯 밝게 말을 해 준다. 민지는 분명 몇 점 떨어졌어도 그리 걱정할 수준은 아닐 것이란 생각이 들었다.

"나도! 이번에 좀 어려웠지? 우리 같이 채점하면서 짜증났었다니까…"

혜정이도 이번 모의고사가 어려웠다고 한다. 나는 평소보다 쉽다고 생각을 했는데 이상한 기분이 들었다. 그러나 나는 워낙에 아는 게 없었기에 조금만 공부를 해도 효과가 크게 나타나는 것 같았다. 아마도 빛 하나 없는 암흑천지에선 촛불만 켜도 등대처럼 보이는 것 같은 효과일 것이다. 나는 내 손에 있는 모의고사 성적표의 이름을 다시 한 번 확인해 본다.

'뭐지…?'

내 이름이 맞다. 강민철. 이럴 수가 도무지 믿기지가 않았다. 코끝이 시렸다. 눈앞이 캄캄해진다는 말이 어떤 것인지 알 수가 있었다. 나는 다시 확인을 한다. 이번엔 반을 확인해 봤다. 5반에 강민철. 나 맞다. 총점에 '125'라고 인쇄가 되어있다. 400점 만점에 125점. 수능은 134점을 맞았었다. 9점이 하락했다. 엄마의 얼굴이 스쳐가고 아빠의 얼굴이 멀리서 다가온다. 눈이 시리다 눈물이 나오려나 보다. 보신각 타종을 하듯 누군가가 내 머리를 내려친 느낌이다. 멍했다. 멍하고 멍했다.

'왜 이랬지? 오엠알 카드에 밀려 썼나?'

'오엠알 카드가 바뀐 것이 아닐까?'

'내가 오엠알 카드에 이름을 기입했었나?'

'재수를 괜히 했나? 나는 안 되는 건가? 엄마한테 어떻게 말하지?'

'그냥 입대를 할까?'

"와하하하 강민철 뭐야?"

나는 민철이의 웃음소리에 화들짝 놀랐다.

"125점이 뭐야! 하하하! 넌 200점 만점짜리로 잘못 치른 거 아니야? 푸하하!"

나도 정신을 놓고 성적표를 보느라 가리고 본다는 것을 깜박하고 말았나 보다.

"하지 마라!"

민철이의 웃음소리에 민지와 혜정이가 돌아본다.

"뭐야 잘 봤다고 신나 하더니만… 크크크."

"하지 마…."

"그래, 민철아. 그만해."

혜정이가 민철이를 말린다.

"125점…."

나는 눈물이 날 정도로 창피했다. 그것도 지금 혜정이와 민지가 앞에 있었다.

"하지 말라고, 새끼야!"

나는 자리에서 일어나 민철이의 오른쪽 뺨을 내 주먹으로 내리쳐 버렸다.

"야, 강민철!"

민철이는 의자에서 바닥으로 떨어졌고 놀란 혜정이의 목소리가 들렸다.

제2부

여름

제1장

　도무지 정리가 안 되고 있었다. 어디서부터 잘못되었는지 어떻게 돌아가야 하는지 길을 잃은 아이처럼 그저 울고만 싶었다. 갑자기 동네 친구들이 보고 싶었다. 이곳은 너무 외로웠다. 그래, 외롭다. 회색의 콘크리트 바닥에 물방울 하나가 떨어졌다. 하나둘 점점 늘어만 간다. 소리는 죽어도 내기 싫었다.

　나는 옥상의 휴게실 뒤편에 있는 버려진 듯 가꾸지 않는 화단의 뒤쪽에 쭈그러서 앉아 있었다. 화단은 허리 높이 정도였으며 이쪽은 매점에서 나오는 빈병들로 가득 찬 플라스틱 궤짝들과 빈 종이박스가 수북이 쌓인 곳이다. 학생들의 발길이 잘 닿지 않는 곳이었다. 난 이곳에 있으며 아무도 나를 찾지 않기를 바랐다.

　나는 민철이가 바닥으로 떨어지고서야 내가 민철이를 때렸다는 걸 깨달았을 정도로 이성을 잃었었다. 그리고 그 상황에서 도대체 어떻게 대처를 해야 할지 몰라 그냥 뛰쳐나왔다. 창피했다. 이제 민철이에게 화도 나질 않았다. 그저 창피했고 사람들을 어떻게 봐야 할지 자신이 없었다. 내 성적을 민철이가 혜정이와 민지에게 말해서만은 아니다. 그냥 모두가 있는데 그렇게까지 화를 낸 내 자신이 부끄러웠다. 순간 이성을 잃을 정도로 화를 낸 적도 사실 처음이었다. 그런 모습을 혜정이와 민지 앞에서…. 그리고 민철이를 때리기까지 한 내 자신이 이해가 가질 않았다. 조금만 참았다면 이런 걱정은 하질 않고 있었을 것이란 생각이 드니 정말 타임머신이 존재해서 나를 화내기 전으로 옮겨 놨으면 하는 생각이 들었다. 아니다. 아예 모의고사를 치르기 전으로 다시 갔으면 좋겠다. 모의고사를 치르기 전으로 갈 수 있다면 나는 벚꽃놀이를 가지 않을 것이다. 그 시간에 원래대로 독서실에 가서 공부를 코피가 나도록 할 것이다. 그래 그때 독서실을 가지 않았기 때문에 미래인 지금이 이렇게 바뀐 것이다. 모두 내 탓이다. 그러자 그날의 민지가 떠오른다. 민지의 웃는 모습이 너무나도 생생하게 떠오른다. 대관람차에서 잡았던 민지의 손이 느껴지는 것 같다. 민지가 지금 너무 보고 싶다. 그날 벚꽃 축제를 가질 않고 공부를 했었다면 내가 과연 이 성적보다 높은 점수를 받았을까? 받았다면 과연 얼마나 높게 받았을까? 고작 길어 봐야 공부를 9시간 정도 더 했을 텐데 그 정도면 몇 점이나 차이가 있을까? 그 점수와 민지의 웃음을 바꿀 수 있다면? 나는 타임머신을 타고 가서 똑같이 벚꽃 축제를 가고 있다. 치킨을 양념으로 한 마리 더 샀을 것 같다는 얼토당토않은 생각이 머릿속을 스치고 지나간다.

"여기 있었네, 한참 찾았잖아!"

익숙한 목소리가 들린다. 나는 놀라서 소리가 들리는 쪽으로 고개를 돌렸다. 혜정이었다. 혜정이는 내 쪽으로 다가오고 있었지만 나는 혜정이의 얼굴을 똑바로 볼 수가 없었다. 난 다시 고개를 푹 숙였다.

"아니, 아까 형식이 오빠가 옥상에는 없다고 했는데 여기는 찾아 보지도 않은 거야?"

나는 혹시나 눈물 자국이 남았을까 소매로 눈을 닦으려 했지만 소매가 길지 않은 반팔이었다. 할 수 없이 손등에 이마를 괴는 척하며 눈 주위를 훔친다. 혜정이는 내 옆으로 와서 화단에 등을 기대고 앉았다.

"괜찮아?"

목이 메었다. 창피하기도 했지만 혜정이가 반가웠다. 나는 헛기침을 몇 번 하며 멘 목을 풀며 말을 했다.

"안 괜찮을 게 뭐 있냐? 쪽팔려서 그렇지…"

이왕 이렇게 된 거 그냥 솔직한 내 심정을 말해 버렸다.

"쪽팔리긴 뭐가 쪽팔려, 근데 우리가 성적 안 거? 아니면 민철이 때린 거? 뭐가?"

혜정이는 내 쪽으로 고개를 돌리고 어깨로 나를 툭 치며 묻는다. 혜정이의 어깨에 밀린 내 몸은 체했을 때 엄마가 손가락을 따줬을 때처럼 속이 편해지는 느낌을 받았다. 긴장과 외로움으로 경직돼 있던 내 몸에 이제서야 따뜻한 피가 도는 느낌이었다. 옆의 혜정이를 슬쩍 보니 천진난만한 눈빛으로 나를 올려다보고 있었다. 웃음을 참고 있는 듯한 느낌도 살짝 들지만 어쩐지 그 모습이 귀엽게 보여서 하마터면 웃음이 새어 나올 뻔했다.

"둘 다…"

"음… 그럼 하나는 그리 걱정하지 마."

"뭐?"

"성적 말이야. 말했잖아. 이번에 난이도가 높아서 평균 점수 다들 떨어졌다고. 나도 그렇고 민지도 그렇고…. 그리고 형식이 오빠랑 준기 오빠는 아주 난리 났어!"

"난리?"

"응, 몇 점이냐고 물어보니까 100점 밑에 나왔대…. 둘이 지금 초상집 분위기야. 뭐 정확히 형식이 오빠만 초상집 분위기긴 하지만 말이야. 하하하!"

내가 너무 과민반응을 했나 하는 생각이 들었다. 하지만 둘은 수능 공부를 시작한 지 얼마 되지 않은 사람들이고 나는 고등학교 3년 내내 모의고사를 봐 왔기에 형들보단 당연히 점수가 더 나와야 된다는 생각도 들었다.

"오빠들보다 네가 잘 봤다고 안심하란 말은 아닌 거 알지? 난 그냥 오빠들도 자신들이 목표로 잡은 점수보다 한참 못 나왔다는 거야. 너뿐만이 아니라, 나도 그렇고 민지도 그렇고 그러니까 너무 실망하지 말라고. 처음 본 모의고사고 앞으로 몇 번이 더 남았잖아. 충분히 올릴 수 있단 말이야."

혜정이는 내가 걱정하고 있는 걸 어떻게 정확하게 아는지, 그것이 신기했다. 나는 묵묵히 고개를 보일 듯 말 듯 끄덕였다.

"안 되겠다! 우리 스터디 서클 하나 만들어서 주말에 각자 부족한 과목 보충하자! 어때 괜찮지?"

털털하며 호탕한(?) 성격의 혜정이지만 이럴 땐 또 배려심이 많았다. 사람의 기분을 좋게 해 주는 해피 바이러스를 가지고 있는 게 분명했다. 늘 그랬다. 어떤 좋지 않은 일이 있으면 먼저 나서서 슬기롭게 정리를 해 주는 해결사 역할을 톡톡히 해내곤 했다.

"그럼 어디서 하지?"

"음… 뭐 각자 돌아가면서 집에서 해도 되고…. 아니다. 그냥 독서실에 가서 하는 게 좋겠다! 독서실 가면 휴게실 있잖아. 거기 모여서 하면 되지."

"그럼 되겠네…. 근데 혜정아, 혹시 담배 가지고 있어?"

나는 아까 뛰쳐나오면서 아무것도 가지고 나오질 않았었다. 담배가 피우고 싶었지만 그냥 참고만 있었다.

"나도 안 가져왔는데…. 음, 잠깐만 여기서 기다려. 내가 금방 가지고 올게!"

"아… 아니야, 괜찮아."

혜정이는 말이 끝나자마자 내 말도 듣지 않고 일어나서 엉덩이에 묻은 흙먼지를 털며 뛰어간다. 그 모습이 귀엽기도 하고 재밌기도 해서 나는 혼자 소리 내어 웃었다.

이제 일곱 시가 다 되어 가고 있었다. 저녁식사 전 종례 시간에 담임 선생님은 성적표를 나눠 주셨었다. 그리고 지금은 자율학습 시간이다. 쉬는 시간마다 학생들이 몰려들어 올라왔지만 내가 이곳에 있는 걸 눈치 챈 학생들은 없었다. 그리고 지금은 일곱 시다.

6월의 해는 길어져서 아직도 하늘은 환하게 밝았다. 발자국 소리가 들린다. 나는 소리가 들리는 쪽으로 고개를 돌렸다. 민철이였다. 민철이는 내 옆에 털썩 앉았다. 그리고 나에게 담배를 내민다. 나는 민철이가 주는 담배를 건네받았다. 우리는 말없이 담배 한 대를 거의 다 피웠다. 이상하게 말은 안 해도 분위기가 어색하거나 서먹하질 않았다. 그래, 민철이는 내 짝꿍이었다. 학창시절에도 그랬었다. 새 학기가 시작이 되면 언제나 제일 먼저 어색한 만남을 갖게 되는 짝꿍들, 그들과의 소통은 대개 침묵으로 시작이 된다. 그리고 그 침묵이 익숙해질 때쯤이면 어색함은 사라지고 말이 없어도 그저 편안한 관계가 되어 있었다.

절친한 친구 중엔 아직도 침묵이 어색한 사이가 있는 반면 짝꿍으로 함께였던 친구들은 지금도 말이 없이 편안함을 느낄 수 있어서 친구 이상의 뭔가 애틋한 감정이 느껴지곤 했었다. 졸업과 함께 이제 새로운 짝꿍은 만나지 않을 것이란 예상을 깨고 나는 또 이렇게 짝꿍과 만났고 침묵이 어색하지 않았으며, 애틋한 감정이 드는 것은 전과 다르지 않았다.

"미안하다."

민철이가 먼저 입을 열었다.

"아니야, 내가 때려서 미안하다."

눈물이 핑 돌았다.

"내가 맞을 짓 했지 뭐⋯. 그런데 오해만 하지 말아 주라⋯. 내가 그런 상황 이해 못 하고 그냥 너 놀려 먹으려고만 그런 건 아니라고⋯."

민철이는 말을 하며 나에게 모의고사 성적표를 건네준다. 그 성적표엔 김민철이라고 인쇄가 되어 있었다.

"봐 봐⋯."

민철이가 보라는 총점 란엔 '총점: 122'라고 인쇄가 되어 있었다. 나는 약간 놀랐다. 분명 나보다 잘 봤을 것이라고 생각이 들었는데 내 점수보다 3점이 낮았다.

"우선 나 우리 집에 가면 아버지한테 죽어⋯. 그런 생각으로 우울해 있었는데 니 점수가 보이는 거야⋯. 나보다 3점 잘 봤더라⋯. 근데 나는 네가 나보다 엄청 잘 볼 줄 알았거든. 그런데 나랑 성적이 비슷하니까 이상한 동지애도 생기고 아무튼 조금 기분이 풀리더라고. 그래서 내 성적 너한테 보여 주고 같이 파이팅이나 해볼까 하다⋯. 이놈의 장난기가 발동을 해서 그런 거야. 내 점수 바로 알려 주려고 했는데 그러기 전에 한 방 먹은 거지. 그런데 너 나가고 생각해 봤는데 두 대 안 맞은 게 다행 같더라고⋯. 지금 모의고사는 작년 고3 때 봤던 거랑은 다른 거잖아, 무게가⋯."

민철이 말대로 작년엔 그랬었다. 아직 낙방의 상처를 느껴 보지 못했던 때 모의고사 성적이 좀 못 나와도 성적표를 손에 쥐고 있는 고작 그 5분 동안만이 고뇌의 시간이었다. 나는 민철이가 가져온 담배를 하나 더 물고 불을 붙였다. 조금만 더 참았더라면 나는 민철이의 성적을 알았을 테고 그것이 때릴 정도의 화는 누그러트렸을 것이다. 고작 3점 차. 그것도 내 점수가 높아야지만 그 화가 진정이 된다고 생각을 하니 내 자신이 더욱 부끄럽게 느껴진다. 우리 모두 경쟁자라고 생각을 하니 조금 서글픈 생각도 들었다.

'저벅저벅.'

옆쪽에서 발자국 소리가 들린다. 나와 민철이는 함께 고개를 돌렸다. 준기 형이었다. 준기 형은 가방을 메고 있었다. 그리고 우리 앞에 섰다. 이상하게 말이 없었다. 그리고 가방에서 뭔가를 꺼내고 있었다. 표정엔 뭔가 비장함이 서려 있었다.

"이거 마셔라."

준기 형의 손엔 캔 맥주가 들려 있었다. 우리 앞에 캔 맥주 네 캔을 내려놓는다.

"이거 어디서 났대? 어! 형 눈이 왜 그래?"

민철이의 말에 나는 준기 형의 눈을 올려다봤다. 준기 형의 오른쪽 눈은 부어 있었다. 얼핏 봐도 이제 멍이 스멀스멀 올라오고 있는 모양새였다.

"이거? 아니다…. 마시고 내려와…."

준기 형은 왔던 길로 돌아간다. 우리는 준기 형을 말없이 바라봤다. 그때 걸어가던 준기 형은 고개를 옆으로 살짝 돌려 말을 했다.

"야! 맥주 흔들렸을 테니까 살살 따라."

준기 형의 말을 듣고 맥주 캔을 보니 아닌 게 아니라 다들 조금씩 찌그러져 있었다.

"뭐야 어디서 주워 왔나. 왜 이래 다들?"

준기 형은 들은 체도 안 하고 가던 길로 말없이 걸어갔다.

"그래도 고맙네…. 안 그래도 술 생각났는데."

이제 해는 지고 하늘은 어슴푸레한 빛을 띠고 있었다. 나와 민철이는 찌그러진 맥주를 마시며 많은 얘기를 나눴다. 고등학교 때 이야기, 각자의 친구들 이야기, 엄마 아빠 이야기, 술이 들어가니 더욱 속 깊은 이야기가 흘러나왔다. 늘 쾌활하고 낙천적인 민철이에게도 나름 고민이 있었고 어느 부분에선 나와 닮은 구석도 많이 있다는 걸 알았다. 우리 사이의 벽 하나가 허물어지는 느낌이었다.

처음으로 수업 땡땡이를 친 그날 우리는 완전한 화해를 했고 서로를 더 잘 알게 됐으며 각자의 비밀과 고민들을 서로 간직한 진짜 짝꿍이 되었다. 그리고 다음 날 준기 형의 오른쪽 눈의 멍은 파랗게 자리를 잡았다. 형식이 형의 이마에 난 혹과 왼쪽 눈에 든 멍을 보고 나와 민철이는 혹시 형들도 성적 문제로 치고받았나 하는 오해를 했지만 혜정이의 설명을 듣고 형들의 깊은 뜻에 우리는 숙연해질 수밖에 없었다. 내가 옥상에 있는 것을 알고 민철이가 사과를 하러 올라간 후 형식이 형이 우리에게 맥주를 사다 주고 싶다고 했고 마침 실기학원 때문에 조퇴를 하는 예체능과 학생들에게 부탁을 했다고 한다. 밖에 나가서 캔 맥주를 사서 뒤쪽 3층 창문으로 던지면 형식이 형이 잘 받아서 우리에게 전해주려 했다고 한다. 그러나 던진 학생은 체대를 준비하는 건장한 학생이었고, 첫 번째 투척 때 형식이 형은 왼쪽 눈을 맞았고, 두 번째 투척 때는 이마를 맞고 쓰러졌다고 한다. 그리고 투덜대며 준기 형이 받으려 했으나 역시나 오른쪽 눈을 맞고 비명을 몹시나 크게 질렀다고 한다.

그날 찌그러진 맥주의 사연은 눈물 없인 들을 수가 없었다. 그리고 왼쪽, 오른쪽 눈에 나란히 멍이 든 형식이 형과 준기 형에겐 데칼코마니란 별명이 붙게 되었다.

아침에 나오자마자 등줄기에 땀이 맺힌다. 장마가 지나고 7월이 되자 본격적인 무더위가 찾아왔다. 예전엔 7월이 오면 그저 즐겁기만 했었다. 덥긴 하지만 곧 있을 여름방학에 우리들은 무척이나 들떠 있는 시간이었다. 친구들과 바캉스 계획을 짜느라 매점 앞에 모인 우리들의 웃음은 끊이질 않았었다. 고2 때는 동해 바다에 갔었다.

청량리역에서 통일호를 타면 동해역까지 일곱 시간이 걸린다. 우리는 밤 12시 통일호 입석을 타고 떠났었다. 돈이 부족한 우리에겐 바캉스를 가는 것 자체가 사치이기에 좌석을 예매한다는 것은 있을 수 없는 일이었고, 돈의 여유가 있어서 좌석을 구하려 한다 해도 바캉스 기간의 열차 좌석들은 모조리 매진이 된 상황이었다. 그렇게 콩나물시루 같이 꽉 들어찬 열차를 타고 일곱 시간을 가면 바다를 볼 수 있었다. 밤에 타서 해가 뜨면 도착을 했다. 그래도 즐거웠고 지금 나는 그때로 돌아가고 싶었다. 땀이 볼을 타고 턱 밑으로 흘러 내려가고 있었다. 재수생인 나는 여름방학도 바캉스도 입 밖으로, 아니 머릿속에 떠올려도 뭔가 죄를 짓는 기분이 들었다. 지금이 그렇다. 며칠 전 건우에게 연락이 왔었다.

"야 우리 바캉스 가는데 같이 가자!"

신난 목소리의 건우는 철없는 소리를 하고 있었다. 나는 헛웃음이 나왔다.

"미쳤냐? 재수생이 무슨 바캉스야?"

"뭐 재수생이라고 며칠 쉬면 안 되냐? 그러다 과부하 걸리는 거야. 조금 쉬어야 공부가 더 잘 되지. 맨 책만 졸면서 들여다본다고 공부가 되냐? 우리 갔다 오자. 짧게 잡았어. 2박 3일로."

건우의 과부하가 걸린다는 말과 짧게 잡았다는 말에 약간 흔들렸다. 어지간히 덥긴 했다.

"됐어… 안 돼. 집에단 뭐라고 하냐?"

"독서실 간다고 하면 되지!"

나는 몽롱한 정신을 제 위치시킨다.

"아니야… 안 돼! 근데 어디로 가냐?"

"가지도 않을 걸 뭘 물어봐. 우리 고2 때 갔던 동해 갈 거야."

"누구 누구 가는데?"

"뭐 애들 거의 다 가지. 아, 명일이는 학교 애들하고 간다고 못간대."

"학교 애들?"

"응, 지 과 애들하고 어디 간다던데?"

"그래 다들 재밌게 사네…."

나는 푸념 섞인 말을 내뱉었다.

"아무튼 25일 토요일에 갈 거니까 마음 바뀌면 삐삐 쳐 봐!"

그리고 오늘은 25일이다. 나는 가방을 싸서 나왔다.

제2장

아침 햇살이 무척 따갑다. 나는 아직 찬 기운이 남아 있는 건물의 그늘을 옮겨 다니며 버스 정류장으로 가고 있었다. 골목 모퉁이를 지나 앞을 보니 익숙한 뒷모습이 눈에 들어왔다.

"혜정아!"

반가운 마음에 목소리가 조금 크게 나왔다. 주변에 지나가던 사람들이 돌아보는 혜정이를 바라본다. 흰색 라운드 티셔츠에 옅은 하늘색의 청바지를 입고 있는 혜정이를 보니 여름과 참 잘 어울린다는 생각이 들었다. 뭐 따지자면 안 어울리는 계절이 있을까 싶긴 했다.

"야, 토요일인데 가방에 든 게 뭐 그렇게 많냐?"

혜정이는 불룩한 내 가방을 보며 인사 대신 묻는다.

"아, 이거? 너한테 빌렸던 참고서랑 노트 다 가져왔지. 오늘 가져오라면서!"

나는 혜정이의 정리가 잘 된 참고서와 노트를 다 베끼고 가방에 몽땅 싸 가지고 나왔었다.

"내가 언제 가지고 오라고 했냐? 다 베꼈냐고 물어봤지, 앞집에 살면서 뭘 학원에서 돌려주려고 하냐? 무겁게…"

나는 갸우뚱하며 목소리가 작아진다.

"아닌데… 어제 분명 가지고 오라고 했는데…"

"학원 끝나고 집에 오면 달라고 했지! 으이구, 또 그런다…. 아무튼 나는 학원에서 달라고 한 적 없으니까 네가 오늘 우리 집까지 갖다줘야 된다!"

"알았어. 그럴게."

안 그래도 나는 챙기면서 내가 집까지 들어줘야겠다고 생각을 했었다. 그렇다면 나는 왜 이 무거운 걸 싸 가지고 왔는지 나도 이해가 가질 않았지만, 잘못 알아듣는 버릇이 하루이틀이 아니기에 그냥 아무 일 없듯이 웃으며 말을 했다.

우린 버스에서 내렸다. 학원까지 오는 사이 햇살은 더욱 뜨거워져 있었다.

"아, 진짜 덥다…"

혜정이는 한숨을 쉬며 말하고 따가운 햇살을 손등으로 가린다.

"쭈쭈바 먹을래?"

나는 이마에 송골송골 맺힌 땀방울을 닦으며 말했다.

"쭈쭈바? 오케이!"

우리는 길가 골목 옆에 있는 구멍가게로 향했다. 어차피 학원 가는 길에 있는 가게라 지각은 걱정하지 않아도 되었다. 우리는 가게 앞에 놓인 서리가 낀 아이스크림 냉장고를 보며 각자 먹고 싶은 걸 눈으로 고르고 있었다.

"난 이거 먹을래."

혜정이가 유리로 된 냉장고 문을 올리며 딸기맛 쭈쭈바를 고른다. 나도 같은 걸로 집었다.

"그거 줘 봐. 내가 계산하고 올게."

혜정이는 내가 쥐고 있던 쭈쭈바를 가져가며 말을 했다.

"아니야, 내가 사줄게."

"너 내 참고서 들어 주느라 고생하니까 내가 쏘는 거다. 훗훗."

혜정이는 나에게 웃어 보이며 가겟집으로 계산을 하러 들어간다. 나는 파란 하늘을 올려다본다. 정말 구름 한 점 없이 맑았다. 오늘 친구들은 바캉스를 간다고 했다. 무척 더운 날이다. 이런 날씨에 바다에 들어간다고 상상을 하니 정말 부러웠다. 그때였다. 옆 골목에서 낯익은 목소리가 들렸다.

"이러지 말라니까! 나 정말 화낸다."

"아니, 이 정도까지 했으면 받아줘야 되는 거 아니야?"

"정말! 뭘 받아줘? 너 현희는 어쩌라고? 난처하게 나한테 왜 이러는 거야?"

낯익은 여자의 목소리와 낯선 남자의 목소리가 섞여서 들리고 있었다. 내 몸이 골목 쪽으로 밀린다. 옆을 보니 어느새 계산을 마치고 나온 혜정이도 소리를 들었는지 귀를 기울이고 있던 나에게 바짝 붙어 있었다. 혜정이가 들고 있던 쭈쭈바가 내 팔에 닿는다. 시원했다. 나는 쭈쭈바를 달라고 손짓을 했고 혜정이는 쭈쭈바를 내 손에 쥐어 준다. 우린 쭈쭈바 봉지를 찢고 입으로 끄트머리를 물어뜯으며 골목 쪽으로 머리를 내밀었다. 낯익은 목소리의 주인공은 은주 누나였다. 은주 누나는 어떤 키가 큰 남자와 함께 있었다. 처음 본 남자였다. 남자는 키가 컸고 한눈에 봐도 잘생긴 얼굴이었다. 남자는 가방을 메고 있었다.

"어! 언니!"

갑자기 내 옆에 있던 혜정이가 은주 누나를 크게 불렀다. 은주 누나는 혜정이의 큰 목소리에 화들짝 놀라는 기색이었지만 우리인 줄 알고선 뭔가 안도를 하는 표정이었다.

"그래, 애들아!"

누나는 남자를 보고 뭐라고 말을 했지만 그 소린 들리지 않았다. 그리고 누난 남자를 남겨 두고서 우리 쪽으로 걸어 나왔다. 그 잘생긴 남자는 우리 쪽으로 오는 은주 누나의 뒷모습을 뚫어지게 바라봤다.

"언니, 저 남자 누구야?"

우리 셋은 학원 쪽으로 발길을 향했고, 그러자 혜정이는 은주 누나에게 바짝 붙으며 물어본다.

"응, 짜증나 죽겠어…."

"왜?"

"우선 다른 사람들한텐 말하지 않는다고 약속해!"

혜정이는 땀에 지쳐 걸어가던 나의 옆구리를 푹 찌른다. 나는 어느새 손가락을 내밀고 있던 은주 누나의 손에 내 새끼손가락을 걸고 흔들었다. 함께 손을 흔들던 누나는 입을 뗀다.

"아니, 뭐 그렇게 비밀은 아니긴 한데…. 어쨌든 나 모르게 이 얘기가 돌면 별로일 것 같아서 말이야…."

"아니, 그러니까 뭐냐고?"

혜정이가 누나를 보챈다.

"아니, 한 보름 전인가? 우리 반 현희 있잖아…."

현희는 은주 누나랑 짝꿍인 우리와 동갑내기 여학생이었다. 약간 새침한 구석이 있어서 우리완 별로 친하게 지내질 않았었다.

"응, 현희! 그런데 왜?"

"옆 반에 현희 친구들이 많잖아…. 걔 이쪽 고등학교 나왔거든."

"응, 알아. 휴게실 가면 아는 애들 많더라."

"그래서 얼마 전에 현희 따라서 옆 반 애들 술자리에 갔었는데 거기서 만난 앤데…."

"아, 그럼 옆 반 남학생이야?"

"응, 그런데 그날 내 삐삐 번호 물어보더라고. 그래서 그냥 같은 학원 학생이고 해서 가르쳐 줬지…."

"몇 살인데?"

"응, 너희보다 두 살 많아. 스물두 살…. 아무튼 그랬는데 그날부터 연락이 와서 주고받았는데 며칠 전부터 자꾸 사귀자고 난리다 아주…."

"정말? 언니 인기 장난 아니다! 형식이 오빠도 그렇고 벌써 고백을 몇 명이 하는 거야? 하하하!"

"내가 한 미모 하잖니! 호호호."

은주 누나도 혜정이의 말에 맞장구치며 함께 웃는다. 나는 형식이 형이 걱정이 돼서 웃음은커녕 아까 그 자식의 얼굴이 기생오라비처럼 재수 없게 생겼다는 생각이 불현듯 들 뿐이었다.

"그런데 그게 문제가 아니야, 글쎄…."

은주 누나는 갑자기 웃음을 멈추고 뭔가 중요한 일인 듯 목소리를 낮추며 말을 했다.

"그런데 현희가 그 애, 정호를 좋아한다는 거야…."

"정말?"

"응, 나도 나중에 안 거야. 그 기지배 먼저 말을 했으면 내가 걔한테 삐삐 번호를 알려줬겠어? 나만 이상한 사람 됐다니까."

"그런데 언닌 그걸 어떻게 알았어?"

"현희가 정호 좋아하는 거?"

그 남자 이름은 정호인 것 같았다.

"응!"

"옆 반에 현희 친구가 몰래 와서 얘기해 주더라고. 요즘 정호랑 연락하느냐면서…. 현희 얘기 듣기 전까진 그냥 가볍게 연락은 했었거든…. 사귀자고 하는 것도 처음엔 그냥 장난 정도지 심각했던 건 아니었어. 웃으면서 거절할 정도…. 딱 그 정도였어."

"언니는 지금 계속 싫다고 하는 거야?"

"응."

"현희 때문에?"

"아니, 꼭 현희 때문만은 아니고…. 내 스타일도 아니야."

"아니 싫다고 하면 알아먹어야지 그놈은 왜 자꾸 치근덕거리는 거야? 그렇게 잘났어?"

가만히 듣던 나의 입에서 거부 반응이 심하게 흘러나왔다. 다 같이 걸어가던 길이 조용해졌다. 나는 옆을 봤다. 나의 심한 거부 반응에 놀랐는지 혜정이와 은주 누나는 말없이 나를 빤히 바라보며 걷고 있었다.

"아니… 그렇잖아. 싫다고 하면 대번에 알아먹고 포기 해야지 자꾸 누나 귀찮게 하니까…."

나는 목소리를 애써 누그러뜨리며 말을 했다.

"그건 그래."

혜정이가 내 말을 거든다. 혜정이도 형식이 형이 생각났는지도 모르겠다.

"그럼 현희도 그 정호란 남자가 언니한테 대시한 거 알아?"

"아니, 잘 모르겠어. 괜히 미안해서 물어보지도 못하고 있었다니까…. 아무튼 내가 말하기 전에 애들한테 말하지 마. 형식이 알면 또 공부 못

한다. 이제 곧 있으면 100일인데…."

누나도 알게 모르게 형식이 형에게 신경을 써 준다는 걸 많이 느끼는 요즘이다. 좀처럼 오르지 않는 형식이 형의 성적을 위해 쉬는 시간이면 전 수업에 정리가 안 된 부분을 세세하게 체크도 해 주고, 현희 친구들과 함께 먹던 점심도 이젠 형식이 형과 먹으려 우리와 함께하고 있었다. 민철이와 나는 둘이 혹시 몰래 사귀고 있는 것 아닌가 하는 의심이 들기도 했지만 가끔 형식이 형에게 막 대하는 모습을 보며 아니라는 결론을 내렸었다. 그렇지만 은주 누나가 형식이 형을 친구 이상으로 생각하고 있다는 건 확실해 보였다.

어느덧 우리는 학원 앞에 서 있었고 늘 그렇듯 지하철 개찰구와 꼭 닮은 학원 입구로 들어서고 있었다.

달궈진 옥상의 시멘트 바닥의 열이 얼굴까지 올라오고 있었다.

3교시가 끝난 쉬는 시간 우리는 휴게실에 올라와 있었다. 주위 학생들의 얼굴을 보니 한 주간 볼 수 없었던 표정들로 가득했다. 물론 우리의 표정도 같을 것이다. 토요일의 마지막 쉬는 시간 아마도 이 시간이 이곳 학원생들에게 가장 설레는 시간인 건 당연한 것이었다. 7월의 찌는 듯한 더위도 그 설렘 앞에선 무용지물이었다.

"이야, 덥다. 이런 날 시원한 계곡에 가서 수박이나 쪼개 먹으면 정말 좋겠다!"

형식이 형은 이마에 맺힌 땀방울을 손바닥으로 닦으며 말을 했다.

"내 친구들은 오늘 바캉스 간다던데, 동해로… 휴우."

나는 담배 연기를 길게 내뱉으며 말했다.

"친구들은 다 대학생이냐?"

준기 형이 묻는다.

"응, 지방대이긴 한데 모두 붙긴 붙었어."

"좋겠네! 나는 바다를 본 게 언제인지 기억도 안 난다."

"준기 형은 왜? 밴드 할 때 친구들하고 놀러 많이 안 다녔어?"

민철이가 준기 형의 말에 되묻는다.

"놀러는 뭘, 매일 지하 연습실에서 합주만 했지…."

"그럼 답답하지 않았어?"

혜정이가 묻는다.

"아니, 전혀. 우리 밴드 멤버들하고 합주를 할 때는 몽롱해지는 기분이야. 꼭 마약을 하면 이런 느낌이 아닐까 하는 생각이 들 정도로… 보컬의 목소리, 드럼, 기타, 키보드 그리고 내 베이스의 소리에 묻혀서 다른 소리는 전혀 들리지 않거든. 남들이 들을 땐 정말 시끄러울지 몰라도 그 속에 있는 우리들은 반대로 고요한 느낌을 받을 때가 있어… 음 다섯 명이 한 줄에 올라가서 줄타기를 하는 느낌이랄까? 박자란 줄타기에서 한 명이라도 이탈을 하면 모두 떨어지는 거거든. 그래서 초집중을 하다 보면 어느새 아무 생각도 나지 않고 음악 하나만 남게 되는 거야. 그럼 바로 고요를 느끼게 되지…. 그럼 바다는 필요가 없어져. 하하하!"

준기 형의 마지막 웃음소리가 왠지 서글프게 느껴진다. 자신이 너무나 좋아하는 그 무엇을 내려놓는 심정이 어떨지 궁금했다. 여태껏 나에겐 그런 것이 없었다. 담배를 들고 있는 준기 형의 손가락에 굳은살이 오늘따라 유난히 아프게 보였다.

"고요는… 지금 내 뱃속이 고요하구먼. 야, 우리 한 판 하자. 빵 사기!"

형식이 형이 내기를 제안한다.

"빵은 무슨, 더워 죽겠구먼, 음료수로 하자!"

"난 아이스크림!"

"아… 그럼 500원으로 치고 각자 먹고 싶은 거 먹자. 그러니까 어… 여섯이니까 삼천 원 내기다."

형식이 형이 메뉴 정리를 한다. 우리는 둥그렇게 모여서 가위, 바위, 보를 낼 준비를 한다.

"가위… 바위… 보!"

"아…."

탄식이 흘러나온다. 형식이 형의 외로운 보자기가 가위와 바위의 싸움을 막아섰다.

"다시. 가위, 바위, 뽀!"

"와!"

환호와 탄식이 쏟아진다.

"오빠 삼천 원 내!"

"아, 씨… 또 보자기를 내가 왜 낸 거냐…."

형식이 형이 걸렸다. 다들 승리의 가위로 형식이 형을 찌르는 시늉을 하며 놀려 댄다.

"형 삼천 원!"

형식이 형은 뒷주머니에서 지갑을 꺼내 삼천 원을 민철이에게 건넨다.

"나는 에델바이스."

에델바이스는 형식이 형이 입에 달고 사는 빵이다.

"다른 사람들은?"

민철이의 눈이 우리를 차례로 훑고 지나간다.

"난 사이다!"

"난 부라보콘."

여기저기서 각자의 희망 메뉴가 튀어나온다.

"복잡하다… 다 같이 가자 매점으로!"

"그래!"

형식이 형을 제외한 모두가 합창을 하듯 대답을 하고 왁자지껄 매점으로 몰려간다.

"야, 난 에델바다!"

뒤에서 형식이 형의 목소리가 크게 들린다. 나는 형식이 형을 돌아보며 알았다고 말을 하려 했다. 그런데 낯익은 얼굴이 형식이 형 쪽으로 다가가는 게 보였다. 나는 옆에 함께 걷던 혜정이의 팔목을 잡았다. 혜정이는 내가 바라보고 있는 곳으로 시선을 돌린다.

"어! 아침에 그 남자네?"

"맞지?"

"응."

형식이 형 쪽으로 다가가는 남자는 은주 누나를 따라다닌다는 그 정호란 남자였다. 혜정이와 나는 매점으로 가던 발길을 멈추고 홀로 남은 형식이 형이 앉아 있는 화단으로 갔다.

"안녕하세요?"

정호란 남자가 형식이 형에게 인사를 하는 게 보인다. 멍하니 담배를 피우던 형식이 형은 살짝 놀라는 기색이다.

"아, 안녕하세요. 근데 누구…?"

형식이 형도 인사를 한다. 우리는 인사를 나누는 형식이 형 옆으로 왔고 정호란 사람의 얼굴을 자세하게 볼 수 있었다. 남자는 아침에 나와 혜정이를 봐서 안다는 듯 우리에겐 살짝 눈인사를 한다. 더욱 재수가 없었다.

"아, 저 옆 반에 김정호라고 합니다."

"박형식입니다."

정호란 남자가 내민 손을 맞잡으며 형식이 형은 이름을 말했다.

"그런데, 무슨 일로…."

"아, 예. 저, 은주 누나랑 친하시죠?"

은주 누나의 이름을 들은 형식이 형의 눈은 살짝 커졌다.

"예, 친한데요."

"다른 게 아니고요. 제가 은주 누나를 좋아하거든요…."

제3장

"미쳤냐?"

은주 누나가 어이없다는 표정으로 형식이 형을 바라보며 말을 했다.

"미치긴 뭘 미쳐…. 그냥 전해 달라는 건데…."

"그러니까 네가 왜 정호 심부름을 하냐고! 정호 꼬붕이야?"

"꼬붕은 무슨… 사정 사정하길래 부탁 들어주는 거지…. 너가 계속 안 받았다며…."

며칠 전 그날 형식이 형과 정호란 남자는 둘만 술을 함께 마셨다. 형식이 형 말로는 은주 누나와 친한 자신에게 고민을 들어달라고 정호가 부탁을 했고 자리를 함께한 둘은 많은 이야기를 주고받았다고 했다. 그리고 대화를 나누다 보니 정호가 꽤 괜찮은 사람이라고 느꼈다고 한다.

"뭔데? 풀어나 보자!"

민철이는 은주 누나가 팽개친 작은 선물 상자를 집어 들며 말을 했다. 점심시간, 우리들은 식탁으로 변한 책상에 둥그렇게 모여 앉아 있었다. 형식이 형과 은주 누나는 도시락을 다 먹었고 나와 몇몇은 아직 포크숟가락을 놓지 않고 있었다. 민철이는 반응이 없는 은주 누나가 암묵적인 동의를 한 것으로 간주를 했는지 정호가 형식이 형에게 전해 달라고 부탁을 한 작은 선물 상자를 풀기 시작했다. 모두의 시선이 그 작은 상자로 모여 들었다.

"딱 반지겠구먼 사이즈가…. 근데 반지면 너무 오버하는 거 아닌가?"

준기 형이 못마땅하단 표정으로 풀어지는 상자를 보며 말을 했다.

"반지?"

혜정이가 준기 형의 말에 눈을 동그랗게 뜨며 말을 한다. 나는 동그랑땡 하나를 집어 케첩에 찍어 먹으며 뜯어져 가는 선물을 무심히 바라보고 있었다.

"예쁘다."

민지의 말소리가 작게 들렸다. 귀걸이였다. 금색 귀걸이였다. 나는 옆에 앉은 민지의 귀를 슬쩍 봤다. 앙증맞은 귓불이 보인다. 나의 머릿속 민지에게 줄 선물 목록에 금색 귀걸이를 적어 넣는다.

"금이네."

"이거 금이야?"

남자들이 술렁인다. 혜정이가 귀걸이를 코앞으로 가져와서 본다.

"금이야. 14케이."

"14케이? 이야!"

"오올…."

혜정이의 감정 결과를 들은 모두는 이상한 소리들을 내며 은주 누나에게로 고개를 돌린다. 은주 누나는 우리의 행동이 어이없는 듯 헛웃음을 내뱉곤 한숨을 쉬며 빈 도시락 통을 정리를 한다. 민철이는 귀걸이를 케이스에 넣고 은주 누나 앞에 슬며시 놓아 둔다. 누나는 말없이 귀걸이 케이스를 들고 자리에서 일어나 뒷문으로 나갔다. 형식이 형은 은주 누나를 따라서 나갔다.

"휴우… 이제야 좀 숨을 쉬겠네."

민철이가 숨을 크게 들이 마시며 말을 했다.

"왜 저래, 저 양반."

준기 형은 아까부터 뭔가가 마음에 들지 않는다.

"몰라. 그 정호 형인가? 우리 보다 두 살 위라니까 준기 형하고 동갑이네. 아무튼 그 형 성격은 괜찮나 봐. 형식이 형이 그러더라. 착하다고."

"아니 착하면 다 되냐?"

우리도 준기 형과 같은 마음이었다. 그러기에 준기 형의 말에 다들 조용히 한숨만을 내쉴 뿐이었다.

"아니, 너네 볼 때 요즘 은주 누나도 형식이 형 좋아하는 것 같지 않았냐? 난 그렇게 보이던데."

"뭐 둘만 알겠지…. 근데 형이 제일 잘 알지 않아? 형식이 형이 우리한텐 말 안 해도 형한텐 말하잖아?"

"나한테도 별 얘기 안 해. 그 양반… 뭐 그냥 친구라고만 계속하고. 야, 그래도 이러는 건 오버 아니냐! 어떻게 얼마 전까지 좋아했던 여자한테 들러붙는 놈을 도와주고 있냐? 나 참, 어이가 없다. 정말… 무슨 생각인지, 쯧쯧."

준기 형은 답답했던 마음을 이제야 우리들에게 쏟아내고 있었다.

"이유가 있겠지…. 아니, 며칠 전에 오빠가 그러는 거야. 자기랑 은주 언니랑 어울리냐고."

혜정이가 뜸을 들이듯 말을 이어 간다. 모두 혜정이를 바라본다.

"그래서 어울린다고 하니까 거짓말 하지 말라면서 웃는 거야…."

"웃어?"

준기 형이 되묻는다.

"응, 그러면서 은주 누나의 좋은 점을 막 나열하듯이 말을 하는 거야.

눈이 이쁘지 않냐, 키도 크다, 옷도 잘 입는다, 집도 잘사는 것 같지 않냐 뭐 그런 얘기들을 계속 하는 거야. 그래서 갑자기 왜 그러냐고 물어봤지…"

"뭐래?"

"그냥 자기랑 안 어울리는 것 같다고… 그 말만 했어."

"느낌 온다."

준기 형이 말을 했다.

"뭔 느낌?"

"뭐긴 뭐야! 이 양반 또 드라마 찍고 앉아 있는 거지…. 정호인가? 걔가 은주 누나 좋아한다고 하니까, 지레짐작으로 그냥 포기하고, 둘을 연결시켜 주려는 거겠지…. 드라마처럼 양보라고 생각할 수도 있고."

"양보?"

"응, 뭐 정호 걔 멋있게 생겼다며 키도 크고."

"집도 잘산대…."

민철이가 정호의 프로필에 한 줄을 추가한다.

"그래? 아주 약점이 없어! 아무튼 딱 봐도 자기보다 나으니까 자신감도 없어지고, 술도 한잔 해 보니 걔 미운 구석도 없고 하니까 은주 누나를 양보해야겠단 요상한 생각을 한 거겠지 뭐! 사귀지도 않으면서."

양보를 한다고 한다. 자신이 좋아하는 그 누군가를 다른 이에게 양보를 한다고 한다. 준기 형은 있을 수 없는 일이라고 생각하는 듯하지만 나는 형식이 형의 마음이 조금은 이해가 됐다. 그러나 이해는 되지만 지금 형식이 형처럼 중간에서 다리를 놔 주려 하진 않을 것 같았다.

늦은 밤 드문드문 지나가는 차들의 소리가 정적을 깨우고 있었다. 혜정이와 나는 버스에서 내려 고단한 재수생의 하루를 마무리하려 집으로 향하고 있었다. 여름밤의 시원한 바람이 우리를 마중 나와 상쾌한 기분을 전해 주고 있었다.

"아! 시원하다. 저녁까지만 해도 더웠는데 말이야."

혜정이는 진갈색의 긴 머리를 뒤로 묶으며 말을 했다.

"응, 그러네."

"난 원래 여름을 제일 좋아했었는데, 이제는 봄이 더 좋아졌어."

"왜?"

"꽃구경을 할 수 있으니까. 꽃구경, 단풍구경 그런 거 어른들이나 좋아하는 건 줄 알았는데 막상 꽃 축제 가서 보니 정말 좋더라. 우리 내년에도 꼭 같이 가자! 벚꽃 축제."

혜정이는 봄이 지난 지 얼마 되지 않았는데 벌써부터 내년 봄을 기다리고 있었다. 하긴 올해 봄은 나에게도 잊히지 않는 봄이 될 것만 같았다. 학교란 울타리를 나와 처음으로 맞이한 봄, 하지만 대학에 떨어져서 마냥 우울하기만 할 것 같았던 그 봄을 우리는 참 즐겁게 보냈다. 아마도 올해 스무 살이 된 우리와 같은 새내기들은 모두 그렇게 느꼈을 것만 같았다. 파란 하늘은 더욱 파랗게 하얀 벚꽃은 더욱 하얗게 느껴졌던 그 봄은 너무도 선명하게 가슴에 새겨져 버렸다.

"난 봄도 좋고 지금도 좋다."

정말 그랬다. 그 봄에도 이 여름에도 민지와 혜정이가 있었기에….

"그래? 나도! 맥주 한 캔만 있으면, 하하하."

"그럴까? 우리 맥주 한 캔씩 먹고 들어갈까?"

"그래!"

맥주가 마시고 싶다는 혜정이의 말에 우리는 지나쳐 왔던 동네슈퍼로 발길을 돌려 맥주 두 캔을 샀다.

'치이익 딱!'

작은 공원에 맥주 캔 따는 소리가 울려퍼졌다.

"건배!"

혜정이는 어느새 물방울이 맺힌 보기만 해도 시원해지는 맥주 캔을 나에게 내밀었다. 우린 건배를 하고 시원한 맥주를 들이켰다.

"와, 시원하다."

"음, 좋다! 민철아, 지금 몇 시야?"

나는 주머니에서 삐삐를 꺼내 시간을 본다.

"응, 열한 시 반이네."

"벌써? 하루가 정말 짧네. 민철아, 이번엔 성적 좀 올랐지?"

얼마 전에 모의고사를 봤다. 혜정이가 알듯이 성적이 올랐다. 20점. 그래서 154점을 받았다.

"조금… 아직도 갈 길이 멀다."

나는 책가방에서 담배를 찾으며 말을 했다.

"이번에도 어려웠어. 이렇게 하다 보면 갑자기 쑥 올라 있을 테니까 너무 걱정하지 마."

시원한 바람이 분다. 이제 짙은 녹색으로 변한 플라타너스의 잎은 노란 가로등불 밑에서 잔잔히 움직이고 있었다.

"위이잉…. 위이잉."

삐삐 진동이 울리는 소리가 들린다.

"어, 민철이네."

혜정이의 삐삐였고, 민철이가 혜정이에게 호출을 보냈나 보다.

"음성인데…"

"뭔 일이래?"

"응, 애 요즘 여자 친구랑 사이가 안 좋대. 그 일 같은데?"

혜정인 민철이의 사정을 잘 아는 듯 말을 하고 있었다.

"그런 소리 없던데… 언제?"

"응, 어젯밤에 통화했었거든."

"밤에? 학원 끝나고?"

"응."

"집에서?"

"응! 왜?"

"아… 아니, 그냥."

꼬치꼬치 캐묻는 내가 웃긴지 혜정이는 내 얼굴을 빤히 바라보며 웃는다. 내가 왜 그랬을까? 왜 꼬치꼬치 캐물었을까…. 그리고 지금 느끼는 이 감정은 뭘까? 혜정이가 일어난다.

"어디 가?"

"음성 들어야지!"

혜정이가 답답한지 이상한 눈초리를 하며 나를 바라본다.

"어, 듣고 와! 난 여기 있을게."

"응, 알았어."

혜정이는 공원 끝자락에 있는 공중전화 부스로 걸어간다. 나는 걸어가는 혜정이의 뒷모습을 바라보고 있다. 갈증이 났다. 맥주 캔을 흔들어 본다. 아직 반절은 남아 있는 듯하다. 나는 그 맥주를 단숨에 들이켰다. 목이 따갑다. 그래도 그냥 다 목구멍으로 넘겨 버린다.

민지를 떠올려 본다. 민지는 여성스럽다. 착하고, 눈웃음이 예쁘다. 속눈썹은 엄청 길어서 한 번 눈을 감았다 뜨는 게 슬로 모션으로 보이는 듯할 때도 있다. 머릿결도 곱고 처음에 단발머리에서 제법 많이 길러서 이제는 혜정이보다 살짝 짧은 듯했다. 혜정이 머리는 진갈색이었다. 민지의 머릿결은 진한 검은색이었다. 혜정이는 긴 생머리의 진한 갈색이다. 지금처럼 어두운 밤에 노란 가로등불 밑에 있으면 더욱 진한 갈색으로 변한다. 그 모습을 어디서 본 적이 있는 것 같다. 맞다! 겨울이었다. 지난 겨울에도 노란 가로등 불 밑에서 더욱 진하게 변한 혜정이의 머리카락을 본 적이 있다. 어떻게 앞집에 나와 동갑내기가 살게 되었는지 정말 알다가도 모를 일이다.

혜정이의 삐삐가 울렸다. 음성이라고 했다. 음성을 남긴 사람은 다름 아닌 내 짝꿍인 김민철이다. 혜정이의 얘기를 들어 보니 민철이는 여자 친구와 사이가 안 좋다고 한다. 어젯밤엔 집에서 통화를 했다고 한다. 나는 집에서 혜정이와 밤늦게까지 통화를 해 본 적이 없었다.

"전화하라네…."

어느새 혜정인 민철이의 음성을 듣고 와서 내 앞에 서 있었다.

"전화하라고?"

"응."

"그럼 뭘 음성을 남기냐? 번호를 찍으면 되지! 바보 아냐?"

왜인지는 나도 모르겠지만 내 목소리는 예민해져 있었다.

"뭘 또 그럴 수도 있지, 바보까지 나와? 너도 그런 적 있어!"

"내가 언제?"

"얘 오늘 왜 이래? 나 참… 별것도 아닌 거 가지고."

혜정이가 어이없다는 듯 웃는다. 나는 혜정이의 웃음소리에 얼굴이 달아오르는 느낌이 들었다. 혜정이는 계속 내 앞에 서 있었다.

"뭐해? 안 앉고…."

나는 서 있는 혜정이를 보며 말을 했다.

"이제 들어가 봐야지."

"뭐야? 맥주도 다 안 마셨잖아!"

나는 집에 들어간다는 혜정이의 말에 혜정이가 벤치에 놔둔 맥주 캔을 흔들어 본다.

"이리 줘!"

혜정이는 내 손에 들린 맥주 캔을 채간다. 혜정이는 내 앞에 서서 남은 맥주를 마셨다. 다 마신 혜정이는 입을 한번 훔치더니 말을 잇는다.

"가자."

"아니, 시간도 별로 안 됐는데 왜 이렇게 가자고 그러냐…. 지가 먼저 맥주 마시자고 해 놓고."

"민철이가 전화해 달라고 하잖아!"

"아니, 내일 얘기하면 돼지 뭘 자꾸 전화하라고 난리야…. 그렇게 급한 것도 아닌 거 같구먼."

"하하하! 웃긴다 너! 지금 질투하냐?"

"지… 질투는 무슨, 나 참, 그냥 맥주 더 마시고 싶어서 그랬지. 그래, 가자."

나는 혜정이가 말한 질투란 말이 아까 부터 내가 느끼던 그 이상한 기분의 원인일 수도 있다는 생각이 들며 황급히 자리에서 일어났다.

"가자."

"그래."

찻길 건너편에 혜정이네와 우리 집이 있는 작은 골목길의 입구가 보인다. 신호등이 켜지면 우리는 걸어갈 것이고 곧 각자의 집으로 들어갈 것이다. 나는 담배를 꺼내 불을 붙였다. 그래, 혜정이는 누가 보아도 한눈에 반할 여자이다. 성격은 털털하지만 배려심이 강하고 무엇보다 마음이 따뜻한 여자이다. 지금 나와 앞집에 살기에 나 같은 놈을 상대해 줄 뿐이지 다른 곳에서 만났더라면 다른 여자들이 언제나 그랬듯 나를 투명인간 대하듯 했을 것이다. 민철이는 엉뚱하고 가끔 덜 떨어진 행동을 하긴 하지만 어쨌든 남자답게 의리도 지킬 줄 알고 여자들에겐 매너 있게 행동하는… 인정하긴 싫지만 잘생긴, 더욱 인정하긴 싫지만 멋진 놈이었다.

"잘 들어가."

혜정이의 목소리가 들린다. 어느덧 우리는 각자의 집 앞에 서 있었다.

"응… 들어가."

혜정이는 손을 흔들며 자기 집 철문을 밀고 들어간다.

'철컹.'

대문이 닫히는 소리가 들린다.

오늘따라 이상하게 혼란스러운 기분이다. 왜 이러지… 내가 왜… 내가 눈치를 못 챈 건지 아님 인정하기 싫어서 그런 건지는 모르지만 혜정이와 민철이는 꽤 잘 어울렸다. 나는 담배를 다시 물었다. 그리고 한참을 혜정이가 들어간 대문을 바라보았다. 이성 간의 질투라곤 생각이 안 든다. 혜정이는 내가 좋아하는 유일한 이성 친구이다. 맞다. 동성 친구들끼리도 내가 아닌 다른 친구와 어디를 가면 기분이 별로였다. 그것이다. 그뿐이다. 혜정이는 내가 좋아하는 친구일 뿐이니까.

제4장

"여기서 y의 값은 x의 소수들이 되겠지? 그럼 y값의…"

칠판에 이집트 상형 문자라 해도 무방할 것 같은 수학의 기호들이 선생님의 마법과 합쳐져서 미지수들의 행방을 찾고 있었다. 나는 수학을 포기했다. 고1 여름방학이 지날 때쯤 수학이란 과목을 떠나보냈다. 믿기진 않지만 중학생 때까지만 해도 수학과 꽤 친했었다. 80점 밑으로 받아본 기억이 없을 정도니까…. 그러나 고교 수학은 아무리 친해지려 노력을 해도 나와는 친해지질 않았다. 다시 친해지려 수학의 정석을 매번 다시 펴 보지만 언제나 그놈의 방정식만 보다가 다시 멀어지길 반복했을 뿐이다. 그러나 요즘 들어서 혜정이의 맞춤형 쪽집게 수학 과외를 받은 후부터는 막연한 두려움의 존재였던 수학이 조금씩 나에게 손을 내밀고 함께 가자고 했다.

"욕심낼 것 없어. 한 세네 문제만 풀고 나머진 하던 대로 찍어도 지금 받는 점수보다 한 15점은 오를걸?"

수리 원은 거의 다 찍는다고 솔직하게 혜정이에게 말을 했을 때 혜정이가 한 말이다. 그리고 혜정이는 내가 세네 문제를 풀 수 있도록 쉬는 시간마다 맞춤형 과외를 해 주고 있었다. 그런 혜정이가 정말 고마웠다. 그리고 이제 선생님의 설명이 조금씩 눈에 보이고 귀에 들리기 시작하면서 혜정이가 정말 대단하게 느껴지고 있었다.

"우당탕탕!"

그때였다. 옆에서 요란스러운 소리가 들렸다. 옆을 보니 언젠가 한번은 일어날 것만 같았던 사달이 나 있었다. 아까부터 숙면을 취하고 있던 민철이가 몸이 옆으로 쏠렸는지 책상과 함께 창가 쪽으로 나뒹굴러져 있었다.

"거기 뭐냐?"

모진 세상 풍파를 다 겪으신 것 같은 나이 지긋한 선생님은 물끄러미 이쪽을 바라보며 그리 놀라지도 않은 어투로 말을 했다.

"하하하."

"뭐야, 하하하."

요란스러운 소리의 정체를 파악한 학생들은 아직 침대 생각이 나는 0교시의 피로를 떨쳐버리며 박장대소를 해댄다.

"일어나지도 않네, 아주 막 가는구먼…"

뒤에서 형식이 형의 말소리가 주변의 웃음소리에 묻혀서 작게 들려왔다. 민철인 천정을 보며 발라당 누워 있었다. 팔은 넘어지던 상황 그대로 올린 것이 만세를 외치고 있는 모습이다. 그러나 바로 일어날 것만 같았던 민철이는 미동도 하지 않은 채 아직 잠에서 깨어나지 않고 있었다. 잠에게서 민철이를 구하려 다가갔을 때 나는 봤다. 민철이의 감은 눈에서 흘러나온 눈물을…. 그리고 누워 있던 민철인 소리를 질렀다.

"으아아아아악!"

"거기 뭔데?"

교탁 앞에서 수습이 되리라 믿고 기다리던 선생님의 인내심이 한계에 다다랐고 목소리엔 분노가 묻어 나오고 있었다.

'딩딩딩딩.'

0교시를 마치는 종소리가 때마침 울렸고 이쪽을 바라보던 선생님은 고개를 몇 번 저으시곤 앞문으로 나갔다.

막바지 여름이라곤 믿기지 않을 만큼 태양의 열기는 여전히 강렬했다. 후덥지근한 열기는 모두의 이마에 땀을 송글송글 맺히게 하고 있었다. 우리는 매점의 작은 그늘에 옹기종기 모여 있었다. 그리고 저만치 떨어진 곳에는 혜정이와 은주 누나, 그리고 형식이 형이 민철이를 둘러싸고 이야기를 하고 있었다. 어떤 말을 하는지는 들리지 않지만 민철이의 푹 숙인 고개를 보니 안타까운 마음이 전해지고 있었다.

"헤어진 거야?"

준기 형이 물어온다.

"나도 자세히는 모르겠어. 뭐 며칠 전부터 사이가 안 좋단 얘긴 듣긴 했는데…."

"민철이가 그래?"

민지가 동그란 눈을 더욱 크게 뜨며 묻는다.

"아니, 민철이한테 들은 게 아니고 혜정이한테 들었어, 혜정이는 알고 있었을 거야."

"아! 그래서 아까 혜정이는 안 웃었구나…. 민철이 넘어갔을 때 다들 뒤돌아보고 웃고 난리 났는데, 혜정이만 안쓰럽게 보더라. 참 그랬구면 민철이 어떡하냐?"

맨 뒷자리에 앉은 준기 형에게 뒤를 돌아본 반 학생의 얼굴 중 웃고 있지 않았던 혜정이가 보였나 보다.

"대학생이랬지?"

"응."

준기 형의 물음에 민지가 대답을 한다.

"뭐 뻔하네, 가짜 대학생인 게 걸린 게지."

"그런가?"

나는 준기 형의 말을 들으며 담배에 불을 붙이며 민철이 쪽으로 고개를 돌렸다. 민철이의 양쪽으로 은주 누나와 혜정이가 앉아 있었고 형식이 형은 그 앞에 서서 민철이를 내려다보고 있었다. 민철이의 손은 힘없이 무릎에 올려져 있었고 그 손을 혜정이의 손이 감싸고 있었다. 나는 민지를 보았다. 민지도 민철이 쪽을 걱정스러운 눈빛으로 바라보고 있었다.

"우리도 가 보자."

"형식이 형이 여기 있어 보랬는데?"

"이제 됐어, 궁금해 죽겠다! 가자."

준기 형이 도저히 못 참겠는지 민철이 쪽으로 앞장서서 걸어간다. 나와 민지도 준기 형을 뒤따라갔다.

"푸하하하! 이 새끼 웃는 것 봐!"

그때였다. 형식이 형의 웃음소리가 들렸다. 준기 형의 어깨 너머로 보니 민철이가 고개를 숙인 채 어깨를 들썩거리며 입을 막고 웃고 있었다.

"뭐야? 왜 웃고 난리야! 장난친 거야?"

준기 형은 벙찐 표정을 하고 사람들에게 묻는다.

"하하하! 아니야, 아, 웃겨서 민철이 새끼…."

형식이 형은 웃음을 참아 가며 겨우 말을 잇는다.

"아니 그게 아니라, 민철아 말해도 되지?"

은주 누나가 우리에게 말을 하려다 민철이에게 양해를 구한다.

"말해. 뭐 어차피 다 알게 될 걸…. 그리고 별일도 아니잖아…. 아니다,

그냥 내가 말할게. 나 차였다!"

예상한 부분이고 그렇게 놀랍지도 않았다.

"알아, 인마! 우리도 눈치가 있지…. 왜? 가짜 대학생인거 걸렸냐?"

준기 형이 묻는다.

"아니, 그건 진작에 걸렸지…. 맨날 늦게 들어오니까. 술 먹었다고 하는 것도 하루 이틀이지 바로 눈치 채더라고. 그래도 성현이는 괜찮다고 했었거든. 그래서 나는 걔가 다니는 대학교에 꼭 붙겠다고 약속도 했지! 같은 과에! 그래서 꼭 씨씨가 되자고!"

"걔 유아교육과라고 하지 않았냐?"

"응!"

"걔가 그래서 헤어지자고 한 것 같은데 정신이 이상하다고! 하하하."

"하하하."

다들 웃었고 민철이의 표정도 한결 밝아져 있었다.

"차인 이유가 그건 아니고. 바람났어, 동아리 선배랑…"

민철이의 뜻밖의 말에 우리의 얼굴에 있던 웃음기는 싹 가셔 버렸다.

"아, 그랬구나…. 미안하다, 민철아."

준기 형이 장난 삼아 말을 했던 게 미안한 듯 긴 머리를 긁적이며 멋쩍은 사과를 한다.

"형 아니야. 이제 괜찮아. 은주 누나가 더 이쁘고 착한 여자애 소개시켜 주기로 했어!"

"야, 애 되게 웃긴 게 은주가 다른 애 소개시켜 준다고 하자마자 씩 웃는 거 있지. 아주 언제 그랬냐야, 나 참!"

형식이 형은 이제 좀 진정이 된 민철이를 다행인 듯 바라보며 말을 했다.

한낮의 뜨거웠던 열기가 무색할 정도로 시원한 바람이 불고 있었다. 여섯 시다. 아직 해는 저물지 않았지만 이곳 복도 끝의 옆 건물과 마주 보고 있는 창엔 건물의 서늘한 그늘이 드리워져 있었다. 그리고 그 건물 사이로 시원한 바람이 불어오고 있었다. 우리는 창문 아래로 고개를 내민다. 여름 막바지의 바람은 이제 열기가 한풀 꺾인 가을바람으로 변해가고 있는 듯 보였다. 그렇다. 이제 곧 가을이다. 우린 여름과 가을 사이에 있었다. 그리고 건물과 건물 사이에 있었으며, 우리는 수능이 오길 두렵게 기다리고 있었고 지금은 필통이 오길 간절히 기다리고 있었다.

"저기 온다."

혜정이가 손가락으로 건물 아래 모퉁이로 돌아 들어오는 어떤 남자를 가리킨다. 그 남자는 알록달록한 천으로 된 필통을 쥐고 있었다. 혜정이의 필통이었다. 혜정이는 그 남자에게 손을 흔든다. 건물 아래에 있던 남자는 우리가 있는 학원 건물 3층의 창을 바라보곤 씩 웃는다.

"여기!"

그 남자는 우리 반의 체대를 준비 중인 남학생이었다. 우리는 고등학교 때 가끔 하던 땡땡이를 준비 중이었다.

방법은 이랬다. 우선 언제나 6시가 되면 실기 준비를 하기 위해 조퇴를 하는 예체능 쪽 학생을 섭외한다. 그들에겐 이 학원을 자유롭게 나갈 수 있는 조퇴증이 있기 때문이다. 조퇴증이 없으면 이 학원에선 그 누구도 일과가 끝나기 전에 밖으로 나갈 수가 없었다. 그리고 학생이 섭외가 되면 그 학생에게 떨어져도 별 상관이 없는 천으로 덮인 스펀지 필통을 준다. 그리고 그 학생은 조퇴증으로 조퇴를 한 후 학원 뒤로 가서 스펀지 필통에 조퇴증을 넣은 후 우리가 있는 3층 창문으로 그것을 던진다. 받은 우리는 다시 그 조퇴증을 사용하여 나간 후 다시 밖에서 3층 창문으로 조퇴증을 던져 준다.

이렇게 사람 수만큼 돌고 나면 우리는 모두 학원 밖으로 탈출을 할 수 있게 되는 것이었다. 혜정이의 아이디어였고 우리는 박수를 쳤다. 그리고 지금 이 프로젝트에서 가장 중요한 조력자인 체대 준비생은 우리에게 그 필통을 투척하려 하고 있다. 우리의 구세주는 있는 힘껏 우리 쪽으로 필통을 던졌다.

"앗싸!"

역시 체대 준비생이었다. '3층 창문에 필통 던지기'란 실기 시험이 있었다면 아마도 저 학생은 만점이었을 것이다. 아쉽게도 그런 과목은 없지만 난 저 학생이 실기에서 만점을 받길 마음속으로 기원했다.

"누가 먼저 나갈 거야?"

민철이가 정확하게 필통을 받아들고 말을 한다.

"아무래도 남자가 먼저 나가서 던져 주는 게 낫지. 쟤 저기서 저렇게 계속 던질 순 없을 것 아니야?"

"맞네. 오! 준기 형!"

준기 형의 말대로 남자가 먼저 나가는 게 나을 것이다. 그래야 체대 준비생이 실기학원에 지각하는 일이 없을 것이기 때문이다.

"그래도 형은 아닌 것 같은데…."

민철이가 나갈 채비를 하는 준기 형의 팔목을 들어 보며 말을 한다. 준기 형은 베이시스트 출신의 뮤지션을 꿈꿨던 사람이다. 긴 생머리의 소유자였으며 가냘파 보이기까지 하는 얇디얇은 팔의 소유자였다. 운동이라곤 담이 아닌 만리장성을 쌓고 산 것같이 근육이라곤 전무후무하게 퇴화된 상태였다.

"야, 맞다. 꼭 개구리 앞다리 같네! 호호호."

은주 누나가 쥐면 부러질 것 같은 준기 형의 팔목을 보며 말을 한다.

"형! 제일 마지막으로 나와. 망도 봐야 되니까…. 귀는 밝을 것 아니야, 뮤지션이니까."

다들 민철의 말에 웃음을 참는 건지 이상한 소리를 내며 다른 곳을 바라본다.

"나 참, 알았어! 빨리 나가기나 해."

준기 형 본인도 웃긴지 웃음을 참으며 말을 한다.

"그럼 내가 먼저 나가서 던져 줄게."

민철이가 책가방을 둘러매며 말을 했다.

"그래, 알았어. 빨리 먼저 가…. 으, 신난다! 큭큭."

혜정이는 이 생경한 상황이 정말 재미있는지 아까부터 입이 귀에 걸려 있었다. 아침에 벌어진 민철이의 실연 사건은 우리에게도 적지 않은 충격이었다. 다들 지금은 웃고 있는 민철이에게 더는 위로를 하지 않았다. 민철이의 웃음이 자연스럽지 않다는 것을 다들 느꼈기 때문일 것이다. 그냥 민철이를 재밌게 해 주려 각자의 스타일에 맞게 노력들을 하고 있었다. 은주 누나는 새로운 여자 친구 소개, 형식이 형은 간지럼 태우기. 무척 본능적이지만 효과는 확실했다. 준기 형은 즐거워지는 노래 선곡, 나는 민철이가 좋아하는 보름달 크림빵을 사다 줬다. 입맛이 없는지 남긴 반은 내가 먹었다.

그러다 혜정이가 땡땡이를 쳐 보자고 했다. 이런 날은 술을 마셔야 한다면서…. 우리는 모두 동의를 했다. 그리고 지금 날아오는 필통을 잡으려 시원한 창가에 모여 있다.

"오케이!"

준기 형이 얇은 팔로 필통을 잘도 잡아냈다.

"이제 누구 차롄가?"

주위를 보니 나와 혜정이, 은주 누나밖에 없었다.

"잠깐 형식이 형 어디 갔나?"

준기 형의 말에 창문 밑을 봤다. 건물 아래엔 민철이와 민지가 위를 올려다보고 있었다.

"몰라, 아까 잠깐 어디 갔다 온다고 기다리랬어…"

은주 누나는 왠지 언짢은 듯 말을 했다.

"그래? 뭔 이런 긴박한 상황에 마실을 다녀? 나 참…. 야, 그럼 혜정이가 나가면 되겠다."

"그래!"

혜정이는 천진난만한 표정을 지으며 그 필통을 받았다. 마치 지금 자신의 차례가 아니라고 했다면 아이처럼 울 것만 같았다.

"나 간다!"

혜정이가 필통을 들고 돌아섰을 때 거기엔 어느새 형식이 형이 와 있었다.

"어, 오빠!"

그리고 그 뒤엔 낯익은 얼굴이 보였다.

"또 뭐야…"

은주 누나의 신경질적인 말소리가 들렸다. 형식이 형 뒤엔 요즘 은주 누나를 따라다니고 있는 그 정호란 남학생이 서 있었다. 정호는 나와 준기 형 그리고 혜정이에게 가벼운 눈인사를 한다.

"아니, 같이 술 한잔 하자고 했지…. 다들 잘 알잖아."

형식이 형의 목소리는 어색한 분위기 속에 더욱 작게 들렸다.

"아, 몰라!"

은주 누나는 혜정이가 들고 있던 필통을 뺏어 들고 먼저 나가 버린다.

"괜찮아. 가서 술 한잔 하면서 대화하다 보면 괜찮아질 거야!"

형식이 형은 난처한 표정을 짓는 정호에게 말을 건넨다.

"네, 형…. 그런데 정말 같이 가도 될까요?"

정호는 형식이 형한테 말하고 있지만 눈은 준기 형과 나, 혜정이를 번갈아 가며 본다. 꼭 우리에게 양해를 구하듯이….

"뭐 어때 그냥 같이 가!"

몇 번 봐서 서로 말을 놓기로 한 준기 형이 정호에게 괜찮다는 듯 말을 한다. 이 정호란 사람은 요즘 부쩍 핼쑥해진 얼굴을 하고 다닌다. 은주 누나가 정말 좋긴 한가 보다. 그사이 날아온 필통을 받은 준기 형은 그 필통을 형식이 형에게 건네줬고 형식이 형은 정호에게 건넨다. 그리고 정호는 필통을 쥐고 은주 누나가 있는 바깥으로 먼저 나가고 있었다.

제5장

대학로의 시끌벅적한 소주방에 우리는 자리를 잡고 앉았다. 학원 근처에서 먹자는 의견도 있었지만 땡땡이를 겨우 성공했는데 매일 왔다갔다하는 곳에서는 먹지 말자는 의견이 우세했다.

"사람들이 많으니까 메뉴도 다양하구먼, 민지는 어떤 거 마신댔지?"

"난 레몬소주 마실래."

준기 형이 민지에게 노란 빛깔을 띤 레몬소주를 따라준다. 테이블엔 소주, 레몬소주, 피처 다양한 술들이 놓여 있었다. 다들 각자 취향에 맞는 잔을 들고 있었지만 남자들은 모두 소주, 여자들은 레몬소주 아니면 맥주잔을 들고 있었다.

다른 때 같았으면 요란스럽게 떠들어 댔을 우리들이었지만 오늘의 분위기는 차분하게 가라앉아 있었다. 아무리 민철이의 실연 때문에 모인자리라 하여도 그것 때문만은 아니었다. 은주 누나는 말없이 술잔을 바라보고 있었다. 맞은편의 형식이 형과 그 옆에 앉은 정호를 무지 불편하게 느끼는 듯 보였다. 오는 내내 혜정인 이해가 가질 않는다며 나와 민지에게 투덜거렸다. 물론 형식이 형과 정호 형이 들리지 않게 작은 목소리로 말을 했다.

"뭐 축하할 일은 아니지만 그래도 민철이 힘내라고 우리 모두 짠 한 번

하자!"

어색한 분위기를 깨고 형식이 형은 잔을 들며 말을 했다. 우리는 각자의 잔을 들어 모았다.

"민철아 힘내라!"

우리는 건배를 하고 각자의 잔에 담긴 술을 비운다.

"뭐 지금은 많이 괜찮아졌으니까 너무 신경들 쓰지 마⋯. 아, 차라리 홀가분하다!"

민철이는 소주잔을 탁자에 내려놓으며 말을 했다.

"그래, 내년에 대학 가면 더 예쁘고 착한 애들 많을 거야. 소주 마시고 홀홀 털고 공부나 해라."

"아니야, 은주 누나가 소개팅 시켜준다고 했어. 흐흐흐."

민철이는 준기 형에게 대답을 하며 은주 누나를 바라본다. 은주 누나는 말을 할 기분이 아닌지 말없이 고개만 끄덕인다.

"거언배!"

준기 형의 혀는 술기운에 약간 마비가 왔는지 발음이 부정확했다. 우리는 오랜만에 함께한 술자리가 반가워 꽤 많이들 마셔 댔다. 비어 가는 술병이 늘어날수록 아까의 그 어색함은 조금씩 사라져가고 있었다.

"그런데, 뭐 이런 말 내가 물어도 되는지 모르겠는데 민철 씨 잘생기고 재밌고 멋진데 여자 친구분이 왜 그랬을까⋯. 이해가 안 되네요."

정호 형은 다시 술잔을 들려는 민철이를 보며 조심스럽게 묻는다.

"아, 형 말 편하게 하세요."

"아니요, 편해지면 그때 놓을게요."

민철은 조심스러운 위로를 해주는 정호 형을 바라보며 말을 잇는다.

"여자 친구, 성현이요. 제가 그 동아리 들어갈 때부터 감이 안 좋더니만…. 영어 회화 동아리였는데, 뭐 회화는 개뿔 매일 술자리만 하고 오는 거예요. 그것 때문에 몇 번 심하게 다투기도 하고… 아무튼 그러다 동아리 선배랑 사귄다고 하더라고요…."

민철이의 목소리만 듣자면 너무나 담담해서 마치 남의 얘기를 들려주는 듯했다. 민철이는 남은 잔을 입에 털어 넣는다. 그런 민철이를 보면서 정호 형은 소주병을 들고 민철이의 빈 잔을 채워 준다.

"그래도 착했는데…"

민철이가 들릴 듯 말 듯 나지막히 속삭인다.

"아… 참 뭐라고 말을 해드려야 할지 모르겠네요. 힘내요, 민철 씨. 인기 많을 것 같은데 더 좋은 분 만날 거예요."

정호 형은 민철이 쪽으로 자신의 잔을 들어 소리가 나지 않을 정도로 잔을 부딪친다. 둘은 함께 쓴 소주를 입속으로 털어 넣는다.

"사실 저도 민철 씨랑 비슷한 상황을 겪어 봐서 잘 알아요. 지금 민철 씨 기분."

정호 형은 빈 잔을 내려놓으며 말을 했다.

"아, 형 여자 친구도 양다리였어요?"

자신이 말한 양다리란 단어가 심하다고 생각을 했는지 민철은 머쓱한 표정을 짓는다.

"뭐 양다리라고 볼 수 있죠. 하하!"

정호 형은 민철이 무안하지 않게 더 호탕하게 웃는 듯 보였다. 그리고 웃고 있는 정호 형의 얼굴을 은주 누나는 고개를 들어 바라보다 나와 눈이 마주치자 다시 술잔으로 고개를 돌렸다.

"음, 다들 연애는 언제들 하는 거야?"

준기 형은 연애 경험담을 가지고 있다는 것이 신기한 듯 민철과 정호 형을 번갈아 보며 말을 했다.

"야, 너도 연애해 봤잖아! 기타 부여잡고 나뒹굴었다며, 하하하."

형식이 형은 준기 형이 했던 말이 떠올랐는지 기타를 껴안는 포즈를 취하며 놀려 댔다.

"맞지…. 지금도 잊을 수 없어."

준기 형은 진지하게 말을 한다. 우리는 그게 더 웃겨서 모두 박장대소를 한다.

"준기 기타 쳤었어?"

정호 형은 기타란 소리가 무척이나 반가운 것처럼 준기 형에게 묻는다.

"응, 쳤었지… 베이스. 밴드 했었어."

준기 형은 긴 머리의 이유가 그것이라는 듯 머리를 살짝 흔든다. 그것을 본 우리는 웃음을 참느라 힘들었다.

"우와! 진짜 멋있다. 역시 준기 뭔가 있을 줄 알았다니까! 우리 반에서도 너 유명해. 뭔지 모르지만 록커처럼 다닌다고."

"뭘 또 또라이 한 명 돌아다닌다고 놀려 댄 거 아니야?"

형식이 형은 아련한 눈빛으로 천장을 보고 있는 준기 형이 웃긴지 한소리를 했고, 준기 형은 빈 소주병을 들고 기타 코드를 잡는 시늉을 하며 현란한 반격을 한다.

"나도 록 음악 좋아하는데, 요즘 엑스 재팬 좋더라고."

"여! 정호 록 좀 들을 줄 아는데!"

"하하, 그런 거야?"

"응, 우리도 엑스 재팬 거 연주 많이 했었어."

"우와 진짜? 그럼 '엔드레스 레인'도 했었어?"

"그건 기본이지. 엑스 재팬에서 그 노래를 빼면 되나."

"와, 진짜?"

"응 '엔드레스 레인', '쿠레나이' 뭐 그렇게 연주 많이 했지."

"쿠레나이도?"

"응."

"우와, 정말 한번 듣고 싶다! 너희 밴드 이제 공연 안 해? 하면 가 보고 싶네."

공연 소리를 들은 준기 형의 표정은 살짝 바뀌었다. 바뀐 표정엔 포기한 꿈에 대한 그리움이 묻어 나오는 듯 보였다.

"왜? 아, 수능 때까진 못하겠구나!"

내막을 모르는 정호 형은 준기 형의 표정을 읽을 수 없었다.

"뭐 비슷한 거야! 아주 나중에 한번 들려 줄 수 있었으면 나도 좋겠다. 하하!"

준기 형은 씁쓸한 미소를 지으며 빈 잔을 채워 달라는 듯 내 쪽으로 잔을 내민다. 나는 준기 형의 빈 잔에 소주를 가득 채워 줬다.

"꾹꾹도 눌러 담네. 자식!"

나는 준기 형의 말에 대답 대신 내 빈 잔을 형에게 내민다. 준기 형은 내 잔에도 술을 꾹꾹 눌러 담아 준다. 그렇게 술잔은 서로 오갔고 민철이의 이별도 준기 형의 기타도 정호 형의 애절한 구애도 모두 안주가 되어 뒤섞이고 있었다.

정호 형과 대화를 나눌수록 형식이 형이 왜 그랬는지 이해가 갔다. 정호 형은 누가 봐도 호감이 가는 스타일이었다. 우선 처음엔 낯설지만 왠지 사람을 편안하게 해 주는 성격이었다. 그리고 어떤 누구의 이야기든 경청을 해 주고 있다는 느낌을 받게 했다. 누군가가 내 이야기를 세심하게 들어준다는 건 그건 마치 나를 안아 주고 있는 것만 같은 포근함을 느끼게 해 준다. 그리고 조용히 이야기를 듣다가 상대방을 기분 좋게 해 주는 말을 한다. 그런데 그것이 전혀 가식적이게 보이지 않는다는 게 중요했다. 진심에서 우러나오는 진실된 반응을 보여 주는 것이 눈빛에서도 드러나 보이기 때문이었다. 여러 모로 정호란 사람에 대해서 자세하게 알게 된 날이었다.

은주 누나는 그런 정호 형을 차갑게 대하는 듯했지만 아예 정호 형에게 신경을 쓰지 않아 보이진 않았다. 가끔 이야기 도중 정호 형을 잠깐씩 빤히 바라볼 때도 있었고, 마주 보고 있는 형식이 형과 대화를 하면서도 종종 정호 형과 준기 형의 대화에 끼어들기도 했다. 은주 누나가 정호 형을 차갑게 대하는 건 형식이 형 때문인 건 분명해 보였지만 또 다른 이유는 아마도 현희 때문일 것이란 생각이 들었다. 뭐 지금은 아무 관계도 아니라지만 은주 누나와 짝꿍인 현희가 학기 초에 정호 형을 좋아했었고 그 감정이 아직도 남아 있을 수도 있기에 은주 누나는 더욱 조심스러울 수도 있을 것이다.

"야, 이제 늦었네. 집에들 가자!"

화장실에 갔던 형식이 형이 자리에 앉으며 말을 한다.

"아, 벌써?"

혜정이는 시계를 보며 아쉬운 듯 형식이 형을 본다.

"열한 시 반이야. 늦었어…. 아, 그리고 정호도 집이 돈암동 근처라니까 정호가 은주 데려다 주면 되겠다."

소지품을 챙기던 은주 누나는 고개를 들어 형식이 형을 본다. 왠지 서운하며 화가 난 듯한 표정은 은주 누나의 복잡한 심정을 말해 주는 듯했다.

"아주 가지가지 한다. 정말! 그래, 알았어. 정호야, 나 좀 데려다주라!"

은주 누나는 형식이 형에게 화를 내며 정호와 함께 술자리를 나가 버렸다. 어찌할 바를 몰라 어물쩍거리던 정호 형은 우리 모두와 눈을 마주치며 눈인사를 했고, 미안한 표정을 지으며 은주 누나를 따라 나갔다.

은주 누나가 그렇게 나가고 우리는 각자의 자리에서 멍하니 있었다. 준기 형은 한숨을 쉬며 남아 있던 잔을 비웠다.

"그런데 오빠… 지금… 말이야… 은주 언니한테 그러는 거. 진심이긴 해?"

멍하니 있던 우리들의 귀에 혜정이의 말소리가 느리게 들렸다. 내가 취해서 말소리가 느리게 들린 건지 혜정이가 느리게 말하고 있는 건지 헷갈렸다. 고개를 숙이고 있던 형식이 형은 혜정이를 바라본다. 그러나 대답 대신 자신의 잔에 소주를 넘치듯 따르더니 입에 단번에 털어 넣는다. 잔을 내려놓는 소리가 둔탁하게 들렸다.

"진심이야… 은주가 좋은 사람 만나고 잘 지냈으면 좋겠어…"

형식이 형은 담배에 불을 붙였다.

"사랑을 양보한다는 게 말이 돼? 그건 그냥 비겁해 보여… 오빠가 자신이 없으니까 그냥…"

민지가 형식이 형의 눈을 피해 혜정이의 손을 잡으며 말린다.

"우리 멋진 민철이… 강민철 말고! 김민철 봐. 얼마나 깡이 좋아. 비록 끝나긴 했지만 좋아하는 여자를 보면 거짓말까지 하며 거침없이 붙잡잖아. 자신의 상황이 무슨 상관이야, 좋아한다는데… 그리고 안 되면 소리치고 울고 이겨내고 하는 거 아니야? 그게 싫은 거지 오빠는? 그게 겁나는 거지? 여자는 말이야, 그런 열정을 가진 남자를 원하고 기다리는 거야! 알지도 못하면서…"

혜정이의 말소리는 점점 커지고 있었고 형식이 형의 담배는 새빨갛게 타들어 가고만 있었다.

"다들 왜 그러는 거야… 좋으면 좋다고 하고, 싫으면 싫다고 하고, 하고 싶은 건 하고 그렇게 마음 가는 대로 좀 놔두면 안 되는 거야? 왜 그렇게 하지 말라 못하게 하는 건데… 응?"

혜정이는 누구한테 하는 말인지도 모를 말들을 내뱉고 있었다. 우리는 고개를 숙인 채 흔들거리는 혜정이를 보고 있었다. 민철이가 혜정이를 감싸듯이 안으며 아이를 재우듯 토닥인다. 그리고 민철의 어깨에 기댄 혜정이의 눈에선 또 눈물이 흐른다. 나는 가만히 민철이에게 안긴 혜정이를 바라보고만 있었다.

바람이 제법 차졌다. 어느새 9월이다. 이제 두 달여만 지나면 수능이다. 코끝이 시려 오는 게 가을바람 때문인지 수능의 압박 때문인지 구분이 가질 않았다. 나는 동네 공원 벤치에 앉아 있었다. 나뭇잎이 바람에 흔들린다. 건조해진 나뭇잎들의 부대끼는 소리가 왠지 싸늘하게만 들렸다.

"야, 이제 밤엔 뭐 입고 다녀야겠다."

혜정의 말소리가 들렸다. 돌아보니 혜정이는 무릎까지 내려오는 긴 베이지색 카디건을 걸친 채 이쪽으로 걸어오고 있었다.

"응, 그러게. 춥다!"

나는 맨발에 슬리퍼를 신고 나와 있다. 발가락을 꼼지락거려 보니 발톱이 상당히 차게 식어 있었다.

"미안, 많이 기다렸어?"

"아니, 나도 방금 나와서 담배 하나 피우고 있었어."

토요일이었다. 밤 열한 시가 가까워지고 있었다. 푸른 잎사귀와 마른 잎사귀가 한 나무에 매달려 있었다. 그중 더 마른 잎사귀 하나가 찬 가을바람에 날려 나무에서 떨어져 나간다. 혜정이의 손엔 모의수능 시험지가 들려 있었다. 어젯밤에 내가 푼 시험지다. 혜정이는 요즘 내가 푼 시험지를 채점해 주고 있었다. 나는 혜정이 시간을 너무 뺏는 것 같아 괜찮다고 했지만 혜정이는 채점을 하면서 본인도 공부가 된다고 했다. 그리고 내가 틀린 문제 옆에 틀린 이유에 대해서 자세하고 알아보기 쉽게 메모를 해 주었다. 그렇게 하다 보니 한번 틀린 문제는 꼭 확인을 하게 되는 습관이 생겼고 나의 수능 점수는 조금씩 오르고 있었다.

"아까 드라마 보느라 채점이 좀 늦었네. 후훗."

"괜찮아, 근데 주말 드라마 보면 엄마가 뭐라고 안 해?"

"뭐라고 하지. 근데 오늘 엄마가 없다, 집에…. 그래서 오랜만에 티브이 좀 봤지!"

"아, 그랬구나."

"야, 너 그런데 점수 많이 올랐더라!"

혜정이는 시험지를 펼치면서 밝게 말을 했다.

"그래! 얼마나?"

"저번에 몇 점이었지?"

"175점."

"야, 이번엔 180점 넘었더라."

"진짜?"

"응, 진짜야. 여기 봐 봐."

나는 혜정이가 건넨 시험지를 봤다. 정말로 동그라미가 눈에 띄게 많아 보였다. 나는 벤치에서 일어나 펄쩍펄쩍 뛰었다. 철봉을 한 바퀴 돌고 혜정이가 앉아 있는 벤치를 한 바퀴 돌았다. 그런 나를 혜정이는 환하게 웃으며 보고 있었다. 나는 혜정이를 번쩍 안아 들었다. 그리고 한 바퀴 두 바퀴 계속 돌았다. 심장이 터질 것 같았다.

"꺄하하하, 재밌다! 민철아, 더 빨리 와. 하하하!"

"혜정아 고마워! 하하하."

그날의 짙은 어둠도 찬 가을바람도 우리의 기쁨을 식게 할 순 없었다. 횡단보도를 건너 집으로 가는 길, 나는 골목으로 접어들기 전에 혜정이에게 말을 건넸다.

"정말 고마워. 내가 대학에 붙으면 모두 너 때문이야. 평생 은인으로 모시고 살게. 하하하."

진심이었다. 재수를 택하고 혜정이를 만난 건 정말 꿈만 같은 일이었다. 아니 혜정이를 비롯해서 형들과 민철이 그리고 민지… 어떻게 내가 이런 좋은 사람들을 만날 수 있었는지 생각만 해도 너무나 큰 행운이었다.

"그래 너 약속한 거다! 내가 은인이니까 평생 내 말 잘 듣기로 한 거야!"

"물론 약속!"

우린 웃으며 새끼손가락을 걸었다.

"복사!"

우린 서로의 손바닥을 힘차게 부빈다. 그때였다.

"응, 자기 나 이제 들어간다."

낯익은 목소리가 골목 안쪽에서 들렸다. 우린 골목 모퉁이에 서 있었다.

"술 한잔 더 하고 들어가지?"

남자의 목소리였고, 남자는 술에 취해 있었다.

"안 돼…. 우리 이쁜 딸 기다리고 있단 말이야."

여자의 목소리였고, 여자도 술에 취해 있었다. 머릿속에 낯익은 목소리의 얼굴이 떠오르고 있었다. 옆에 있는 혜정이를 보았다. 혜정이는 온몸을 떨고 있었다. 나는 혜정이의 손을 잡았다. 혜정이의 손은 차디차게 식어 있었다. 나는 고개를 내밀어 골목 안쪽을 보려 했다. 그러자 혜정이가 나의 손을 잡아끌었다. 혜정이의 만류로 보이지 않는 골목에선 작게 말소리가 들려오고 있었다.

"그래, 들어갈래? 그럼 잠깐만…."

골목에선 남자의 말소리가 들렸다. 말소리가 끊긴 후 소리가 들렸고 그 소리는 남녀가 입을 맞추는 소리 같았다. 혜정이는 내 손을 힘을 주어 꼭 잡는다. 그리고 철문이 닫히는 소리가 들렸다. 발자국 소리가 들렸고 골목에서 어떤 남자가 나왔다. 그 남자는 골목 모퉁이에 서 있던 우리를 발견하곤 살짝 놀라는 듯했지만 이내 아무렇지도 않은 듯 택시를 잡고 자리를 떠났다.

제3부

가을

제1장

그날 이후 혜정이의 말수는 눈에 띄게 줄어들었다. 덩달아 우리들의 분위기도 가라앉아만 갔다. 아니, 꼭 혜정이 때문만은 아니었다. 점점 시간이 가며 수능 날이 다가올수록 그 중압감은 불안감으로 바뀌어 학생들은 예민해져만 갔고 교실에는 싸늘한 정적이 흐를 때가 잦아지고 있었다. 그럼에도 민철이는 실연의 아픔을 잘 극복해 나갔고 혜정이는 그런 민철이와 함께하는 시간이 많아져만 가고 있었다. 나는 혜정이에게 섣불리 먼저 말을 붙일 수가 없었다. 내가 말을 걸면 혜정이가 그날 일을 떠올릴 것만 같았기 때문이다. 몇 번은 내가 다른 화제로 말을 걸기도 했지만 혜정이의 눈빛에서 어색함을 느꼈다. 난 혜정이가 불편해하지 않길 원했으며 그렇기에 그냥 자연스럽게 우리의 어색함과 그 비밀이 시간에 묻히기를 바라며 혜정이와 거리를 두고 있었다.

내가 그렇게 혜정이를 외면 아닌 외면을 하는 동안 그 둘은 더욱 친해져만 가는 듯 보였다. 그리고 바람은 계속 차가워져만 갔고 푸르던 가로수의 잎들은 어느새 벌겋게 물들어져만 가고 있었다.

은주 누나는 형식이 형의 바람대로 정호 형과 많이 친해져서 등하교를 같이 하고 다녔으며 학원 내에서 커플이란 소문이 퍼져만 가고 있었다. 그럴 때마다 은주 누나는 아니라고 부정을 하였지만 예전처럼 불쾌한 표정을 짓거나 화를 내지는 않았다.

　요즘 바람이 많이 차지긴 했지만 뛰어가는 나의 이마에 미친 듯 샘솟고 있는 뜨거운 땀을 식히게 하려면 아직 몇 주는 더 흘러야 할 것만 같았다. 주머니에서 불룩하게 솟아 뛰는 걸 방해하던 삐삐를 꺼내 시간을 보았다. '7:58' 나는 버겁게 뛰고 있는 두 짝의 다리에 채찍질을 가하듯이 남은 힘을 모두 쏟는다. 모퉁이만 돌면 학원이 보일 것이다. 건물 모퉁이를 돌자 사방팔방에서 뛰는 소리들이 들리기 시작한다.

　"망했다!"

　어디선가 욕설도 들렸지만 누군가가 내 마음을 대변하는 듯 들렸다. 저 멀리 저승사자처럼 보이는 경비원 아저씨의 얼굴이 보인다. 오늘따라 아저씨 표정은 유난히 무뚝뚝하게 보이는 것 같았다. 나는 속도를 더 내고 싶지만 이미 다리에 힘은 모두 소진이 되어서 몸뚱이만 쓰러지지 않게 간신히 버티기만 할 뿐이다. 그저 관성의 법칙만으로 학원 입구로 쓰러지듯 향하고 있었다. 그리고 예상했던 장면이 눈앞에서 펼쳐지고 있었다.

　'몇 발자국만… 아저씨 잠깐만요…'

　나는 속으로 빌듯이 외치지만 경비원 아저씨의 냉정함을 잃지 않으며 사방팔방에서 아저씨를 향해 뛰어오는 그 많은 무리들이 보이지 않기라도 하듯 학원 문을 닫는 모습이 보인다. 닫히는 학원 문 사이로 경비원 아저씨의 야속한 눈빛이 보일 뿐이었다.

　'쿵!'

　늦잠으로 시작된 그 긴 여정은 새드 엔딩으로 마무리되었다. 주변에서 안타까운 탄식이 흘러나온다. 나와 같이 지각으로 인해 문 앞에서 숨을 몰아쉬고 있는 사람들은 슬쩍 보아도 열댓 명은 넘어 보였다. 모두들 나와 같은 생각일 것이다. '오늘 뭐 하지?'

학기 초반에는 가끔 이렇게 지각을 해서 학원에 못 들어가는 경우가 종종 있었다. 그럴 때마다 나는 대학생인 친구네 집에 가서 시간을 때우곤 했었다. 친구는 야간학과에 간신히 붙었기에 낮 동안은 나와 함께 해줄 수 있었다. 함께 라면도 끓여 먹고 친구의 대학 생활 이야기도 들어주다 보면 시간은 훌쩍 지나 있었고 옛 고등학교 때의 정겨움을 느낄 수 있어서 내심 즐겁기도 했었다. 그러다 보니 지각으로 학원에 못 들어간 자괴감은 전력 질주를 하느라 몰아쉬었던 숨이 제 숨으로 돌아올 때쯤이면 휴일을 맞는 홀가분한 기분으로 바뀌어져 있기 일쑤였다. 어차피 못 들어간 것 최선을 다해 뛰긴 했기에 어쩔 수 없었다며 위안을 삼으면 그나마 마음이 편해졌었다. 하지만 오늘은 달랐다. 늘 나에게 쉼터를 제공해 주던 친구 녀석은 여자 친구가 생겨서 이제 나를 소 닭 보듯 했다. 그리고 몇 번 찾아갔을 때도 여자 친구와 함께 있다며 나를 문전박대했다. 그리고 더 중요한 것은 이제 정말 수능까지 시간이 많지 않다는 것이었다. 오늘 수업 중 정리할 부분도 생각해 놓았을 정도로 요즘은 내가 봐도 열심히 하고 있는 내가 대견스러울 정도였다. 이런저런 생각을 하며 허리를 굽혀 무릎에 손을 얹고 엉거주춤한 자세로 숨을 몰아쉬고 있었다. 얼마나 심하게 뛰었는지 좀처럼 가쁜 숨이 멎질 않고 있었다.

"뭐야? 닫힌 거야!"

그때 아직 상황 파악이 되질 않는 여학생의 목소리가 들렸다. 다들 정신없이 뛴 후 모자란 산소를 공급받느라 말할 힘도 없는 와중에 그 여학생은 뛰지도 않은 쌩쌩한 목소리였다.

"잠긴 거냐고?"

혼잣말이 아니었나 보다. 내 바로 뒤쪽에서 나에게 묻는 듯하다.

'지각한 주제에 뛰지도 않고 뭐 이리 당당해?' 나는 속으로 이 당돌한 여학생에게 한마디 했다.

"야! 강민철, 귀 먹었어?"

들어 보니 낯익은 목소리였다. 나는 반가운 마음에 뒤를 돌아본다. 그곳엔 혜정이가 있었다.

우리는 매정하게 닫혀 버린 학원 앞을 떠나 조금 떨어진 편의점 앞 의자에 앉아서 음료수를 마시고 있었다. 땀은 초가을 찬바람에 빠르게 식어 갔고 난 고개를 들어 하늘을 바라보며 그 가을바람을 느끼고 있었다. 하늘은 바다같이 파랗고 깊어 보였다. 기분이 좋아진다. 얼굴에 가을 햇빛이 내리쬔다. 적당한 온도다. 기분이 좋아지는 따사로움이었다.

"야! 하늘 정말 파랗다."

혜정이도 하늘을 보고 있었나 보다.

"그치? 나도 그 생각하고 있었어…. 꼭 바다 같지 않냐?"

"응, 그러네…. 이렇게 하루 종일 하늘만 보고 있었으면 좋겠다!"

혜정이도 가을 하늘에 푹 빠져드는지 지그시 눈을 감으며 파란 하늘과 바람을 느낀다. 침묵이 흐른다. 그러나 이 침묵은 며칠 전부터 느꼈던 그 어색한 침묵은 아니었다. 우리가 좀처럼 느끼지 못했던, 아니 처음 느끼는 낯선 시간과 장소에 둘만이 남겨진 것 같았다. 그리고 이 낯설고 어색한 시간과 장소는 며칠 전 느꼈던 우리의 감정을 자연스럽게 해체시키고 있었다.

"가자, 바다!"

혜정이가 마음을 정했다는 듯 비장하게 말을 했다.

"바다?"

나는 놀라서 되묻는다.

"그래, 바다!"

"어디 바다?"

"네가 알지! 애 왜 이래? 네가 말했었잖아. 약속도 하고. 나 바다 데려다 준다고!"

'언제?'라고 말을 하려다 어렴풋이 기억이 떠오른다. 학기 초였고 지하철 개찰구 봉과 똑 닮은 학원 입구를 보며 말을 했었다. 그리고 약속도 했었다. 친구들과 함께 갔던 월미도에 같이 가기로…. 기억이 났다. 그러나 수능이 한 달 반 정도 앞으로 다가와 있었다. 많은 생각이 머릿속을 어지럽히며 지나간다. 하지만 가을 하늘처럼 맑은 눈을 하고 바다로 앞장서라는 혜정이의 말을 거부하기엔 내 가슴은 너무도 설레고 있었다.

'덜컹덜컹.'

지하철을 탄지 꽤 지나자 이제 열차는 지하가 아닌 지상으로 달리고 있었다. 바깥 풍경이 빠르게 스치고 지나간다. 파란 하늘은 더욱 깊고 선명한 빛을 띄우고 있었다.

"진짜 기차 타고 어디 멀리 여행 가는 것 같다!"

혜정이도 창문 너머 하늘을 보며 말을 한다.

"뭐 멀리 가는 건 맞지, 학원 다니면서 이렇게 멀리 가는 건 처음 같은데?"

"응, 그러네…. 따지면 여행도 맞으니까. 지금 우리 멀리 여행 가는 거구나! 하하."

난 혜정이와 멀리 여행을 가고 있었다. 난 혜정이와 둘이서만 멀리 여행을 가고 있었다. 우리가 타고 있는 칸 맞은편 맨 끝자리에 아주머니 두

분이 도란도란 말씀을 나누고 계셨다. 그리고 나와 혜정이뿐이었다. 다른 칸도 마찬가지로 사람들은 별로 없었다. 오전 시간에 인천으로 향하는 지하철은 한산했다. 그리고 간간이 역마다 정차를 하지만 문이 열려도 타는 사람은 없고 열린 입구론 가을의 상쾌한 바람만이 열차에 올라타고 있었다. 내리는 사람도, 타는 사람도 없었지만 열차는 각 역마다 모두 정차를 했으며 누군가를 기다려 준다. 이 열차와 같은 마음씨만 세상에 존재한다면 더딘 아이든 딴 짓을 하던 아이든 갈 곳을 잃은 아이던 그 어떤 아이도 낙오자로 남겨지진 않을 것이란 생각이 들었다.

가을이었고 풍성한 가을이었고 넉넉한 인심을 싣고 달리는 열차에 혜정이와 나는 함께 타고 있었다.

'위이잉… 위이잉…'

혜정이 가방 안에서 삐삐 진동 소리가 들린다. 혜정이는 가방을 무릎 위에 올리고 삐삐를 꺼내서 확인을 한다.

"민철이네… 음성인데?"

우리 둘 다 학원을 결석한 초유의 사태가 벌어졌기에 학원 친구들이 걱정을 하는 것은 당연한 건지도 몰랐다. 나는 바지 주머니에서 삐삐를 꺼내서 확인을 해 본다.

'내가 진동을 못 느꼈나…'

확인을 해 보니 나에게 온 메시지는 없었다.

'민철이 자식 나도 못 들어갔는데 혜정이한테만 음성을 남긴단 말이야?'

그때였다.

'위이잉… 위이잉.'

잠잠하던 내 삐삐도 울어 젖힌다. 나는 삐삐를 들어 번호를 확인해 본

다. 음성이었다. 그리고 '1004012'

"뭐냐? 천… 사… 영원히?"

어느새 내 삐삐 액정에 찍힌 번호를 보고 있던 혜정이가 말을 한다.

"누구냐?"

혜정이가 재밌다는 듯이 웃으며 나에게 묻는다.

"모… 모르지…."

정말 누군지 감이 잡히질 않았다.

"말은 왜 더듬는데?"

혜정이가 묻는다.

'그래, 왜 말을 더… 더듬고 있는 거지?'

마음속으로 말을 하는데도 더듬고 있는 내가 이… 이해가 가질 않았다.

"이 요물… 너 내가 요즘 좀 소홀히 대했다고 해서 어디서 바람을 피우고 다녔구먼!"

혜정이는 놀리듯 나에게 농담을 한다. 그런데 그 농담을 듣고 있는 나는 얼굴이 빨개지고 심장 박동이 빨라지는 게 느껴진다.

"아… 아니야!"

"아니긴 뭐가 아닌데? 하하하."

혜정인 뭐가 그리 재밌는지 목을 뒤로 젖히면서 크게 웃는다. 나는 그런 혜정이가 얄밉게도 보였고 얼굴이 빨개진 게 부끄럽기도 했다.

"뭐 너한테도 지금 민철이가 음성 남겼잖아!"

나는 혜정이에게 쏘아 붙이듯 말을 했다.

"뭐야? 이거 질투하는 거야? 하하하."

내 뜨거웠던 얼굴이 더 뜨거워진다. 한참을 그렇게 웃던 혜정이는 웃음을 겨우 그치며 말을 한다.

"아 그런데 나 민철이한테 인천 간다고 얘기 안 할 거야. 그러니까 너도 하지 마라."

"왜? 간다고 하면 어때서?"

"웃기잖아! 재수생이 수능 얼마나 남았다고…. 아무튼 하지 마!"

"알았어…. 다른 사람들한테도?"

"당연하지!"

"민지는?"

혜정이는 잠시 뜸을 들이더니 말을 한다.

"어쩌지…."

"뭐 그냥 다른 사람들한테도 말 안 한 거, 그냥 하지 말자!"

"그게 낫겠지?"

"응, 그래…."

우리 둘만 인천에 갔다 온 걸 민지가 알아도 뭐 별일은 없겠지만 그래도 난 숨기고 싶었다. 그리고 방금 온 음성 메시지가 민지일수도 있겠다는 생각이 들었기 때문이다.

혜정이가 놀려 대서 경황이 없었지만 지금은 온통 그 '1004012'의 주인공이 누구인지 머릿속에서 추려 내고 있었다. 그러나 김칫국을 마시는 게 아니라 아무리 생각을 해 봐도 나한테 그런 메시지를 보낼 사람은 현재 민지밖에 생각이 나질 않고 있었다. 요즘 혜정이와 민철이가 붙어 다니다 보니 쉬는 시간엔 민지와 나 둘만 있게 되는 시간이 많았다. 물론 형들도 살아 있었지만 연세가 연세인지라 그분들은 쉬는 시간엔 대부분 취침으로 기력을 회복 하느라 마주칠 일이 없었다. 그리고 며칠 전엔 민지가 나에게 잘 자라고 음성을 남긴 적도 있었기에 나는 빨리 이 천사의 음성을 확인하고 싶었다. 목적지까지 남은 역을 세어 본다. 다섯 정거장 정도가 남았다. 나는 삐삐를 만지작거리며 빨리 도착하기만을 바라고 있었다.

"왜 이렇게 빨리 가!"

혜정이가 한 걸음 뒤처진 채 툴툴대며 말을 한다.

"아니, 너 음성 들어야 된다면서…"

나는 걷는 속도를 줄이지도 않은 채 고개만 돌려 혜정이에게 말을 했다.

"아니 천천히 들어도 돼! 칫… 너 그 천사한테 온 음성 확인하려는 거 다 알아!"

"아니야."

'아니야'라고 말은 했지만 나의 눈은 역 앞에 줄지어 있는 공중전화 부스로 향하고 있었다. 전화 부스에 가까워질수록 가슴은 더욱 설레고 있었다. 또 학원에서 멀리 떨어진 낯선 장소에 있다 보니 왠지 민지가 더욱 보고 싶었다. 그리고 학원에 결석한 내가 걱정이 되어서 음성을 남겼을 것이란 생각을 하니 민지에게 미안한 마음도 들었다. 혜정이와 나는 각자 빈 전화 부스로 들어갔다. 내 오른쪽 옆 부스로 들어가서 전화카드를 꺼내 공중전화에 넣는 혜정이의 모습이 보인다. 내가 들어온 부스는 동전을 넣는 전화기다. 나는 아까부터 쥐고 있던 백 원짜리 동전을 주입구에 넣었다. 안내 멘트가 들리고 비밀번호를 눌렀다. 그러자 새로 온 음성이 한 개가 있다고 한다. 가슴이 녹아내리는 기분이다. 나는 공중전화의 1번 버튼을 누른다. 그러자 음성이 흘러나온다.

"민철아 나야…. 무슨 일 있어? 학원에 안 와서 걱정돼서…"

나의 심장은 터지는 것 같았고 괜히 눈시울까지 뜨거워진다.

"오늘 나… 너 저녁 도시락도 싸 가지고 왔는데…. 안 오네…."

억장이 무너지는 기분이 이런 걸까?

"오늘 널 못 볼 생각하니까… 벌써부터 힘들다…."

나도 모르게 주먹으로 전화 부스의 유리 칸막이를 쳤다. 건너편에 있던 혜정이가 놀라서 돌아보지만 나는 혜정이의 눈을 마주치지 않으려 고개를 숙여 땅바닥을 내려다본다.

"혜정이도 결석했더라…."

나는 숙였던 고개를 더 푹 숙인다.

"어찌됐건… 너 다시 또 학원 결석하면 죽을 줄 알아…."

"…"

"너 없어서 콜라 직접 사러 왔다. 네가 없으니까 심부름할 놈이 없어…."

"…"

"넌 나의 영원한 천사야…."

형식이 형의 마지막 말에 난 몸서리가 쳐지며 소름이 돋고 있었다.

제2장

"누구야?"

형식이 형의 음성을 듣고 나온 후 공허한 마음으로 청량한 가을하늘을 올려다보고 있던 나에게 혜정이가 묻는다. 나는 계속 하늘을 올려다보며 말을 했다.

"아무도 아니야…."

"칫! 비밀이다 이거지? 아무도 아닌 게 어딨어?"

"있어…."

정말이었다. 민지가 아니었기에 아무도 아니었다. 나에겐…. 그리고 형식이 형이라고 입 밖으로 꺼내기도 싫었다.

"누구야? 빨리 말 안 해?"

혜정이의 집요함이 내 입을 벌리려 한다.

"빨리 나 화낸다!"

그리고 벌리고 만다.

"하… 형식이 형이야…."

째려보던 혜정이의 눈빛은 어느새 반달 모양으로 변해 있었고 입술을 깨물고 있는 모습이 웃기긴 어지간히도 웃긴가 보다.

그래, 웃어라. 웃기겠지…. 여잔 줄 알고 바보같이 공중전화로 헐레벌

떡 뛰어가는 모습을 봤으니…. 맘껏 웃어라….

"풉… 풉! 푸하하하하!"

도저히 못 참겠는지 혜정이의 웃음보는 터지고 만다. 그 모습이 웃겨서 나의 안면 근육이 덩달아 꿈틀거리지만 지금은 웃기가 정말 싫었다. 그래서 참아 보지만….

"큭큭… 큭큭큭… 푸하하하!"

입술을 깨물다 나도 웃고 말았다. 우린 서로 얼굴을 마주하고 눈물을 찔끔거리며 함께 웃었다. 가을하늘 공활한데 형식이 형은 멀리서도 나에게 허탈감과 큰 웃음을 주고 있었다.

"아! 아! 아악!"

파란 하늘이 보였다가 이내 회색의 콘크리트 바닥이 보인다. 우리는 그 유명한 인천 월미도의 바이킹을 타고 있었다. 그리고 나는 비명을 지르고 있다. 월미도 바이킹에서만 볼 수 있는 좌석 등받이에 매달려 있는 굵은 밧줄을 나는 놓치지 않으려 있는 힘껏 잡고 있었다.

"와! 하하하하!"

혜정이는 전혀 무서움을 타질 않는지 비명이 아닌 환호성을 연신 질러대고 있다. 우린 바이킹의 맨 뒷자리에 앉아 있었다. 그리고 반대편 맨 끝자리에 남자 네 명만이 탑승해 있을 뿐 가운데 좌석들은 아무도 없이 텅 비어 있었다. 그렇기에 반대편에 앉은 남자들의 공포에 질린 얼굴이 정면으로 생생하게 보이고 있었다. 물론 나의 얼굴도 별반 다르지 않았을 것이다. 그나마 나는 올해 초, 겨울에 친구들과 이곳 월미도에 와서 이것을 타 봤기에 마음의 준비를 하고 있었지만 저 남자들은 아무것도 모른 채 탑승을 했던 예전 우리의 모습과 닮아 있었다.

우리 또래의 남자들은 처음엔 그들의 반대편에 앉는 혜정이를 보며 흠 칫 놀라는 표정들을 지었었다. 혜정이의 예쁜 얼굴은 이곳 월미도에서도 유난히 눈에 띄고 있었기 때문이다. 바이킹은 운행을 시작했고 그들은 혜정이를 의식한 듯 별 무서운 기색을 내보이지 않았었지만 조금 전 바 이킹의 각도가 90도를 넘으며 생명의 위협을 느끼는 순간 그들의 체면은 가을하늘에 남겨둔 채 지금은 미친 듯이 게거품을 물며 소리를 질러 대 고 있었다. 저건 진짜였다. 나는 알고 있다. 이 허가를 받지 않은 듯한 놀 이기구에 대한 불신이 너무나 컸다. 그 모든 것이 합쳐져서 비명은 더욱 커져만 가고 있었다.

"아저씨! 멈춰 주세요!"

드디어 건너편에 앉은 무리들 중 한 명이 본능적으로 관리자를 부르기 시작한다. 내 친구들과 왔을 때도 아저씨를 애타게 불렀었다.

"아저씨!"

또 다른 한 명이 합세를 한다. 그러나 아저씨가 있어야 할 작은 통제실 엔 아무도 있지 않았다. 잘못 본 건가 하는 마음에 다시 아저씨를 찾아 보지만 '정말 아무도 없다!'란 확신만 들게 한다.

"으아아아!"

건너편의 남자들도 관리자가 없다는 사실을 곁눈질로 봤는지 공포에 경악스러움이 더해져 비명은 더욱 커지고 있었다.

"와하하하!"

혜정이의 웃음소리와 저들의 비명 소리가 뒤엉켜 이곳 월미도엔 지옥 도가 펼쳐져 있는 듯 보였다. 그리고 바이킹의 각도는 점점 더 높아져만 갔다. 건너편 네 명의 남자들이 탈진 증세를 보일 무렵 관리자로 보이는 선글라스를 낀 아저씨가 느긋하게 통제실로 걸어 올라가는 게 보였다.

그때 난 분명히 봤다. 그 아저씨의 피식하고 웃는 모습을…. 아저씨가 통제실로 들어가고 얼마 되지 않아 바이킹의 속도는 점차 느려졌고 건너편 남자들의 비명소리도 잦아들었다.

"짠!"

혜정이의 말에 난 앞에 놓인 소주잔을 들어 혜정이의 잔에 살짝 부딪쳤다.

"캬… 좋다."

"응, 진짜 소주가 달다, 달아!"

우린 월미도 부둣가에 줄지어 있는 포장마차에 들어와 있었다. 저녁 시간이 되니 사람들이 낮보단 조금 더 많아졌다. 아마도 근처에 사는 사람들이 바다를 보며 술을 마시러 나온 듯 보였다. 파랗던 하늘은 온통 붉은 색으로 물들어 있었다. 해가 지고 있었다. 지는 햇볕은 바다의 일렁이는 물결을 찬란하게 만들고 있었다. 우린 빈 소주잔을 들고 그 경관을 멍하니 바라보고 있었다. 서해의 탁한 바다는 잠깐이나마 맑게 빛났고 해는 이내 바다 저편으로 금세 사라져 버리고 말았다. 허무했다. 수평선에 닿고 있었지만 계속 닿아만 있을 줄 알았으며 붉디붉어졌었지만 계속 붉게만 보일 것 같던 낙조는 그렇게 찰나와 같이 사라지고 바닷바람은 이제 싸늘해지고 있었다. 아주머니가 포장마차 낡은 기둥에 떨어질 듯 매달려 있던 백열등의 스위치를 누르자 노란 불빛이 포장마차 안을 감쌌다. 우리의 소주잔은 이제 햇빛이 아닌 백열등 불빛에 빛나고 있었다. 아늑했고 백열등 밑에 앉은 혜정이의 얼굴은 더욱 예뻐 보였다.

"이렇게 놀아도 되나 싶다…"

난 잔에 담긴 소주를 목에 넘기고 씁쓸한 기분에 말을 했다.

"그래도 난 잘 온 거 같은데…. 바이킹도 정말 재밌고, 디스코 팡팡인 가? 아무튼 그것도 재밌었고, 바다도 정말 얼마 만에 본 건지 모르겠다! 걱정하지 마. 내일 가서 애들한테 오늘 나간 진도 알려 달라고 하면 돼! 누나가 다 알아서 알려 줄 테니까 그냥 오늘은 재밌게 놀자!"

"그런가…?"

"그래! 남자가 좀! 우리 민철이 뭐 먹고 싶어? 네가 나 여기 데리고 왔 으니까 오늘은 너 먹고 싶은 거 다 사 줄게! 기분이다! 하하."

혜정이는 안 그래도 바다를 보며 아이처럼 뛰어 다니며 좋아했었다. 이제 술까지 들어가니 기분이 더욱 좋아진 듯 보였다.

"그럼 곰장어!"

나는 아까부터 먹고 싶었지만 넉넉지 않은 주머니 사정상 참고 있던 메뉴를 외쳤다.

"그래! 우리 우동도 먹을까?"

"우동 먹어야지!"

"너 그럴 줄 알았어. 하하! 아줌마 여기 우동하고 곰장어 좀 주세요!"

"소주도요!"

얼마 지나지 않아 아주머니가 가져다주신 곰장어와 우동에선 김이 모 락모락 올라오고 있었다. 바다 쪽 면의 포장은 둘둘 말아 올려져 있었다. 어둠은 짙게 내려 깔렸고 이제 먼 바다는 보이지 않지만 파도 소리와 갈 매기의 울음소리 그리고 바다 내음을 가득 품은 바람이 드넓은 바다를 느끼게 해 주고 있었다. 우린 오늘 있었던 일들을 곱씹으며 웃고 떠들며 술을 마셨다.

"대학교에 붙으면 어떤 기분일까…?"

나는 담배 연기를 내뿜으며 혼잣말처럼 내뱉었다. 파란 플라스틱 테이블 위엔 빈 소주병들이 어지럽게 올려져 있었다.

"대학에 붙으면? 음 그거 좋긴 하지…"

"아 맞아! 너 붙었었다고 했지."

나는 식어 버린 떡볶이의 옆구리를 젓가락으로 찌르며 말을 했다.

"어! 네가 어떻게 알아? 나 말 안 한 것 같은데…"

'맞다! 민지가 나만 알고 있으라고 알려줬었는데…'

"음… 말했었나? 뭐 아무튼…"

정말 다행이었다. 혜정이는 술이 조금 취했는지 내가 알고 있던 걸 자기가 말한 건 줄 알며 대수롭지 않게 넘겼다.

"나 H대 붙었었잖아…. 그때 기분은 음, 뭐 진짜 좋긴 했어. 무지 설레면서…"

"나 뭐 하나 물어봐도 돼?"

"응, 뭐?"

"그런데 왜 다시 재수를 하는 거야?"

혜정이의 표정이 살짝 굳어진다.

"아니, 말하기 싫으면 안 해 줘도 돼. 그냥 조금 궁금해서 물어본 거야."

"뭐 그렇게 큰 비밀은 아닌데…. 그냥 아빠가 미술 하는 걸 안 좋아해…"

"그걸 언제 알았는데? 고등학교 때 계속 미대 가려고 준비한 거 아니야?"

혜정이는 반 정도 남아 있던 소주를 천천히 입으로 가져간다. 고개를 들어 소주를 마시는 혜정이의 눈썹이 살짝 떨리고 있었다. 잔을 내려놓은 혜정이는 말을 잇는다.

"몰래 준비했지…. 엄마도 그렇게 하라고 했었고…"

"아… 엄마는 찬성하고 계셨었구나."

혜정이가 내 빈 잔에 소주를 따라 준다.

"응, 나중에 바뀌긴 했지만…"

"바뀌다니?"

"아빠가 알아 버리곤 안 된다고 하니까 엄마도 안 된다고 하더라…"

나는 이해가 가질 않았다. 혜정이네 부모님은 분명 이혼을 하셨다고 했다. 그리고 어릴 때부터 엄마 밑에서 자랐다고 했다. 그럼 아빠보단 엄마의 결정에 따라 진로를 선택해도 될 것 같았기 때문이다.

"음…"

나는 혜정이에게 궁금한 게 더 많아졌지만 섣불리 물어보질 못했다. 그저 소주잔을 쥐고 살짝 흔들며 투명한 액체의 움직임을 관찰할 뿐이었다.

"왜? 이상해?"

"응, 조금…"

"맞아. 내가 생각해도 이해가 안 돼!"

우린 소주잔을 다시 부딪치고 함께 술을 마셨다.

"캬… 좋다."

혜정이는 양념을 뒤집어쓴 곰장어를 집어 먹는다. 그런 혜정이를 나는 물끄러미 바라보고 있다. 씹을 때마다 움직이는 앳된 볼살은 술기운 때문인지 발갛게 달아올라 있었다.

"얼마 전에 그런 일 보고… 나도 혼란스러워서 그냥 다 모른 척하고 살고 싶었어…"

난 조용히 혜정이의 말을 들었다.

"아빠랑 엄마는 나 어릴 때 헤어졌었어…. 내가 네 살 때 그랬었대. 그런데 원래 양육권은 아빠한테 있는 거라더라…. 근데 당시에는 아빠가 혼자 살고 있기도 했고 사업이 한창 바빠질 때라 나를 데려가 키우고 싶지만 그렇게 하질 못했대. 그래서 잠시 내가 국민학교를 입학할 정도까지 엄마한테 맡아서 키워 달라고 한 거야. 엄마도 양육권을 아빠가 가져가서 나와 헤어지는 게 싫었던 상황에 아빠의 제안을 받아들인 거고….”

아주머니가 말없이 우리 테이블에 있는 식은 어묵 그릇을 가져가서 따뜻한 국물로 내어 주신다.

“감사합니다.”

혜정이는 무심한 표정의 아주머니의 뒷모습에 인사를 하고 따뜻한 어묵 국물을 들고 마신다.

“아, 따뜻하다…. 아무튼 그렇게 해서 난 엄마랑 같이 살게 됐어. 그리고 가끔 오는 아빠가 굉장히 낯설게 느껴지게 된 거고….”

“그럼 낯설게 느껴지긴 하겠다….”

“아니, 꼭 자주 못 봐서 그런 생각이 드는 건 아니었어…. 시간이 지날수록 아빠가 낯설게 느껴진 건 아빠랑 엄마가 헤어진 이유가 아빠가 바람을 피워서 그렇게 된 거라고 엄마한테 들었기 때문이야…. 그 사실을 아니까 난 아빠가 낯설게 느껴지는 것뿐만 아니라 아예 싫어지더라…. 아니, 한때는 미워하고 원망만 했지…. 나도 다른 집들처럼 아빠, 엄마 손잡고 놀러도 다니고 싶었고 아빠 무등에 타고 이리저리 돌아다니고 싶었어. 공원에서 아빠, 엄마와 함께 있는 아이들을 보면 나도 모르게 멍하니 바라보게 되는 게 싫었어. 그런 상황에서 아빠가 가끔 올 때마다 혹시나 나를 데려가는 건 아닐까 하는 마음에 아빠가 더 두려워졌고 난 계속 아빠와 거리를 두고 지냈어…. 그리고 고등학교 1학년 때 미술을 하고 싶다고 말했는데 아빠는 안 된다고 하는 거야….”

"그런데 혜정아, 왜 지금까지 아빠가 아닌 엄마랑 사는 거야? 네가 싫다고 한 거야?"

"…"

혜정이가 말없이 어두운 밤바다를 보며 담배에 불을 붙인다.

"휴우…"

내뱉은 담배 연기는 백열등 아래에서 노란빛을 띠며 떠다닌다.

"국민학교 입학하고서 3학년쯤에 아빠가 나를 데리러 왔을 때 난 정말 무서웠어…. 엄마가 말없이 울면서 내 짐들을 챙기고 있을 때부터 난 다락방에 올라가서 숨어 있었어…. 아빠 차를 타고 가는 내내 울었어. 나보다도 엄마가 너무 불쌍해서…. 혼자 남겨진 엄마가 너무 걱정이 됐어. 고작 열 살이었는데도 말이야…"

아픔이라곤 전혀 없이 자랐을 것만 같던 혜정이의 성장통은 내가 어렴풋이 생각한 것 이상으로 커 보였다. 혜정이는 담담하게 말을 계속 이어 나갔다.

"아빠 집에 가 보니 어떤 아줌마가 있었어…. 그 아줌마는 새엄마라고 했어. 그리고 잘 지내보자고 내 머리를 쓰다듬어 주더라. 그 아줌마 배를 보니까 불룩했어. 임신 중이라고 했고 세 달 뒤면 아이가… 동생이 생긴다고 했어, 나한테…. 나는 혼란스러웠어. 갑자기 나에게 새엄마, 새동생이 생겼다는 게. 그리고 새집, 새 학교 모든 새것뿐인 곳에서 나는 견딜 수가 없었어. 그리고 엄마를 더 이상 못 볼 것만 같았고…. 아프더라. 정말 아팠어. 열이 많이 나서 병원에 입원도 했어. 며칠을 그렇게 아팠어…. 병원에서도 특별히 해 줄 게 없다고 해서 퇴원을 해서 집에 와서도 몇 날 며칠을 앓았어. 그렇게 있는데 어느 날 꿈을 꾸는 줄 알았어. 우리 엄마가 누워 있는 내 옆에 있는 거야…. 난 엄마를 불렀어. 나 좀 데려가 달라고…. 엄마는 나와 같이 울면서 고개를 끄덕였고 그건 꿈이 아니었어. 그리고 다시 눈을 떴을 땐 예전 나와 엄마가 같이 살던 집으로 와 있었어…. 그 뒤로 다시는 아빠가 나를 데려가지 않을 거라고 했어. 엄마가…."

혜정이의 눈가엔 눈물이 맺혀 있었다. 혜정이는 뜨거운 그것을 느꼈는지 고개를 옆으로 살짝 돌려 손으로 닦아 낸다. 그 모습을 보니 나의 눈동자 뒤쪽에서도 뜨거운 게 느껴졌다.

"야! 너 술 취했냐?"

고개를 숙여 눈물을 닦던 내 모습을 보며 혜정이가 말을 한다.

"아니… 그냥… 미안하다. 괜히 내가 물어봐서, 너 다시 떠올리기 싫었을 텐데…."

"아니야, 나도 말하고 싶었어. 며칠 전에 그런 일 너도 봤으니까…. 그냥 네가 어렴풋이 짐작하는 게 더 싫으니까."

"며칠 전에 그 아저씨는 누군데?"

나는 술기운을 빌려 물어본다.

"그 아저씨…? 뭐 엄마 남자 친구겠지."

나는 적잖이 놀랐지만 내색을 하지 않으려 소주잔을 들어 단숨에 들이켰다. 그래, 혜정이네 부모님은 헤어진 상태인데 혜정이네 엄마라고 남자 친구를 두지 말란 법도 없었다. 그리고 혜정이네 아빠는 재혼까지 한 상태였기 때문에 따지고 보면 그리 이상한 것도 아닌 것으로 보였다.

"난 몇 달 전에 알았어…. H대에 붙고 입학 준비를 하던 시기에 집에 왔는데 아빠가 와 계셨어. 그리고 엄마와 내 입학 문제로 심하게 다투는 거야…. 내가 들어와 있는 줄도 모르고…. 그때 알았어. 아빠와 엄마가 헤어지게 된 진짜 이유를. 여태껏 아빠의 외도로 헤어진 줄만 알았는데…. 사실은 그 반대였어. 엄마가 외도를 했고 그 이유로 헤어지게 됐다는 걸…. 나는 뛰쳐나왔어…. 거짓말을 한 엄마보다 아빠를 미워하고 증오했던 내 자신이 너무 싫었어. 아빠는 내가 상처를 받을까 봐 그 모든 사실을 나에게 말하지 않았던 거였어…. 아빠는 엄마가 미워도 나에겐 날 낳아 준 엄마이기 때문에…. 그런 줄도 모르고 난 아빠가 미워서 나를 보러 오는 날인 걸 알면서도 일부러 그런 날은 집에 늦게 들어갔었어. 그리고 늦게까지 기다리고 있던 아빠한텐 용돈이 모자라다면서 투정만 부리기 일쑤였고 그런 내 모습마저도 아빠는 웃으며 좋아하셨어. 그게 더 싫어서 난 더 투정을 부렸고 아빠는 더 많이 용돈을 주고…."

혜정이의 눈에 가득 고였던 눈물은 끝내 두 뺨을 타고 흘러내린다.

"아마 그날이었을 거야…. 내가 집에서 뛰쳐나간 날이. 우리 집 앞에서 너 처음 만났던 날…."

맞다. 혜정이를 처음 만났던 날. 나는 우리 집 대문 앞에 걸터앉아서 담배를 피우며 울고 있었다. 그리고 혜정이도 울고 있었다. 우린 그렇게 만났었다.

"난 그래서 결심을 했어. 미술을 포기하기로…. 내가 아빠를 미워했던 그 시간만큼 아빠를 행복하게 해 드리고 싶었어. 그래서 그날 재수를 하기로 마음먹은 거야…. 너랑 담배를 피우고 들어가서 말씀을 드린 거고."

우린 우연하게도 한날한시에 재수를 결심하게 되었던 거였다. 혜정이는 포장마차에서 눈물을 많이 흘렸다. 난 혜정이의 이야기를 묵묵히 들어주기만 할 뿐 어떻게 위로를 해 줘야 할지 몰라 그저 혜정이의 어깨를 토닥여 주기만 하였다.

월미도의 바닷바람은 늦은 밤이 되자 무척이나 세게 불고 있었다. 한 겨울이 찾아온 것만 같았다. 우린 비틀거리며 걷고 있었다. 나의 손엔 검은 봉지가 들려 있다. 그 검은 봉지 안엔 소주와 마른 안주거리들이 가득 들어 있었다.

포장마차에서 나와서 시간을 보니 열한 시가 가까워져 있었다. 서로 술은 취해 있었지만 분명 서울까진 못가리란 생각은 할 수 있었다. 우린 가까운 여인숙에서 자고 내일 아침 일찍 바로 학원으로 가기로 했다. 그리고 각자 집에 친구네서 자고 온다고 전화를 했으며 전화기가 붙어 있던 슈퍼에 들어가서 이것저것 사 가지고 나온 후였다.

'탈칵!'

뒤따라 들어오던 혜정이는 낡은 여관 방문을 잠근다. 방 안엔 낡은 침대가 놓여 있었고 벽엔 빨간색 텔레비전이 위태롭게 매달려 있었다. 좁았다. 그 좁은 방 안을 침대가 전부 차지하고 있었다.

"내려가 자라!"

혜정이가 인상을 쓰며 말한다.

"웅."

난 침대 옆 빈 공간을 내려다본다. 한 명이 겨우 누울 공간은 돼 보였다.

"와하하하하!"

갑자기 텔레비전에서 웃음소리가 쏟아져 나온다. 혜정이를 보니 침대에 걸터앉아서 리모컨을 들고 있었다. 텔레비전 유선방송 채널에선 〈남자 셋 여자 셋〉이 하고 있었다. 어색하고 차갑던 기운은 어느새 사라져 버린다.

"이거 재밌는데…."

혜정이가 혼잣말을 하고 미소를 지으며 텔레비전을 본다.

"야! 아까 사 온 거 가지고 와 봐."

술을 먹으니 혜정이는 아까부터 완전히 명령조다.

"엡!"

나는 혜정 마마님의 명에 부응을 하며 일사천리로 소주와 마른 오징어를 갖다 바친다.

"잘했어!"

"나 참…"

"여기로 와서 앉아. 술이나 마시자."

혜정이는 침대 등받이에 등을 기대며 옆으로 오라며 손짓을 한다. 어정쩡하게 서 있던 나는 혜정이 옆으로 가서 침대 등받이에 나란히 등을 기대고 앉았다. 맞은편 벽에 매달린 텔레비전이 보였다.

"다들 대학생이네… 대학생만 되면 저렇게 아무 걱정 없이 행복할 수 있겠지?"

혜정이가 오징어를 뜯으며 말을 했다.

"그럼. 그렇겠지… 우리 모두 같은 학교에 들어가면 정말 저런 모습일 거야."

우린 텔레비전에서 나오는 〈남자 셋 여자 셋〉 시트콤을 보며 이런 저런 이야기를 한다.

"그럼 정말 좋겠다. 형식이 오빠랑 준기 오빠, 은주 언니, 너, 민철이, 민지, 나 이렇게 모두 한 학교에 가면 좋겠다. 그래서 저렇게 매일 만나서 놀고…"

"성적이 문제지… 하하."

"아무래도 내일부터 더 빡세게 해야겠다!"

〈남자 셋 여자 셋〉에 나오는 주인공들이 더 즐거워할수록 내 가슴 한편은 설레면서 불안한 감정이 들고 있었다. 난 술을 들이킨다. 안주는 더 이상 들어가지도 않았다. 술은 쓰지도 달지도 않은 맹물 같았다. 혜정이도 술을 달라며 빈 잔을 내 앞으로 내민다. 나는 혜정이의 빈 잔에 술을 따라 준다. 우린 많은 이야기를 했다. 웃으며 울었다. 혜정이의 가정사가 슬펐고, 포기한 꿈은 가슴 아팠다. 우리 집에 와서 백숙을 맛있게 먹던 혜정이가 떠올랐으며 우리 엄마 품에 안겨 잠들던 모습이 애잔하게 느껴졌다.

혜정이의 머리가 내 어깨에 기대어 온다. 나는 고개를 돌려 혜정이의 얼굴을 본다. 울고 웃은 얼굴의 화장은 엉망이 되어 있었지만 그래도 예뻤다. 난 혜정이의 입술을 본다. 혜정이의 숨결이 느껴진다. 달콤했다. 난 나도 모르게 내 입술을 혜정이의 입술에 갖다 댔다. 심장이 터질듯이 뛰기 시작한다. 아찔한 기분은 온몸에 전기가 흐르는 것 같았다. 혜정이의 입술은 따뜻하고 부드러웠다. 그리고 좋은 향기가 났다. 그때였다. 혜정이의 눈이 번쩍 떠졌다. 난 깜짝 놀라 뒤로 물러났다. 혜정이가 나를 뚫어지게 본다.

"미… 미안해…. 내가 미쳤나 봐…."

"너 해 봤어?"

"뭐… 뭘…?"

"이씨… 알면서!"

"그… 그거?"

"그래!"

"안 해 봤지…."

"우리 해 볼래?"

아까 터질 듯 뛰던 내 심장은 이제 멎는 것만 같았다.

"…."

난 무슨 말을 어떻게 해야 할지, 지금 상황이 어떤 상황인지도 알 수 없게 머릿속은 텅 비어 버린다. 혜정이는 물러났던 나의 팔을 잡아 끈다. 그리고 난 혜정이의 입술에 나의 입술을 포갠다. 혜정이의 입 안이 느껴졌다. 너무 부드러워 난 정신을 잃을 것만 같았다. 숨이 쉬어지질 않는 기분이다. 나는 혜정이의 몸을 무의식적으로 더듬었다. 내 손은 떨리고 있었다. 혜정이의 가슴이 느껴진다. 크지도 작지도 않은 봉긋한 혜정이의 가슴을 만졌다. 움찔거리는 혜정이의 몸이 느껴졌다. 혜정이도 떨고 있는 게 느껴진다. 숨을 쉬어도, 쉬어도 산소가 부족한 느낌이다.

"불 꺼."

혜정이가 입술을 떼며 말을 한다.

"어… 어!"

나는 터질 것 같은 심장을 부여잡고 일어나서 불을 껐다. 그리고 다시 혜정이에게로 다가갔다. 가는 도중 바닥에 내려놓은 소주병을 엎어뜨렸다. 어둠에 자취를 감춘 두루마리 휴지를 찾아 더듬거린다. 소주병에 반쯤 남았던 소주가 흘러나온다. 손은 빨라진다. 두루마리 휴지가 잡히질 않는다.

"뭐해!"

혜정이는 떨리는 목소리를 작게 내고 있었다.

"아… 아니."

난 급한 마음에 양말을 벗어서 바닥에 엎질러진 소주를 대충 닦는다. 그리고 침대 쪽으로 갔다. 혜정이는 어느새 이불 안으로 들어가 있었다. 나도 그 이불 안으로 들어간다. 우린 다시 입을 맞췄고 서로 껴안았다. 달콤하고 달콤했다. 나는 덜덜 떨리는 손으로 혜정이의 옷을 벗겼다. 어떻게 벗겼는지 기억도 나질 않았다. 속옷만 남겨졌을 땐 현실감을 잃고 이게 꿈인지 생시인지 감이 오질 않았다. 떨리는 손은 차디차게 식어 있었다.

"차가워…."

혜정이가 내 손이 차가운지 한마디 한다.

"미…미안해."

난 혜정이의 브래지어를 풀려 혜정이의 등 뒤의 후크를 찾지만 어떻게 하는질 몰라 혜정이의 맨 등만을 벅벅 긁고 있다. 찬 내 손이 등에 닿을 때마다 혜정이는 움찔거린다.

"야! 내가 벗을게, 너나 벗어!"

난 혜정이의 말에 얼른 옷을 벗고 속옷을 벗으려 하다 잠깐 머뭇거린다. 민지가 생각이 났다. 그때 내 무릎에 혜정이의 따뜻하고 보드라운 맨살이 느껴진다. 나는 팬티를 내렸다. 그리고 혜정이의 입술에 다시 내 입술을 갖다 댄다. 혜정이의 부드러운 온몸이 느껴진다. 우리의 몸은 닿아 있었고 혜정이의 떨림과 나의 떨림이 어우러져 멀미를 일으키는 것만 같았다. 난 혜정이의 몸을 느꼈다.

"아! 아파…."

혜정이가 비명과 같은 소리를 내며 말을 한다.

"하… 하지 말까?"

나는 조심히 물어봤다. 혜정인 대답 대신 나를 꼬옥 끌어안는다.

그해 가을 늦은 밤 우리의 청춘은 그렇게 흘러가고 있었다.

제3장

어디선가 시작된 소문은 이제 걷잡을 수 없이 학원을 뒤덮고 있었다.

"나이는 많아서 왜 지보다 어린애들만 좋아한대?"

"그러게, 조금 반반하다고 말이야!"

"여기가 재수 학원인 줄도 모르고 있나 봐?"

"나 참, 그것도 모르고 학원비를 내 주는 부모가 불쌍하다!"

"꼬리를 칠 데가 없어서 학원에서 공부 열심히 하는 애한테 꼬리를 치냐?"

"남자애는 처음부터 싫다고 했었다며?"

은주 누나는 애써 태연한 표정을 짓고 있었다. 며칠 전부터 모르는 학생들과 몇 번의 다툼이 있었었다. 다툰 사람이 은주 누나는 아니었다. 말 같지도 않은 소문에 대해 수군거리던 학생들과 형식이 형이었고 민철이였으며 혜정이였다. 준기 형은 다투진 않았으나 씹던 껌을 그중 한 학생의 의자에 조용히 올려놓았었다. 어디서부터 이런 황당한 소문이 났는지 도무지 알 수가 없는 노릇이었다.

"은주야! 정호 오늘 안 나왔어?"

0교시가 끝나고 정호를 만나러 조용히 일어났던 형식이 형은 언제 왔는지 우리와 있던 은주 누나에게 다가와 묻는다.

"응 안 나왔더라…."

은주 누나의 목소리엔 힘이 없었다.

"왜? 연락 없었어?"

자는 줄 알았던 준기 형이 엎드린 채로 물었다. 목소리가 책상에 울려 제대로 들리진 않았지만 약간 떨리는 듯했다. 은주 누나가 0교시 전 교무실에 불려 갔다 온 뒤로 준기 형은 엎드려 있었다.

"응."

"그냥 겁만 주고 끝내겠지. 소문이 사실도 아니고 사귀는 것도 모르잖아?"

민철이가 애써 밝은 목소리로 말을 했지만 아무도 대답은 하지 않았다. 은주 누나는 0교시 시작 전 교무실에 불려 갔었다. 그 이상한 소문이 돌고 돌아 기어코 선생님들의 귀에도 들어간 것이었다. 은주 누나가 정호를 따라다녔다느니, 정호는 계속 거절을 했다느니, 은주 누나가 치근덕대서 정호의 성적이 계속 떨어졌다느니, 은주 누나가 매일 학원 앞에서 기다렸다느니…. 말도 안 되는 소문, 거짓말이었지만 그 거짓말은 번져만 갔고 누군가에겐 진실이 되어 은주 누나는 어느새 파렴치한 여자가 되어 있었다.

우리는 답답하기만 했다. 애초 정호 형이 은주 누나를 따라다닐 때도 우린 우리를 제외한 다른 사람들에겐 비밀로 하자고 했었다. 둘이 사귀기 시작했을 때도 그랬다. 이곳은 재수 학원이니까. 남들이 알아서 좋을 게 하나 없는, 좋을 게 없는 건 당연하고 잘못되면 학기 초에 옆 반의 연애 사건처럼 둘이 학원을 못 다니게 되는 수가 발생을 할 수도 있었기 때문이었다. 그것이 화근이었다. 지금 이 말도 안 되는 헛소문이 아무리 사실이 아니라고 하여도 다른 학생들은 우리의 말을 믿어 주질 않았다. 오히려 우리가 파렴치한 은주 누나 편만 든다고 다툼만 일어나곤 했다. 더욱이 우리는 소문이 더 퍼지면 사실이야 어찌됐건 정호 형과 은주 누나가 학원에서 퇴강 처리될 수도 있기에 심한 경우를 제외하곤 가급적 그 헛소문에 끼어들려 하지 않았다. 그저 소문이 조용히 가라앉기만을 바랄 뿐이었다. 그러나 그 생각은 빗나가고 말았다. 오늘 은주 누나가 교무실에 불려 간 것이었다. 학생들은 교무실로 불려 가는 은주 누나를 보며 꼬시다는 표정들을 하고 있었다.

정호 형은 오늘 학원을 안 나왔다. 은주 누나 홀로 교무실에 불려 갔었으며 아직 그 둘에 대해 어떤 징계가 나올지 결정은 나지 않은 상황 같았다.

꽤 많았다. 그동안 이곳에서 지내면서 쌓인 짐들은…. 은주 누나는 학원 교재와 참고서, 새카맣게 변한 연습장들과 노트들을 모두 가방에 넣고 있었다. 가방이 터질 듯 보였다. 혜정이와 민지는 은주 누나가 가방을 싸는 걸 도와주고 있었다. 둘의 눈엔 눈물이 그렁그렁 맺혀 있었다.

"뭐 이제 10월이고 다음 달이면 수능인데…"

민철이가 말끝을 흐리며 창밖을 바라본다. 점심시간 은주 누나는 교무실로 다시 불려 갔다. 그리고 퇴강 처리됐다. 우리가 있는 1분단 뒤쪽을 보며 학생들은 수군덕대고 있었다. 그 내용은 직접 듣지 않아도 그들의 표정으로 어떤 내용인지 짐작이 되었으며 굳이 알고 싶지도 않았다. 그러나 이해가 되질 않는 건 은주 누나와 친했던 현희의 반응이었다. 학기 초에 친했던 현희 친구들 무리와 은주 누나는 멀어져 있었다. 은주 누나가 우리와 친하게 지내서 그런 걸까? 어찌되었건 지금 현희는 수군덕대는 무리들에 끼어 은주 누나를 본체만체도 하지 않고 있었다.

"나도 이제 여기가 답답해서 못 있겠다."

형식이 형은 수군덕대는 무리들을 바라보며 보란 듯이 일어났다. 그리고 자신의 짐들을 싸기 시작했다.

"형 왜 그래?"

민철이 가방에 마구잡이로 짐들을 쏟아 넣고 있는 형식이 형을 보며 물었다.

"아니, 뭐 나도 나갈란다."

"왜?"

민철이 놀란 눈을 하고 묻는다.

"그냥."

"나 참, 미치겠네…."

뿌리치는 형식이 형의 팔을 놓으며 민철은 말했다.

"바보 아니야…?"

엎드려 있던 준기 형의 목소리는 차분히 가라앉아 있었다.

"나 원래 바보잖아. 맨날 노망들었다고 할 때는 언제고."

형식이 형은 엎드려 있는 준기 형의 뒤통수에 대고 미소를 띠며 말을 했지만 그 미소는 어색해 보였다.

"지금 나갈 때가 아닌데… 그놈의 상황 파악은 언제 되는 거야?"

"상황 파악은 언제나 하고 있지. 지금도."

준기 형의 의미심장한 말에 형식이 형은 웃으며 대꾸했다.

"너까지 왜 이래, 정말."

멍하니 바라보던 은주 누나는 커져만 가는 형식이 형의 가방을 막아서며 말을 했다.

"은주야, 네가 말려도 어쩔 수 없다."

"이러지 마. 너 열심히 해 왔잖아. 나 때문에 이럴 필요 없어."

"네가 아니고 나 때문이야. 어찌 보면 이 모든 게 나 때문이지…. 내가 괜한 오지랖만 부리질 않았어도, 난 그냥 네가…."

엎드려 있던 준기 형이 갑자기 일어났다. 그리곤 형식이 형의 남은 짐을 가방에 넣으며 말을 했다.

"그래, 나가서 마음이 편하다면 나가야지. 누나도 형 말리지 마. 누나도 가서 빨리 자기 짐이나 싸서. 여긴 상관 말고…."

준기 형은 냉정해 보였다. 표정은 어두웠지만 싸늘한 어두움은 아니었다.

"짐 싸는 거 안 도와주냐?"

준기 형의 말에 민철이와 나는 얼떨결에 형식이 형의 남은 짐들을 집어 들었다.

"그래도 형…."

민철은 아쉬움 가득한 목소리였지만 말을 끝내 잇질 못했다.

"아니야, 이게 맞는 거야. 형 나가서 수능 준비 잘하자. 먼저 나가 있어."

그땐 준기 형의 먼저 나가 있으란 말의 의미를 알 수가 없었다.

"고맙다…."

뭐가 고마운지 형식이 형은 준기 형에게 고맙다고 했다. 아마도 은주 누나는 아니라고 해도 형 입장에서의 그 복잡하고 난처한 상황을 정리해 준 것이 고마웠던 것 같다. 가방을 메며 형식이 형은 준기 형의 어깨를 두드렸다. 은주 누나도 짐을 다 챙긴 후였다.

"가자, 은주야!"

형식이 형은 은주 누나의 어깨를 치며 먼저 앞장서서 걸어갔다. 그 뒤를 은주 누나는 따라 나섰다. 이 학원이라는 무리에서 먼저 떠나게 되는 그 둘이었지만 뒷모습에서 쓸쓸함은 느껴지질 않았다. 형식이 형은 은주 누나가 홀로 나갈 때의 그 쓸쓸한 모습을 지워 주고 싶었던 것 같다. 남은 우리는 형식이 형과 은주 누나를 따라 나섰다.

"꼴값들 떨고 있네!"

그때 뒤에서 누군가의 말소리가 들렸다. 뒤이어 혀를 차는 소리도 들렸지만 다행히 내 귀에만 들린 것 같았다. 나는 소란을 피우고 싶지 않았다. 앞서가는 혜정이의 뒤를 조용히 따라만 갔다. 시월의 반이 넘어간 때였다. 낙엽은 수북해져만 갔고 공기는 차고 메말라 있었다. 수능이 한 달여 앞으로 다가와 있었으며 형식이 형과 은주 누나는 그렇게 학원을 떠났다.

"우리 독서실 끊을 거야. 너네 따라오지 마라. 하하!"

형식이 형은 은주 누나와 독서실을 함께 다닐 거라고 했다.

배웅을 하고 혜정이와 민지, 나는 교실로 돌아왔다. 준기 형과 민철이는 담배를 피우러 매점에 들렀다 온다고 했다.

교실 자리로 앞서 가던 혜정이는 걸음을 멈췄다.

"너 아까 뭐라고 했어. 다시 말해 봐!"

혜정이의 목소리는 날카로워져 있었고 현희는 혜정이를 보고 흠칫 놀라는 표정이었다. 의아한 표정을 짓던 현희의 얼굴은 이제 혜정이를 매섭게 쏘아 보고 있었다.

"꼴에 귀는 밝네! 훗훗."

"뭐라고? 너 어쩜 그렇게 못될 수가 있니? 은주 언니가 너 얼마나 챙겨 줬는데 떠나는 사람한테 꼭 그렇게 말을 해야 했어?"

아무래도 아까 꼴값을 떤다고 비아냥거리던 애는 현희였었나 보다.

"나 은주 언니한테만 그런 거 아닌데? 너희한테도 그런 건데?"

"뭐?"

"학원에서 사고 쳐서 쫓겨나는 주제에 조용히 나갈 것이지 뭐 잘했다고, 교실 분위기만 어수선하게 만들고 배웅은 또 뭐야. 훗훗! 같이 나간 바보 같은 오빠는 또 뭐고. 다시 말하라고 했지? 그래, 아주 꼴값들이다, 꼴값!"

현희는 자리에서 일어나 혜정이에게 뭔가 별렀다는 듯이 말을 쏟아냈다.

"너 그걸 말이라고 하니? 어찌됐든 우리와 반년 넘게 얼굴 마주치며 함께 지냈던 언니야. 그리고 너는 원래부터도 언니랑 친하게 알았던 사이고. 둘이 무슨 일이 있었는지 모르지만…"

"웃기고 있어. 네가 뭘 안다고 건방지게 왈가왈부야? 나도 그런 언니인 줄 알았으면 애초에 친하게 지내지도 않았어!"

"은주 언니가 도대체 뭘 잘못했다고 그래?"

혜정이는 답답함에 소리치듯 말을 했다.

"어떤 잘못? 지금 이 학원에서 은주 언니 잘못을 모르는 사람들은 너희뿐인 것 같은데? 학원에서 그것도 재수 학원에서 남자한테 꼬리나 쳐서 공부에 방해를 놓는 게 그럼 잘한 짓이니?"

"너 정말 못됐다. 다른 사람들은 모른다 해도 너는 둘이 어떤 관계였는지 분명 알고 있잖아? 너 왜 너 자신까지 속이려 드니? 언니가 꼬리를 쳤다고? 그거 잘못된 소문인 거 뻔히 알면서 말하고 다니는 네가 제일 나쁜 거야!"

"흥, 무슨 소리. 여기 있는 애들은 그렇게 생각을 안 하는데? 너희만 소설을 쓰고 있어, 아주!"

"그래서 그렇게 앞장서서 헛소문을 네가 내고 다녔구나. 내가 모를 줄 알았지? 네가 거짓 소문 내는 거 다 알고 있었어! 은주 언니도. 그런데 괜히 일 크게 만들지 말라며 언니가 말리더라. 그런데 난 네가 대체 왜 그럴까 생각했어. 그러데 그 말이 맞았네. 너 정호 오빠 아직도 좋아하니? 그래서 은주 언니를 그렇게 험담하고 다닌 거 맞지? 네가… 악!"

혜정이가 비명소리를 냈다. 혜정이의 말을 듣던 현희가 혜정이의 머리카락을 움켜쥐었던 것이다.

"이게 말이면 다인 줄 알아!"

"현희야, 이러지 마!"

민지가 움켜진 현희의 손을 잡아 빼려 했다. 그리고 난 나도 모르게 달려가서 현희를 힘껏 밀어 버렸다.

"아악."

뒤로 나뒹굴러진 현희는 의자에 머리를 세게 부딪쳤고, 머리에선 피가 흐르기 시작했다. 학생들은 소리를 지르고 난 그냥 우두커니 서 있었지만 가슴과 손은 하염없이 떨리고 있었다.

머리에서 피가 난 현희는 병원으로 갔다. 머리가 찢어져서 세 바늘을 꿰맸다고 했다. 머리에 거즈를 붙이고 학원에 다시 온 현희는 엄마와 함께였다. 선생님은 나에게 부모님이 오셔야 해결이 난다고 했다. 난 부모님께 도저히 연락을 드릴 수가 없었다. 이 시간엔 식당에서 장사 준비를 하실 시간이었기도 했지만, 못난 아들이 학원에서 사고까지 쳤다는 말을 하기가 죽기보다 싫었다. 눈물이 왈칵 쏟아질 것 같았지만 간신히 참고 있었다. 공중전화 앞엔 내가 피운 담배 꽁초들이 어수선히 흩어져만 가고 있었다. 뒤쪽에서 익숙한 말소리가 들려왔다.

"미안해, 나 때문에…."

혜정이였다. 혜정이의 눈은 퉁퉁 부어 있었다. 많이 울었던 모양이다.

"아니야, 나도 화났었어. 현희 진짜 못됐더라…. 너는 좀 괜찮아? 아팠지?"

"응, 괜찮아. 근데 지금 너희 집에 부모님 안 계시잖아?"

"응…."

"지금 가게에 계시지? 장사도 준비하셔야 할 텐데…."

혜정인 어느새 우리 집 사정을 누구보다 잘 알고 있는 친구 이상이 되어 있었다.

"…."

"가만있어 봐…."

혜정이는 공중전화에 카드를 넣었다. 그리고 살짝 망설이는가 싶더니 이내 떨리는 손으로 번호를 눌러갔다.

"아빠… 나야…."

혜정이와 나는 원장실에 들어와 소파에 나란히 앉아 있었다. 혜정이네 아빠는 한 시간이 채 되질 않아서 학원으로 오셨다. 그리고 지금 밖에서 현희 어머니 그리고 담임 선생님, 원장님과 얘기 중이셨다. 원장님은 혜정이 아빠에게 신 사장님이라고 불렀다. 원래부터 알고 계셨던 사이 같았다. 그리곤 처음과 다르게 간간이 웃음소리도 들려왔다.

"뭐 애들끼리 그럴 수도 있죠. 스무 살이지만 보면 다 애예요."

밖에서 원장님의 목소리가 새어 들어온다. 뭔가 일이 순조롭게 풀려가는 듯했다.

"혜정아 그런데 아까 현희한테 한 말 그게 뭐야?"

"…."

"아니 말하기 어려우면 말 안 해 줘도 돼."

"아니야…. 며칠 전에 은주 언니가 그러더라."

"현희가 아직도 정호 형 좋아한다고?"

"응…. 그래서 정호 오빠를 계속 만나는 게 불편하다고…"

"아, 그래서 요즘 정호 형하고 냉랭하게 지냈구나."

"은주 언니도 이제 정호 오빠 좋아하는데 현희가 아직도 감정이 남아 있다니까…."

"음, 그런 거구나…."

"그래도 현희가 그 정도로 나올 줄은 몰랐어. 현희도 나중에는 둘이 잘해 보라고까지 했다니까 언니는 현희가 마음 정리를 했구나 생각했대. 그래서 진심으로 사과도 하고 마음 풀어줘서 고맙다고도 하고 사이가 잘 풀려 가나 했지…."

"그런데 갑자기 왜 그래?"

"그건 나도 모르겠어. 갑자기 현희가 아는 척도 안하고 학원에는 이상한 소문이 나고 은주 언니 많이 힘들었을 거야…."

그때였다. 원장실의 문이 열리고 누군가 들어와서 우리 앞 소파에 앉았다. 혜정이의 아빠였다.

"혜정이 괜찮아?"

목소리엔 인자함이 한없이 묻어 있었다.

"응…."

혜정인 아빠를 보자 눈물을 흘렸다.

"아빠 미안해…."

"울긴 왜 울어. 아무 일 아니야. 너 잘못한 거 없어."

혜정이의 아빠는 혜정이의 눈가를 닦아 주셨다.

"민철이는 괜찮니?"

"네…."

혜정이 아빠의 인자한 목소리에 나도 덩달아 눈물을 흘릴 뻔했지만 꾹 참았다.

"저기 현희라고 했지? 그 학생 엄마와도 얘기 잘 했으니까 걱정하지 말고 남자가 어깨 쫙 펴고 알았지!"

혜정이 아빠는 잔뜩 움츠러든 내 어깨를 토닥여 주셨다.

"오늘은 둘이 마음 많이 졸였을 테니까 나가서 우리끼리 외식이나 하자. 원장님한테 특별히 부탁해 놨으니까 너희 가방 챙겨서 학원 앞으로 나오렴. 아빠 먼저 나가 있을게."

꽁꽁 얼어 있던 나의 온몸이 노글노글 녹아져 내려가고 있다. 뇌에 이제야 피가 공급이 되는지 갑자기 졸음이 몰려왔다. 하지만 외식이다.

꼭 외국에 와 있는 것 같았다. 의자, 식탁, 식탁보. 눈을 돌려 사방을 둘러 보아도 여긴 분명 외국이었다. 외국 중에도 미국 같았다. 텍사스 쪽 어딘가의 레스토랑이 아닌가 싶다. 나는 밖에서 구경만 하던 무엇을 파는지 가늠조차 할 수 없었던 그 '티지아이 프라이데이'란 어마어마한 곳에 들어와 있었다.

혜정이는 이곳에 자주 와 봤는지 아주 능숙하게 주문을 했으며 지금 우리의 미국 식탁 위엔 처음 보는 미국 음식들이 놓여 있었다. 미국의 대표적 음식인 스파게티, 피자며 꼭 우리나라 전병과 닮았다고 생각한 꿔사니야? 아무튼 그건 이상하게 담배 맛이 났다. 그리고 스테이크, 그냥 포크로 찍어서 한입에 털어 넣어도 될 것 같았지만 그 작은 걸 혜정인 칼로 죄다 썰어 놨다.

이곳에 들어왔을 때부터 내 눈은 휘둥그레졌다. 이 긴장되고 설레는 마음을 들키지 않으려 태연한 척했지만 벌써 포크를 두 번이나 떨어뜨렸다. 제길… 이곳의 서빙들은 또 어찌나 친절한지 조용히 주우려 하던 나를 만류하며 "포크 새것으로 갖다 드리겠습니다" 하며 큰 소리로 떠들어 댔다. 그리고 그 알록달록한 미국 앞치마를 휘날리며 포크를 두 손으로 두 번이나 갖다 주었다. 황송했다. 황송하므로 나는 일어나서 그 포크를 두 손으로 받았다. 무슨 성화 봉송 같았던 그 의식을 보며 혜정이는 얼굴까지 새빨개져 가며 크게 웃어 젖혔다.

"민철이 많이 먹어라."

혜정이네 아빠는 내 앞으로 음식을 이것저것 옮겨다 주시며 말씀을 하셨다.

"네, 감사합니다."

나의 포크는 순풍에 돛을 단 듯 미친 듯이 춤을 췄다.

"아빠, 쟤 잘 먹지?"

"응, 아주 남자답고 씩씩해서 좋네. 하하!"

혜정이네 아빠는 인자한 미소를 띠며 말씀하셨다.

혜정이 아빠를 이렇게 마주한 것은 처음이었다. 오늘 본 혜정이네 아빠는 여태껏 내가 생각한 모습과는 너무도 달랐다. 한없이 자상하셨으며 혜정이를 아끼고 사랑하는 마음이 나에게까지도 전해지고 있었다. 이런 혜정이 아빠인데 혜정이의 진로에 대해서는 그렇게 냉정하게 하셨다는 게 믿기질 않았다.

제4장

"그래, 민철인 공부 잘돼 가니?"

"응, 아빠. 얘 성적 많이 올랐어."

혜정이가 내 대신 자랑을 해 주었다. 난 어깨가 살짝 으쓱했다. 혜정이 말대로 성적이 많이 오르긴 올랐다. 모두 혜정이 덕분이었다. 이대로라면 서울 근교의 전문대에 원서를 넣어 볼 만하겠다고 담임 선생님도 말씀해 주었었다.

"어, 그랬니? 민철이 공부도 열심히 하고 성격도 남자답고 사윗감으로 아주 탐이 나는 걸. 하하하!"

혜정이 아빠는 혜정이를 보고 웃으며 말했다.

"아빠는 무슨… 쟤는 내 스타일이 아니야!"

미간을 찌푸리며 혜정이는 아빠에게 말을 했지만 얼굴은 창밖의 단풍처럼 붉게 물들어 있었다.

"야! 강민철 너는 얼굴이 왜 빨개지고 난리야?"

혜정이가 갑자기 내 쪽을 보고 있다. 아닌 게 아니라 내 얼굴도 뜨거운 것이 느껴지는 게 혜정이와 마찬가지로 새빨개져 있었던 모양이다.

"아… 저, 아까는 말씀 못 드렸는데요. 오늘 정말 고맙습니다."

나는 빨개진 얼굴을 들킬세라 혜정이 아빠에게 감사 인사를 드렸다.

"아니다, 민철아. 아저씨는 네가 혜정이 지켜주려 그렇게 했다는 게 더 고맙구나."

"…"

"앞집에 사니 민철이도 알겠지만 아저씨는 혜정이랑 따로 살고 있어. 알고 있지?"

"네…"

"그래서 하루하루 언제나 혜정이한테 미안한 마음뿐이란다."

"아니, 아빠가 왜 미안해. 그런 말 하지 마."

조용히 듣고만 있던 혜정이가 끼어든다.

"혜정아, 그래도 아빠는 항상 미안해…. 매일 곁에 있어 주면서 지켜 주고 울타리가 되어 줘야 하는데…. 그런데 이렇게 오늘 민철이가 혜정이를 지켜 줬다는 소리를 들으니까 아저씨가 마음이 든든해지네."

"네…"

"그래도 민철이 네 덩치에 여자는 밀면 안 된다. 앞으로는!"

혜정이네 아빠는 웃으시며 내 어깨를 두드려 주셨다.

"네…"

나는 얼굴이 또 달아올랐다.

"그 현희 학생도 너희들과 어떤 일이 있었는지는 몰라도 수험생인데 많이 놀랐을 거다. 그래서 아저씨가 그 학생 만나서 사과도 하고 마음 추스르게 위로도 했으니까 너희도 내일 현희한테 사과하고 친하게 지낼 수 있으면 친하게 지내도록 해."

"네."

"응."

혜정이와 나는 동시에 대답은 했지만 그렇게 되기가 쉽지만은 않을 것 같았다.

"그런데 아빠 얼굴 살이 왜 그렇게 빠졌어? 아주 홀쭉해."

아닌 게 아니라 나도 느끼고 있었다. 저번 혜정이네 아빠를 봤을 때는 얼굴에 광이 난다고 해야 될까? 아무튼 우리 아버지에겐 없는 그런 윤기가 흐르고 있었고 흔히 보는 아저씨들의 얼굴색이 아니었다. 우리끼리 하는 말로 그냥 있어 보이셨다. 그런데 오늘은 혜정이 말대로 볼살은 저번과는 비교도 할 수 없을 정도로 빠져 있었으며 안색도 그리 좋아 보이지 않았다.

"그러니? 요즘 좀 바빠서 그랬나?"

혜정이네 아빠는 자신의 볼살을 한손으로 만져 가며 말씀을 하셨다.

"아빠 무슨 일 있어?"

"무슨 일은… 아무 일도 없어."

"밥 잘 먹고 다녀…"

"이런, 우리 혜정이가 아빠 걱정도 다 해 주고 이제 스무 살이라 그런가. 아주 다 큰 것 같네."

혜정이네 아빠는 혜정이의 손을 잡으며 다정하게 말을 하셨다. 그러나 혜정이는 쑥스러운지 얼마 지나지 않아 슬그머니 자신의 손을 빼며 물기가 마른 포크를 집어 들었다.

"뭐래?"

수화기를 내려놓는 혜정이에게 나는 물었다.

"응, 그냥 걱정 말라고만 하네…"

은주 누나한테 음성이 들어왔다고 혜정이는 집 건너편 공원 모퉁이에 있는 공중전화 박스로 달려갔었다.

"복잡하겠지…. 정호 오빠도 퇴강일 텐데…."

맞다. 정호 형도 오늘은 결석을 해서 상황을 모를 테지만 퇴강 처리가 될 것은 분명한 사실일 것이다. 아니 다른 친구들에게 이미 연락이 가서 사실을 알고 있을 수도 있을 테다. 그렇다면 아예 내일 안 나올 수도 있겠다는 생각이 들었다. 짐들은 그 반 다른 친구들이 갖다 줄 수도 있을 것이고 굳이 나와서 험한 꼴을 보고 싶은 마음은 없을 테니까….

착잡한 기분이 들었다. 스무 살이 다 넘은 성인인데 이렇게 누군가를 서로 좋아한다는 이유만으로 학원을 못 다니게 한다는 것이 정말 이해가 가질 않았다. 아무리 학기 초에 무서운 경고가 있긴 했지만 말 그대로 경고로 끝날 줄 알았다. 그 경고를 무시한 대가일까, 다른 학생들은 분명 그렇게 생각을 할 것이다. 그러나 그런 경고도 무시할 만큼 둘은 서로 좋아했다. 아무리 둘의 사이에 형식이 형이 징검다리 역할을 했다지만 그것이 둘을 사귀게 한 이유는 아닐 것이다. 사랑은 용기가 필요하고 그 용기를 낸 정호 형이 멋있어 보였다. 그리고 그 짝사랑을 포기하고 오작교가 되어 준 형식이 형도 진정한 용기를 낸 것이다.

나에겐 그런 용기가 없다. 혜정이와 인천에서 그 일이 있은 후 난 고백을 하기로 결심을 했다. 그것이 꼭 우리의 첫 경험 때문만은 아니었다. 아니, 사실 잘 모르겠다. 그냥 그 일이 있은 후로 내 맘속엔 너무나 자연스럽게 혜정이가 들어와 있었다. 좋아하던 민지보다 혜정이만 바라보고 있는 나를 알게 되었으며, 혜정이와 있었던 모든 일들을 곱씹으며 설레고 있는 나를 깨달았다.

내년 봄, 캠퍼스에서 혜정이와 손을 잡고 걸어가는 상상을 하며 즐거워 했으며 혜정이를 위해서라면 어떤 것이라도 무릅쓸 수 있었다. 그렇기에 오늘 현희가 혜정이의 머리카락을 쥐었을 때 아무 생각이 나질 않았다. 사실이었다. 나의 사고가 깨어났을 땐 이미 현희는 저만치 나뒹굴고 있었다. 내 일생에서 그렇게 흥분을 한 것은 처음이었다. 그리고 앞으로도 혜정이에게 어떤 나쁜 일이 벌어진다면 나는 오늘과 같은 행동을 분명 또 할 테지만 정호 형처럼 아직 재수생의 신분으로 고백할 용기는 없었다.

"오늘 미안해⋯."

혜정이의 음성이 들려왔다.

"아니야, 뭐 자꾸 미안하다고 해? 나도 화났었어⋯."

난 대답을 하며 혜정이를 바라봤다. 아직도 눈은 부어 있었다.

"아니, 그래도 오늘 공부도 못하고 수능 얼마 안 남았는데."

부은 눈을 보니 가슴이 아팠지만 긴 속눈썹과 어우러진 눈은 정말 예뻤다.

"근데 너 아까 울었지? 공중전화 옆에서 우는 것 같던데? 남자가 울었어⋯."

혜정이가 나를 보며 말을 하지만 난 혜정이의 눈을 멍하니 바라보고만 있었다.

"야! 뭐 하냐?"

대답이 없는 나를 혜정이는 툭 치며 눈을 흘긴다.

"아⋯ 아니."

눈을 흘기지만 부은 눈을 찡그리는 모습이 너무 귀여워서, 깨물어 주고 싶다는 말의 의미가 빵을 깨문다는 섭취의 의미만 있지 않다는 것을 나는 새삼 느끼게 되었다.

"왜 그렇게 빤히 쳐다봐, 눈도 부었는데."

혜정이는 자신의 부은 눈을 만져 가며 미소를 지었다. 가을밤 찬바람도 혜정이 미소의 온기를 앗아 가질 못하고 있었다.

"아니 이… 이뻐서…."

속으로 생각하던 게 불쑥 입 밖으로 나와 버렸다.

"미쳤냐?"

혜정이가 어이가 없다는 듯이 말하며 내 배를 주먹으로 친다.

"헉…."

내 입에서 바람이 빠져나가는 소리가 나왔다.

"나 원래 예뻤어!"

혜정이가 아이 같은 맑은 웃음을 지었다. 눈가가 부으니 정말 열 살짜리 예쁜 소녀 같았다. 난 미뤄 뒀던 다짐을 다시 되뇌었다.

'수능이 끝나면 꼭 고백을 할 것이다.'

그리고 고백을 받아주는 혜정이의 얼굴이 떠올랐다. 행복했다. 수능을 기다리는 또 다른 이유가 나에게 생겨났다.

속고 있었다. 너무나 학교의 모습을 하고 있어서…. 여긴 그냥 냉엄한 사회였으며 형식이 형을 몰아낸 회사며, 준기 형의 기타를 놓게 했던 그 학벌주의가 만들어낸 장소였다. 사회의 뒷배경이란 작용 원리가 엄연히 존재하고 있다는 것을 우리는 모르고 있었고 그것을 감지하기엔 너무도 어렸다. 준기 형은 무슨 일인지 오늘따라 일찍 학원에 나왔다고 했다. 그리고 친구들과 아무 일 없는 듯 웃으며 떠들고 있는 정호 형을 봤다고 했다. 준기 형은 당연히 그 정호 형 무리들 쪽으로 다가갔다.

"정호야, 너 은주 누나 소식 알지?"

"응."

"너는 어떻게 됐냐? 괜찮냐?"

"뭐가?"

"뭐가? 아니 은주 누나는 너랑 사귀어서 퇴강까지 됐는데 뭐가라니? 너는 징계 안 받았어?"

"홋홋… 내가 징계를 왜 받아?"

"왜 받긴 같이 사귀었는데 같이 징계를 받는 거지."

"사귀긴 뭘 사귀어. 그 발정 난 누나가 나 따라다닌 건데, 난 피해자야, 인마."

"뭐?"

"야, 너네가 이상한 소리하고 다닌다던데 무슨 내가 그 년 따라 다녔다고, 너네 이상한 거짓말 하고 다니지 마라. 여기 다른 학생들은 무슨 장님이고 귀머거리냐. 있는 사실대로 말하고 다녀. 이 아가씨야!"

정호 형은 준기 형의 긴 머리를 만져가며 비아냥댔다. 주위의 정호 형 친구들이 킥킥대며 비웃고 있었다.

"역시 나구나…. 이럴 줄 알았지…."

준기 형은 혼잣말을 하듯 중얼거렸다.

"뭐라고? 들리게 말을 해. 이 못생긴 아가씨야. 네 머리 아주 처음부터 맘에 안 들었어! 지가 무슨 김경호야? 재수 학원이면 학생처럼 하고 다녀. 싫으면 원래 있던 대학로 지하실로 꺼지든가."

"잤냐?"

"잤냐고? 잘 잤지. 어젯밤에 집에서 푹 잤다."

"은주 누나랑 잤냐?"

"홋홋, 그건 네가 알아서 뭐하게?"

"잤구나…."

"네가 무슨 은주 누나 기둥서방이야? 아 참, 어제 그 기둥 서방도 학원

같이 때려쳤다며 하하하! 무슨 이상한 로맨스냐. 고년 아주 흑기사 제대로 뒀네. 그래, 잤다! 그년이 술수를 썼지. 나 술 먹여서 내가 따먹혔어. 그게 왜? 내가 고소 안 하는 걸 다행으로 여기라고 전해 줘라."

준기 형의 주먹은 가냘픈 팔 때문에 허공을 가로질렀다. 맞지도 않은 정호는 정당방위라고 소리를 질러 가며 준기 형을 넘어뜨려 발로 머리를 밟았다. 주위에 친구들도 웃어 가며 준기 형의 다리를 툭툭 쳐 댔다. 맞고만 있던 준기 형은 갑자기 무엇 때문에 힘이 났는지 정호의 허리춤을 잡았다. 그리고 남아 있던 힘을 쥐어짜서 정호 형의 다리를 움켜쥐고 넘어뜨렸다. 그리고 넘어진 정호의 귀를 물어뜯었다.

준기 형도 퇴강이라는 징계를 받았다. 그날 나와 민철, 혜정, 민지는 준기 형의 얼굴은 보지 못했다. 일찍 일어난 일이라 목격한 학생들도 얼마 없었다.

그 후 알게 된 사실은 정호 형, 아니 그 정호는 이곳 학원 이사의 아들이라고 했다. 더욱더 화가 나는 사실은 학기 초 옆 반의 사건 당사자도 정호였으며 그때도 여학생만 퇴강 처리가 되었다고 했다. 여학생에게 접근한 방법도 은주 누나에게 한 것과 비슷했다. 그리고 소문을 내서 여학생을 파렴치한 여자로 만드는 방법도 똑같았다. 소문이 사실로 둔갑하기는 너무나 쉬운 장소였다. 자리가 조금만 떨어져 있어도 학원 생활 내내 한마디 대화도 안 하게 되는 경우가 허다했다. 그러다 보니 들리는 소문이 쉽게 사실이 되었고, 정호는 언제나 선량한 피해자가 되어 있었다.

이번엔 현희를 이용했다. 자신을 좋아하고 있다는 것을 알고 있던 정호는 현희에게 거짓 소문을 내라고 했을 것이다. 그리고 현희는 안 그래도 우리와 어울리는 은주 누나가 못마땅해서 정호의 제안을 선뜻 받아들였던 것이다.

전처럼 아무 일 없이 마무리될 줄 알았던 정호였지만 이번엔 달랐다. 그 선량한 피해자였던 정호의 귀를 준기 형은 반쯤 떨어뜨려 놓았던 것이다. 정호는 선량한 폭행 피해자가 되었고 병원으로 실려 갔으며 봉합 수술을 받아야 했다. 아마도 수능 때까진 학원에서 볼 일은 없을 것 같았다.

준기 형은 이렇게 되리란 사실을 이미 알고 있는 듯했다. 소문이 돌기 시작했을 때도 준기 형은 이상하다고 했었다. 당시는 무슨 말인지 도통 알 수가 없었다. 그리고 형식이 형이 나가겠다고 했을 때도 말리지 않았던 이유는 아마도 더 큰 사고를 막고 싶었던 건 아닐까? 만약 형식이 형이 오늘 나왔더라면 정호는 귀 한쪽만 떨어지진 않았을 것 같았다. 어제 준기 형의 먼저 나가 있으란 말의 의미가 이것인지는 확실치 않지만 오늘 준기 형은 악랄한 폭행 가해자가 되어 이 학원을 떠났다.

남은 우리는 이상한 무력감에 빠져들었다. 쓸쓸한 가을 찬바람이 더해져 더욱 스산한 기분이 들었다. 노랗게 변한 은행잎이 마냥 예쁘게만 보이지 않았다. 여름 내내 제 할 일을 하고 이제 쓸쓸히 떠나갈 준비를 하는 듯 보였다. 하나둘 떨어지는 잎사귀들처럼 든든하고 행복했던 우리도 이제 하나둘 떨어져만 가고 있었다.

"이백 점 넘었다!"

처음엔 혜정이가 나를 놀려 먹으려 하는 줄 알았다. 혜정이의 손에 들린 내 모의 수능 시험지를 채 와서 내 눈으로 확인을 하고 나서야 나는 환히 웃을 수 있었다.

"하… 실전에서 이렇게만 나와도 소원이 없겠다."

기쁘긴 했지만 모의수능이다. 마지막 모의수능이었다. 이제 다음 주면 그렇게 우리를 압박하던 진짜 수능이 기다리고 있었다.

"이번 모의수능평가도 난이도 높았어. 걱정 마. 잘 나올 거야. 민철아."

민지도 나에게 자신감을 심어 주고 있었다. 우리 넷은 서로의 성적을 봐 주며 마지막 담금질을 하고 있었다. 사실 민철이와 내 성적만 봐 주긴 했다. 혜정이와 민지의 성적은 안 봐도 우리완 앞자리부터 다르리란 것은 빤해 보였기 때문이다.

"근데 니넨 몇 점이나 나왔냐?"

혜정이와 민지의 이번 성적은 나도 궁금했다. 그러나 내 코가 석 자이기도 했고 그 둘은 워낙 공부를 잘했었기 때문에 묻지를 않았었다. 그러나 수능이 일주일 앞으로 다가온 지금은 한번 물어보고 싶었다. 민철이도 나와 같았는지 그 둘의 성적을 물어봤다.

"우리? 여기"

이렇게 쉽게 보여 주는 거였으면 진작에 물어볼 걸 그랬다.

"삼… 삼백."

"아… 삼백이 넘을 수 있는 거구나…."

역시였다. 혜정이와 민지는 삼백을 훨씬 넘어선 점수였다. 앞자리가 여태껏 백이다가 요즘 들어야 간간이 이백 자리를 보던 나와 민철이는 믿기질 않았다. 아니, 왜 같은 장소 같은 시간을 공부하고 있는데 혜정이와 민지의 점수는 우리와 이렇게 차이가 나는지 알 수가 없는 노릇이었지만 배가 아프거나 억울한 마음은 발톱의 때만큼도 들지 않았다. 그냥 순수한 궁금중이었다. 아마도 뇌의 문제겠지. 뇌 세포의 수가 분명 차이가 나는 것이다. 이 정도의 차이면…. 뇌세포가 우리보다 월등히 많은 사람들의 수능 성적을 부러워하는 건 어리석은 짓이다. 그 정도는 나와 민철이도 알고 있었다.

"나는 점수도 많이 올랐고 이제 대학 가는 일만 남았다. 하하하."

긍정의 왕 김민철다웠다.

"민철인 과 정했어?"

혜정이가 웃고 있는 민철이에게 물었다.

"과? 과는 모르지. 나오는 성적 봐서 정해야지. 그런데 하고 싶은 건 있어."

"뭔데?"

이번엔 민지가 묻는다.

"이건 비밀인데 말이야…"

우리는 모두 숨죽여 민철이의 입을 바라봤다.

"그건 말이야. 바로 카페야."

"카페?"

"응, 카페."

"커피숍?"

난 거창한 게 나올 줄 알았던 민철이의 입에서 나온 고작 카페라는 단어를 듣고는 웃음이 나올 뻔했다.

"뭐 그런 거지."

"근데 왜?"

"편하잖아. 하루 종일 편한 곳에서 음악 듣고 좋잖아. 친구들 오면 같이 차도 마시고 맥주도 마시고, 나중에 너희 내가 카페 차리면 놀러 와라 꼭!"

"카페 과도 있나? 그거 대학 나와야지 차릴 수 있는 거야?"

민지가 농담인지 모를 질문을 하고 있다.

"있을걸? 하하 농담이고… 우리 아빠가 그러더라고. 동네 야채가게를 하더라도 대학 나와서 하는 거와 안 나와서 하는 건 다르다고. 아니, 다르게 본다고 사람들이."

"아, 그래서 너는 대학 나온 카페 주인이 되는 게 꿈이구나!"

혜정이가 알았다는 듯이 책상을 치며 민철이의 목표를 정리해 주었다.

"응, 그렇지. 내 꿈이야!"

꿈, 오랜만에 듣는 단어다. 중학교 때까진 누군가 간간이 물었던 꿈, 나의 꿈. 난 내 꿈이 무엇인가 생각해 봤다. 없다. 아니, 모르겠다. 내 꿈은 어디 간 것일까…. 있긴 있었나? 막연히 돈을 많이 벌고 싶었다. 그것도 꿈이 될 수 있을까? 곰곰이 생각을 하다 보니 선명한 이미지 하나가 보이기 시작을 했다. 하얀 벚꽃이 핀, 비에 꽃잎 하나 떨어지지 않은 정말 만개한 벚꽃 나무 아래를 혜정이와 함께 걸어가고 있는 내 모습이었다.

"쟤 이상해…!"

혜정이의 목소리다.

"아니, 나의 성스러운 꿈 얘기를 해 주고 있는데 뭐 이런 요망한 표정을 짓고 있냐? 그리고 나 이 표정 알아. 저번에도 창밖을 보면서 딱 이 표정을 짓고 있었어. 징그러운 놈! 도대체 무슨 생각을 하고 있는 거야?"

민철이가 볼펜으로 내 머리를 치며 한소리 한다. 나의 아름다운 꿈은 내 표정을 요상하게 만들고 있었다.

"뭐 먹는 생각 하고 있었겠지. 훗훗훗, 만두?"

혜정이의 말에 모두들 웃었다. 나도 웃었다.

난 다음 주 수능을 보고 혜정이에게 고백을 할 생각이다. 이번엔 어떠한 일이 있더라도 망설이지 않을 것이다. 민지에게 미안한 마음도 들었지만, 이런 상황이라면 민지도 이해해 줄 것이란 생각이 들었다. 저번 인천에서 돌아온 후 아무 일도 없던 것처럼 대하는 혜정이가 조금 의아하긴 했지만 혜정이도 분명 수능 때문에 마음을 열지 않고 있는 게 분명해 보였다. 그리고 나를 대하는 태도가 조금 부드러워진 느낌도 들었다. 이런 생각들을 하니 가슴이 또 간지러워진다.

무시무시하기만 한 수능 날을 학창 시절 소풍날처럼 기대하며 기다리게 될 줄은 나도 몰랐다. 다음 주다. 공부도 나로선 최선을 다해 열심히 했다. 성적도 올랐다. 벌써부터 홀가분한 마음이 든다. 결과야 어찌 되었건 이 암흑 같던 재수 생활도 끝이라는 게 믿기지 않았다. 처음 이곳에 왔을 때의 그 막막한 기분, 한 번의 고3 생활을 더 해야 한다는 그 체할 듯한 답답함, 이것을 견뎌내지 못할 것 같은 불안감, 성적이 과연 오를 수 있을 것인지도 확신할 수 없었다.

이 모든 걸 견뎌 내게 해준 건 형식이 형이었고 준기 형, 민철, 은주 누나, 민지 그리고 혜정이었다. 그들은 내게 은인 같은 사람들이라는 생각이 들었다. 정말 고마웠다. 갑자기 형식이 형과 준기 형, 은주 누나가 무척이나 보고 싶었다. 그들은 이제 내 인생에서 없어선 안 될 존재같이 느껴졌다. 친구… 그래 이곳에서도 난 학창시절 친구들 못지않은 좋은 사람들을 만났다. 그것에 감사했다. 형들도 은주 누나도 수능을 치를 것이다. 그들도 원하는 만큼의 결과를 얻기를 간절히 바랐다. 그리고 받았던 모든 상처가 치유되길 소망한다. 그리고 이 모든 게 지나 정말 웃으며 이때를 기억하며 그들과 어울려 살아가고 싶었다.

겨울이 지나 봄이 오면 그들과 다시 어린이 대공원에 놀러 가는 꿈을 꾼다. 흐드러지게 꽃이 핀 그곳에서 어떠한 고민도 없이 다시 한 번 웃고 떠들며 오롯이 그들과 함께하고 싶었다. 그리고 그곳엔 분명 혜정이의 웃는 모습이 꽃보다 더 환하게 피어 있을 것이다.

제4부

겨울

제1장

 새벽과 아침의 사이 어둠은 아직 가시지 않고 어둑하기만 했다. 나는 혜정이를 기다리며 담배를 피우고 있었다. 오늘이다. 나의 손엔 비장하게 말린 김밥이 들어간 도시락 통이 쥐어져 있었다. 엄마는 새벽부터 분주히 김밥을 말았다. 나보다도 훨씬 먼저 일어나신 것 같았다.

 "어, 김밥이네?"

 "좋나? 이거 먹고 시험 잘 보그래이."

 엄마의 김밥은 평소보다 더 두껍고 딴딴하게 싸여 있는 듯 보였다.

 "마! 언녕 씻고! 지금 김밥이 눈에 들어오나?"

 엄마 옆에 앉아 한석봉처럼 붓을 드신 아버지는 싸인 김밥에 참기름을 바르시며 말씀하셨다. 난 서둘러 준비를 했다.

 "추운데 또 허겁지겁 먹고 체할까 봐 일부러 쪼금 쌌데이."

 엄마의 맞춤형 깊은 배려였다.

 "그래도, 아 먹는 양이 있는데, 거 참 많이 싸지. 힘 안 나면 우짤라고."

 "하이고, 아저씨야. 걱정도 태산이다. 쪼금 싸도 세 줄이다. 요거 먹고도 힘난다. 많이 쌌다가 체해서 재 시험 망치면 당신이 책임질 끼가?"

 "부정 타는 소리는 쯧쯧…. 거기 춥드나?"

 한소리 들으신 아버지는 말을 돌리며 물으셨다.

"응, 조금."

"아, 애들 시험 보는 델 뜨시게 해줘야지. 세금은 어따 쓰는지. 쯧쯧…."
아버지가 혀를 차신다.

"당신은 뉴스도 안 보나 보네. 나라가 지금 망하기 일보 직전이라 카
는데."

"망하긴 개뿔, 그거 다 헛소문이라 안 카나!"

"하이고, 됐다 마! 아가 오늘 정신 똑땍이 채리고."
엄마가 등을 문질러 주신다. 긴장된 마음이 조금 가라앉는다.

"응."

"아가는 무슨…! 이번에 떨어지면 니 바로 군대 보내 뿐다."
아버지는 협박성 말씀을 하시지만 웬일로 지갑에서 만 원짜리 여러 장
을 꺼내어 내 주머니에 넣어 주셨다.

"그리고 이거 혜정이 거니까 언녕 나가서 주고 시험 보러 가그레이."

"오지랖도, 갸도 지 엄마가 도시락 싸 주겠지. 이건 안 체하나?"

"그래도 정이 있지. 엿 하나도 못 사 줬구먼…. 한 줄만 쌌으니까 맛만
보고 배부르면 남기라고 하고."

엄마는 엄마를 제외하고 남자들만 셋인 집에서 보지 못했던 분홍색의
작은 도시락 통을 건네 줬다. 깜박 잊으셨는지 색깔을 맞춘 작은 연분홍
색 보자기로 도시락을 서둘러 감싸 주신다.

"잘 보고 오겠습니다."

"그래, 끝나면 전화하는 거 잊지 말고!"

6시 30분에 만나기로 했었다. 혜정이는 안국동에 있는 여고에서 시험
을 본다. 앞집이기에 우리는 수험장으로 출발하기 전에 잠깐 얼굴이나
보고 가자고 했었다. 나는 엄마가 싸 주신 혜정이의 도시락 통을 들고 골

목에서 기다리고 있었다.

'철컹.'

문이 열리고 혜정이가 나왔다.

"어, 나와 있었어?"

"응."

"난 또 내가 너네 집 가서 깨워야 되나 걱정하고 있었지. 훗훗."

"오늘 같은 날은 나도 일찍 일어나."

"그렇구나."

혜정이가 미소를 지었다. 서로 수능에 대한 긴장감 때문에 얼어 있는 듯했다. 이상한 정적이 살짝 스치고 지나갔다. 내가 먼저 말문을 열었다.

"혜정아, 시험 잘 보고 이거."

"이게 뭐야?"

난 분홍색 보자기에 싸인 작은 도시락을 건네 줬다.

"응, 엄마가 싸 줬어. 김밥이야."

"정말? 어머 감사해라."

"꽁지 먹어 봤는데 맛있어. 엄마가 너 체할까 봐 일부러 조금만 쌌대."

"어머니한테 인사 드리고 가야겠다!"

혜정이는 우리 집 쪽으로 성큼성큼 걸어갔다.

"아니야, 안 그래도 돼! 나중에 인사드리고 우리 빨리 가자. 늦어!"

나는 혜정이를 겨우 말렸다. 우리 집에 들어갔다가는 바쁜데 왜 왔냐고 괜스레 한소리 들을 것 같았기 때문이다.

"그래? 그럼 이따가 와서 인사 드려야겠다! 히힛, 오늘 시험 잘 볼 것 같네."

작은 도시락을 받고 좋아하는 혜정이가 정말 사랑스러워 보였다.

"우리 파이팅 하자."

혜정이가 작은 손등을 내밀었다. 추웠다. 오늘은 이상하게도 갑자기 날씨가 추워졌다. '대입날은 춥다'라는 징크스를 일깨워 주려는 듯했다. 나는 이 추위에 혜정이의 손이 얼까 재빨리 내 손바닥으로 혜정이의 손등을 감쌌다. 내 온기를 전해 주고 싶었지만 혜정이의 온기가 내 손바닥으로 밀려왔다. 따뜻했다.

"하나, 둘, 파이팅!"

우리는 손을 높게 올리며 힘차게 외쳤다. 힘을 내라고 안아 주고 싶었다. 아니, 안으면 내가 힘이 날 듯했다. 하지만 그러질 못하고 있었다. 그때였다. 혜정이가 나를 안아 줬다. 그리고 등을 엄마처럼 문질러 준다.

"시험 잘 봐! 민철아."

나도 용기가 나서 혜정이를 감싸 안아 줬다. 우리가 울면서 처음 만난 그 골목, 다시 맞이한 겨울에 이젠 서로 힘이 되어 주려 따뜻하게 안아 주고 있었다. 아무도 없는 컴컴한 겨울 아침, 노란 가로등만이 우리를 내려다보고 있었다.

"응, 너도."

우리는 서로의 온기를 느끼고는 반대로 걸어갔다. 혜정이는 지하철을 타고, 난 버스를 타고 가야 했다. 난 몇 발자국 안 가 다시 뒤돌아보았다. 혜정이도 그러했는지 우린 다시 멀리서 바라보게 됐고 서로 손을 흔들어 주었다. 왠지 눈시울이 뜨거워지는 것만 같았다.

응원 소리가 요란했다. 이 추위만 없었으면 가을 운동회에 온 것 같은 착각이 들 정도였다. 작년 수능 날은 날씨가 포근했다. 그러나 오늘은 때 이른 한파가 왔으며 유난히도 추웠다. 나는 작년과 같이 쌍문동에 위치한 중학교에서 수능을 보게 됐다. 두 번째로 온 곳이지만 낯선 것은 여전했다.

"선배님들 힘내세요!"

수험생들이 수험장으로 들어갈 때마다 각각의 고등학교에서 나온 후배들이 힘내라는 구호를 외쳐 주고 있었다. 꼭 자기네 학교 선배가 아니어도 응원을 해 주었다.

"파이팅!"

어느 넉살 좋은 수험생은 한쪽 팔을 번쩍 들어 다른 학교 후배들의 응원에 화답을 하며 수험장으로 발길을 힘차게 옮겼다.

"우와와와! 네, 형! 시험 잘 보세요!"

힘차게 들어가는 그 수험생의 뒷모습에 내년 수능을 치를 예비 수험생들은 다시 한 번 힘찬 응원을 보내 준다. 형형색색의 팻말들엔 재미있는 응원의 문구들이 적혀 있었다.

'내년엔 이곳에서 만나지 맙시다!'

'대학교에서 오란다!'

'OMR은 만득이도 확인.'

등등 밤새 쥐어짜며 팻말을 만들어온 이름 모를 후배들의 노고가 엿보였다. 그리고 멀지않은 곳에선 엄마와 끌어안으며 울음을 참고 있는 수험생이 보였고, 한쪽 간이 테이블에선 따뜻한 차와 커피를 수험생들에게 무료로 나눠 주고 있었다. 수험장 입구는 개선문같이 열기가 뜨거웠다. 수험생들의 잔뜩 긴장한 마음을 그 열기로 녹여 주려 하는 것 같았다. 고마웠다. 그 응원하는 모습들을 보며 나도 모르게 긴장감이 비장함으로 변해 가고 있었다.

'할 수 있다! 강민철!'

그리고 뒷주머니에서 노란색 손수건을 꺼내어 봤다. 그리고 다시 그 손수건을 정성스럽게 접어 뒷주머니에 넣었다.

어제였다.

"이거 받아."

민지가 민철이와 나, 혜정이에게 노란 손수건을 하나씩 건네 줬다.

"이게 뭐야?"

손수건을 펴 보며 나는 물었다.

"응, 어디서 들었는데 이번에 노란색이 행운을 가져다준대. 그러니까 모두들 내일 수능 시험장에 이거 꼭 챙겨서 가지고 가."

"아, 부적인 건가?"

민철이가 웃으며 손수건의 냄새를 맡는다.

"냄새도 좋네."

"응, 내가 사서 빨고 다리고 향수도 뿌렸어. 꼭 지니고 가서 우리 모두 시험 잘 보자!"

민지는 우리에게 행운의 노란색 손수건을 하나씩 나눠 주었다. 이번에 노란색이 행운을 가져다준다는 말은 처음 들었지만 민지가 주었기에 분명 좋은 기운이 들어 있을 것이라 생각했다. 민지는 형식이 형과 은주 누나에게도 전해 줬다고 했다. 준기 형에게도 전해 주려 했지만 만나질 못했다고 했다.

1-5 수험장은 복도 끝에서 두 번째에 자리하고 있었다. 녹색의 학급 표시가 되어 있을 팻말엔 하얀색의 수험장 번호가 덧씌워져 있었다. 교실 문에도 '1-5 수험장'이라고 적힌 하얀색 종이가 대문짝만 하게 붙여져 있었다. 그래도 나는 내 수험표를 꺼내 몇 번을 더 확인했다. 맞다. 정확히

맞다. 난 그 교실로 들어가 내 수험 번호가 쓰여진 자리를 찾아서 앉았다. 먼저 온 수험생들은 얼핏 봐도 반이 되질 않는 듯 보였다. 수능이 선착순이었다면 좋겠다는 말도 안 되는 생각이 스쳐 지나간 후 난 서둘러 가방에서 모의수능 문제집을 꺼냈다.

"내일 수험장 가면 다른 건 보지 말고 수능 문제집만 풀어. 긴장 풀면서."

어제 민지가 민철이와 나에게 해 준 말이다. 어차피 새로운 내용은 이제 머리에 들어가지 않을 것이고 본다 한들 그것이 수능에 나올 확률은 희박하니 문제나 풀면서 빨리 본 시험을 볼 준비를 하라고 했다. 운동으로 말하자면 워밍업을 하듯 운동장을 살살 뛰란 뜻이었다. 난 민지의 말대로 워밍업을 시작한다.

'음… 요건 3번.'

'… 이건 5번이구먼.'

난 문제집이 본수능지라 최면을 걸며 최대한 집중을 하며 풀어 갔다. 그때 뭔가 상당히 익숙한 냄새가 내 코를 자극시켰다. 복도 쪽이다. 난 고개를 돌려 복도 쪽 창문을 보았다. 그곳엔 담배 연기가 자욱했다. 맞다. 작년에도 이랬다. 수험생들은 누가 먼저랄 것도 없이 자유롭게 복도에서 담배를 피웠고, 중간중간 쉬는 시간에 복도는 담배 연기로 가득했었다. 실전이었다. 수험생들의 나이는 제각각이었고 얼굴로 봐서는 도저히 나이를 가늠할 수 없는 분들도 있었다. 어떤 험상궂게 생긴 아저씨의 얼굴엔 고된 인생이 각인되어 있는 듯 보였다. 그분들의 수험장에서의 자유로운 흡연은 마치 이 사회에 대한 최대한의 반항 같아 보였다. 복도 곳곳에 놓인 깡통엔 꽁초들로 넘쳐났고 그분들 틈에 끼어 어린 친구들도 그 반항에 동참을 하는 모습이었다. 어찌 되었건 어제까지 학생들이 있던 학교 복도가 담배 연기로 가득 차 있는 모습은 굉장히 낯설고 생소한 광경이었다. 나도 담배를 들고 복도로 나갔다.

"자, 삐삐 및 핸드폰을 포함한 모든 전자 기기는 전원을 끄시고 뒤에 놓인 바구니에 갖다 놓으시기 바랍니다. 만약 시험 도중 소지하신 게 발각되시면 이유를 불문하고 부정행위로 간주가 되니 혹시라도 다시 한 번 소지품을 확인하시기 바랍니다."

재작년이었다. 어떤 수험생이 삐삐를 이용하여 부정행위를 하려다 발각이 되었고 그 이후로 모든 전자 기기의 소지를 엄격하게 통제하고 있었다. 미리 공지를 받았지만 감독관은 다시 한 번 상기시켜 주고 있었다. 작년과 다르게 이번 감독관은 온화한 얼굴이었고 부드러운 어투로 말을 계속 이어 갔다.

"1998학년도 대학입시 수학능력평가를 시작하겠습니다."

감독관의 말이 끝나자 맥박이 빨라진다.

"너무 긴장들 하지 마시고 최대한 편안하게 풀어요. 자, 우리 모두 소리는 내지 말고 팔 올려서 기지개 한번 쭉 펴고 시작하도록 합시다!"

감독관의 갑작스러운 제안에 굳어져 있던 수험생들의 얼굴이 환해졌다. 그리고 모두들 허리를 펴고 팔을 쭉 뻗으며 기지개를 폈다.

"으으윽."

소리는 내지 말라고 했지만 수험생들의 입에선 작은 소리들이 새어 나왔다. 나이가 지긋하신 감독관의 얼굴에도 온화한 미소가 번졌다.

"기지개도 폈으니까 다른 수험장보다 1점씩들은 더 오를 겁니다. 나중에 따로 감사 인사는 안 하셔도 돼요."

농담같이 말하는 감독관이지만 정말 1점이 아니라 몇 점은 더 오를 것만 같았다.

"이제 종소리가 나면 시작을 하도록 하겠습니다."

미리 전해 옮겨진 시험지는 내 책상 위에 뒤집혀져서 놓여 있었다. 저 뒷면을 보기 위해 난 일 년을 더 공부했다. 부디 뒷면에 익숙한 문제들만이 가득하길 간절히 바랐다.

'난 할 수 있다!'

나는 최대한 크게 속으로 외쳤다.

종이 울렸다.

"자, 이제 1교시 언어 영역 능력 시험 평가를 시작하도록 하겠습니다."

수험생들이 뒤집는 시험지의 사각거리는 소리가 예리하게 내 귀를 찔렀다. 나의 두 번째 수능이 시작되었다.

해가 지고 있는 검푸른 하늘에서는 눈발이 흩날리고 있었다. 찬 공기를 갑자기 마시니 코가 시리면서 머리가 맑아지는 기분이다. 나는 다시 찬 공기를 깊게 들이마셔 본다. 믿기질 않았다. 길었던 수능을 마치고 난 어둑해지는 학교의 운동장을 바라보고 있었다. 정말 끝이 났다. 홀가분한 마음이 들지만 이런 기분이 들어도 되는지 의심스러울 정도로 믿기질 않았다. 고개를 돌려 수험장 밖으로 서둘러 나가는 수험생들의 긴 행렬을 보고 나서야 의심이 풀리기 시작했다. 아주 작은 눈발이 얼굴에 떨어져 녹는다. 하늘을 올려다봤다. 첫눈이었다. 구름이 많이 끼지 않은 걸로 봐선 첫눈이 시시하게 끝날 듯 보였지만 그마저도 나에겐 왠지 모를 행운의 징조 같아 보였다. 시험의 결과는 장담할 수 없지만 작년보다 아는 것이 많아 보였다. 그러나 오늘은 그 결과를 생각하고 싶지 않았다. 그저 이 홀가분한 기분을 만끽하고 싶었다. 미치도록 홀가분한 마음이 들며 혜정이가 몹시 보고 싶어졌다. 나는 오늘 수능을 마치고 모두 모이기로 한 대학로로 서둘러 발걸음을 옮겼다.

"형!"

형식이 형이 멀리서 보였다. 붐비는 인파 속에서 내 목소리를 용케도 들은 형식이 형은 내 쪽으로 고개를 돌렸다.

"여어, 강민철!"

형식이 형은 나를 보며 두 팔을 벌렸다. 형식이 형이 이렇게 반가운 것도 처음이었다. 형식이 형은 퇴강 후 독서실로 찾아간다는 우리를 오지 말라고 했다. 그리고 수능 보는 날 모두 모이자고 제안을 하였고 우리는 그 약속을 설레며 기다렸다. 퇴강 이후 처음 보는 형식이 형이었다. 난 반가운 마음에 형식이 형을 와락 안았다.

"떨어지자."

형과 나는 혜화역 1번 출구에서 끌어안으며 재회를 하였고 0.5초 만에 형식이 형의 제안에 우리는 서둘러 떨어졌다.

"더럽게 오글거리네. 다신 이러지 말자."

"응, 나도."

우리는 함께 웃었다. 그 웃음 속엔 반가움과 홀가분한 마음, 그리고 행복한 그 모든 게 들어 있는 듯했다.

"민철, 시험 잘 봤어?"

뒤에서 말소리가 들렸다.

"어, 누나!"

돌아본 곳에는 은주 누나가 나를 보며 웃고 있었다.

"누나 잘 지냈어요?"

"그럼 잘 지냈지. 너 시험 잘 봤냐니까?"

"응, 모르겠어요. 채점해 봐야 알겠는데 그냥 느낌은 좋아."

"오, 그래. 느낌이 좋으면 성적도 잘 나오겠네! 수고했어, 민철아."

"네, 누나도요!"

"응, 그래. 고마워. 아, 그리고 애들은 일찍 왔었나 봐. 캠브리지에 들어가서 자리 잡았대."

"애들 다?"

형식이 형이 물었다.

"다라고 해 봐야 혜정이랑 민지, 민철이 셋인데 뭐."

"아, 먼저 들어갔대요?"

난 아무렇지 않은 듯 물었지만 기분이 이상했다.

"응, 음성 와서 지금 들었는데 걔네는 여기서 가까웠잖아. 일찍 도착했었나 봐. 들어갔대. 우리도 빨리 가자."

"그래, 빨리 가자. 고고!"

형식이 형이 앞장서서 간다. 그리고 은주 누나는 발걸음을 옮겨 형식이 형과 어깨를 나란히 하며 걸어갔다. 난 주머니에서 삐삐를 꺼내 확인을 해 봤다. 확인 못한 메시지가 들어 있었다. 민철이였다. 민철이는 자신이 보낸 메시지엔 언제나 숫자 '07'을 붙였기에 알 수 있었다. 은주 누나에게 온 메시지와 같은 내용일 것이다. 살짝 서운한 기분이 들었다. 시험이 끝나고 난 혜정이를 보고 싶은 마음에 지하철 계단을 뛰어 다녔다. 그리고 개찰구를 넘듯이 통과하고 이곳에 왔다. 그러나 혜정이는 나보다도 먼저 민철이를 만났고 나를 빼고 먼저 캠브리지에 가 있었다. 먼저 가 있다는 문자도 혜정이가 아니라 민철이가 보냈다. 내가 오버하고 있다는 생각이 들었지만 가는 내내 아까의 설렜던 기분이 가라앉고 있었다.

여섯 시가 조금 넘은 이른 시간이었지만 3층으로 된 술집 안은 사람들로 붐볐다. 해가 진 어둠을 피해 모두들 일찍 자리를 잡고 친구들과 왁자지껄 떠드는 모습에선 바깥의 한파는 온데간데없어 보였다.

"저기 있네!"

앞서간 형식이 형이 2층 안쪽에서 그들을 찾아냈다.

"혜정아!"

은주 누나의 소리에 창가 쪽 끝에 앉아 있던 혜정이가 손을 흔든다.

"언니! 오빠!"

"형 오늘 멋있네!"

민철이가 형식이 형을 반기며 말했다. 형식이 형은 오늘 웬일로 말쑥하게 차려입고 있었다. 밤색 반코트 안에 검은 폴라 티 그리고 검은색 면바지를 입고 있었다.

"뭘 좀 아는구먼! 이거 며칠 전에 은주가 골라 줬거든, 하하!"

혜정이와 민지는 마주 보며 안쪽에 앉아 있었다. 그리고 혜정이 옆엔 민철이가 있었다. 난 혜정이 얼굴이라도 보려 혜정이가 앉아 있는 맞은편 민지 옆자리에 앉으려 했지만 앞서간 형식이 형이 그 자리에 은주 누나를 앉히고 형은 누나 옆에 앉았다. 갑자기 나의 좌석이 예약되었다. 나의 영원한 짝꿍 민철의 옆자리만 비었다. 난 어정쩡히 서 있었다.

"뭐 해. 빨리 앉아, 인마."

민철이가 자신의 옆자리로 나를 안내한다. 이 배치는 나의 행복 조감도 어디에도 없는 잘못된 구조였다. 그 조감도상에 나는 혜정이 옆자리에 앉아 있어야 됐다. 제 1안이 실패할 시 제 2안은 두 눈을 마주볼 수 있는 맞은편 자리다. 그 자리는 민지가 있기에 불가였다. 제 3안은 혜정이의 맞은편 대각선 자리이다. 은주 누나가 앉았다… 재빨리 수능으로 다져진 냉철한 통찰력으로 제 4안을 그려 본다. 혜정이의 무릎 위에 앉아 있는 미친 그림이 그려진다.

"빨리 앉으라고, 안주 나왔어!"

민철이가 내 옷깃을 잡아끌어 자신의 옆자리에 앉혔다. 뒤에서 한참을 기다리던 서빙은 그제야 들고 있던 쟁반을 테이블에 올리고 안주들을 가지런히 놓아 주기 시작했다.

제2장

"건배!"

우리는 잔을 어느 때보다도 높이 들어 더욱 세게 부딪쳤다. 출렁거리던 술은 잔을 타고 흘러 내려 내 손끝을 적시고 테이블로 떨어졌다. 그술이 테이블 위의 튀김을 적시던 김치찌개를 술국으로 만들고 냅킨을 모두 젖게 하여도 오늘은 상관없었다. 성인이 되었어도 마음은 늘 고등학교에 머물러 있었다. 이제야 진정 졸업을 한 기분이 들었다. 재수를 한나에게 어떠한 결과가 나올지라도 삼수는 없다. 그렇기에 나의 수험생생활은 오늘로써 마침표를 찍었고 고등학교에 홀로 남아 있던 나의 모습은 그날 먼저 나간 친구들에게로 달려가고 있었다. 그렇기에 술잔을 부딪치는 소리는 더욱 커져야만 했다.

"준기 형은 그래서 온다는 거야, 만다는 거야?"

민철이가 준기 형의 부재를 다시 한 번 확인시켜 줬다.

"몰라, 아까도 음성은 남겨 놨는데 연락이 없네. 이 자식 수능은 잘 봤나 모르겠다."

형식이 형의 목소리엔 진심 어린 걱정이 묻어 나오고 있었다.

"응, 여기 모여 있다고 남겼으니까 들으면 연락 오겠지…."

은주 누나는 방금 전 테이블 위에 놓인 전화로 준기 형에게 음성을 남졌다.

우리는 그날의 일들을 굳이 말하지 않고 있었다. 어떤 위로의 말을 해도 누군가는 다시 상처를 받을 수 있고, 받았던 상처도 아물기엔 아직 시간이 부족했다. 수능은 우리에게 아파할 시간도, 위로할 시간도 주질 않았다. 다들 알고 있었다. 그렇게 어정쩡히 시간은 지났고 다시 들춰내기엔 그 상처가 너무 깊게 나진 않았을까 하는 걱정이 더욱 앞섰다. 어떤 상처는 그냥 밴드로 덮어두는 게 나을 때도 있다는 것을 우리는 알고 있었다. 우리는 그저 형식이 형과 은주 누나를 밴드처럼 든든하고 따뜻하게 감싸 주고만 싶었다.

"얘들아, 우리 지난번 봄 때처럼 어디 놀러 갈까? 재밌었잖아!"

형식이 형이 들뜬 우리에게 불을 지핀다.

"좋아, 오빠! 정말 재밌겠다. 이번엔 멀리 가 보자. 겨울바다 보고 싶다!"

혜정이가 소리치듯 형식이 형의 제안에 찬성표를 던졌다.

"응, 좋겠다. 바다면… 정동진 어때?"

민철이는 반쯤 일어나서 신나게 말을 하는 게 벌써 바닷바람을 쐬고 있는 듯 보였다.

"재밌겠다! 크리스마스 때 맞춰서 가면 좋겠네."

은주 누나는 휘발유를 들이 붓는다.

"그래, 그러자. 진짜 좋겠다! 훗훗. 민지 갈 거지?"

"응, 엄마한테 허락 받아야 되는데. 아마 이번엔 허락해 줄 거야. 훗훗."

혜정이의 물음에 민지도 활짝 웃는다.

크리스마스 때 이성과 함께 보내는 건 꿈만 같은 로망이었다. 그런데 그 이성이 혜정이다. 난 설레던 마음이 2차 폭발을 하면서 앉아 있을 수가 없었다. 벌떡 일어나는 바람에 앉았던 의자는 뒤로 넘어지며 뇌진탕을 일으켰다.

"갈 거야! 나 간다. 꼭 가야 돼! 파이팅!"

"아… 깜짝이야! 저건 또라이 같을 때가 있어, 큭큭큭."

나의 마지막 구호는 수험장 앞에서 들었던 응원의 여파 때문인 것 같았다.

"그래, 가자고 민철아. 너무 흥분하지 마."

형식이 형이 다독거린다.

"근데 민철아, 가는 건 가는 건데 너 지퍼 올리고 가야겠다."

난 은주 누나의 말에 손으로 점퍼 지퍼를 잡으려 하지만 지퍼가 없었다. 지퍼만 없는 게 아니라 점퍼도 없었다. 아 맞다! 점퍼는 의자에 걸어 놓았었다.

"그 지퍼가 아니라 너 남대문 열렸다고."

난 아래를 쳐다봤다. 남대문은 내 마음과 같이 아주 홀가분하게 활짝 열려 있었다. 누가 손을 집어넣어 쌀보리를 하기에도 불편함이 없어 보였다.

"이야! 강민철 역시 호방하다니까. 하하하!"

나는 황급히 바지 지퍼를 잡으며 자리에 앉지만 엉덩이에 의자가 닿아야 할 시간인데 닿질 않았다. 무슨 벼랑으로 떨어지는 아찔한 기분이 들었다. 미리 넘어가 있던 의자는 나를 붙잡고 황천길로 이끌었다.

'우당탕탕탕!'

나는 남대문이 활짝 열린 채 뒤로 나자빠졌다.

"우하하하하!"

"어떡해. 푸풋… 하하하!"

"하하하, 누가 쟤 지퍼 좀 올려줘라. 캬캬캬."

나의 재수생 동기들이 사레까지 들려 가며 웃는 소리가 이승에서 아득하게 들려왔다.

"정말? 하하하하!"
무엇이 그리 재밌는지 혜정이의 웃음은 끊이질 않고 있었다. 마주 앉아 있는 민지도 웃음꽃이 활짝 피어 있었다. 그러나 정작 나의 얼굴에선 웃음이 가신 지 꽤 지났다. 화장실에 세수를 하러 갔다 온 후부터인 것 같았다. 자리로 돌아와 보니 형식이 형은 술이 조금 취했는지 은주 누나와 조용히 얘기를 나누고 있었다. 둘이 대화를 하고 있었기에 굳이 끼어들고 싶지 않았다. 그리고 옆에 나의 동갑내기들인 민철, 혜정, 민지는 무슨 이야기를 신나게 하며 웃고들 있었다. 살짝 들어보니 예전 학원에서 있었던 이야기 같았다. 민철이는 혜정이 쪽으로 반쯤 돌아 앉아 있었다. 대화에 끼어들려면 내가 고개를 좀 빼서 다가가야 하는 상황이었다. 그러나 그러고 싶지 않았다. 건너편의 민지가 나를 살짝살짝 쳐다봤지만 미소만 지을 뿐 대화는 앞쪽의 혜정이와 민철이하고만 하고 있었다. 나는 울리지 않은 삐삐를 확인하며 자리에 놓인 술잔을 들어 혼자 마셨다.
사실 혜정이가 먼저 말을 걸어 주길 바랐다. 혜정이가 화장실에 갔다 오며 은근슬쩍 내 옆에 앉아 주길 기다렸다. 서운했다. 난 오늘 혜정이에게 고백을 할 생각이다. 그 전에 혜정이와 많은 이야기를 하고 싶었다. 혜정이의 아이 같은 눈을 오랫동안 바라보고 싶었다. 이런 내 마음을 혜정이는 전혀 모르는 듯 민철이와 웃고 떠들고만 있었다.
"강민철, 안 그래?"
혜정이의 목소리다. 혜정이가 나를 부르고 있었다. 그제야 나와 혜정이 사이를 가로막고 있던 민철이의 어깨가 내 쪽으로 돌려졌다. 그리고 혜정이의 얼굴이 보였다.

"안 그러냐고?"

"뭘…?"

그러지 않으려 했지만 내 목소리는 누가 들어도 퉁명스러웠다.

"아니, 그때 생각 안 나냐고. 어린이 대공원에서 네가 막 벚꽃나무 흔들었잖아!"

나의 퉁명스러운 목소리는 개의치 않는지 혜정이는 재차 묻는다.

"나지…. 그때 사진 찍을 때."

"그치, 네가 흔들었었지?"

"응."

"거 봐. 내 말이 맞지? 민철 천 원 내놔!"

혜정이와 민철이는 내기를 했었는지 민철이는 지갑에서 천 원짜리를 꺼낸다.

"아, 형식이 형이 흔든 것 같은데…."

민철이는 내기에서 진 게 분한지 담배를 하나 꺼내 물고 불을 붙였다. 민철이 어깨로 가로막혀 있던 혜정이의 자리가 보였다. 혜정이 테이블 앞엔 오늘 본 수능 정답지가 놓여 있었다. 수능 시험지는 시험을 마치면 모두 회수를 해 갔다. 그래서 우리는 시험지의 한쪽 면을 찢어서 본인이 푼 객관식과 주관식 답을 매 시험 시간마다 적어서 가지고 나왔다. 그리고 수험장을 마치고 나오며 배포해 주는 정답지를 받아서 각자 채점을 먼저 했었다. 올해도 마찬가지였다. 정식 채점 결과가 나오기 전 임시로 자신의 점수를 알 수 있는 유일한 방법이었다.

"아, 빨리 봄이 왔으면 좋겠다!"

혜정이가 한파가 온 창밖 너머를 보며 말을 꺼냈다.

"빨리 대학 생활 하고 싶어서?"

담배를 피우던 민철이가 물었다.

"그것도 맞는데 빨리 봄이 와서 우리 다 같이 놀러 다니고 싶어서, 추운 거 너무 싫어."

"나도."

민지도 추운 게 싫은지 맞장구를 친다.

"야, 너는 유학이나 가지 마라. 약속 지켜!"

"유학?"

"응, 알았어. 너랑 같은 대학 붙으면…."

"다른 대학 붙으면 간다고?"

"알았어. 안 가."

"무슨 유학?"

민철이가 답답한지 큰소리로 다시 물었다.

"아니, 민지 원래 재수 안 하고 유학 가려고 했었거든…."

"오, 그래 어디로?"

"캐나다."

"아 뱅꾸버!"

민철이는 민지의 말에 혀를 굴려 가며 장난을 친다.

"맞아, 밴쿠버. 거기 친척 살거든."

"그래, 가지 마라. 우리 그냥 여기서 재밌게 지내자."

"응, 안 가. 이렇게 수능도 봤는데 내가 왜 가니? 훗훗훗."

"그래, 힘들게 공부했는데… 건배!"

민철이가 잔을 들었다. 우리는 바쁜 형식이 형과 은주 누나를 빼고 동갑끼리 잔을 모았다. 민지가 유학을 가려고 했었다는 사실도 처음 알았다. 많이 친해졌다 생각을 했지만 아직도 모르는 것이 많을 수도 있다는 생각을 해 본다. 혜정이도 그럴까? 아직 내가 모르는 게 아는 것보다도 더 많을 수도 있다는 생각을 해 보지만 혜정이는 왠지 그러지 않을 것만 같았다.

"짠."

혜정이가 입으로 잔 부딪치는 소리를 냈다.

"아, 정말 좋다. 다들 대학 붙어서 봄에 다 같이 벚꽃 축제 꼭 다시 가자!"

"그래!"

나는 혜정이의 말에 일부러 크게 대답을 했다. 나와 같은 생각을 하고 있는 혜정이가 좋았다. 사랑스러웠다. 누군가를 정말 좋아한다는 게 이제 어떤 건지 알 것만 같았다. 아까의 서운했던 기분은 혜정이가 꺼낸 봄 얘기에 눈 녹듯이 사라져 갔다.

"그치? 그때 정말 재미있었는데. 벚꽃도 예뻤고 바이킹도 재밌었고."

혜정이가 크게 대답을 한 나를 보며 말을 했다.

"대관람차도 재밌었어…"

민지가 나를 보며 미소 짓는다. 나는 민지의 미소를 계속 바라보기가 미안했다. 난 민지와 대관람차를 같이 탔다. 그리고 손을 잡았다. 그때의 다짐이 떠올랐다. 수능을 보고 민지에게 고백을 하려 했었는데…. 민지를 좋아했던 마음이 왠지 아득히 먼일처럼 느껴졌다. 지금은 단지 혜정이가 봄이 오면 어린이 대공원에 가고 싶다는 말만이 귓가에 머물고 있었다.

"야, 나가서 바람 쐬고 올래?"

나의 단짝인 민철이가 나를 보며 물었다.

"아니, 싫어."

"미친놈… 아니면 아니지 뭘 싫기까지 해?"

민철이 단호히 거절한 나를 야속하게 바라본다. 민철아 미안하다. 네가 바람 쐬러 가면 난 혜정이한테 가까이 가서 얘기할 게 많거든. 난 민철이가 빨리 나가기만을 기다렸다.

"민철아 같이 가자. 나도 바람 쐬고 싶어!"

혜정이가 민철이를 따라 나갔다. 오늘은 계획대로 되는 게 하나도 없었다. 나가던 혜정이가 내 쪽으로 돌아본다. 분명 같이 나가자고 할 모양새였다. 내 엉덩이가 먼저 반응을 하여 의자에서 살짝 떼어졌다. 혜정이는 나를 보며 씽긋 웃더니 팔을 뻗어 담배를 챙겨 갔다. 내 몸은 찰나에 춤을 추듯 들썩였지만 혜정이는 눈치를 못 챘다.

정면에 술이 된 형식이 형만이 나를 그윽하게 바라보고 있었다. 민지도 화장실을 다녀온다며 자리에서 일어났다. 졸지에 나와 형식이 형, 은주 누나만이 남게 되었다. 형식이 형과 은주 누나는 무슨 할 이야기가 그리 많은지 계속 둘만 도란도란거리고 있었다. 그래도 둘의 사이가 좋아 보여서 다행스러웠다.

혼자 아닌 혼자가 되어 버린 나는 혜정이의 빈자리를 물끄러미 바라봤다. 올려져 있는 수능 정답지가 눈에 들어왔다. 난 자리를 옮겨 정답지를 집어 들었다. 나도 물론 정답지는 챙겼었다. 그러나 오늘 채점을 하기는 싫었다. 난 대충 정답지를 훑어보며 내려갔다. 지금 보이는 번호대로 내 OMR 카드를 채웠기를 간절히 빌었다. 그리고 지금 나에게 더욱 중요한 한 가지를 더 빌어 본다. 멋지게 고백을 하는 내 모습이다. 생각만 해도 가슴이 떨려 오는 게 느껴진다.

'집에 가는 길에 말을 할까…?'

난 오늘 혜정이에게 고백을 할 것이다. 오늘만을 기다렸다. 나를 옥죄던 수능도 끝났다. 이제 내 진심을 말할 것이다. 나는 혜정이를 좋아한다. 나도 모르던 내 마음을 이제야 안 것 같았다. 여태껏 내 마음에 이렇게 큰 확신이 든 적도 없었다. 내가 진정 좋아하는 그 무엇이 생겼다. 그건 혜정이였고, 고백은 진정으로 찾아온 나의 첫 결심과 같았다.

난 담배를 꺼내 물었다. 라이터가 없었다. 난 라이터를 찾아 테이블 위를 눈으로 구석구석 뒤졌다. 테이블 끝에 놓인 라이터가 눈에 들어왔다. 난 손을 뻗었다.

열려진 혜정이의 가방이 눈에 들어온다. 아마도 혜정이가 정답지를 꺼낸 것 같았다. 무심코 지나가던 나의 눈길은 열려진 혜정이 가방 안에 있는 스티커 사진에서 멈췄다. 모서리만 살짝 보이지만 분명 스티커 사진이었다. 난 술기운에 그 모서리만 보이는 스티커 사진을 꺼내 본다. 손바닥만 한 스티커 사진이 모습을 드러냈다. 스티커 사진엔 혜정이가 환하게 웃고 있었다. 혼자 웃고 있었다. 혜정이 옆엔 아무도 없이 텅 비어 있었다. 마치 누군가를 위해 비워둔 것처럼… 그리고 그 빈자리 아래에 이름이 박혀 있었다. 스티커 사진을 든 손이 시리도록 차가워졌다.

'이게 도대체 뭐지…?'

'김… 민… 철… 신… 혜… 정?'

난 그 스티커 사진을 멍하니 계속 바라봤다. 스티커 사진 빈자리 밑엔 '김민철'이라고 찍혀져 있었다. 그리고 옆엔 신혜정이라고 찍혀 있었고 두 이름 사이엔 하트가 놓여 있었다. 눈물이 뚝 떨어졌다. 떨어진 눈물은 스티커 사진 위에 흘러내린다.

"민철아 뭐 하냐? 술 먹자."

고개를 숙이고 있던 나는 형식이 형의 목소리에 정신이 들었다. 난 황급히 스티커 사진에 떨어진 내 눈물을 닦았다. 그리고 재빨리 혜정이 가방

안에 그 스티커 사진을 넣었다. 그리고 눈가에 한가득 고인 눈물을 몰래 훔치고선 형식이 형 쪽으로 자리를 옮겼다. 형식이 형이 따라주는 술을 받고 있을 무렵 혜정이와 민철이가 웃으며 걸어오는 소리가 들렸다.

혼란스러웠다. 그 스티커 사진은 민철이와 형식이 형이 고백을 할 때 썼던 방법이다. 그리고 지금 혜정이는 민철이에게 고백을 하려 하고 있다. 아무 생각이 나질 않고 있었다. 단지 가슴에서 처음으로 느껴 보는 이상한 아픔이 전해진다. 가슴이 너무 답답한 느낌이다. 심장을 누가 손으로 쥐어짜는 것만 같았다. 숨이 가쁘다. 죽을 것만 같았다. 숨을 바쁘게 들이마시지만 이 답답함에서 벗어날 수가 없었다. 얼굴이 뜨거워진다. 그 뜨거워진 열기는 머리로 옮겨 간다. 너무 뜨거워진 머리는 내 눈에서 또다시 눈물을 왈칵 쏟아냈다. 그 눈물은 뜨거웠다.

난 화장실 끝 칸에 들어와 있었다. 난 화장실의 타일 벽이 깨지도록 주먹으로 세게 쳤다. 치고 또 쳤다. 손에 감각이 마비가 되었는지 전혀 느낌이 없었다. 아팠으면 좋겠다. 나는 더욱 세게 벽을 치지만 아픔은 가슴으로 도저히 전달이 되질 않았다. 그렇기에 눈물을 멈출 수가 없었다. 난 쪼그려 앉아서 눈물을 받아들인다. 뜨거운 눈물은 멈추질 않았다. 서러웠다. 억울했다. 갑자기 동네 친구들이 서럽도록 보고 싶었다.

혜정인 나를 호기심의 대상으로밖에 생각을 안 한 것인가? 그냥 어리숙한 동네 친구… 아니, 친구로 생각을 한 것인지도 의심스러워졌다. 그래, 내가 바보였지. 나에게 이렇게 호의를 베풀며 다가와 줬던 이성은 없었다. 당연히 나를 좋아해 줬던 이성들도 없었다. 난 그런 혜정이의 생각도 모르고 혼자서만 애닳아 있었다.

그래, 생각해 보면 민철이는 나와 전혀 달랐다. 공부는 못하지만 똘똘

해 보였다. 그래서인지 자신감이 언제나 넘쳤다. 늘 유쾌했으며 남들을 배려하는 마음도 가지고 있었다. 함께 있으면 즐거워지는 사람이었다. 남자다울 땐 남자다웠으며 뭔가 생각이 들 땐 거침없는 용기도 낼 줄 아는 놈이었다. 게다가 잘생겼다. 다시 보니 그 둘은 꽤 잘 어울렸다. 난 벽을 다시 한 번 치지만 인정할 수밖에 없는 사실이었다.

이제 이해가 되기 시작했다. 혜정이가 민철이를 좋아하는 건 쉽게 눈치를 챌 수 있었다. 둘은 자연스럽게 밤에도 통화를 하는 사이였다. 난 별 신경을 쓰질 않았지만 그때 알아챘어야 했다. 학원에서도 둘은 가까이 지냈었다. 그리고 오늘도 그랬다. 나의 서운했던 기분이 내가 옹졸해서만은 아니었던 것이다. 민철이도 혜정이를 좋아하고 있을까? 아마도 그럴 것이다. 혜정이를 싫어할 남자는 없어 보였다. 그런 혜정이를 난 좋아했고, 가슴이 시리지만 혜정이는 민철이를 좋아했던 것이다. 인천에 갔다 온 뒤로 혜정이는 이상하리만치 그때의 얘기를 꺼내질 않았다. 친구들에게 비밀로 하자고 했었지만 둘이 있을 때도 하질 않았다. 난 단지 혜정이가 부끄러워서 말을 안 하고 있다고 생각을 했다. 그러나 이제 보니 혜정이는 그때를 떠올리기가 싫었던 것이다. 단지 지각을 해서 어쩔 수 없이 인천으로 놀러 간 것이고, 술을 마시고 호기심이 발동을 하여 실수를 저질러 버린 것으로 생각을 하고 있던 것이다.

실수… 그래, 혜정이에겐 실수였을 것이다. 민철이를 좋아하고 있는데 나 같은 놈이랑 잠을 자 버려서… 잊고 싶은 기억이기에 다시 꺼내어 말을 하기 싫었을 것이고 그냥 이대로 없던 일이 되어 버리길 바라고 있었을 것이다. 나의 그토록 소중한 기억이 혜정이에겐 잊고 싶은 기억이었다.

'나쁜 년…'

욕을 해 보지만 눈물은 더욱 흘러내렸다.

난 세수를 했다. 한파의 수돗물은 얼음장같이 차가웠다. 거울을 봤다. 눈이 퉁퉁 부었다. 난 얼굴에 차디찬 수돗물을 더욱 문질러 댔다.

"여기 있었어? 한참 찾고 다녔잖아!"

화장실에서 나오니 혜정이가 서 있었다.

"응… 세수했어."

목소리를 겨우 다듬고 말을 꺼냈다.

"울었어?"

"아니."

"울었는데 뭘… 눈이 퉁퉁 부었어!"

"아니라니까!"

난 쏟아질 것 같은 눈물을 참아 보려 소리를 질렀다.

"아니, 왜 소리를 질러?"

큰 소리에 놀랐는지 혜정이의 목소리는 울 것같이 변해 있었다.

"아닌데 네가 자꾸 그렇다고 하잖아!"

"아니긴… 나한테 뭐 화난 거 있어?"

혜정이의 눈에 눈물이 고인 건지 내 눈에 눈물이 고인 건지 분간을 할 수는 없었지만 혜정이는 울 듯한 얼굴로 나에게 물었다. 미안했다. 안아 주고 싶었다. 널 좋아한다고 말하고 싶었다. 하지만 아무것도 하지 못한 채 가슴이 뭉개지는 것만 같았다.

"아니, 아까 친구들한테 음성 왔는데 그냥 눈물이 조금 났어…. 술 취했나 봐…"

"아, 그랬구나… 미안. 내가 괜히 자꾸 물어봐서. 아무튼 나 때문은 아닌 거구나. 힛힛!"

울 것 같던 혜정이의 얼굴엔 그새 웃음이 번진다.

"그래, 너 오늘 술 많이 먹더라. 즐겁다고 너무 술 많이 먹지 마. 너 아직 엄마 아빠도 안 봤잖아. 기다리실 텐데…"

"웅, 알았어."

"아, 그리고 지금 준기 오빠 왔어. 자리에 가 봐. 나도 화장실 갔다가 갈게."

"준기 형 왔어?"

"웅."

"웅, 알았어."

난 술집 안으로 들어가려 발길을 돌렸다. 그때 혜정이가 나를 다시 붙잡는다.

"그리고 이따 잠깐 나랑 얘기 좀 하자. 내가 오라고 하면 따라와. 알았지?"

제3장

"준기 형!"

준기 형 옆에는 기타가 놓여 있었다.

"강민철!"

준기 형은 나를 보며 반갑게 소리쳤다.

"시험은 잘 봤냐?"

"모르겠어. 채점해 봐야지."

"짜식 잘 봤으면서 누나가 너 느낌 좋다고 했다던데?"

"작년에도 느낌은 좋았어…."

"그래? 하하! 근데 왜 이렇게 풀이 죽었냐? 좋은 날인데."

준기 형은 내 빈 잔에 술을 따라 주며 말을 했다. 울컥했지만 난 겨우
진정시키며 아무 일 없는 듯 술을 받았다.

"형은 시험 잘 봤어?"

"나? 훗훗…."

준기 형은 말없이 웃으며 술을 마셨다.

"야, 쟤 오늘 시험 보다가 나와 버렸단다!"

형식이 형의 말에 난 준기 형을 바라봤다.

"그렇게 됐다."

"아니 왜?"

"오빠! 이제 다 모였으니까 우리 건배하자!"

준기 형의 대답 대신 화장실에 다녀온 혜정이의 목소리가 들렸다.

혜정이는 자리에 앉으며 술병을 들어 빈 잔들을 채워 준다.

"그래, 건배해야지. 우리 정말 오랜만에 모였다."

술잔을 모두 채운 우리는 잔을 가운데로 모았다.

"야, 이제 모두 모였으니까 준기가 한마디 해라!"

형식이 형이 준기 형에게 말했다.

"아니, 뭘 그런 걸 하나…. 아무튼 우리 재수 동기들을 위하여!"

뭘 하냐던 준기 형은 이내 우리를 보며 작게 말했고 우리의 잔들은 전부 뭉쳐졌다. 그리고 많은 이야기들이 오고 갔다. 처음 형식이 형을 봤을 때의 그 촌스러운 느낌, 준기 형의 긴 머리를 보고 언니라고 불렀다는 민지, 학원 밖 자전거 보관대에 오토바이를 세우며 실랑이를 벌였다는 민철. 모두들 웃고 떠들며 저마다 재밌었던 이야기들을 한 보따리씩 꺼냈다. 내가 알고 있던 이야기도 있었고 모르던 이야기도 있었다. 각자의 기억 속에 간직했던 이야기들이 모두 모여 이젠 큰 하나의 추억으로 만들어져 가고 있었다. 술잔은 오고 갔으며 따뜻한 사람들의 온기가 가슴 깊은 곳까지 전해진다. 눈시울이 뜨거워진다. 난 금세라도 흘러내릴 것 같은 눈물을 술을 들이키며 간신히 참아 냈다.

"준기야, 미안하고 고맙다…."

형식이 형이 옆자리에 앉은 준기 형을 보며 말했다.

"고맙기는 뭘…."

"아무래도 나 때문에 이렇게 된 것 같아. 내가 바보 같아서…."

"뭔 소리야. 형 바보는 맞는데 훗훗, 나도 생각이 많았어. 내가 대학에 가는 게 맞긴 한 건지…"

준기 형은 말을 이어 갔다.

"2교시가 끝나고 이건 아니란 생각이 들었어…. 그리고 짐 싸서 나와 버렸지. 그리고 집에 들러서 기타를 가지고 나와서 포천에 갔어."

"포천?"

"포천에 아버지 산소가 있거든…. 나 웃기게 들리겠지만 아버지 산소에 가서 기타를 연주해 드렸어. 그리고 용서도 빌고, 허락해 달라고 말씀 드렸어…. 나 아빠한테 이렇게 진지하게 말을 해 본 것도 처음이더라고. 왜 살아생전에 이렇게 하지 못했나 하는 후회가 들었어. 용기를 조금만 내서 이렇게 진심을 담아서 말을 한번이라도 해봤으면 어땠을까 생각하니 다른 건 모르겠고 아빠가 너무 보고 싶었어…. 나 많이 울었다. 그리고 내가 음악을 하고 싶은 이유를 하나부터 열까지 다 말씀드렸어. 그리고 조금 있으니까 눈발이 날리는 게 꼭 아빠가 허락을 해 주신 것 같은 느낌이 들었어. 눈이 오면서 추위도 누그러드는 기분이 드는 게 아버지가 아들 추울까 봐 걱정해 주시는 것 같기도 하고…. 그래서 다시 한번 다짐을 했어. 나 대학은 안 가겠다고 그리고 하고 싶은 음악을 하겠다고. 성공하겠다는 장담은 못하겠지만 포기는 절대 하지 않겠다고 약속드렸어. 마음이 후련해지고 용기도 생기고 자신감도 생기더라고. 근데 그때 누가 뒤에서 날 안아 주는 거야. 아무리 아버지라도 그 상황에서 안으면 뭐겠어…. 나 소리 질렀다…. 그랬더니 뒤에서 웃는 소리가 들리는 거야. 돌아봤지. 그랬더니 엄마랑 동생이 있더라고 엄마도 동생도 울었었는지 눈물이 가득 고여서는 말이야. 여기 왜 있냐고 물어보니까 엄마한테 등짝을 한 대 맞았어. 네가 지금 할 소리냐고. 훗훗… 맞지. 오늘 수능 날인데…. 그리곤 내 손을 잡아 주시더라. 내가 하고 싶은 거 하라고…. 이제 응원해 주신다고. 동생한테 들어 보니까 오늘 수능날이라고 나 보내고 둘이 바로 아빠 산소에 와서 나 수능 잘 보게 해 달라고 빌었대. 그리고 근처 삼촌 댁에 가서 점심 먹고 다시 올라와 보니까 내가 기타를 치고 있더라는 거야. 엄마가 황당해서 나한테 달려가는 걸 동생이 말렸다나 봐. 이왕 이렇게 된 거 뭔 짓 하는지나 보자고. 그리고 내가 아빠한테 얘기하는 거 다 들었대. 그리고 엄마가 나 안아 준 거고. 나 오늘 무지 기분 좋다."

미소를 짓는 준기 형의 얼굴엔 학원에선 볼 수 없었던 평온함이 자리를 잡고 있었다.

"그러니까 형 미안하거나 고맙다거나 그런 말은 하지 마. 나 지금 제자리를 찾은 거 같으니까. 하하하!"

"그래, 고맙다."

"또 그러네. 노인네 방금 한 말도 까먹는 다니까, 흐흐."

준기 형은 아무렇지 않게 말을 하지만 나중에 들은 얘기론 정호네와 합의를 봐야 했다고 한다. 합의금이 꽤 나왔지만 준기 형은 집에는 물론 형식이 형에게도 한마디도 할 수가 없었다고 했다. 사고를 쳤다는 걸 집에는 당연히 말을 하지 못했을 것이고 수능을 목전에 앞둔 형식이 형에게 걱정을 안기고 싶지 않았다고 했다. 그래서 찾아간 곳이 예전 밴드 생활을 했던 친구들이었고 그 친구들의 도움으로 해결을 할 수가 있었다고 했다. 그러면서 다시 연습실에 가는 일이 생겼고 자신이 해야 할 것은 다른 게 아닌 그곳에 있다는 걸 다시 한번 깨달았다고 한다. 그리고 오늘 응시를 해 놨기에 수능 시험장에 가긴 했지만 그곳에서 뭔가 결심을 해야 한다는 생각이 들었다고 했다. 뭐 문제도 도저히 아는 게 없었다는 이유도 있다고 우스갯소리처럼 말을 했지만 평소 준기 형의 성적을 아는 우리는 그게 가장 큰 이유처럼 들리기도 했다.

"난 아주 속이 다 후련하다. 근데 둘이 사이 좋아 보이네."

준기 형은 형식이 형과 은주 누나를 보며 웃었다.

"응, 참 뭐라고 말을 꺼내야 하나…."

형식이 형은 뭔가 눈치를 보듯 말을 조심스럽게 꺼냈다.

"뭔데, 빨리 꺼내라."

준기 형은 험악한 표정을 지으며 재촉을 했다.

"이거 면목 없지만… 우리 사귄다."

"뭐?"

"아니 뭐야, 둘이. 하하하."

"아주 살판났었어! 괜히 걱정만 했네. 하하하."

"잘됐네! 축하해."

은주 누나는 아우성치는 우리들 때문인지 얼굴이 붉게 달아올랐다.

"축하는… 야, 그냥 마셔."

은주 누나는 쑥스러운지 잔이 빈 줄도 모르고 건배를 하자고 한다. 준기 형은 손을 뻗어 잔을 채워 줬다.

"누나 잘 생각했어. 저 형 시골 감자처럼 생겼어도 마음은 진국이잖아."

"야, 그래도 시골 감자는 아니다. 서울 감자 정도는 되지. 홋홋."

준기 형의 말에 은주 누나는 칭찬인지 뭔지 모를 소리를 하며 웃는다.

"이거 편을 들어주는 건지 멕이는 건지 난 모르겠네."

형식이 형은 볼멘소리를 하지만 표정은 환하게 웃고 있었다.

"우리 오늘부터 사귀기로 했어. 수능 보고 편하게 만나자고 약속했었거든."

"편하게 만나는 게 뭐야?"

"그래 사귀기로!"

민철이의 말에 은주 누나가 쐐기를 박았다. 그리고 말을 계속 이어 갔다.

"너희들한테 제일 먼저 말해 주고 싶었어. 모두 수능 보느라 힘들었을 텐데 걱정들 많이 했었지? 지난 나쁜 얘기는 하지 말자. 그리고 나 그 일 겪고 나서 알았어. 내가 누굴 좋아하고 누가 나를 진정 좋아하는지를. 그거면 됐어. 나 요 서울 감자 씨 좋아해. 요 감자 씨는 진짜 남자거든. 호호홋."

은주 누나가 형식이 형의 볼을 양손으로 잡고 흔든다. 형식이 형은 볼이 흔들리는 대로 얼굴을 맡긴다. 얼굴은 하회탈로 변해 있었다.

"아, 도저히 못 보겠다! 얘들아, 술이나 마시자."

준기 형의 말에 모두들 웃으며 술잔을 기울였다.

"그리고 혜정아 고마워."

"뭘?"

준기 형의 갑작스러운 말에 혜정이는 멀뚱한 표정으로 준기 형을 본다.

"아니, 네가 예전에 말해 줬잖아. 대학 가서도 음악은 꼭 하라고."

"아… 뭘 그냥 오빠가 기타를 너무 좋아하니까…. 머리도 안 자르는 거 보면. 훗훗."

"그리고 잘하는 것보다 진짜 좋아하는 게 있다는 것이 중요하고 소중한 거라고."

"내가 그랬었나?"

혜정이는 능청스러운 말투로 준기 형을 놀리듯 말한다.

"그래, 그랬었어…. 아무튼 고맙다. 오늘 그 말이 내내 떠올랐었어."

"뭐가 고마워. 안타까워서 그런 건데. 고마워하지 않아도 돼!"

"그래도 고맙다…."

"우리 오늘 고맙다는 말 금지! 서로 당연히 해 주고 받아도 괜찮은 사이잖아. 그러니까 고맙다는 말 하는 사람 이제부터 인디언 밥! 알았지?"

혜정이의 벌칙 제안에 모두들 웃으며 동의했다. 그 술자리에서 형식이 형은 인디언 밥을 쉼 없이 당했고 술과 우리들의 모진 매질에 취해 뻗어 버리고 말았다.

옷을 동여매는 사람들을 보니 추위 보였지만 난 이 추위를 느낄 수가 없었다. 술기운이 올라 얼굴은 벌겋게 달아올라 있었다. 앞서가는 형식이 형과 은주 누나를 보니 부러웠다. 형식이 형의 은주 누나에 대한 헌신적인 마음은 누나에게도 늦게나마 전달이 되었다. 누나는 이미 느끼고 있었을지도 모른다. 형식이 형이 정호에게 속아 첫 단추가 잘못 끼워졌지만 그 단추들을 모두 풀어 이제 제대로 끼워 가고 있는 듯 보였다.

슬펐다. 아침에 나를 안아 줬던 혜정이가 떠오른다. 난 혜정이의 등을 두드려 줬고 오늘 저녁엔 몇 달 동안 그토록 바랐던 일만이 기다리고 있을 줄 알았다. 이토록 처참한 기분이 들 줄은 상상도 못했다. 맞다. 너무 처참하다. 올 초 나만 빼고 친구들 모두 대학에 입학을 했을 때도 이런 처참한 기분은 느낄 수가 없었다.

난 모두들 들어간 노래방 앞에서 발길을 멈췄다. 담배에 불을 붙였다. 담배 연기가 메스껍기만 했다. 혜정이는 나보고 할 말이 있다고 했다. 난 먼저 들어간 혜정이가 나오기를 기다리고 있었다. 얼마 떨어지지 않은 곳에 화단이 보였다. 난 화단 둔턱에 털썩 앉았다. 지나다니는 사람들의 웃음소리가 술기운에 메아리처럼 웅웅거렸다.

혜정이가 나왔다. 혜정이가 나를 보고 손을 흔들었다. 난 손을 흔드는 혜정이를 지켜만 봤다. 혜정이가 뒤돌아본다. 그 뒤엔 민철이가 보였다. 둘이 뭐라고 속삭이며 웃는다. 둘은 잘 어울려 보였다. 혜정이와 민철이가 미웠다. 난 이렇게 아픈데 저 둘은 행복하게만 보였다. 가슴은 아프고 누군가를 갑자기 미워했고 질투했으며 또 부러워했다. 복잡하게 엉켜 휘몰아치는 이 감정을 견디기가 힘들었다. 혜정이는 어느새 내 옆으로 다가와 있었다.

"너 술 너무 많이 마신 거 아니야?"

걱정을 해 주는 혜정이가 미웠다.

"괜찮아. 많이 안 마셨어."

"괜찮기는, 아까 계속 화장실 갔다 오던데. 토했어?"

"안 했어."

몇 번이나 토를 했다.

"그래도 이제 더 마시지 마. 많이 마셨어…. 음… 그리고 나 할 말이 있는데…."

무슨 말을 할지 뻔해 보였다. 은주 누나도 둘이 사귀는 것을 우리에게 처음으로 말해 주고 싶었다고 했다. 방금 전 둘의 속삭이던 모습이 아프게 떠오른다.

"나도 할 말 있어…."

내가 먼저 말을 하고 싶었다.

"응, 뭔데?"

옆에 나란히 앉은 혜정이는 고개를 돌려 나를 빤히 바라본다.

"나 사실 민지 좋아해…."

정확히 왜 그랬는지 나도 모르겠지만 단지 혜정이와 민철이가 싫었다. 혜정이를 좋아하며 설레했던 내 자신이 싫었다. 저 둘을 보니 내가 한없이 초라하고 불쌍하게 느껴졌다. 그래서일까 내 입에선 계속 말이 튀어나왔다.

"처음 봤을 때부터 민지를 좋아했었어. 그래서 이번 수능만 끝나면 고백을 하려고 마음먹고 있었어. 민지가 받아 줄지는 모르겠지만, 처음으로 느꼈어. 누굴 정말 좋아하면 사람이 어떻게 변하는지를…."

가슴이 아팠다.

"아… 그랬었구나…."

"응, 그래서 말인데 우리 인천에서 있었던 일 민지한테는 말하지 말아 줘. 너도 그렇고 우리 그냥 실수한 거잖아."

가슴이 찢어질 듯 아팠다. 왜 우리가 여기서 이렇게 되었는지 시간을 거꾸로 돌리고만 싶었다. 나를 좋아하면 안 되냐고 묻고 싶었다. 아니 지금 모질게 한 말을 모두 주워 담고 싶었다. 미안하다고 말하고 싶었다. 참았던 눈물이 볼을 타고 흘러내렸다.

"응, 안 해. 걱정하지 마…. 그건 비밀로 하기로 했었잖아…."

혜정이는 눈물을 닦는 나를 물끄러미 바라본다.

"너 민지 정말 많이 좋아하는구나…."

침묵이 흘렀다. 어제완 다르게 몹시 추워진 거짓말 같은 겨울밤이었다. 혜정이의 작은 숨소리만 들렸다.

"너 그렇게 좋아하면 나한테 미리 말하지 그랬어, 그럼 민지한테 살짝 물어보기라도 했을걸…."

침묵이 흐르고 혜정이는 담담한 목소리로 말을 꺼냈다.

"아니, 물어보지 마. 내가 직접 말하고 싶어…."

"그래, 누구 통해서 말하는 것보다 직접 고백하는 게 낫지. 다시 봐야겠는데 강민철! 난 네가 이성엔 관심이 없는 줄 알았어. 훗훗."

"왜 난 누구 좋아하면 안 되냐?"

"아니, 안 되는 게 아니고 그냥…."

"나도 너처럼 누구 좋아하고 그럴 수 있어!"

"내가 누굴 좋아하는데?"

"너 민철이 좋아하잖아!"

"민철이? 누가 그래?"

난 스티커 사진을 봤다는 소리를 차마 할 수가 없었다.

"아니, 그냥 꼭 말을 해야 아냐? 보면 알지…. 둘이 연락도 자주 하고 학원에서도 붙어 다니고 오늘도…."

"그래, 나 민철이 좋아해!"

내 말이 끝나기도 전에 혜정이의 목소리가 들렸다. 막상 혜정이의 입으로 민철이를 좋아한다는 말을 들으니 가슴은 더욱 아팠다.

"민지 착하고 좋은 애야. 예쁘고, 내 둘도 없는 친구인 거 알지?"

"응, 알아."

"맞아…. 민지 남자 친구 될 사람은 아마 무지 행복할 거야, 민지 나랑은 다르게 여성스럽고 따뜻해…. 너 말만 하고 고백도 못하고 그러지 마라!"

"넌 민철이한테 고백했어?"

난 술기운에 넌지시 물어봤다.

"나? 음… 나도 안 했는데."

"…."

"그럼 우리 약속할래? 각자 꼭 고백하기로! 너 해야지 나도 할 거야. 그러니까 너 또 어물쩡대다 민지 놓치지 말고 용기내서 꼭 멋지게 고백하는 거야! 그리고 어떻게 됐는지 나한테 제일 먼저 알려 줘야 돼!"

아침에 눈을 떴다. 난 천정의 벽지를 가만히 보았다. 며칠 전까지만 해도 이렇게 멍하니 아침을 맞이한다는 건 있을 수 없는 일이었다. 시계를 보았다. 열 시다. 며칠째 계속 집에만 있었다. 수능이 끝난 지 벌써 열흘이 지났다. 그 일이 있었던 지도 열흘이 지났다. 난 그날 이후 삐삐를 꺼 놓았었다. 형식이 형이나 민철이, 혜정이한테 저녁에 집으로 전화가 왔었지만 집에 없다고 전해 달라고 부모님께 부탁을 드렸다. 부모님은 수능이 끝나면 집에 붙어 있질 않고 싸돌아다닐 줄 알았던 내가 집에 얌전히 있는 모습을 반기시며 나를 찾는 전화를 잘 둘러대시며 끊으셨다. 난 전화기를 들어 음성을 확인해 보았다. 음성 메시지가 여러 개 들어와 있었다.

"야, 왜 연락이 안 돼? 내일 우리 롯데월드 가기로 했으니까 이거 들으면 바로 연락 줘라."

민철이였다.

"강민철 좋은 말 할 때 연락해라."

형식이 형이었다.

"너 채점 해 봤어? 뭐야… 왜 연락이 안 되냐?"

혜정이었다. 동네 친구들의 메시지도 몇 개 들어와 있었다. 모두 욕지거리를 한바가지 늘어놓은 메시지들이엇다.

난 혜정이가 궁금해하는 채점을 해 봤다. 총점 239점을 받았다. 작년에 비해 백점 가까이가 올랐다. 이건 학원 초기에 담임 선생님이 말씀하신 것보다 배는 더 오른 점수였다. 난 환호를 했고 성취감이란 걸 느껴 봤다. 그러나 뉴스에 나오는 이번 수능 난이도가 물수능이었다는 찬물을 끼얹는 소식을 듣고 그 달콤한 성취감마저도 사라져 버리고 말았다. 성취감은 사라지고 상상조차 하기 싫었던 작년의 상황이 떠오르며 불안한 마음에 초조해지고만 있었다.

배가 고팠다. 난 부엌으로 가서 먹을 걸 찾아본다. 엄마가 차려 놓으신 된장찌개와 고등어구이가 있었지만 왠지 눈길이 가질 않았다. 난 찬장을 열어 라면을 찾아본다. 없었다. 밖은 얼마나 추울까…. 난 멀지 않은 슈퍼에 갈지 말지를 고심했다. 늘어난 추리닝 바지에 점퍼를 입고 현관을 열었다. 슬리퍼 위에 올려진 맨발은 바깥의 추위에 잔뜩 움츠려 들었다. 대문을 열었다. 혜정이네 집 대문이 눈에 들어왔다. 열한 시가 조금 넘은 시간이다. 난 슈퍼를 향해 뛰었다. 동네 슈퍼 라면 코너엔 각종 라면들이 진열되어 있었다. 난 그 앞에서 입맛을 다시며 생애 마지막 라면을 고르듯 고심을 하고 있었다. 눈길이 한곳에서 멈춰 섰다. 오늘은 '이라면'이다. 난 이라면 세 개를 집어 계산대에 섰다.

"아줌마!"

계산대 뒤쪽에 있는 쪽방에서 아줌마가 고개를 내밀었다.

"잠깐만, 아이고야…."

아줌마는 신음소리를 내시며 일어나 계산대 앞에 앉았다.

"드르르륵."

뒤에서 슈퍼의 고동색 미닫이 새시가 열리는 소리가 들렸다.

"강민철!"

그리고 내 이름이 불렸다. 난 움찔거렸고, 뒤돌아보지 않아도 누가 부르는지 알 수 있었다.

'아… 세수도 안 했는데….'

"라면 먹으려고?"

뒤돌아보지 않은 내 옆엔 혜정이가 다가와 있었다.

"응."

"나 참, 넌 혼 좀 나 봐야 돼! 잠수를 타?"

"…."

"이해를 못하겠네…."

혜정이는 혼잣말을 하듯 하며 과자를 몇 개 집어온다. 혜정이 팔엔 검은색 비닐봉지로 싸여진 네모난 것이 끼워져 있었다. 비디오 테이프 같아 보였다.

"세 개 다 먹는 거지?"

혜정이는 계산대에 올려진 라면 세 개를 보며 놀리듯 말을 한다.

"아니, 몇 개 사 놓으려고…."

세 개를 먹으려고 했다.

"웃기시네! 훗훗, 너 이러다 또 살찐다."

"아니야. 정말 하나만 먹으려고 했어."

"이게 가만 안 있어! 어디서 말대꾸를…. 너네 집 달걀 있어?"

"다… 달걀? 응, 있을걸? 없… 나? 잘 모르겠어."

갑자기 달걀의 유무를 묻는 바람에 난 기억을 더듬었고 말도 더듬었다.

"이쁜 거 골라야지. 훗훗. 아줌마 요 달걀 하나 얼마예요?"

혜정이는 쌓여진 달걀판 위에서 달걀 한 알을 골라 들고서는 물었다.

"응, 구십 원."

"이것도요! 네가 계산해라."

아줌마는 비닐봉지에 라면과 혜정이가 고른 과자를 담는다.

"이건 깨지니까 주머니에 넣어 가."

혜정이는 들고 있던 달걀 한 알을 내 점퍼 주머니에 넣었다. 난 얼떨결에 계산을 모두 하고 혜정이와 함께 슈퍼를 나왔다.

제4장

혜정이가 우리 집에 들어와 있었다. 혜정이는 자기네 집인 양 앞장서서 들어왔고, 지금은 거실에 앉아서 비디오에 테이프를 넣고 있었다.

"빨리 끓여 와. 나도 배고파."

"응."

난 라면을 끓이려 물을 올렸다. 냉장고를 열어보니 달걀은 많이 있었다.

"아, 달걀 있었구나…."

"야 너 이거 봤냐?"

"뭐?"

"제리 맥과이어."

"아니."

"이거 비디오로 벌써 나왔네. 올 초에 개봉했던 건데. 이거 보고 싶었었거든."

혜정이는 예고편을 보며 부엌에 있는 나에게 큰 소리로 말을 하고 있었다.

"라면 잘 끓이네! 맛있다."

혜정이는 김이 모락모락 올라오고 있는 라면에 김치를 얹어 먹고 있다. 나도 면발을 불어 가며 라면을 먹었다.

"너 몇 점 나왔어?"

혜정이가 물었다.

"나 239점."

"잘 봤네!"

"잘 본 거야? 뉴스에서 물수능이라 엄청 많이들 올랐을 거라고 하던데?"

"너 잘 본 거야."

"그래? 나 며칠 동안 불안해서 잠도 잘 못 잤어. 진짜 괜찮은 거야?"

"응, 너 239점이면 쉬웠어도 많이 오른 거야. 난 또 수능 망치고 심난해서 잠수 탄 건 줄 알았잖아!"

혜정이의 말에 난 안도의 한숨을 쉬며 말을 이어 갔다.

"아니, 그것도 그렇고 그냥 수능 끝나면 계속 자 보고 싶었어."

"나 참, 그렇다고 연락도 끊고 자냐?"

"계속 잠만 잔 건 아니야. 바쁘기도 했어…. 동네 친구들 만나느라."

"말도 안 돼…. 연락도 안 해 놓고선!"

"미안, 그렇게 됐어."

난 더 이상의 핑계를 늘어놓고 싶지 않았다. 혜정이는 못마땅한 얼굴로 나를 째려본 후 이내 라면을 먹기 시작했다.

영화는 톰 크루즈가 회사에서 금붕어를 데리고 나오며 시작을 했다. 에이전시란 생소한 직종의 얘기였다. 프로 운동선수들의 연봉 협상이나 이적 등의 일들만을 전문적으로 맡아 주는 매니저 같은 역할의 직업 같았다. 난 우리나라에도 저런 직업이 있나 생각해 보지만 내 기억 속엔 없었다. 우린 말없이 영화를 봤다.

혜정이는 사 온 과자를 뜯어서 펼쳐놓고 하나씩 집어 먹으며 보고 있었다. 베란다 새시 너머로 겨울바람이 휘파람을 불듯 쐐액거리고 있었다. 오늘도 추운 날이었다. 시계를 보니 두 시가 조금 넘어가고 있었다. 거실 바닥에서 올라오는 온기가 따뜻하게 안아 주는 느낌이다. 추운 겨울날 따뜻한 거실에서 과자를 까 먹으며 혜정이와 비디오를 보는 모습은 안락하고 아늑했다. 생각만 해도 설레는 이 모습이 왠지 쓸쓸하게만 느껴졌다.

영화 여주인공은 르네 젤위거였다. 이혼녀로 나오는데 네 살배기 아들을 엄마와 함께 키우고 있었다. 남자 주인공은 톰 크루즈, 정말 잘생겼다. 톰 크루즈는 큰 에이전시 회사에서 일하는 엘리트였지만 선수들을 제품같이 취급하는 인간성이 사라진 회사에 환멸을 느껴 회사에서 나와 자기만의 작은 에이전시를 만들어 나가는 이야기였다. 톰 크루즈가 회사에서 나올 때 르네 젤위거는 그를 따라 함께 나온다. 그 부분이 인상적이었다.

"저 애기 너무 귀엽다. 큭큭."

혜정이가 르네 젤위거의 아들로 나오는 네 살배기 꼬마를 보며 웃었다.

"응, 귀엽네."

"쟤 웃는 것 봐! 큭큭, 정말 해맑다는 게 저런 건가 봐?"

"근데 쟤 꼭 뭘 다 아는 것같이 웃는 게 재밌네. 귀엽다."

"행복하니까 그런 거야…."

"그런 건가?"

"엄마 아빠가 이혼을 했어도 저렇게 따뜻한 엄마가 있으니까 외롭지 않나 봐…."

난 어떤 말을 해야 맞는 건지 망설여졌다.

"아이들은 행복해야 돼. 왠 줄 알아?"

"음… 어리니까? 아무것도 모르니까?"

난 대답을 했지만 혜정이는 혼잣말을 하듯 말을 이어 갔다.

"왜냐면, 그 행복을 간직하고 평생을 살아갈 테니까…."

"그런가…."

"아이일 때 충분히 행복하지 않았던 사람들은 정말 불행한 거지만…. 다행인 건 아이들에겐 누가 백신을 놓은 듯 불행을 이겨내는 면역체계가 있는 것 같아."

"면역체계?"

"응, 면역력. 난 그렇더라. 집에 안 좋은 일이 있어도 유치원에 가기만 하면 그걸 까맣게 잊어버리고 웃고 떠들고 신나게 놀게 되는 거야."

나도 그랬었다. 여섯 살 무렵 삼촌이 돌아가셨을 때 장례식장에서 사촌들과 뛰어 다니며 놀았던 것처럼 아이들은 원래 그런 것이라 생각이 들었다.

"나도 그랬는데."

"응, 그런데 어느 땐 그렇게 신나게 뛰어 놀고 있는 내가 싫은 거야…. 지금 생각해 보면 죄책감 같은 거였나 봐. 그래서 일부러 안 좋았던 일을 떠올리고 우울해지려 가만히 있어 보기도 했어…. 재밌지? 쪼그만 게 말이야…. 그러니까 정말 눈물이 나기 시작했어! 이유 없이 울고 있는 나를 선생님은 안아 줬어. 포근하게 안기니까 눈물이 더 났어. 선생님은 사탕도 주시고 노래도 불러 주시면서 나를 달래 줬어. 그렇게 머리가 어지러울 정도로 한참 울고 나니까 그 이상한 죄책감이 사라졌어. 뭔가 내가 할 일은 다 했다는 것처럼. 훗훗훗…. 그리고 뛰어가서 또 놀게 되더라…."

난 혜정이를 울게 했던 그 아픔이 무엇이었는지 궁금했지만 묻지 않왔다.

"누가 나한테 행복 백신을 놔 줬었나 봐. 그래서 안 좋은 기억 위에 다시 좋은 기억을 덧씌우고 덧씌워서 행복한 기억만 남게 말이야."

난 조용히 혜정이의 얘기를 듣고만 있었다.

"지금 네가 느끼는 내일에 대한 불안감 같은 건 아예 있지도 않았지. 아주 멀리 보는 애들이 아마 그날 저녁 정도까지 생각을 했을 거야. 홋홋홋. 그러니 내일의 불안함 같은 게 왜 있겠어. 그저 지금 어떻게 재미있게 놀까, 뭘 하고 놀면 어제보다 재미있을까…. 아니 굳이 어제랑 비교도 하지 않지. 그냥 오늘 하루가 저물 수 있다는 생각도 못한 채 신나게 지낼 뿐이니까. 우린 행복해지는 방법을 이미 알았지만 모두 잊어버리고만 거야. 그 단순한 것을. 오늘 행복하게 지낼 수 있다면 그 오늘들이 모여 우린 매일 행복하게 살아가게 되는 건데 말이야…."

난 말은 되는데 행복이란 것이 그렇게 간단치만은 않은 것 같았다. 난 지금 어떻게 해도 그 기분을 느낄 수가 없을 것 같았기 때문이다.

"그래서 늘 즐거운 민철이가 좋아. 나중에 걔 기억엔 온통 즐거운 추억뿐일 테니까…."

혜정이의 입에서 민철이가 불쑥 튀어나왔다.

"네가 뭐 민철이 머릿속에 들어가 보기라도 했냐?"

내 목소리는 어느새 퉁명스러워져 있었다.

"뭐 꼭 들어가 봐야 아냐? 너처럼 보면 알지. 안 그래?"

"뭘 보면 알아?"

"민철인 늘 긍정적이고 유쾌하니까…."

난 민철이를 좋게 말하는 혜정이가 미웠다.

"아니, 니 말대로 사는 건 그냥 생각 없이 사는 거야! 어떻게 내일을 생각 안 하고 살 수가 있어. 미래를 생각 안 한다면 이렇게 똥줄 빠지게 공부는 왜 했던 건데? 그냥 나가서 미친 듯이 놀기만 하면 되는걸!"

"아니, 왜 그렇게 삐딱하게 받아들여? 그런 뜻이 아니잖아!"

"그런 뜻이 아니면 뭔데? 좋겠다! 네가 좋아하는 남자가 그렇게 생각 없이 오늘만 즐거우면 만고땡인 듯 살아서!"

"민철이가 무슨 그렇게 생각 없이 살아? 걔는 하고 싶은 것도 있고 꿈도 꾸며 살고 있어. 넌 뭐 하고 싶은 거나 있니? 꿈은 있어?"

몇 달간 꿈을 꿨다. 난 단지 아무 대학이나 붙길 원했고 혜정이랑 사귀고 싶을 뿐이었다.

"나도 꿈 있어!"

"뭔데? 난 네가 그런 얘기 하는 거 한 번도 들어 본 적이 없다!"

난 내 꿈을 말할 수 없는 것이 싫었고 날 민철이보다 못한 놈처럼 말하는 혜정이한테 화가 났다. 말문이 막히려 했지만 그러고 싶지 않았다.

"넌 뭐가 그렇게 잘났냐?"

"뭐?"

"어찌 보면 네가 제일 잘못 살고 있는 거야! 네가 그렇게 중요하게 생각하는 꿈, 네가 하고 싶은 꿈은 지켜내고 있어? 고작 아버지 꿈에 따라 그 미술도 때려 치는 거 아니야? 준기 형 보고 음악을 계속하라고? 너나 미술 계속하기나 해 봐! 하지도 못하면서…. 네가 할 수 없는 거 남들에게 그렇게 잘난 척하며 훈계하듯 하지 마! 그거 남들에겐 상처로 남을 수도 있는 거야!"

어느새 혜정이는 일어나 있었다. 눈가는 새빨개져 있었다. 금방이라도 울음이 터질 것 같은 얼굴이었지만 꾹 참고 있는 듯 보였다.

"고작이라고… 너 정말 못됐구나…."

혜정이는 현관문을 열고 나갔다. 난 나가는 혜정이의 뒷모습을 멍하니 바라보기만 했다.

담배가 없었다. 난 티브이 옆에 놓인 재떨이를 뒤적여 본다. 아버지가 비벼 끈 그나마 긴 꽁초를 찾아 불을 붙였다.

'내가 왜 그랬을까…'

후회가 밀려온다. 난 내 손으로 내 볼을 사정없이 몇 번이고 쳤다. 아직 끝나지 않고 돌아가고 있는 비디오에선 톰 크루즈와 웬 흑인이 "Show me the money"라고 외치고만 있었다.

"혜정아."

난 혜정이네 집 대문을 열고 들어와 혜정이를 불러 본다. 삐삐를 쳐도 답이 없었다. 혜정이네 집 벨을 눌러도 인터폰은 조용하기만 했다. 난 열려져 있던 혜정이네 집 대문을 조심스럽게 밀고 들어왔다. 혹시나 혜정이가 혼자 울고 있는 것은 아닌지 걱정이 되었다. 혜정이를 몇 번 더 불러 보지만 인기척이 없다. 난 밖으로 나왔다. 담배를 사 와서 한 개피 꺼내어 불을 붙였다. 한참을 기다렸다.

나는 옹졸한 놈이 맞았다. 내 자신이 싫었다. 더 이해하기 힘든 건 혜정이에게 쏟아낸 말들이었다. 내가 평소에 그런 생각을 하고 있던 것도 아니었다. 한번 쏟아진 말들은 멈출 수도 없이 혜정이를 할퀴었다. 혜정이가 말하는 꿈이나 행복 따위는 내 귀에 들어오지 않았었다. 단지 질투가 났다.

혜정이가 나를 믿고 자신의 이야기들을 해 줬지만 나는 그것을 가지고 혜정이에게 상처를 주었다. 이것은 옹졸한 걸 넘어 비열하기 짝이 없게 느껴졌다. 답답했다. 모두 털어놓고 싶었다. 잘못 채워진 단추를 모두 풀어 다시 채우고 싶었다.

혜정이가 민철이를 좋아하는 것을 받아들이고 싶었다. 둘이 사귀어서 혜정이가 기쁠 수 있다면 그렇게 되었으면 좋겠다는 생각이 들었다.

그 전에 나의 솔직한 마음을 얘기하고 싶었다. 그리고 용서를 빌고 싶었다. 미안하다고…. 질투가 나서 그랬다고. 널 너무 좋아해서 그랬다고….

겨울의 짧은 해는 벌써 지고 없었다. 여섯 시밖에 되지 않았지만 한밤중 같았다. 난 집 안의 불도 켜지 못한 채 침대에 엎드려 있었다. 내 자신이 너무나 미워 숨고만 싶었다. 혜정이에게 미안하다고 음성을 남겼었다. 듣게 되면 꼭 연락을 달라고 남겼지만 연락은 오지 않고 있었다.

"강민철."

내 이름이 들렸다. 난 벌떡 일어나 거실 쪽으로 재빨리 나갔다.

"뭐야, 불은 다 끄고…. 없는 줄 알았잖아."

혜정이였다. 혜정이가 현관문을 빼꼼히 열고 말을 하고 있었다. 눈물이 날 것만 같았다. 혜정이가 나간 지 서너 시간밖에 되질 않았지만 한참을 못 본 것 같았다. 난 현관 밖에 있는 혜정이를 달려가서 안아 주고 싶었다.

"나와 봐! 할 얘기 있어."

우두커니 바라보고만 있는 나에게 혜정이는 말을 했고 난 슬리퍼를 신고 혜정이를 뒤따라 나갔다.

"점퍼 입고 나와. 운동화 신고."

급한 마음에 아무것도 걸치지 않고 나간 나에게 혜정이는 말했다.

"어! 어."

내 어리둥절한 반응에 혜정이의 입꼬리가 살짝 올라갔다. 난 다시 집으로 들어가 점퍼를 챙겨 입고 운동화를 신고 나왔다.

우리는 건너편 공원에 있는 벤치에 앉았다. 어느덧 12월이었다. 우리를 설레게 만들던 꽃들과 바람을 불러왔던 잎사귀, 따사로운 단풍들에 가려져 있던 나무의 마른 가지만이 보였다. 나무는 이제 새싹을 기다리는 인고의 시간을 홀로 외로이 버틸 것이다. 추웠다. 난 점퍼 주머니에 손을 넣었다. 달걀이 만져졌다. 아까 혜정이가 소중히 넣어 두었던 달걀이었다.

"혜정아, 아깐 정말 미안해…."

"아니야, 미안해할 것 없어. 네 말이 맞으니까…."

혜정이의 미안해하지 않아도 된다는 말은 나를 더욱 미안하게 만들고 있었다.

"아니, 그래도 내가 그렇게 말을 하면 안 되는 거였는데."

"그건 맞아. 나쁜 놈아!"

혜정이의 나쁜 놈이란 말이 나의 얼었던 마음을 녹이는 듯했다. 혜정이는 옅은 미소를 짓고 있었다. 그 미소가 정말 고마웠다.

"응, 정말 미안해."

"네가 그런 식으로 말한 건 별로긴 하지만 미안할 건 없어. 나도 네 말 듣고 다시 생각을 할 수 있었으니까…."

겨울바람은 혜정이의 긴 머리카락을 흘러내리게 했고 혜정이는 흘러내린 머리카락을 살며시 옆으로 넘겼다. 가려져 있던 맑은 이마가 보이고 긴 속눈썹은 가로등 불빛에 반짝이고 있는 듯 보였다.

"너 알잖아. 우리 집 복잡한 거…. 아빠는 다른 여자랑 살고…. 아빠네 집엔 내 동생도 있어. 엄마는 다르지만…."

혜정이의 입에선 하얀 입김이 몽글몽글 피어났다.

"응."

알고 있던 이야기지만 들을 때마다 어떤 말을 해 줘야 하는 건지 고민스러웠다.

"우리 엄마 지금은 자기 인생을 살고 있어. 난 별로 안중에도 없는 것 같아. 어쩔 땐 내가 엄마의 짐이 되는 건 아닌가, 혼란스러울 때도 있고."

"짐은 무슨! 너희 어머니 너 걱정 많이 해주시는 것 같던데…. 지난번에도 그렇고."

난 예전 혜정이네 어머니한테 혼이 났던 걸 떠올리며 말을 했다.

"흣… 아빠 있을 때만 그래. 엄마는 돈이면 다 해결이 되는 줄 알아. 용돈만 넉넉히 주면 자기 할 일은 다 했다고 생각하는 것 같아…. 그 돈도 아빠가 주는 건데…."

"아빠가?"

"말했잖아. 원래 아빠랑 사는 건데 이렇게 됐다고…. 아빠가 지금까지도 양육비 보내주고 있어. 스무 살이 되었는데도…. 사실 양육비 정도가 아니지. 엄마랑 나한테 들어가는 생활비 전부를 주시는 거니까…. 엄마는 편하지 일을 안 해도 되고."

혜정이가 아빠랑 살기 힘들어하니까 엄마랑 살게 하며 양육비는 물론 엄마의 생활비까지 주고 있다는 건 쉽지 않은 일처럼 보였다. 나는 새삼 혜정이네 아버지가 대단하다는 생각이 들었다.

"엄마는 내가 커 가면서 조금씩 변하더라…. 늦게 들어오는 날도 많아지고. 그래도 난 별 상관없었어…. 엄마 인생이니까. 그런데 가끔 아빠가 물어보거든 엄마가 나한테 잘 하고 있는지, 어떻게 살고 있는지. 그럼 난 거짓말을 해…. 엄마 애인이라든지 내 도시락을 안 싸 준다든지 이런 이야기해서 뭐 하겠어. 난 엄마 다 이해했었어…. 그런데 지난번 아빠랑 엄마 사이에 있었던 일을 듣고 나니까 엄마가 미워지더라. 엄마가 우리 가정에 충실했다면 아빠랑 나, 엄마 이렇게 셋이 화목하게 살 수 있었을 거라는 생각을 하니까 화도 났었어…. 아빠네 집에 들어갈 생각도 해 봤지만 가기도 싫고 막상 이제 내가 간다면 아빠가 난처해질 것 같기도 하고…. 그러다 보니 어느 땐 내가 고아 같다는 생각이 들었어…."

슬펐다. 언제나 밝은 모습의 혜정이었다. 구김살이라곤 찾아볼 수 없었고 화목한 가정에서 어리광 부리며 예쁨만 받고 자랐을 것 같던 혜정이었다. 부모님이 이혼을 하셨다는 얘기를 들었을 때도 놀랐지만, 이런 생각을 하고 있을 거라곤 전혀 상상할 수 없었다.

"그래도 아빠를 내내 미워했던 내가 싫어서 아빠 뜻대로 따라 드리고 싶었어…. 근데 아까 네 얘기 듣고 처음엔 화도 났지만 니 말이 다 맞더라…."

"아니야, 아까 내가 했던 말은 그냥…."

"됐어, 그냥 맞아 니 말이. 그리고 고마워…. 나 작년에 다녔던 미술학원에 다녀왔어. 그리고 오랜만에 나 가르쳐 주시던 선생님 뵙고 상의드렸어. 작년에 내가 입학 포기하고 재수한다고 했을 때 많이 아쉬워하셨거든. 그런데 내가 다시 미술 하고 싶다고 하니까 응원해 주시더라. 그리고 이번에 응시해 볼 만한 곳도 알려 주시고…. 그리고 실기 준비는 내가 워낙 잘했어서, 훗훗…. 지금부터 해도 괜찮겠대. 내일 부터 가서 준비하기로 했어."

으쓱대며 말하는 혜정이가 귀여웠다. 난 미안했지만 혜정이가 지금이라도 하고 싶은 미술을 다시 한다고 하니 다행스러운 마음이 들었다. 아니, 혜정이가 기뻐하는 것이 다행스럽고 좋았다.

"나 오늘 아빠한테 가서 말하려고. 미술을 하고 싶은 이유 솔직하게 모두 말씀드리고 허락 받을 거야…. 사실 나도 아빠한테 내가 하고 싶은 것을 진지하게 말한 적이 없어."

"그래, 네가 솔직하게 너의 진심을 말씀 드리면 너희 아버지는 허락해 주실 것 같아. 지난번에 보니 너 되게 아끼시는 것 같던데."

지난번 저녁을 함께 먹으며 난 정말 그렇게 느꼈었다.

"응, 그렇지만 난 아직도 많이 서먹한 느낌이야…. 그런 기분이 들 때마다 아빠한테 미안해. 다른 어른들은 편하기만 한데 아빠는 왜 그렇게 어렵고 서먹한지 모르겠어."

나도 뭔가 하고 싶은 말이나 허락을 받을 일이 생기면 아빠가 어려울 때가 있었다. 그럴 때면 엄마한테 말해서 아빠한테 허락을 받게 해 달라고 넌지시 얘기하는 경우도 많았다. 그러나 지금 혜정이에겐 그런 엄마가 있지 않기에 더 아빠를 어려워할 수도 있다는 생각이 들었다.

"나도 그래. 아빠는 원래 엄마보다 좀 어렵고 그런 거야. 다들 그래."

"아니, 난 좀 다른 것 같아…. 아빠를 이해하게 된 게 이제 고작 일 년밖에 되질 않아. 그 전엔 아빠를 미워하기만 했지."

난 아무 말도 할 수가 없었다.

"뭐 조금씩 나아지겠지. 훗훗. 나 서먹하긴 하지만 이제 아빠가 좋아. 떨어져 살긴 하지만 아빠 생각하면 마음이 따뜻해져…. 그리고 아빠도 내가 정말 좋아하는 거 하며 살길 바랄 수도 있어. 그래서 오늘 진지하게 모두 얘기할 거야."

"응, 맞아. 하고 싶은 거 해야지. 아빠랑 얘기를 많이 하지 않아서 그런 걸 거야. 오늘 가서 말씀 잘 드리면 허락해 주실 거야."

혜정이는 나를 보며 웃었다. 신난 아이 같아 보였다.

"그렇지? 훗훗. 나 이제 정말 오늘 행복한 일을 할 거야. 아니 꼭 오늘이 아니더라도 내일, 내일이 아니더라도 훗날 내가 행복하고 기쁠 일을 할 거야. 너도 꼭 그렇게 했으면 좋겠어."

"웅, 나도 그럴게."

이렇게 신나하며 하고 싶은 것이 있는 혜정이가 부러웠다.

"그래, 약속하는 거야!"

"웅."

혜정이가 일어났다.

"나 이제 아빠한테 간다!"

"어, 지금 간다고?"

"웅."

천진난만하게 말하는 혜정이였다.

"나 할 얘기 있는데 말이야…."

"뭐?"

망설여졌다. 사실 혜정이 너를 좋아했다고 말하고 싶었다. 아까 화를 냈던 이유도 내 질투 때문이었다고…. 그리고 미안하다고 말하고 싶었다. 네가 민철이를 좋아하는 건 알지만 그래도 내 마음을 얘기하고 싶었다고 말하려 했었다. 그러나 지금 말하면 혜정이의 마음만 복잡하게 하는 것일 수도 있다는 생각이 들었다. 괜히 지금 굳게 결심해서 아빠에게 가는 혜정이의 마음을 난감하게 하고 싶지 않았다. 난 나의 고백을 내일로 미뤘다.

"어, 잘 갔다 오라고. 파이팅!"

"싱겁기는…. 웅, 잘 갔다 올게. 내일 우리 오랜만에 술 한잔 하자."

"웅."

"집에 빨리 들어가, 추워."

"버스 타고 가지? 정류장까지 데려다 줄게."

"아니야, 빨리 들어가. 아빠한테 음성 남기고 갈 거야. 나 갈게."

"응, 잘 갔다 와."

혜정이는 뒤돌아서서 걸어갔다. 어깨에 멘 두툼한 가방이 보이지만 발걸음이 가벼워 보였다. 난 담배를 한 대 꺼내 물고 불을 붙였다. 멀어져 가는 혜정이의 뒷모습을 계속 바라보고 싶었다. 내가 계속 만지작거렸던 달걀에선 이제 온기가 느껴졌다.

난 그 달걀을 살며시 안아 쥐었다.

제5장

2006년 12월.

"아니, 저 그러니까 지금 상환 기간이 한참이나 지났거든요…"

난 앞에 앉아 있는 예순이 가까워 보이는 아저씨에게 말을 했다.

"죄송합니다. 뭐라 할 말이 없습니다. 지금 바로 갚을 돈이 있는 것도
아니고."

아저씨는 힘없는 목소리로 말을 했다. 세월의 시달림에 녹초가 된 눈
꺼풀은 지친 듯 반쯤 감겨 있었다.

"지금 못 갚으면 어떻게 됩니까?"

"아… 네 우선 아드님 명의 카드이기에… 신용도가 지금도 낮은데…
음, 우선 신용불량이 될 수 있고요. 아버님 말고 아드님이요…. 그리고."

옆에 있던 김 대리가 내 옆구리를 살며시 찌른다.

"네?"

난 깜짝 놀라 고개를 돌려 김 대리를 봤고 김 대리는 아랫입술을 깨물
며 나에게 속삭인다.

"양반다리 해라."

무릎을 꿇고 있던 나는 재빨리 양반다리로 고쳐 앉았다.

"아니, 아저씨! 우선 저희 쪽에서 서면으로 연락을 취한 것만 해도 넉 달이 지났습니다. 그리고 등기로 받으셨기에 정민 씨가 내용을 충분히 인지했다는 것도 인정이 되고요."

김 대리가 아저씨에게 말을 뱉었다.

"너 뭐 서류 등기로 받았었어?"

아저씨는 옆에 고개를 숙이고 앉아 있는 아들에게 묻는다.

"응…."

아들은 고개를 들지 않은 채 대답을 했다.

"참… 대책 없기는. 받았으면 말이라도 하든가…."

"카드가 사용할 때는 편하지만 무분별하게 사용하면 이렇게 무서운 겁니다. 상환할 능력도 안 되는데 막 써 버리고 나 몰라라 하면 당연히 문제가 발생을 하죠. 다행히 예전처럼 과잉 한도는 없어서 그나마 나은 거예요. 예전에 젊은 사람들 카드빚 때문에 난리도 아니었잖아요. 뭐 아드님이 쓰신 거라 답답한 부분 이해는 합니다만 신용불량 되면 사회생활을 할 수가 없어요. 알고 계시겠지만 요즘은 전 은행이 전산으로 신용도를 공유합니다. 서류 보니까 아드님 지금 나이가 25살인데 벌써 신용불량 되면 헤어 나오기 힘들어요."

김 대리는 방바닥에 가지런히 늘어놓은 서류 중 하나를 집어 들어 본다.

"뭐 지금 당장 변제를 해 달라는 건 아니고요, 중요한 건 변제 의사입니다."

"변제 의사요?"

"네, 변제를 하시겠다는 약속이라도 하시면 저희 쪽에서도 상황 고려해서 기다려 드릴 수 있다는 얘기죠."

"그럼 어떻게 해야 되는 거죠?"

"네, 우선 여기 서류 작성을 해 주시고요."

김 대리는 서류를 들이 밀었다. 늙은 아버지는 한숨을 쉬며 서류를 꼼꼼히 읽어 내려간다.

"아, 그리고 오늘 어느 정도 금액을 변제해 주시고 잔금을 약속하신 날짜까지 전부 갚으신다면 저희도 선생님 부담을 조금 덜어 드리는 차원에서 어느 정도 깎아 드릴 수도 있습니다."

김 대리의 아저씨 호칭은 어느새 선생님으로 바뀌어 있었다.

"깎아요?"

"네, 저희 뭐 예전처럼 상환하실 능력이 안 되는데 무턱대고 신용 하락시키고 법적 절차 밟고 하지는 않아요. 많이 좋아졌죠. 이렇게 선생님께서 약속만 잘 지켜 주신다면. 잠시만요, 민철 씨! 지금 상환 총금액이 어떻게 되지?"

김 대리의 말에 난 재빨리 서류를 뒤적인다.

"네, 오늘 날짜로 총 5,673,210원입니다."

"음… 그럼 우선 선생님 오늘 백만 원 정도만 변제를 해 주신다면 저희가 우수리는 다 떼 드리겠습니다."

"우수리라면…."

"네, 우수리 67만 원은 깎아 드리고요. 5백만 원만 상환해 주시면 됩니다."

"아, 그래요? 정말 감사합니다. 감사합니다."

아저씨는 고개를 연신 숙이며 감사의 표시를 한다.

"네, 그럼 우선 여기, 여기 그리고 여기 선생님 성함과 사인을 해 주시면 됩니다."

아저씨는 떨리는 손으로 김 대리가 가리킨 자리에 사인을 해 나간다.

"야, 너 몇 번을 말하냐? 무릎 꿇고 앉지 말랬지!"

"네…."

"그렇게 쫄아서 무릎 꿇고 있으면 얕본다고, 얕보면 뭔 말을 듣겠냐고!"

나는 김 대리를 태우고 운전을 하고 있었다. 김 대리는 보조석 창을 조금 열고 담배를 피우며 말을 하고 있었다.

"내가 늙는다, 늙어…. 또 말은 왜 그렇게 더듬는지. 군대는 어떻게 갔다 왔냐?"

"…."

"너 현역으로 갔다 온 건 맞지?"

"네…."

"나 참, 아무튼 군대 많이 편해졌어. 나 때는 말이야…."

김 대리는 자신의 군대 이야기를 해 나간다. 몇 번을 들었는지 모른다. 늘 있는 일이라 나는 귀담아 듣질 않았다. 그저 떨리는 손으로 사인을 해 나간 늙은 아버지와 그 옆에 고개를 숙이고 앉아 있던 철없는 아들의 모습이 머릿속에 맴돌고 있었다.

"야, 야, 내 말 듣냐?"

"네! 네?"

"이거 또 유체이탈하고 있네…. 이건 진짜 일부러 그러는지 사람 열 받게 하는 재주가 있어. 너 나 열 받으라고 이러는 거지?"

"아니요."

"×발 진짜…. 안 그렇냐고?"

"아, 어떤 거…."

"그 아저씨 말이야. 이건 뭐 IMF를 다 핑곗거리로 써먹는다니까. 아주 다들 IMF 전엔 잘나갔고 집엔 금송아지 없던 사람이 없대요! 그럼 어쩌라고 10년이 다 돼 가는데 10년이면 강산도 변하는데 그 동 안 뭐 하고 아직도 그때 얘기 하면서 말이야…. 죽은 아들 불알 만지작거리는 소리를 하는 건지 원!"

아까 늙은 아버지는 하소연을 하듯 IMF 전 얘기를 했었다. 사업을 크게 했었고 IMF 때 부도가 나서 지금 이렇게 되었다는 이야기는 나도 여러 사람에게 귀에 딱지가 날 정도로 많이 들은 레퍼토리였다. 난 나도 모르게 손으로 뺨을 문지르며 볼을 살짝 때린다.

"왜 졸리냐?"

"아니요."

"가만 보면 넌 니 뺨을 자주 때리더라. 그거 왜 그러는 거야? 유체이탈 막으려는 거냐?"

김 대리는 자신이 한 농담이 마음에 드는지 차 안이 들썩일 정도로 박장대소를 한다.

"야, 너 입사한 지 이제 얼마나 됐지?"

어찌나 재밌었는지 찔끔 흘린 눈물까지 닦으며 김 대리는 나에게 물었다.

"네, 한 일 년 조금 넘었습니다."

"벌써? 그래, 그래도 일이 참 안 늘어…. 너 그래도 우리 회사 1차 채권 해결하는 게 얼마나 다행인 줄 아냐? 3, 4차 내려가면 거긴 악질만 모여서 돈 받기가 장난 아니야. 어찌 보면 우린 제 1금융 소속이나 다름없는 거지. 너 소문 들었지? 우리 잘하면 대흥은행 정직원으로 채용될 수 있다는 얘기?"

"네."

"그러니까 나 보고 좀 느껴서, 생각이란 걸 하며 일해라."

"네."

작게 틀어놓은 라디오에서 어수선한 소리가 들렸다.

"뭔 소린가? 나라가 조용한 날이 없네…. 아! 라디오 좀 크게 틀어 봐라."

"네."

볼륨을 높인 라디오에선 뉴스가 흘러나오고 있었다.

"네, 오늘 영등포에선 일명 솥뚜껑 집회가 열렸습니다. 경기 침체로 시작된 매출 하락으로 인해 성난 영세 음식점 상인들은 생계를 팽개치고 거리로 나왔습니다. 오늘로써 3일째 농성을 벌이고 있는데 이들은 경제 파탄의 주범인…"

라디오에선 솥뚜껑을 부딪치는 소리가 요란스럽게 들리고 있었다.

"문제다, 진짜…. 경제가 파탄이 났다는데도 대통령은 때가 어느 땐데 과거 친일파 타령에 막말이나 하고…. 이러다 진짜 IMF 다시 오는 거 아니야?"

신문에서도 연일 경제가 파탄 지경에 이르렀다는 소식이 나오고 있었다. IMF가 다시 올 수도 있다는 흉흉한 소문도 돌았다. 십 년 전 전 국민이 입은 상처는 나은 듯 보였지만 남은 흉터는 트라우마를 극복하기엔 너무도 큰 것 같아 보였다.

"이어서 오늘의 증시를 말씀 드리겠습니다. 김성대 기자?"

"네, 김성대 기자입니다! 오늘도 역시 증시는 상승세를 이어갔는데요. 약보합 수준으로 거래를 시작한 장은 시간이 지나며 외국인 투자자들이 대거 매수세로 전환하며 장을 이끌었습니다. 포인트는 어제보다 12.4포인트 오른 1,762.6포인트로 장을 마감…"

"아, 이러다 2,000포인트 찍겠어! 호호호… 너 주식 하냐?"

"아니요."

"야, 우리 같은 월급쟁이가 주식 같은 걸로 돈을 불려야지! 답답하기는, 쯧쯧…. 요즘 계속 오르잖아. 나 주식으로 올해만 번 돈이 얼만지 아냐? 이거 내가 주식도 좀 가르쳐줘야겠구먼."

신경질적인 김 대리지만 증시 뉴스가 나올 때면 투자한 주식이 잘되어 가는지 기분이 좋아지며 말투도 부드러워지곤 했다.

"너 그리고 카드 몇 장이나 받아 놨냐?"

대흥은행에서 처리가 안 되는 채권은 우리 회사로 넘어온다. 우리는 그 채권을 추심하는 업무를 한다. 그러나 채권만 넘어오는 것이 아니라 분기별로 카드 발급 업무도 넘어온다. 직원별로 할당량이 주어지지만, 그 곤욕스러운 할당량을 첫 달을 제외하곤 단 한 번도 채워 보질 못했었다.

"아직…."

"아직? 아직이면 몇 장을 말하는 거야?"

"아직 한 장도 못 받았습니다."

"와…! 나 참, 할 말이 없다. 마감이 내일 모렌데 한 장도 못 받았다고? 그 말이 뚫린 입이라고 잘도 나오네?"

"…."

"대책 없기는…. 내 동기 후임은 카드를 지 것까지 받아온다고 자랑질을 하는 마당에 내 짬에 지금 카드 만들어 달라고 돌아다녀야 할 판이니…. 너 여기 오기 전에 대체 뭐 했냐?"

"…."

"답답하게. 빨리 대답 안 해?"

"네, 게임 회사 다녔습니다."

"아, 그랬다고 했지…. 거기서 뭐 했는데?"

"프로그래밍 했습니다."

"프로그래밍? 그거 대학 나와야지 할 수 있는 거 아니냐?"

"꼭 그런 건 아닌데…."

"그럼 과도 그쪽 나온 거겠네."

김 대리는 내 말을 듣지 않고 취조를 하듯 묻는다.

"네, 컴퓨터 프로그래밍 전공했습니다."

"왜 그만뒀는데?"

김 대리는 뭐가 잘못된 것인지 나를 형사의 눈빛으로 보며 말을 했다.

"회사가 없어지는 바람에…."

"별 볼 일 없는 회사였구먼 큭큭…. 요즘 게임 문제야 문제, 뭔 아이템을 돈 주고 사고팔고, 난 이해가 도저히 안 가더라고. 그거 중독인 거지 마약처럼…. 그런 거 만드는 회사는 없어져야 돼. 잘 그만뒀어."

"네…."

"야, 난 저기서 내려줘라."

아침에 김 대리를 태웠던 자리에 멈춰 섰다. 입사 초기 김 대리는 나에게 차가 있냐고 물어봤었다. 난 아버지가 늘 세워 두시는 오래된 구형 아반테를 가끔 몰고 다녔어서 있는 것 같다고 얘기를 하자 김 대리는 무척이나 반겼다. 그 후 난 김 대리와 외부 업무를 보는 날이면 차를 가지고 나와야 했다. 초기완 달리 외부 업무는 늘어만 갔고 난 이제 김 대리의 기사 역할까지 도맡고 있었다.

"야, 주말이라고 놀 생각하지 말고 카드 받아 놔. 알았냐?"

"네."

"잘 들어가고."

"네, 대리님. 주말 푹 쉬세요."

감정 없는 기계적인 인사가 오고갔다. 차에서 내린 김 대리의 뒷모습을 난 물끄러미 바라봤다.

"휴우…"

나도 모르게 한숨이 흘러나왔다. 난 담배를 하나 꺼내 물었다. 창문을 모두 내렸다. 12월의 찬바람이 차 안으로 들어왔다. 난 의자에 기대어 눈을 감았다. 눈을 감은 채 담배 연기를 깊게 들이켰다. 이내 내 속 곳곳을 훑은 담배 연기는 코와 입으로 나오고 그 연기는 처음보다 더 독해져 있는 듯 느껴졌다. 난 눈을 감은 채 손으로 볼을 문지르듯 치고 있었다.

"저 새끼는 안 될 놈이야."

진길이는 석호를 향해서 손으로 욕을 하고 있었다.

"내가 뭐?"

"너 저번에 술값 안 내고 사라졌지? 이 바람 같은 새끼야!"

"나 내지 않았나?"

석호는 능청스러운 표정으로 진길이를 바라본다.

"지랄… 으, 저 표정 아주 고등학교 때부터 알아봤어야 하는데."

"쟤 뭐 하루 이틀이냐? 이제 먼저 받아 놔야 돼! 야, 2만 원 먼저 내라, 너는."

용준이가 진길이를 거들어 준다.

"아, 진짜 만나자마자 이거 너무하는 거 아니냐?"

억울한 말투로 말하는 석호지만 실실 웃고 있는 얼굴이었다.

"아니야, 내가 보니까 너무해도 돼!"

동민이의 말에 우리는 모두 웃었다. 오랜만에 동네 친구들이 모였다. 성진이가 결혼을 한다고 했다. 애초 올해 할 계획이었지만 스물아홉, 아홉수가 꼈다고 집안 어른들의 반대로 내년 2월로 미뤄진 결혼식이었다.

청첩장이 나왔다고 했다. 친구들 중, 첫 번째로 청첩장을 돌리는 영광스러운 자리에 함께하려 모여 있었다. 자동차 딜러를 하는 진길이, 석호는 방향제 렌털 회사에 다니고 있었다. 동민이와 건우는 함께 모바일 게임 개발을 하고 있었고 첫 작품인 오소리란 게임은 예전 오락실에 있던 너구리를 디자인만 살짝 바꿔 내놓은 듯했지만 자기들은 걸작이라고 떠들고 있었다. 용준이는 뭘 하고 있는지 모르겠지만 만날 때마다 피곤해 보였다.

이렇게 나를 포함 여섯 명은 동네 호프집에 먼저 들어와 있었다. 친구들과 시내에 나가서 술을 마셔본 적이 언제인지 기억이 가물가물하기만 했다. 나이가 들며 만사가 귀찮게만 느껴졌고, 우리는 술을 마시려 시내에 나간다는 것을 한없이 쓸데없는 일로 여기게 되었다. 그리하여 동네 허름한 맥시칸 호프집은 참새 방앗간이 되어 있었고 간혹 누군가 여자 친구를 사귀어도 이곳에 데려와야지만 진지하게 만나고 있는 사이로 인정이 될 정도였다.

"야, 성진이 언제 온대냐?"

건우는 핸드폰을 만지작거리며 말하고 있었다.

"오고 있다는데 몰라."

"지가 모이래서 모였는데 뭐냐 이거? 간만에 시간 맞춰 나왔는데!"

약속 시간이 5분도 채 지나지 않았지만 성질 급한 동민이는 벌써부터 투덜거렸다.

"오겠지 뭐. 술이나 마시자."

우리는 안주도 없이 먼저 나온 소주잔을 채웠다.

"아, 그리고 니네 카드 좀 만들어라. 뭐해 빨리 꺼내."

건우는 술잔을 내려놓는 나에게 손짓을 한다. 난 오기 전 건우에게 전화를 걸었었다. 친구들에게 카드 발급을 몇 번이나 부탁을 했었다. 친구들은 처음엔 흔쾌히 발급 서류를 작성해 주었었지만 분기별로 부탁을 하는 나에게 이제는 주위에 해 줄 만한 사람들은 다 해 줬다며 핀잔을 주기 일쑤였다. 이번엔 친구들에게 부탁을 하고 싶지 않았다. 하지만 주위를 아무리 찾아봐도 내 할당량을 채울 만한 곳이 없었다. 어쩔 수 없이 난 건우에게만 부탁을 했다. 건우가 친구들에게 카드 이야기를 꺼낼 줄은 몰랐지만 당황스럽지도 않았다. 난 조용히 서류를 꺼냈다.

"아, 또야!"

익숙한 서류를 보자 석호는 나에게 한소리를 한다.

"너넨 다 했으니까 주위에 한번 찾아봐."

건우는 내가 꺼낸 서류를 벌써 친구들에게 나눠주며 말하고 있었다.

"아, 이제 할 사람도 없는데…."

서류를 받으며 투덜대는 진길이였다.

"강민철은 카드사에 다니는 거지?"

석호는 서류 한 장을 챙겨 넣으며 말하고 있었다.

"미안하다. 이번만 좀 봐줘라."

매번 똑같은 말을 반복하는 내가 싫었다.

"몰라, 알아는 보겠는데 기대는 하지 마라. 언제까지 받아야 되냐?"

"일요일…."

"야, 일요일이면 내일 모렌데? 일찍 주기라도 하든가…."

"미안하다. 받아 놓으면 전화해. 내가 너네 집으로 받으러 갈게."

제각각 한소리씩 하고는 있지만 그래도 서류를 챙겨 가 주는 친구들이 고마웠다.

"그래도 사람이라고 이제 는다. 나 이제 어디 어디 작성하면 되는지 안 봐도 알아. 하하."

동민이의 말에 모두들 웃지만 난 더욱 미안한 마음이 들 뿐이었다.

"야, 너 오소리 끝판 깼어?"

동민이와 건우가 개발한 오소리 게임은 친구들 모두의 핸드폰에 강제로 깔려 있었다. 난 몇 번 해 보긴 했지만 미친 난이도에 내 오소리는 금방 죽어나갔다.

"응, 해 봤는데 어려워서 끝판은 구경도 못 했어."

나의 말에 동민이는 실망스러운 표정을 지었다.

"하, 진짜 뭐가 어렵다는 거야?"

"야, 이 미친 새끼야. 너구리 표절을 하려면 제대로나 하지 무슨 뱀 새끼를 사방 천지에 깔아놨어! 또 어찌나 빠른지 빈틈이 없어요! 난 하다 하다 꿈에 뱀이 보여서 관뒀다! 이거, 다운 몇 명이나 했나?"

진길이가 핸드폰을 열어 자신의 최종 스코어를 보여 준다.

"뱀이 보였음 로또를 샀어야지. 홋홋…."

석호가 소주를 마시며 웃는다.

"오, 그래도 많이 갔네! 꾸준히 했나 본데? 역시 걸작이야."

진길이는 동민이의 말에 고개를 저으며 핸드폰을 닫았다.

"야, 내가 마케팅과 게임 시나리오를 짜는 입장에서 표절이라고 하는 건, 좀 곤란하지! 그리고 다운로드 현황은 내부 사항이라 말해 줄 수가 없다."

건우는 말대로 마케팅과 시나리오를 맡고 있었고 동민이는 게임 디자인을 맡고 있었다. 그래도 나름 체계적으로 업무 분담이 되어 있었다. 둘은 처음엔 작은 사무실을 빌려 회사라고 부르기도 민망한 회사를 차렸고 그 회사의 이름은 그들의 첫 작품명에서 따온 '오소리 게임 컴퍼니'였다. 그러나 몇 달 전에 사무실을 동민이의 집 작은방으로 옮겼고 한 명 있던 직원인 프로그래머는 일을 관뒀다고 했다. 씁쓸하기만 했다.

동민이와 건우, 나 이렇게 셋은 같은 온라인 PC 게임 회사에 다녔었다. 먼저 회사를 다니던 동민이는 부서별로 직원을 구할 때마다 우리를 소개해 줬다. 마케팅 부서엔 건우를, 프로그래밍 개발 부서엔 나를 소개해 줬었고 다행히도 신생 회사라 지원하는 사람도 없었기에 우리는 면접을 수월히 통과할 수 있었다.

그러나 입사한 지 2년이 될 무렵 회사는 문을 닫았고 우리는 졸지에 백수가 되어 있었다. 다른 게임 회사에 지원을 해 보려 했지만 거의 모든 회사의 지원 자격은 4년제 대졸 이상이었고 전문대를 나온 나와 동민이는 이력서조차 넣어 볼 수 없었다. 몇 달의 백수 생활이 지나고 난 명일이의 소개로 지금 다니는 회사에 입사를 할 수 있었다. 동민이와 건우는 모바일 게임 개발에 뛰어들었다. 그 둘은 나에게도 동업 제의를 했었다. 해 보고 싶은 마음은 있었지만 두려웠다. 이제 곧 모바일 게임이 대세가 될 거라는 그 둘의 말은 허황되게만 보였다. 당장 다음 달 월급도 장담하지 못하는 둘의 계획에 섣불리 끼어들고 싶지 않았다. 난 거절을 했었고 그 둘은 아직까지도 게임 개발의 꿈을 버리지 않고 있었다.

"시나리오? 야, 말은 바로 하자. 너구리에 무슨 시나리오가 필요하냐?"

"오소리다."

바로 정정을 요구하는 건우였다.

"그래, 오소리. 나 참, 허허허."

석호는 헛웃음을 못 참겠는지 소리 내 웃는다.

"대모험에 왜 대서사시가 없겠냐?"

"전에도 말했지만 영문과를 나온 나로서 말하자면 대모험은 영어로 그

퀘이트 어드벤처야. 그런데 너희가 타이틀에 대문짝만 하게 박은 '빅! 어드벤처'는 틀린 표현인 거지. 크큭."

영문과를 나온 진길이는 발음을 굴려 가며 말했고 'BIG'을 발음할 땐 웃음을 참지 못했다. 건우와 동민이가 개발한 오소리의 정식 명칭은 영문으로 'OSORI BIG ADVENTURE'였다.

"그래! 근데 지금 너무 멀리 왔어. 바꿀 수 없다. 크큭."

건우와 동민인 지들도 재밌는지 웃음을 터트린다.

"아무튼 너희들이 몇 번을 말해도 계속 못들은 척하는데, 우리 오소리는 지금 엄마를 찾아가는 거야. 어때? 엄마 소리부터 페이소스가 느껴지지 않냐? 왕뱀이 오소리 엄마를 끌고 갔거든. 그래서 새끼 뱀들이 득실득실한 소굴을 뚫고 엄마를 구하러 가는…."

건우가 빅 어드벤처의 대서사시를 말해 주고 있었다.

"야, 근데 새끼 뱀을 죽이면 왕뱀도 슬퍼하지 않을까? 아빠일 거 아니야? 수컷 맞나?"

웃음을 간신히 참으며 묻고 있는 진길이였다.

"오소리는 엄마를 찾으려… 아빠가… 수컷은 맞는데… 얌마! 우리가 언제 죽였어? 뛰어넘었지 자식아!"

진길이의 어이없는 질문에 발끈하는 건우였다. (너구리는 아케이드 게임으로 장애물을 넘는 방식이다.)

"아! 그렇게 깊은 뜻이 있었다니, 엄마가 잡혀 간 마당에 착한 오소리네. 크큭큭."

산으로 가는 대서사시를 들으며 친구들은 모두 배를 잡고 웃는다.

"말을 말자!"

끝내 대서사시의 매듭을 짓지 못한 건우였다.

"야, 말해 주지 마! 끝판도 못 깨는 것들인데, 너희들 엔딩 보면 장난 아니야."

동민이는 같은 개발자인 건우의 편을 들었고 둘은 서로를 위로하며 건배를 한다. 친구들은 말은 이렇게 하지만 사실 건우와 동민이한테는 비밀인 채로 누가 먼저 끝판을 깨는지 내기 중이었다. 그래서 꿈에 뱀이 보일 정도로 열심히 하고 있는 진길이였다.

"벌써 시작했네!"

"어, 왔냐!"

뒤를 돌아보니 명일이가 와 있었다. 명일이 뒤엔 새초롬하게 생긴 여자가 서 있었다.

"여기 내 친구들. 인사해."

"안녕하세요?"

명일이의 소개에 뒤에 있던 여자가 인사를 한다.

"말했었지. 내 여자 친구 선영이."

"아! 선영 씨, 반가워요."

친구들은 모두 일어나서 선영이란 여자를 반겼다.

"친구들!"

호프집 문을 활짝 열고 들어오는 성진이였다. 뒤엔 성진이의 아내가 될 유정이도 따라 들어오고 있었다. 유정이는 우리보다 두 살이 어렸다. 성진이의 대학 후배였고 그 둘은 대학 시절부터 연인 사이였다. 우리는 유정이를 많이 봐 와서 잘 아는 사이였고 이제 이 오래된 연인은 결혼을 알리려 하고 있었다.

제6장

"와, 언니 청첩장 정말 이뻐요!"

선영이라고 한 명일이의 여자 친구는 유정이보다 한살이 어렸다. 유정이를 언니라고 부르며 살갑게 말을 하고 있었고 손엔 청첩장을 들고 있었다.

"응, 고마워."

유정이가 나눠준 성진이와의 청첩장엔 둘의 캐리커처가 재미있게 그려져 있었다. 머리가 엄청 크게 그려진 성진이는 게걸스럽게 웃고 있었다. 옆에 다소곳이 미소를 짓고 있는 유정이와 대조가 되어 마치 미녀를 쟁취한 야수처럼 보였다.

"야, 이렇게 하니까 재밌네. 잘 나왔다."

"그렇지? 유명한 데 가서 만들었다니까!"

용준이의 말이 듣기 좋았는지 활짝 웃는 성진이였다.

"요즘 이렇게 많이 해. 내 친구도 이렇게 만들었었어. 너 이거 청담동에서 만든 거지?"

성진이를 보며 명일이가 물었다.

"아닌데, 종로에 있는 곳이야."

"아아… 난 또, 요즘 청담동 쪽에도 이런 거 하는 데 많아서. 종로에서 했구나."

명일이는 청첩장을 이리저리 뒤집어 보며 말을 했다.

"청담동이면 어떻고 종로면 어떠냐? 둘이 결혼한다는 게 중요한 거지, 건배!"

동민이의 말에 우리는 모두 잔을 들었다.

"성진아 결혼 못할 줄 알았는데 제일 먼저 하네. 축하하고 난 너 결혼식 날 선약이 있어서 못 간다. 미안해."

"뭔 개소리야."

석호의 불참 소식에 잔을 들고 있던 성진이는 욕을 쏘아 붙인다.

"아, 토요일은 내가 목욕탕 가는 날이라서 어쩔 수 없다. 미안."

"미친놈, 큭큭. 너 안 오면 네 결혼식에도 나 안 가니까 알아서 해."

석호의 농담에 우린 웃으며 술을 들이켰다.

"그런데 두 분은 연애하신 지 얼마나 됐어요?"

선영이는 유정이와 성진이를 번갈아 보며 물었다.

"응, 우리 이제 스물넷부터 만났으니까 5년 됐지."

성진이는 손가락을 구부려 가며 횟수를 세고 대꾸를 한다.

"오빠 지금 센 거야? 첫… 난 바로 알고 있었는데, 뭐야?"

토라진 표정을 지으며 유정이가 말했다.

"아니, 그게 아니라 알고 있었는데 더 정확하게 말해 주려다가…."

"유정아, 쟤 안 되겠지? 이제라도 다른 남자 소개해 줄까?"

성진일 놀려대는 게 재밌는지 석호는 또 농담을 던진다.

"응, 오빠!"

"자기야, 쟤 지 코도 석자야. 누구한테 소개를 부탁을 해. 청첩장도 나 왔는데 나랑 해야지."

성진이는 유정이의 손을 잡고 쓰다듬으며 애교 섞인 목소리로 말을 한다.

"내가 정말 청첩장 때문에 봐준다! 훗훗."

"진짜 못 봐주겠구먼."

눈살을 찌푸리는 석호였지만 이내 둘의 잔에 술을 따라 주며 웃었다.

왁자지껄 떠들어 가며 술잔들이 오고 간다. 기억을 거슬러 중학교 때 있었던 일부터 시작을 해서 우리들의 살아온 이야기가 펼쳐진다. 고1 때 동해 해수욕장에 갔던 이야기. 옆 텐트의 신발을 훔치다 걸려서 파출소까지 갔다 온 진길이는 그때부터 빵 한쪽을 훔치다 감옥살이를 한 장발장에 빗대서 신발장이란 별명을 얻었었다. 동네 공원에서 술을 마시다 부족하자 집에 가서 몰래 소주병을 들고 나온 석호. 석호와 우린 마시고 나서야 그게 참기름 병이란 걸 알았고 모두 토를 했었지만 향은 고소했었다는 이야기. 못했던 공부지만 어찌 어찌 해서 대학에 겨우 붙게 된 이야기. 대학교 1학년 때 각자의 대학 MT를 빠지고 동네 친구들과 모여 MT를 갔다는 이야기, 그해 동해에서 자취를 하는 동민이에게 바캉스를 갔던 이야기.

친구들은 대학교 1학년 때 각자 다른 학교였지만 주말마다 모였고 그때의 이야기들을 해 나간다. 난 친구들의 대학 신입생 때의 일들을 이야기로만 들었다. 난 스무 살의 친구들과 함께하지 못했었다. 그때 나의 일년이 떠오른다. 난 나도 모르게 뺨을 문지르며 볼을 때린다. 볼을 때리면 잠깐이나마 잊을 수 있었다.

"오빠, 오빠는 원래 말이 없으신가 봐요?"

낯가림 없는 명일이의 여자 친구는 나에게 물었다.

"아, 쟤? 쟤는 재수해서 우리 대학교 1학년 때 실종됐었어. 거의 일 년을 못 봤지…. 그리고 어떻게 대학은 붙어서 나타났는데 애가 공부를 너무 열심히 해서 그런가 나사를 너무 꽉 조였는지 멍해져서 돌아왔더라고. 하하하!"

친구들이 모두 웃는다. 나도 살짝 웃었지만 웃음은 쓰기만 했다.

"아, 나도 재수했어요. 오빠! 오빠 어디 학원 다녔어요?"

선영이가 물었지만 난 대답하기 싫었다.

"응, 그냥 저기…."

난 얼버무리며 술잔을 들이켰다.

"저긴 뭐야? 쟤 신설동에 있는 데 다녔어."

명일이가 얼버무린 나를 대신해 답한다.

"아, 그러셨구나! 전 제기동에 있는 곳 다녔어요."

"선영씨도 엄청 힘드셨겠어요? 얼마나 힘들었었는지 민철인 재수생 때 얘길 하질 않아요."

용준이가 말했다.

"힘들어서가 아니라 쪽팔려서 말 안 하는 거겠지. 지 혼자 재수해서. 훗훗훗."

"난 창피하지 않은데? 오빠 나 재수한 거 창피해?"

명일이의 말에 선영이는 기분이 안 좋아졌는지 통명스럽게 묻는다.

"아니, 아니야. 너랑 쟤는 다르지. 너는 붙었는데 더 좋은데 가려고 한 거고 쟤는 다 떨어져서 재수한 거고…."

옆에 있던 건우가 나의 빈 잔을 말없이 채워 준다.

"뭐 말을 또 그렇게 해? 다 같은 재수지."

선영인 내 눈치를 보며 명일이의 어깨를 살짝 밀치지만 대수롭지 않은 표정을 짓는 명일이었다.

"그리고 재수 학원도 지나고 보니 재밌기도 했어요. 그때 친구들 학원에서 연애도 하고 할 건 다 했거든요. 훗훗. 매일 공부만 하고 그러진 않아요. 그리고 그 친구들 지금도 가끔 만나요."

명일이의 표정을 보곤 말을 빠르게 이어가는 선영이었다.

"그럼 선영씨도 재수생 때 연애하고 그랬구나?"

용준이가 짓궂은 질문을 한다.

"훗훗… 그건 비밀이에요."

선영이는 명일이의 얼굴을 보며 말했다.

"나 참… 궁금하지도 않다!"

명일이는 담배를 입에 물고 불을 붙였다.

"야, 너도 학원 다닐 때 친구들 사귀고 연애도 하고 그랬냐?"

갑자기 나에게 묻는 명일이었다.

"…"

답을 하기가 싫었다. 난 말없이 술을 마셨다.

"뭐야? 있었나 본데? 오, 강민철!"

옆에 있던 석호가 말없이 술을 마시는 나를 보며 말을 한다.

"아니야, 없었어…."

불현듯 떠오르는 기억을 가라앉히고만 싶었다. 난 술잔을 내려놓은 손으로 볼을 가볍게 치듯 문질러 내렸다.

"분위기 잡더니 뭐야! 하긴 지금도 애인이 없는데 그때라고 있었겠냐? 하하하!"

명일이가 크게 웃으며 말한다.

"야, 강민철 재수 얘기가 뭐 그렇게 중요한데! 오늘은 내가 주인공 아니냐?"

청첩장을 흔들며 말하는 성진이었다.

"아니야. 넌 곁다리야, 오늘은. 그냥 우리 모임 겸 그리고 송별회야!"

정신 사납게 흔들리는 청첩장을 뺏어 성진이 앞자리에 내려놓으며 동민이는 말했다.

"무슨 송별회?"

동민이의 말에 되묻는 유정이었다.

"응, 우리 떠난다."

"어딜 떠나? 지구를? 훗훗훗."

저 혼자 재밌다고 웃는 용준이었다.

"우리 오소리 컴퍼니 워크숍 및 사기 충전과 다음 작품 구상을 위해 국토 종단을 계획했다."

동민이는 짐짓 비장한 표정으로 말을 이어 갔다.

"국토 종단? 이제 12월인데? 걸어서? 드디어 큰 사고 한번 치겠는데. 큭큭."

"바로 가는 건 아니고 날 풀리면 갈 거야. 그리고 걷는 건 아니고 스쿠터로."

동민이의 비장한 표정은 친구들의 농담으론 바꿀 수 없었다.

"스쿠터?"

오소리 컴퍼니 소유의 스쿠터가 한 대 있었다. 사실 동민이가 큰 맘 먹고 예전에 샀던 스쿠터지만 지금은 오소리 컴퍼니란 문구를 스티커로 붙여 놓은 것뿐이었다. 그 둘은 어디를 가야 할 일이 생기면 사이좋게 함께 타고 다녔었다. 성인 남자 둘을 겨우 지탱하고 달리는 스쿠터는 위태롭게 보였지만 그 둘은 아랑곳하지 않고 타고 다녔다.

"그거 너네 둘이 타고 가면 동네 나가자마자 퍼진다! 큭큭큭."

석호가 한마디 한다.

"응, 알지. 그래서 회사 자금 털어서 한 대 더 구입했다."

"진짜?"

오소리 컴퍼니의 대책 없게만 보이는 추진력에 놀라워하는 성진이었다.

"진짜지. 내일 만나서 인수하기로 했어. 흐흐흐. 너희들이 백팩킹이라고 아나 모르겠다! 작은 텐트도 샀어. 스쿠터에 캠핑 용품 싣고 갈 거야. 경치 좋은 곳 있으면 캠핑도 하고."

"우와, 멋져요. 오빠 나도 따라 가고 싶다. 훗훗."

선영이의 말에 명일이는 고개를 저으며 웃고 있었다.

"음… 재밌겠는데! 며칠 갔다 오냐?"

"응, 한 달 정도. 그냥 가 보고 싶었던 데 이곳저곳 돌아보고 오려고."

부러운 듯 물어보는 용준이에게 동민이는 말했다.

"그래, 잘 생각했네. 가서 마음 정리하고, 돌아오면 이제 제대로 된 직장 알아봐야지. 이번 달만 지나면 서른인데…"

명일이가 재떨이에 담배를 비벼 끄며 말을 한다.

"뭔 소리야. 우리 지금 일하고 있는 건데."

동민인 갑작스러운 명일이의 충고에 언짢은 목소리로 말을 했다.

"그래, 얘네들 회사도 차렸잖아."

"훗훗… 무슨 소꿉장난 하는 것도 아니고…."

명일이의 비웃는 듯한 웃음소리는 내 귀에도 거북하게만 들렸다.

"소꿉장난?"

동민이의 언성이 높아진다.

"야, 그래 말이 좀 심하다. 너 술 취했냐?"

"오빠 왜 그래?"

선영이는 건우와 동민이에게 난처한 눈빛을 보내며 명일이를 말렸다.

"야, 니네 다들 속으로 생각하는 거 내가 말했을 뿐이야. 쟤네들 보면 솔직히 대책 없잖아. 언제까지 대학생 동아리 활동 하듯 하고 싶은 것만 하며 살 순 없는 거야."

말리는 선영이를 아랑곳하지 않은 채 명일이는 충고인지 악담인지 모를 소리를 해 나간다.

"얘 또 술 취했구먼. 그만해라."

성진이는 더 이상 못 참겠는지 인상을 찌푸리며 말을 했다.

"내가 술 취했다고? 야, 강민철 내 말이 맞지 않아? 너 쟤네들이 같이 하자고 꼬실 때 내가 회사 소개시켜 줬지! 어때, 일 잘하고 돈도 모으고 있잖아. 아마 쟤네들이 너구리로 번 돈보다 훨씬 많이 모았을걸? 안 그래?"

난 대답할 수 없었다.

"오소리다."

이 상황에서도 오소리로 정정을 하는 건우였다.

"하… 나 참. 그래, 오소리. 아무튼 말해 보라니까, 강민철!"

"…"

모두 자신을 말리는 상황이 못마땅한지 명일인 나에게 동의를 하라는 듯 강압적인 목소리로 말을 하고 있었다. 난처했다. 난처했기에 난 말을 하지 않았다.

"하여튼 저 새끼 주관 없는 건 알아줘야 돼…. 뭔 지 생각이 없냐?"

주관이 없다는 소리는 지겹도록 많이 들었다. 난 나이가 들면 그 주관이라는 것이 자연스럽게 생기는 것인 줄 알았다.

"걱정 안 해 줘도 된다. 돈 많이 모아라, 명일아."

동민인 명일이를 보며 차분하게 말을 했지만 표정은 어두워져 있었다.

"알잖아. 니네 생각해서 이런 말 하는 거야! 시간이 얼마나 빠르냐? 우리 이제 한 달만 지나면 서른이야. 아마 삼십 대도 훌쩍 지나갈걸? 빨리 돈도 모으고 연애도 하고 결혼도 해야지…. 너희 투자 엄청나게 해서 게임 개발하는 회사들 많은 거 알잖아. 그 틈에서 너희 둘이 살아남을 수 있겠냐? 계란으로 바위 치기지…. 너무 힘든 길로 가려 하니까 내가 이러는 거야."

명일인 종종 건우와 동민이에게 충고를 하곤 했다. 정말 걱정이 되어서 충고를 하는 것인지 아님 자신의 선택이 옳다는 걸 증명하려 하는 것인지 헷갈릴 때도 있었다. 여자 친구들이 없는 자리에선 이런 일로 심하게 다투는 일도 많았다. 그러나 오늘은 유정이와 처음 보는 선영이도 있었기에 동민이와 건우는 많이 참고 있는 듯 보였다.

"너 자꾸 돈돈 그러는데 너 제일 쉽게 돈을 버는 방법이 뭔 줄 아냐?"

동민인 차분히 말을 이어나갔다.

"돈 버는 방법은 많지. 좋은 회사 가서 열심히 일하고 돈 모으고 틈틈이 주식 투자도 좀 하고 청약으로 아파트 받아서…. 너 우리나라는 땅이고 집이야. 너 아파트 하나 받으면 시세 차익이 얼마나 되는 줄 아냐? 일이억 버는 건 일도 아니야!"

명일인 정말 쉬운 일을 설명해 주는 듯이 손짓까지 해 가며 장황하게 말을 하고 있었다.

"그래, 그건 네가 생각하는 쉽게 돈을 버는 방법이고 내가 생각하는 건 하고 싶은 걸 즐겁게 하며 돈을 버는 거야. 얼마나 편하냐! 내가 하고 싶은 걸 했을 뿐인데 돈을 버니까."

명일이의 말은 신경을 쓰지 않는다는 듯 동민인 자신의 생각을 말해 나갔다.

"윤리 선생님 플라톤 찾는 소리 좀 작작해라. 네가 말하는 건 지극히 이상적인 거야. 그런데 우린 현실에 살고 있어. 그런 이상적인 말로 지금 너희 상황을 꾸미며 자위하지 마라."

"그래, 분명히 이상과 현실은 많이 다르지. 건우나 나는 지금 그 이상과 현실의 차이를 좁혀 나가고 있다고 생각해. 나중에 현실이 이상을 따라 잡을 수 있을지 알 순 없지만 그래도 쉽게 포기는 하지 않을 거야."

"나 참…. 세상 사는 게 쉽지가 않은데, 겁도 없다. 시간은 되돌릴 수 없어. 지나고 나서 후회하지 마라. 나이 더 먹으면 갈 곳도 없다."

물때가 덕지덕지 낀 화장실의 어두운 거울은 내 얼굴을 제대로 비춰 주질 못하고 있었다. 그것이 다행스럽기만 했다. 손을 씻고 거울 앞에 한동안 서 있었다. 술기운이 살짝 올라온다.

"휴우…."

한숨이 나온다. 어디서부터 잘못된 것인지 내 인생은 나와 상관없이 흘러가는 듯했다. 목표도 목적지도 없었다. 하지만 힘들지도 않았다. 무기력함은 나를 이해해 줬으며 오히려 날 보호해 주고 있는 것 같은 느낌이 들 때도 있었다. 단지 슬펐다. 그 슬픔은 가슴속 깊은 곳에서부터 통증을 일으켰고 무심히 견뎌 내는 수밖에 없었다.

"여기 계속 있었어?"

화장실로 들어오는 건우였다.

"어, 이제 나가려고."

"잠깐만 기다려. 담배 하나 피고 들어가자."

소변대 앞에 선 건우는 고개를 돌려 말을 했다.

"응, 그래."

"야, 너 생각해 봤어?"

"아, 그거?"

며칠 전 건우에게 연락이 왔었다. 자기네 회사 프로그래머가 그만두었다고 했다. 혹시나 같이 해 보고 싶은 마음이 있으면 생각을 해 보라고 했었다.

"생각해 봤는데 하는 일도 있고…."

"그래, 나가자."

우리는 밖으로 나와 술집 입구에 있는 플라스틱 의자에 나란히 앉았다.

"부담 갖지 말고 생각해 봐."

건우는 담배를 물고 불을 붙이며 말을 했다.

"알았어."

"근데 해 보고 싶은 마음이 조금은 있냐?"

생각을 해 보긴 했었다. 예전에도 느꼈었지만 재미있을 것 같았다. 그러나 생각을 할수록 머릿속은 복잡해져만 갔고 난 더 이상 하고 싶지 않았다. 그것이 생각인지 건우가 제안한 일인지도 알 수가 없었다.

"근데 건우야 두렵지 않아?"

"두렵냐고? 어떻게 두렵지 않겠냐. 두려움이 없는 사람은 없을 거야…. 어떻게 이겨내느냐지…. 너 우리 집 복실이 혹시 기억나냐?"

복실이는 예전 건우네 옥상에서 키우던 강아지였다.

"응, 그 발바리?"

"응, 우리 복실이…. 복실이 새끼 때 집에 데려왔는데 아빠가 집 안에서 못 키우게 하는 거야. 그래서 옥상에서 키우게 됐지. 난 옥상에 올려놓으면 얘가 계단으로 내려오려다 떨어지는 거 아닌가 걱정을 했어. 그런데 올려놓으니 계단 근처론 얼씬도 하지 않는 거야, 쪼그만 새끼니까 계단 아래가 어마어마하게 높게만 보였던 거지. 그러니까 겁을 먹고 계단 근처도 안 오더라고. 난 다행이라고 생각하고 매일 밥을 주러 올라가서 놀아주곤 했어… 너도 같이 올라가서 놀았었잖아?"

"응, 기억난다. 복실이 나도 되게 좋아했었는데…"

"그런데 복실인 나중에 다 커서도 못 내려오는 거야… 다른 집 개들은 계단을 오르내리고 다 하는데 우리 복실이만 못하는 거였더라고… 그래서 난 복실이를 옥상 아래로 안고 내려왔지. 그래서 계단을 오르는 연습을 시켰어. 그리고 한 계단 한 계단 올라가게 하고선 내려오라고 불렀지. 그런데 얘는 내려오질 못하는 거야. 고작 두 계단 올라선 것뿐이었는데 말이야. 두 계단 위에서 두 칸 아래 있는 나에게 오질 못해서 아등바등 오줌까지 찔끔거리는 모습을 보니까 슬프더라고. 그리고 나서 다시 계단 아래에 내려놓으니까 이제는 올라가지도 않는 거야. 올라가면 무서운 일이 생긴다는 걸 또 알아 버린 거지… 그때 알았어. 얘는 두려움을 먼저 배워서 이렇게 된 거라고… 아마도 새끼일 때 옥상에서 마주한 계단에 대한 두려움이 너무 컸던 거야. 그게 머릿속에 영원히 남았고 다 컸어도 그 두려움을 절대로 이겨낼 수가 없게 된 거지… 새끼일 때부터 차근차근 한 계단씩 오르는 걸 알려 주고 견딜 수 있을 만한 두려움을 알려 줬더라면 우리 복실이는 다른 개들처럼 계단을 오르내릴 수 있고, 옥상까지 스스로 올라가서 먼 곳까지도 바라볼 수 있었을 텐데 말이야. 우리도 마찬가지야. 어른들이나 사회는 우리에게 두려움을 먼저 가르치려 해. 이 세상의 쓴 부분, 어둡기만 한 곳, 자신들이 겪었던 것 중 가장 비열하고 위험했던 것을 알려 주려 해. 마치 모두들 그렇게 배워 왔던 것처럼… 우리가 진정 두려워하면 이제 다 컸다고, 이제야 사회생활을 제대로 할 수 있다고 하는 것 같아. 그럴 때쯤이면 우리의 꿈은 쫄아서 콩알

만 해져 있게 되지. 진정 하고 싶은 것도 두려움 때문에 스스로 못하게 된 복실이처럼 말이야."

건우는 담배를 깊게 들이마시고 말을 이어 나갔다.

"우리도 그 두려움을 이겨내지 못해서 아직도 힘들 때 많아…. 명일이가 말하는 것처럼 하고 싶은 것 다 하면서 살고 있지도 않고…. 아마 우리가 하고 싶은 것을 하기 위해서 하고 싶은 것을 포기한 게 너희보다 더 많을 거야. 음, 맞아. 포기를 해야 할 수 있는 것을 해 나갈 수 있어…. 우리 얼마나 돈 아끼고 사는지 아냐. 흣흣…. 우리도 부모님 생신 때 근사한 거 선물해 드리고 싶기도 하고, 애인하고 멋진 데 놀러 가고 싶기도 해…. 동민이 스쿠터도 좋아하지만 차도 정말 좋아해. 그렇게 달리는 거 좋아하는 애가 너희들 다 있는 차를 산다는 거 생각도 안 하고 살아. 우리 이 일 시작하기 전에 먼저 지출을 줄여 나갔어. 그게 첫 번째 시작이었지…. 그런 것을 포기해야 우리가 강해지고 두렵지 않아졌어! 그런 것들이 우리를 옭아매는 사슬들이었거든…. 너 나랑 친한 호석이 형 알지?"

"호석이 형? 아, 미용한다는 형!"

"응, 맞아. 그 형. 그 형 이제 서른셋인데 홀어머니 돌아가시고 나서 이민 생각을 했어. 기술 이민이지. 미용 기술 가지고 호주로 갈 기회가 있었나 봐. 그런데 가려고 해도 미용실 차리며 받아 놨던 대출, 그리고 집 대출 뭐 이런 저런 대출 합치니까 정리가 안 된다는 거야. 그래서 결국은 못 가게 됐어. 지금 현실에서 우릴 옭아매는 사슬은 빚이야…. 그런데 그게 웃기게도 예전 조선시대 때도 그랬대. 노비나 소작농들이 떠나질 못하고 계속 중노동을 하며 인간 대접도 못 받고 시달리며 사는 이유는 지주에게 진 빚 때문인 거지. 예전이나 지금이나 우릴 붙잡고 있는 게 똑같다는 것이 재밌지 않냐? 옛날에도 강아지가 두려움 없이 범 무서운 줄 모르면 다 자라지 않은 하룻강아지로 표현한 것처럼, 우린 예나 지금이나 빚으로 매이고 두려워하며 살아가게 길들여지는 거 같아…. 이런 생각하면 슬프지 않냐?"

두려움이 없게만 보이던 건우도 많은 생각을 하고 있었다.

12월의 어두운 밤이었다. 좁은 이차선의 도로에 드문드문 차들이 지나다닌다. 예전 초등학생 때 건우와 난 이 찻길을 자전거로 달리곤 했다. 두 손을 놓고 타다 넘어져서 사고가 날 뻔한 적도 있었다. 건너편 건물 외벽 높다란 곳에 걸린 목욕탕 간판이 눈에 들어온다. 주말마다 우린 그 목욕탕에 갔었고 목욕탕에선 동네 친구들을 모두 만날 수 있었다. 어느새가 목욕탕은 철물점으로 바뀌어 있었고 낡은 간판만이 남아 그곳이 목욕탕이었다는 것을 알려 주고 있었다. 왠지 서글픈 기분이 들었다.

"너 전화 온 거 아니냐?"

건우의 말에 난 주머니에 있는 핸드폰을 꺼냈다. 핸드폰은 울리고 있었다. 발신자가 보인다. 난 전화를 받기가 망설여졌다.

"야, 전화 받아라. 나 들어가 있을게. 편하게 생각해 보고 말해 줘."

"응."

건우는 술집으로 먼저 들어가고 울리던 핸드폰은 잠잠해져 있었다. 난 담배를 하나 꺼내 물었다. 발신자는 민철이였다. 스무 살 그 일이 있은 후로 난 연락을 끊고 살았다. 그러다 작년 즈음 모르는 번호로 전화가 왔었다. 민철이였다. 민철인 다짜고짜 보자고 했지만 난 핑계를 대며 만나질 않았다. 그 이후로는 연락이 없었고 나도 하질 않았었다. 난 볼을 또 문질러 댄다. 술기운 때문인지 속이 울렁거려 온다.

'윙윙.'

핸드폰 진동이 또 울린다. 민철이였다. 난 휴대폰 액정을 보며 망설이다 통화 버튼을 눌렀다.

"여보세요."

"강민철, 이 나쁜 새끼야!"

민철이는 술에 취해 있었다.

"어, 민철이냐…."

"그래, 나야. 이 나쁜 새끼야!"

"그래, 나야. 말해…."

"너 왜 이렇게 우릴 피하냐… 진짜…. ×발 너만 힘들었어? 나도 죽을 만큼 힘들었다고…. 거지 같아서 진짜…. 너 이러면 안 되는 거야…. 너… 너 내가 다시는 연락 안 하려고 했는데 ×발 민지가 너 보고 싶대. 민지가 너 보고 싶어 한다고!"

난 아무런 말도 할 수 없었다.

제7장

"민철이니? 나 형식이 형이야."

수화기 너머의 목소리는 낯설지만 따뜻했다. 형식이 형이라고 했을 때
난 눈물을 왈칵 쏟을 뻔했다.

"네, 형…."

"오랜만이네. 잘 지냈어?"

"네…."

"그래, 오늘 민철이 술 많이 취했다. 네가 이해 좀 해 줘."

"아니에요. 괜찮아요."

"응, 그리고 너 혹시 내일 시간 낼 수 있니? 민지랑 혜정이 만나러 가기
로 했거든."

민지와 혜정이의 이름이 들렸다. 먹먹한 그리움이 밀려왔고 늘 그랬듯
견딜 수 없는 애잔한 감정이 휘몰아친다.

머리가 깨질 듯이 아파서 눈을 떴다. 핸드폰을 찾아 침대 머리맡을 손
으로 더듬는다. 차가운 것이 만져졌다. 난 핸드폰을 집어 폴더를 열었다.
10시가 넘은 시각이었다. 토요일이라고 박힌 액정이 고마웠고 회사를 나
가지 않아도 되는 놀토여서 다행스러웠다. 어제의 일이 술 때문에 기억이

잘 나질 않았다. 어느 때부터인지 난 술을 쉬지 않고 마셔댔다. 그리고 집에 어떻게 들어왔는지 기억도 나질 않았지만 민철이와 형식이 형의 목소리만은 귀에서 떠나질 않고 있었다. 형식이 형은 11시까지 천호동으로 올 수 있냐고 물었고 난 오늘 회사에 나가야 된다고 말을 했다.

'윙윙.'

손에 들려 있던 핸드폰이 울려 댄다. 모르는 번호였다. 난 받질 않았다. 울리던 핸드폰은 멈췄고 알림 소리가 났다. 누군가 음성 메시지를 남겼다. 지독히도 지우고 싶은 기억은 더욱 선명해져만 갔다. 난 누워 있는 채로 내 뺨을 있는 힘껏 때렸다. 볼 사람도 없기에 난 몇 번이고 내 볼을 더욱 세게 때린다. 민철이에게 미안했으며 형식이 형, 준기 형, 모두에게 미안했다. 난 그들을 볼 엄두가 나질 않았다. 난 비열했으며 비겁했다. 그때 어떠한 것도 할 수 없었던 나였다. 그때의 죄책감은 여태껏 나를 붙잡고 놓질 않고 있었다. 핸드폰을 들어 음성 메시지 버튼을 눌렀다.

'민철아, 나 누군지 알겠어? 나 준기다. 나 안 까먹었지? 다른 게 아니고 어제 형하고 민철이가 연락은 했다는데 그냥 다시 해 봤어. 전화 못 받나 보구나. 출근한다며…. 그런데 민지가 오랜만에 들어왔어. 내일 떠나는데 그래서 같이 봤으면 해서 자꾸 연락한다. 혹시나 일찍 끝내고 올 수 있으면 11시까지 천호동 사거리에 있는 카페로니로 와라. 뭐 오늘 못 와도 이제 얼굴 보고 살았으면 좋겠다. 끊는다.'

준기 형의 스무 살 풋풋했던 목소리는 변해 있었다. 그러나 말투만은 여전히 남아 있었고 난 그것을 기억하고 있었다. 강산은 변해도 기억은 쉽게 변하지 않는다. 생생한 기억은 오히려 강산을 너무 빠르게 변해 버리게만 만들고 있었다.

목이 말랐다. 난 일어나서 방문으로 걸어갔다. 그러다 문 옆에 있는 책상 위에 시선이 멈췄다. 책상 위에 노란 손수건이 펼쳐져 있었고 그 위엔 스티커 사진 두 장이 나란히 놓여 있었다. 뭔지 알고 있었다. 몇 년간 서랍 속 깊숙이 감춰 두었던 것이다. 난 빛바랜 스티커 사진 한 장을 집어 들었다. 그리고 그곳엔 혜정이와 민지가 함께 웃고 있었다. 스무 살이었다. 설레하며 갔던 대학로, 민지와 함께 걸었던 사람 붐비던 거리, 살랑이던 봄바람, 포장마차에서 함께 먹던 떡볶이, 새파란 하늘, 그리고 나에게 스티커 사진을 건네주던 민지⋯. 감추고 싶던 기억 속엔 두고 온 것들이 너무나 많았다.

바람이 세차게 불고 있었다. 난 서둘러 천호동 카페로니에 왔지만 쉽사리 들어가질 못하고 있었다. 시계를 보니 11시 40분이었다. 벌써 자리를 옮겼을 수도 있겠다는 생각이 들었다. 난 담배를 입에 물었다. 라이터의 불은 바람에 불꽃을 못 피우고 있었다. 그때였다. 카페의 문이 열리고 다섯 살쯤 되어 보이는 여자아이가 걸어 나오고 있었다. 아이는 털모자와 목도리로 꽁꽁 싸매져 있는 게 금방이라도 넘어질 것 같은 작은 눈사람 같았다.

"서연이 천천히, 이모랑 같이 가야지."

카페 안쪽에서 목소리가 들렸다.

"네."

꼬마 아이는 문을 잡고 있는 이모를 보며 똘망똘망하게 대답을 한다. 난 문을 잡고 있는 이모의 얼굴을 보았다.

12월이었고 십 년이 훌쩍 지난 후였다. 이모는, 아니 민지도 내 눈을 바라보고 있었다. 찰나의 시간은 무척이나 길게 느껴졌다. 그리고 민지는 미소를 띠었고 미소는 곧 환한 웃음으로 번진다. 십 년이 지났건만 저 미소와 웃음은 마치 어제 본 것처럼 익숙했고 가슴을 설레게 했으며 여전히 예뻤다.

"민철아!"

멍하게 바라보고만 있는 나를 민지가 먼저 불렀다.

"어… 민지야."

"아, 정말 와 줬구나! 오빠가 너한테 연락했었다고 했는데. 얼마 만이야…. 정말 반갑다!"

민지는 손을 내민다. 나도 손을 내밀어 그 손을 잡았다. 민지는 한 손을 더 내밀어 내 손을 두 손으로 감싸 쥐었다. 민지의 눈엔 눈물이 그렁그렁 맺혔다. 나 같은 놈을 이토록 반겨 주는 민지에게 미안한 마음만이 들었다. 눈사람 같은 꼬마 아이는 눈만 빼꼼히 내민 채 나를 올려다보고 있었다.

"민철아!"

뒤이어 사람들이 나온다. 모두들 변했지만 변하지 않아 보였다. 형식이 형, 준기 형, 민철이, 은주 누나…. 다들 나를 따뜻하게 맞아 주었다. 뭉클해진 마음은 금세라도 눈물을 흘리며 나올 것 같았지만 난 꾹 참았다. 그리고 우린 혜정이를 만나러 갔다.

"혜정아 잘 있었어?"

민지는 애써 밝은 목소리로 말하지만 울컥하는 가슴의 울림이 나에게도 느껴지는 듯했다. 난 십 년 만에 이곳에 왔다. 나의 뺨엔 그토록 참으려 했던 눈물이 흘러내린다.

우리는 혜정이를 만나러 혜정이가 마지막으로 머물렀던 천호대교 위에 있었다. 혜정이가 홀로 외로이 맞았을 이 다리 위 12월의 겨울바람은 더욱 세차게 불고만 있었다.

"미안해. 나 너무 오랜만에 왔지…. 한국 들어오고 제일 먼저 너한테 오려고 했는데, 오빠가 모두 다 같이 오자고 해서 오늘 왔어…. 흑…."

속삭이듯 말을 하던 민지는 손으로 입을 막는다. 그 위로 눈물이 타고 흐른다.

"미안, 안 울려고 했는데…. 네가 씩씩해지라고 했었는데…. 나 그래도 잘 해 나가고 있어. 거기서 나 잘 지켜봐주고 있는 거지? 춥다, 오늘…. 너무 추워. 너 추운 거 싫어하는데…. 어떡해…. 우리 혜정이 추우면…. 흑흑흑…."

민지는 참고 참았던 울음을 결국 터트린다. 은주 누나도 흐르는 눈물을 닦으며 민지를 안아 준다. 날선 바람은 아물었던 상처에 생채기를 다시 내고 있었다. 민지는 12월의 찬 강물에 새하얀 국화꽃을 떨어뜨린다. 난 떨어지는 국화꽃을 바라볼 수 없었다.

1997년 12월.

"네 올 초 한보그룹으로부터 시작된 부도 사태는 다른 많은 그룹과 기업들도 빗겨 가질 못했는데요. 어제였죠. 우리나라는 국제통화기금 IMF와 자금 지원 양해 각서를 체결하였습니다. 외환위기에 따른 기업들의 연쇄적인 부도는 서민 경제 곳곳에까지 영향을 미치게 되었고 이를 못이겨 한강에 투신을 하는 안타까운 사연도 연일 계속 들리고 있는데요. 오늘 저희 〈현장 동행 24〉에서는 높아진 투신율에 한 명의 생명이라도 더 구하고자 고군분투하는 한강 수상 구조대의 하루를 따라가 보도록 하겠습니다."

난 혜정이가 펼쳐 놓았던 과자를 먹으며 티브이를 보고 있었다. 정확히 무엇인지 알 수 없지만 IMF가 시작되었다고 했다. 학원을 다닐 때 어떤 기업이 부도가 났다느니 하는 기사는 언뜻언뜻 봐 왔지만 이 정도로 심각한 건지는 전혀 체감할 수 없었다. 단지 몇 달 전 진로 소주가 망했다는 소식만이 조금의 충격을 주었을 뿐이었다. 그러나 이젠 나라가 부도가 났다고 했다. 어른들은 나라가 망한 것이라 말을 했다. 티브이에선 수상 구조대가 탄 모터보트가 한강을 가로지르는 화면이 보이고 있었다.

"마포 북단 낙목 발생, 낙목 발생…."

"네, 방금 무전이 들어왔습니다. 실제 상황이고요. 무전이 들어오자 24시 대기 중인 수상 구조대는 현장으로 신속히 출동을 합니다."

함께 있는 리포터는 빠른 모터보트의 속도에 몸을 제대로 가누질 못하고 있었다. 한강을 가로지르던 모터보트는 속도를 더욱 높인다. 난 화면을 보며 과자를 집어 입에 넣었다.

"야! 야! 그쪽, 그쪽."

수상 구조대의 다급한 현장 상황이 보이고 있었다. 잠수복을 입은 구조대 여러 명이 물속으로 뛰어든다.

"네, 말씀드렸듯이 실제 상황입니다. 급박한 투신 현장에 수상 구조대는 단 일 초의 망설임도 없이 찬 강물로 뛰어 듭니다."

수상 구조대와 동행 중인 리포터의 목소리도 다급해져만 갔다. 구조대가 뛰어들었던 곳을 카메라는 계속 비춰 주고 있었고 어지럽게 출렁거리는 탁한 강물만이 보이고 있었다.

"네! 지금 구조대가 투신한 남성을 끌어 올리고 있습니다!"

화면은 모자이크 처리가 되었고, 모자이크 너머에선 물로 나와 심폐 소생술을 하는 모습이 어렴풋이 보인다.

"괜찮으세요? 괜찮으세요?"

투신한 남성은 정신을 차린 듯 보였고 구조대들의 목소리가 숨 가쁘게 들렸다. 그리고 화면은 대기 중이던 앰뷸런스에 구조된 남성이 실려 가는 모습을 비춰 주고 있었다.

"구조하실 때 춥지는 않으세요?"

뻔한 걸 묻는 리포터가 정신이 나가보였다. 12월이었다. 난 아껴 먹던 홈런볼 두 개를 집어 입에 던지듯 넣었다.

"지금 들어가면 당연히 춥지만 사고 시에는 아무런 생각이 나질 않아요. 그저 빨리 구해야겠다는 생각뿐이기 때문에…."

"아까 무전에서 낙목이라고 들린 것 같은데 낙목은 무슨 뜻인가요?"

"네, 저희 구조대에서 쓰는 은어라고 해야 될까요? 투신하신 분이 남성분이면 낙목, 여성분이면 낙화 이렇게 부릅니다. 일분일초가 급하기에 때문에 짧게 말을 하는 게 버릇이 생기다 보니 언젠가부터 이렇게 신호를 하고 있습니다."

"목은 나무 목, 화는 꽃 화 자인 거네요?"

"네, 그렇게 해서 떨어질 '낙' 자에 붙여서 낙목, 낙화 그렇습니다."

"투신 자살률이 굉장히 높아진 거죠? 작년 대비 자살률이…."

화면은 리포터가 구조대와 함께 다니는 모습을 계속 비춘다. 채널을 돌려 보았다. 다른 곳에서도 IMF에 따른 뉴스가 나오고 있었다. 난 과자를 집어 먹었다. 세상은 IMF로 난리가 난 듯 보였지만 그저 먼 세상 일처럼만 느껴졌다.

난 단지 아빠를 만나러 간 혜정이를 떠올리고 있었다. 아빠에게 혜정이의 진심이 전해지길 간절히 빌었다. 그리고 허락을 받고 환한 모습으로 돌아오는 혜정이를 상상하며 기다리고 있었다. 며칠 동안 나를 괴롭혔던 마음이 조금은 편해진 것 같았다. 아까 나의 질투심은 혜정이에게 해선 안 될 말을 하게 했다. 몇 시간 떨어져 있던 그 사이 난 많이 후회했고 자책했다. 며칠 동안 느꼈던 내 괴로움과는 비교도 할 수 없을 만큼 아팠다. 울음을 참으며 나간 혜정이가 정말 걱정이 되었었고 미안했다. 혜정이가 다시 돌아왔을 때의 안도감을 잊을 수 없다. 차라리 내가 아픈 게 나은 것 같았다. 이제 다시는 나의 이 부질 없는 질투심으로 혜정이를 아프게 하고 싶지 않았다. 꼭 서로 좋아해야지만 사랑을 하는 것이 아닌 것 같았다. 그래, 사랑…. 난 혜정이를 사랑한다. 나만 아프면 된다. 혜정이의 예쁜 두 눈에서 눈물이 흐르는 걸 다시는 보고 싶지 않았다.

시계를 보았다. 9시 40분이었다. 부모님은 아직 들어오시지 않고 계셨다. 전화벨이 울린 건 그때였다. 난 혜정일지도 모른다는 생각에 재빨리 수화기를 들었다.

"여보세요?"

"흑…흑흑…. 어떡해. 민철아!"

민지였다. 민지는 울고 있었다.

"왜! 왜! 무슨 일이야?"

처음 들어보는 민지의 다급한 목소리에 가슴이 철렁 내려앉는 것 같았다.

"방금 혜정이한테 전화 왔는데 흑흑… 혜정이네 아버지 돌아가셨대…. 어떡해, 어떡해…."

어떤 말을 하려 했지만 목소리가 안 나왔다. 온몸의 기능이 갑자기 모두 멈춰 버린 듯한 느낌이 들었다. 머릿속은 하얘졌고 수화기를 든 손의 힘이 풀리는 걸 간신히 버텼다.

"혜정이 어떡해…. 혜정이…. 흑흑흑."

"혜정이 지금 어디에 있어?"

난 나오지 않으려는 목소리를 겨우 끄집어냈다.

"몰라. 물어보니까 울기만 하고 대답을 안 해…. 네가 빨리 혜정이네 집에 좀 가 봐. 흑흑."

"응, 알았어."

난 수화기를 던지듯 내려놓으며 혜정이네 집으로 달려갔다. 벨을 몇 번이고 눌렀다. 대답이 없었다. 난 대문을 열고 들어와 혜정이네 집 현관문을 당겨 봤다. 잠긴 현관은 열리지 않았고 난 현관문을 세게 두드렸다.

"혜정아! 혜정아!"

혜정이를 크게 불러보지만 인기척이 전혀 없었다. 불이 꺼져 있단 것도 그제야 눈에 들어왔다. 난 혜정이네 현관문 앞에서 털썩 주저앉고 말았다. 이런 상황을 아시는지 집에 안 계시는 혜정이네 엄마에게 화가 났다. 하얘졌던 머릿속은 이제 텅 비어 있는 느낌이었다. 지금 뭘 어떻게 해야 하는 것인지 도무지 생각이 나질 않고 있었다. 난 정신을 차리고 일어나서 집으로 갔다. 민지네 집으로 전화를 걸었다.

"여보세요!"

민지는 전화기 옆에서 기다린 듯 벨이 채 울리기도 전에 받았다.

"어, 나 지금 혜정이네 갔다 왔는데 아무도 없어."

"아… 그래…. 지금 오빠들한테 연락했는데 연락 없었대. 다들 혜정이네 집으로 갈 거야."

놀랐던 민지는 조금 진정이 된 것 같아 보였다.

"응, 알았어. 아! 병원! 병원에 있는 거 아니야? 병원 어딘지 알아?"

"아니…. 물어보지도 못했어…"

"그래, 알았어! 나도 혜정이한테 호출해 볼게."

"응, 그래. 혜정이 전화 올지도 모르니까 난 집에서 기다릴게. 너한테 연락 오면 나한테 바로 알려줘."

"응, 알았어. 끊어."

난 전화기의 버튼을 누르지만 손이 덜덜 떨렸다. 수능을 보기 전 혜정이네 아빠와 저녁을 함께 먹었었다. 불과 한 달 조금 지났을 뿐이다. 그리고 몇 시간 전만 해도 혜정이와 난 혜정이네 아버지에 대해서 얘길했었고 혜정인 아빠에게 갔다. 혜정이가 지금 어디선가 느끼고 있을 아픔이 전해져 오는 듯했다. 지금 혜정이와 연락만 될 수 있다면 어떠한 일이라도 할 수 있을 것만 같았다.

"혜정아 연락 들었어…. 어떻게 말을 해야 될지 모르겠는데 우선 어디 있는지 알려 줘. 지금 형들하고 민철이도 이쪽으로 온다고 했으니까 기다리고 있을게. 꼭 연락 줘."

난 음성을 녹음하고 우리 집 전화번호를 남겼다. 일초가 일분 같았고 일분이 몇 시간 같았다. 초조한 마음은 나를 서 있게 만들었고 난 울리지 않는 전화기 앞에서 서성이고 있었다. 시계를 보았다. 10시 30분이었다.

"뭔 일 났나? 구들장 안 무너진다!"

뒤를 돌아보니 아버지가 들어오고 계셨다. 뒤따라 엄마도 허리를 숙이시며 신발을 벗고 계셨다.

"아빠! 혜정이네 아버지 돌아가셨대."

"뭐라고?"

아버지의 눈이 휘둥그레졌다.

"뭐? 혜정이네 아부지?"

"응…."

"언제?"

"삼십 분 전에 친구한테 전화 왔었어."

"아이고야, 우짜꼬…."

엄마는 외투도 벗지 못하시곤 거실에 털썩 주저앉으셨다.

"갸네 아부지 나이가 몇이나 됐나?"

"모르겠는데 아빠랑 비슷할 거야."

"아이고야 젊은 양반이 왜 그렇게 일찍 갔을꼬. 쯧쯧쯧…. 원래 아프셨나?"

동년배의 부고 소식이 안타까우신지 아버지는 담배를 꺼내 물으셨다.

"아니, 그런 얘기 못 들었는데…."

"어떻게 돌아가셨는데? 교통사고?"

"아직 몰라. 그냥 돌아가셨다는 말만 들었어."

"혜정이 가여워서 어쩌나…. 그 어린 게…. 아이고, 아이고…. 아이고."

엄마의 구슬픈 작은 곡소리는 나를 더욱 초조하게 만들었다.

"근데 넌 왜 여깄나? 장례식장 안 가 보고!"

"병원을 몰라…. 혜정이가 울기만 하다 끊었대…."

"민철아! 강민철!"

현관 밖에서 소리가 들렸다. 형들이 온 것 같았다. 난 재빨리 현관으로 갔다.

"어, 형!"

현관 밖엔 형식이 형과 준기 형, 민철이가 와 있었다. 다들 허겁지겁 왔는지 숨을 몰아쉬고들 있었다.

"그래 앞… 앞집이잖아. 혜정이네."

"응."

"아무도 없는데."

형들은 벌써 혜정이네를 갔다 왔는지 걱정스러운 얼굴로 말을 하고 있었다.

"민철아 누구 왔나?"

아버지의 목소리가 들렸다.

"어, 학원 형들하고 친구."

"아, 부모님 계셔?"

"민철이 친구들인가 보네?"

궁금함을 못 참으신 아버지는 어느새 내 등 뒤에 와 계셨다.

"아, 네 안녕하세요!"

"안녕하세요!"

형들과 민철이는 아버지에게 인사를 한다.

"그래, 혜정이 아빠 때문에 다들 모였는갑네. 어여 들어들 와라. 춥다."

"네."

'따르르릉 따르르릉.'

벨이 울렸고 엄마가 받았다.

"여보세요? 그래, 잠깐만…. 민철아, 어여 와본나!"

엄마의 다급한 목소리가 들렸다. 난 달려가 수화기를 넘겨받았다.

"여보세요!"

"어, 저기, 세브란스 병원이래. 마포에 있는. 나 바로 그쪽으로 갈게."

민지였다.

"세브란스 병원?"

"응."

"알았어. 우리도 바로 갈게."

"마포 세부란스? 어여 가 봐라."

옆에서 듣고 계시던 아버지는 전화기를 내려놓는 나를 보며 말씀하
셨다.

"응."

"민철아 뭐래?"

거실에 들어오다 어정쩡히 서 있게 된 형식이 형이 물었다.

"어, 마포에 있는 세브란스 병원이래."

"어, 옷 입고 빨리 나와. 우리 나가 있을게. 아버님 어머님 안녕히 계
세요!"

"안녕히 계세요!"

"그래, 조심히들 가 보고."

형들과 민철이는 아버지와 엄마에게 급하게 인사를 하고 우르르 나간
다. 나도 허겁지겁 옷을 입고 형들을 뒤따라가려 신발을 신었다.

"야, 야, 민철아!"

뒤에서 아버지의 목소리가 들렸다.

"이걸로 택시 타고 가고 이거는 부조하고, 언능 가 봐라."

급히 나가는 나에게 아버지는 돈을 챙겨 주셨다.

"응, 가서 연락드릴게요."

제8장

　창밖으로 어지럽게 스쳐지나가는 불빛들은 머릿속을 혼란스럽게만 만들고 있었다. 혜정이의 뒷모습이 자꾸만 떠오른다. 혜정이의 가냘픈 어깨에 짊어져 있던 진녹색의 가방, 그것을 들어주지 못한 게 후회스러웠다. 내가 그것을 대신 들고 혜정이를 바래다 주지 못한 것 이 후회스러웠다. 먼저 들어가란 말에 곧이곧대로 들어온 내가 후회스러웠다.

　"다 왔습니다."

　가는 내내 말이 없던 우리는 택시아저씨의 말에 서둘러 내렸다.

　"형, 장례식장으로 가면 되는 거야?"

　장례식장이라고 쓰인 붉은 등 아래서 민철이가 물었다. 민철이도 나처럼 부모님 없이 누군가의 장례식장에 오는 것은 처음 같아 보였다.

　"응, 그래야지…."

　준기 형이 형식이 형을 대신해 대답을 한다. 대답을 하는 준기 형의 얼굴을 자동차 헤드라이트 불빛이 어지럽게 훑고 지나갔다. 택시가 우리 앞에 섰다. 문이 급히 열리고 상기된 민지의 얼굴이 보였다.

　"민지야!"

　"오빠!"

　민지의 눈은 얼마나 울었는지 퉁퉁 부어 있었다.

"응, 혜정이 장례식장에 있는 거야?"

우리 쪽으로 다가오는 민지를 보며 형식이 형은 물었다.

"응, 그럴 거야."

"혜정이 좀 어땠어?"

"혜정이한테 연락 온 게 아니라 혜정이네 어머니한테 연락 왔었어."

"아, 같이 계셨나 보구나…"

"그래, 빨리 내려가 보자."

우리는 서둘러 장례식장이 있는 지하 입구로 향했다. 계단 입구엔 검은 정장을 입은 사람들이 어수선하게 서 있었다. 내려가는 계단에도 몇몇의 사람들이 짝을 이루어 소곤거리고 있었다.

"3호실이라고 했는데."

3호실을 찾는 건 어렵지 않았다. 장례를 치르고 있는 곳은 한 곳뿐이었다. 검은 옷을 입은 사람들은 지나가는 우리를 힐끗힐끗 바라봤다.

"형, 우리 옷 괜찮나?"

우리 중에 검은 정장을 입고 있는 사람은 준기 형뿐이었다. 민철이의 알록달록한 패딩과 형식이 형의 무스탕, 내 남색 패딩은 엄숙함이 감도는 이곳과 어울려 보이지 않았다. 그나마 장례식장에 맞게 검은 정장을 입은 준기 형이지만 말꼬리같이 뒤로 묶은 긴 머리 탓에 사람들의 시선을 더욱 끌기만 할 뿐이었다. 몇 발자국 더 가자 혜정이 아버지의 사진이 보였다. 늦가을 혜정이를 자상하게 바라보시던 아저씨가 떠올랐다. 내 앞에 이것저것 맛있는 음식들을 놓아 주시던 혜정이네 아버지였다. 나에게 남자답다고 칭찬을 해 주셨었으며 혜정이를 지켜줘서 고맙다고 말씀하셨었다. 그랬던 혜정이네 아버지는 이제 하얀 국화꽃들에 둘러싸인 사진 속에 계셨다. 눈물이 핑 돌았다.

"누구 찾아오셨어요?"

혜정이를 찾아 이리저리 둘러보던 우리를 향해 장례식장 입구 작은 책상에 앉아있던 아저씨가 물었다.

"네, 저 혜정이 친구들인데요…."

민지가 말했다.

"혜정이?"

마흔이 조금 넘어 보이는 아저씨는 혜정이란 말에 인상을 찌푸렸다. 우리의 말소리를 들었는지 안쪽에서 나이가 더 지긋해 보이는 아저씨가 나왔다.

"혜정이 친구들이라고?"

"네…."

"음, 지금 혜정이가 안 보이네. 조문 온 거지? 올라와서 혜정이 아버지한테 잘 가시라고 절이라도 하고 가렴."

책상에 앉아 있는 젊어 보이는 아저씨는 인상을 더 찌푸리지만 별말은 하질 않았다. 우리는 신발을 벗고 들어가 혜정이네 아버지 영정 앞에 섰다. 영정 옆엔 젊은 아줌마와 중학생 정도로 보이는 여자 아이가 검은 상복을 입고 힘없이 앉아 있었다. 우리를 안내한 나이 지긋하신 아저씨는 우리에게 조문을 하라고 손짓을 보내셨다. 우리는 모두 하나씩 향에 불을 붙여 올리고 절을 했다.

"처제, 들어가 있어. 혜정이 친구들이래…."

"눈코빼기도 안 비치다가 이제서야…. 친구들까지 참…."

"그래도 이러는 거 아니야. 내가 있을 테니까 들어가서 좀 쉬고 있어."

절을 하고 있는 우리들 옆에서 말소리가 들리고 아줌마와 여자 아이는 옆에 난 작은 문으로 들어가 버렸다.

"여기까지 와 줘서 고맙구나."

"아닙니다. 당연히 와 봐야죠."

"그래, 혜정이 아까 너무 많이 울어서 탈진이 됐는지 쉬고 있을 거야. 여기서 식사 좀 하면서 기다리고 있으면 금방 올 거야."

"아니에요. 우선 혜정이 먼저 보러 갈게요. 혜정이 지금 어딨어요?"

민지가 물었다.

"혜정이 엄마랑 올라가는 것 같던데…"

대답을 해 주시던 아저씨는 다른 조문객들이 들어오자 말을 끝내지 못하곤 그쪽으로 가 버렸다. 정신없이 바빠 보이는 아저씨에게 더 이상 혜정이에 대해서 물어볼 수가 없었다. 조문을 마친 우리는 혜정이를 찾으려 서둘러 나왔다. 작은 책상에 앉아 있던 아저씨는 어떤 아줌마와 함께 있었다.

"혜정이 친구들이라고?"

신발을 신고 있는 우리에게 아줌마는 냉랭한 목소리로 물었다.

"네."

민지의 대답을 들은 아줌마는 더는 말을 하지 않았다. 그저 우리를 위아래로 훑어보기만 할 뿐이었다. 우리는 말이 없는 아저씨와 아줌마에게 고개를 숙여 인사를 하고 나왔다.

"나 참, 바람난 엄마 뭐가 좋다고 아빠 가슴에 평생 못이나 박고…. 이제 와서 뭐 하자는 건지, 나쁜 기집애 같으니라고…"

등 뒤에서 아줌마와 아저씨가 말하는 소리는 내 가슴을 찌르는 듯했다.

형식이 형과 준기 형, 민철이와 나는 지하 장례식장에서 올라와 건물 모퉁이 뒤에서 담배를 피우고 있었다. 장례식장 곳곳을 찾아다녔지만 혜정이는 보이지 않았다. 혜정이를 찾으러 밖으로 나오는 길에 계단에서 혜정이 엄마를 만났다. 혜정이는 탈진 증세를 보이며 실신을 했다고 했다. 그리고 장례식장 반대편에 있는 응급실에서 안정을 취하며 수액을 맞고 있다고 했다. 응급실로 가는 우리를 혜정이네 엄마는 만류했다. 조금 전에 깨었다가 잠들었으니 자게 놔두라고 하셨고 민지만이 혜정이를 보러 응급실로 간 후였다. 혜정이가 실신을 했다는 말을 들었을 때 난 가슴이 찢어질 듯 아팠다. 아이처럼 신나하며 아빠를 만나러 가던 혜정이었다. 혜정이가 잠들었다는 소리를 들었을 땐 차라리 다행스러운 마음이 들었다. 이 아픈 밤이 지나도록 혜정이가 잠들어 있었으면 좋을 것 같다는 생각이 들었다. 혜정이가 깨어났을 땐 고통과 아픔이 모두 사라져 버린 후이길 바랐다. 다만 지금 혜정이가 너무 보고 싶었다.

"자살인 거지?"

"응, 그렇다니까!"

건물 모퉁이 반대편에서 말소리가 들렸다. 남자들의 목소리였고 우리가 여기 있다는 걸 아는지 모르는지 말소리는 계속 이어졌다.

"그렇게 잘 나가던 신 사장도 IMF엔 별 수 없구먼…."

"참, 부도가 고작 천만 원 정도 났다는데 그걸 못 막았다는구먼, 쯧쯧…."

"요즘 누가 건설 쪽에 돈 부족하다고 도와주겠어…. 은행권은 진작에 막혔었대."

"며칠 전부터 연락이 안 돼서 실종 신고를 해 놨었나 봐."

"유서는 갖고 있던 거래?"

"아니, 집에서 어젠가 봤다고 하더라고. 그리고 오전에 마포 쪽에서 떠올랐다나 봐."

"오늘 뛰어 내린 게 아니야?"

"그렇다니까. 어디에서 뛰어 내린지도 아직 모른대. 아마 알 수 없겠지. 며칠 됐을 테니까."

"아이고, 신 사장…."

"경찰 쪽에서도 지금 하도 흔한 일이라 부검도 안 하고 바로 자살로 처리해 버렸다더군. 그리고 장례도 아마 짧게 치른다던데. 아직 모르겠구먼. 시신 찾은 게 어디야. 지금 겨울이라 수색도 힘들고 떨어지는 거 봐도 못 찾는 경우가 허다하대. 그래도 신 사장은 선하게 살아서 천운으로 찾은 거지…."

"천운인지 한이 맺혀선지 알 수가 없구먼…. 쯧쯧…. 그런데 아깐 무슨 소란이었던 거야?"

모퉁이 뒤에 있던 우리는 담배를 다 피웠지만 인기척을 내기엔 늦었기에 모두 말없이 조용히 서 있기만 할 뿐이었다.

"신 사장한테 큰딸이 있었다는구먼."

"큰딸? 딸 하나 있던 걸로 알고 있었는데."

"젊었을 때 이혼한 부인이 키우고 있었다나 봐."

"그런데 왜?"

"응, 그런데 여태껏 얼굴 한번 안 비치다가 이제서야 나타나서 상복 입겠다고 난리를 치더라는 거야. 이제 상주 노릇 하려는 거겠지. 돈 냄새 맡고…."

"참 무서운 세상이구먼…. 부도가 나서 아빠가 자살한 마당에…. 그리고 재산이 남아나 있겠어?"

"아까 들었는데 전 부인이 바람이 나서 헤어진 거라더군. 소란도 그 여자가 딸 앞세워서 부득부득 상주 자리에 들어오려다가 그렇게 된 거야. 소란도, 소란도…. 상갓집에서 그 정신 나간 여자는 고래고래 소리치지,

딸 같지도 않은 건 울어 대지, 아주 난리도 아니었어."

"그런 모녀라면 신 사장 살아서도 많이 시달렸었겠구먼, 쯧쯧…. 그럼 안 되지…. 하늘은 뭐 하나. 그런 사람들이나 데려가지 뭣 하러 사람들한테 피해 안 주고 사업 잘하던 사람을 데려가…. 아, 저기 김 사장 이제 오는구면."

아저씨들의 발자국 소리가 멀어진다. 억울하기만 했다. 저 아저씨들의 말은 맞는 게 하나도 없이 들렸다.

"형, 아니야…. 저 아저씨들 한 얘기 다 거짓말이야. 나 알아…. 혜정이 네 아버지가 혜정이 얼마나 사랑했었는지. 그리고 혜정이도 아빠 좋아했어! 돈 때문에 이러는 거 아니야."

"민철아, 그런 얘기 안 해도 돼. 우리가 모르겠어? 신경 쓰지 마…. 혜정이는 누구보다 우리가 더 잘 알고 있잖아…. 우리 이거 못 들은 걸로 하자."

신경을 쓰지 말라는 형식이 형이었지만 얼마나 분했는지 눈가엔 눈물이 촉촉이 맺혀 있었다. 거짓을 사실인 양 아무렇지 않게 말하는 아저씨들에게 진실은 중요하지 않게 보였다. 장례식장 안에 있는 모든 사람들이 이 아저씨들의 말처럼 믿고 있을 것이다. 억울했으며 슬펐다. 그리고 화가 났다.

"×발 뭐 잘 알지도 못하는 것들이 꼭 저런다니까. 우리 아빠 돌아가셨을 때도 그랬어…. 사람들은 뭘 그렇게 수군덕거리는지…. 아빠를 내가 죽였다나 뭐라나…. 진짜, ×발. 흑흑흑."

준기 형이 갑자기 울었다. 감춰 두었던 아픔이 올라오는지 형은 서럽게도 울었다. 그런 준기 형의 어깨를 형식이 형이 한 팔로 감싸 안았다. 준기 형은 어깨까지 들썩여 가며 한참을 울었다. 나와 민철이도 울었다. 형식이 형도 울고 만다. 함께 흘리는 눈물은 서로를 보듬어 주는 듯했다.

울음이 잦아들고 머쓱해진 우린 담배를 찾았다.

"너 라이터 있냐."

민철이는 라이터가 없는지 내 점퍼 주머니에 불쑥 손을 넣는다.

"아, 깜짝이야! 이거 뭐야?"

민철이는 나도 까먹고 있던 달걀을 내 주머니에서 꺼낸다.

"하, 참 어이가 없네…. 형들 이것 좀 봐."

민철이는 꺼낸 달걀을 형들에게 보여 준다.

"왜 주머니에 달걀을 넣어 갖고 다녀, 미친놈아!"

방금 울었던 준기 형은 내 주머니에서 나온 달걀을 보며 실소를 머금고 만다.

"아무튼 이해가 안 가는 놈이야…. 의미가 뭐냐, 장례식장에 달걀을 갖고 온 건? 부활의 의미냐?"

"큭."

형식이 형의 말에 민철인 갑자기 웃음이 터졌는지 입을 막고 웃음을 참는다. 준기 형도 고개를 돌린다.

"아니, 아까 혜정이가 넣어 놨던 거야."

"너 오늘 혜정이 만났었어?"

어둠 속에서 민철이의 놀란 눈이 보였다.

"응, 아까 낮에 보고 저녁에 아빠 만나러 간다고 하고 갔어…."

"왜 말 안 했어? 별 얘기 없었고?"

"응…."

내가 왜 그랬는지 정확히 알 수가 없었다. 낮에 혜정이와 다퉜던 이야기는 말하지 못했다.

"민철아! 오빠!"

그때였다. 장례식장 쪽에서 민지의 다급한 목소리가 들렸다. 우리는 소리가 들리는 쪽으로 달려갔다. 멀리서 민지는 달려오는 우리를 보며 주저앉는다.

"민지야 왜 무슨 일이야?"

"오빠, 혜정이 없어졌어…. 응급실에 가 보니까…. 흑흑."

가슴이 철렁 내려앉는 느낌이 들었다.

"잠깐 화장실 간 거 아니야?"

"아니야, 근처 다 가 봤어. 간호사들도 같이 찾아봐 줬는데 없어. 링거도 뽑혀 있고, 소지품도 없어졌대…."

"하… 또 어디 간 거야…."

"야, 빨리 찾아 보자. 민철아, 너네는 정문 쪽으로 나가 봐. 나는 병원 안쪽 찾아볼게."

"난 건물 바깥쪽 찾아볼게. 민지야, 너 빨리 혜정이 어머니한테 가서 알려드려."

"응, 혜정이한테 호출해야지?"

"응, 그래 해 봐!"

우리는 혜정이를 찾아 흩어졌다. 나와 민철이는 정문쪽으로 뛰어갔다. 자정이 넘어간 시간이라 지나다니는 사람들은 보이지 않았다. 민철이와 나의 발자국 소리만이 메아리가 되어 울려 퍼지고 있었다. 정문으로 나오니 큰 도로가 앞을 가로지르고 있었다.

"야, 너는 왼쪽으로 가 봐. 난 이쪽으로 가 볼게."

민철이는 빠르게 말을 하곤 대로 오른쪽으로 뛰어갔다. 길가로 나오니 사람들이 제법 많이 다니고 있었다. 난 뛰어가며 혜정이를 찾았다. 혜정이의 뒷모습은 보이지 않았다. 얼마나 뛰었는지 숨은 거칠어져만 갔고 내 거친 숨소리는 나를 더욱 초조하게 만들고 있었다. 횡단보도를 건너고 지하도로 내려갔다 올라왔다. 편의점 안을 들여다봤으며 육교 위를 건너는 여자를 확인하러 뛰어 올라왔지만 혜정이는 아니었다. 육교 위에서 거리를 내려다봤다. 어지러웠다. 여기가 어딘지도 알 수가 없었다. 가슴이 답답했다. 자꾸만 혜정이의 뒷모습이 떠오른다. 난 육교를 내려와 알 수 없는 거리를 헤매며 뛰어다녔다. 혜정이를 찾지 못할 것만 같았지만 계속 뛰었다. 지금 내가 할 수 있는 건 이것밖에 없었다. 숨이 막힐 듯 뛰면 혜정이에게 내 마음이 전달될 것만 같았다. 얼마나 뛰었을까, 난 땀으로 범벅이 되고 더 이상 다리에 힘이 들어가질 않았다. 난 멈춰서 숨을 몰아쉬었다.

'윙윙.'

주머니에서 진동이 느껴졌다. 난 삐삐를 꺼내서 확인해 봤다. 민철이였고 음성을 남겼다. 난 공중전화를 찾아 주위를 둘러봤다. 공중전화가 보이질 않았다. 삐삐의 시계를 보니 한 시가 조금 넘었다. 난 불이 꺼진 어두운 유흥가에 있었다. 혜정이를 찾았다는 음성이길 간절히 바랐다. 공중전화를 찾아 뛰었다. 불이 모두 꺼진 어두운 유흥가는 겨울바람에 더욱 싸늘하게만 느껴졌다. 거리 끝 쪽에 공중전화가 보였다. 난 달려가 서둘러 동전을 넣고 음성 버튼을 눌렀다.

"민철아, 찾았어? 이쪽에는 없어. 찾았으면 음성 남겨 주고 난 병원 쪽으로 가 볼게. 너도 못 찾았으면 병원으로 다시 와 봐."

민철이도 숨을 몰아쉬고 있었다. 혜정이를 못 찾았다는 말은 나를 더욱 불안하게 만들었다. 병원 어딘가에서 형들이 혜정이를 찾았기를 간절히 빌었다.

장례식장으로 내려가는 계단 앞에 형들과 민철이가 보였다. 가까이 와 보니 언제 왔는지 은주 누나의 얼굴도 보였다. 은주 누나는 민지를 한쪽 팔로 안아 주고 있었다. 그리고 혜정인 보이지 않았다.

"혜정이 못 찾은 거야?"

"아무리 찾아봐도 없다…."

"연락 온 사람도 없어?"

다들 말이 없었다.

"민지 어머니는? 어머니한테 연락 안 왔대?"

"연락 없었대. 그리고 아까 너희 혜정이 찾으러 갔을 때 여기 난리 났었어…. 혜정이 어머니가 장례식장 내려가서 혜정이 찾아내라고…."

은주 누나는 속상한 마음이 진정이 안 되는지 떨리는 목소리로 말을 이어 갔다.

"거기 사람들이 더 이상 소란 피우면 경찰 부른다고 혜정이 어머니 끌고 나왔어…."

"혜정이 없어졌다는데도?"

"응."

혜정이가 없어진 것을 아무렇지도 않게 생각하는 장례식장 안의 사람들에게 화가 나지만 어찌할 방법이 없어 보였다. 그들에겐 이제 아버지가 없는 혜정이와 혜정이 어머니는 불청객으로만 보이는 듯했다.

"경찰에 신고도 했는데 이런 사건엔 출동을 못한다고 하더라. 그냥 기다리래…."

형식이 형은 고개를 숙인 채로 말을 했다.

"혜정이 어머니는 지금 어디 계셔?"

"응, 저기 병원 안쪽 의자에 앉아 계셔…."

은주 누나에 기대고 있던 민지가 힘없는 목소리로 말을 했다.

"저기 학생들!"

계단 아래쪽에서 남자의 목소리가 들렸다. 계단을 보니 아까 책상에 앉아 있던 아저씨와 우리를 안내해 주셨던 아저씨 두 분이 올라오고 있었다.

"네?"

형식이 형이 대답을 한다.

"야, 이 자식들이! 혜정이 엄마가 여기 있으라고 시키…."

젊은 아저씨의 입에서 거친 말이 튀어 나왔다. 함께 올라오시던 나이든 아저씨는 그 아저씨를 황급히 말리곤 뭐라고 말을 한다. 그러자 그 젊은 아저씨는 말을 멈췄고 독기를 품은 눈으로 우릴 바라볼 뿐이었다.

"그래, 혜정이가 없어졌다고?"

나이 지긋하신 아저씨가 묻는다.

"네…. 흑흑."

혜정이가 없어졌다는 사실을 처음으로 신경 써 주는 듯한 말에 민지는 서러운지 눈물을 흘리며 대답을 한다.

"이거 밤도 늦었는데 걱정이네. 애가 어딜 갔나…. 그런데 여기 혜정이 아버지 장례식장이라 계속 어수선히 여기 있으면 조문객들한테도 실례고 하니까 어디 다른 데 가서 기다려 줬으면 하는데…. 여기는 내가 있으니까 혜정이 돌아오면 연락 주도록 할게. 늦었으니까 학생들은 우선 집으로 돌아가서 눈 좀 붙이고 있어."

나이 지긋하신 아저씨는 우리에게 최대한 다정한 목소리로 말을 하는 듯했다.

"네…."

형식이 형은 내키지 않은지 작은 목소리로 대답을 했다.

"그래, 조심히 들어가고."

다정하게 말을 해 주시던 아저씨는 말을 마치고 젊은 아저씨를 떠밀며 내려간다.

"저기 잠깐만요!"

형식이 형이 내려가는 아저씨를 부른다.

"응, 왜?"

"저기 연락처…."

손짓을 하는 형식이 형에게 우리는 급히 종이와 볼펜을 꺼내 쥐여 줬다. 형식이 형은 종이에 자신의 이름과 삐삐 번호를 남기고 아저씨에게 건네줬다.

"혜정이 돌아오면 꼭 연락 주세요!"

"응, 그래. 걱정하지 말고 들어가라."

연락처가 적힌 종이를 들고 아저씨는 내려간다. 난 내려가는 아저씨를 바라봤지만 종이를 주머니에 넣는 모습은 보이지 않았다.

난 택시를 타고 집으로 가고 있었다. 형식이 형은 혜정이가 가 볼 만한 다른 곳을 찾아보자고 했다. 민지와 은주 누나는 병원에서 기다리기로 하고 우린 뿔뿔이 흩어졌다. 형은 나에게 혜정이네 집으로 가 보라고 했다. 시계를 보니 세 시가 넘어가고 있었다. 택시는 텅 빈 차도를 빠르게 달리고 있었지만 집까지 가는 길은 멀게만 느껴졌다.

장례식장에서 손가락질을 받으며 슬퍼했을 혜정이가 떠오른다. 그들은 혜정이의 본심을 전혀 알지 못했다. 만약 혜정이가 어렸을 때 아빠와 엄마에게 있었던 일을 사실대로 들었더라면, 혜정이는 엄마와 계속 살았을까 하는 생각이 들었다. 모르겠다. 하지만 누구와 살았든 적어도 아버지를 미워하지는 않았을 것이다. 그러나 혜정이는 누구에게도 진실을 듣질 못했다. 장례식장에 있던 사람들에게 혜정이가 좋지 않게 보일 수도 있다는 서글픈 생각이 들었다. 하지만 그건 분명 오해다. 아무도 그 오해를 풀려 하지 않는다.

혜정이가 말했듯 아이들은 행복해야 할 권리가 있다. 그리고 또 하나, 진실을 알 권리도 있어야 한다는 생각이 들었다. 혹여 상처가 될까 봐 진실을 알려 주지 않는다면 그것은 언젠가 그 아이에게 더 큰 상처를 주게될 것이다. 어떤 어른들은 자신의 이로움 때문에 진실을 감추고 왜곡시킨다. 혜정이를 빨리 만나 오늘 받았을 아픔을 위로해 주고 싶었다. 어디선가 흘리고 있을 혜정이의 눈물이 느껴진다. 그 눈물을 닦아만 주고 싶다. 그러나 지금 난 혜정이가 어디에 있는지도 모른다. 답답했다. 그리고 미안했다.

어느덧 익숙한 동네의 모습이 보였다. 택시는 멈췄고 난 내렸다. 그리고 혜정이네와 우리 집이 있는 골목으로 들어섰다. 낯선 불빛이 번쩍이고 있었고 난 그 자리에 얼어 붙은 듯 멈춰 섰다.

집 앞엔 경찰차가 서 있었다. 경찰차의 소리 없이 돌고만 있는 경광등의 불빛이 섬뜩하게만 느껴졌다. 난 떨어지지 않는 발걸음을 겨우 내딛었다. 한 경찰관이 혜정이네 집 대문을 열고 나온다. 그 경찰관의 손에 들린 익숙한 것이 보인다. 난 자세히 보려 다가갔다. 그것은 혜정이의 진녹색 가방이었다.

제9장

난 멍하니 흘러가는 차디찬 강물을 바라보고 있었다.

뜨지 않을 것만 같던 겨울의 해는 이제야 동쪽의 건물들 뒤편을 서늘하게 물들이고 있었다. 그러나 아직 검푸른 겨울 아침의 색은 강물을 비춰 주기에 부족하게만 보였다.

모두들 넋을 잃을 듯 검은 강물을 바라보고 있었다. 살을 에는 듯한 강바람은 잦아들지 않고 있었다. 천호대교가 가로지르는 한강의 무서울 정도의 넓은 공간이 섬뜩하게만 느껴졌다. 더는 흐르지 않을 것 같던 눈물이 또다시 볼을 타고 흘러내린다.

새벽녘 우리는 이곳에 도착해 오열을 했다. 혜정이는 차디찬 12월의 강물에 몸을 던졌다. 그렇게 많은 눈물과 슬픔, 서러움과 애절함을 우리는 이곳에서 토해 냈다. 도무지 믿기질 않는 있어선 안 되는 거짓말 같은 이야기는 경찰들의 입에서 끊임없이 흘러 나왔었다. 천호대교 위에서 누군가가 뛰어내리는 모습을 지나가는 운전자가 목격을 했다고 한다. 놀란 운전자는 차량을 세우고 자신이 본 게 맞는지 확인을 하려 했다고 한다. 그리고 그 자리에 가방이 놓여 있었고 경찰에 신고를 했다고 한다.

수상 구조대는 수색을 했지만 겨울의 자정이 넘은 컴컴한 강물 속에서 투신자를 찾기가 불가능했다고 말했다. 구조대는 한 시간가량 수색을 한 후 철수를 했다고 한다. 날이 밝는 대로 다시 수색이 시작된다고 했다. 형식이 형과 준기 형은 경찰의 멱살을 잡았다. 112에 실종 신고를 했을 때 찾아봐 줬더라면 이런 일은 없었을 거라고 경찰에게 소리쳤다. 눈물을 쏟아내며 찾아내라고 울부짖었다. 경찰은 말없이 고개를 숙였고 그들의 울분이 가라앉을 때까지 묵묵히 있었다. 뛰어내릴 때 자신의 겉옷을 벗어 얼굴을 감싼 채 몸을 던졌다는 경찰의 말이 귓가에서 떠나질 않고 있었다.

우린 날이 밝기만을 기다리고 있었다.

우리 앞에 물에 젖은 코트가 놓여 있다. 구조대와 경찰은 코트가 혜정이 것이 맞는지 확인을 해 달라고 했다. 한강 둔치에서 수색을 기다리던 우린 또다시 오열을 해야만 했다. 어제 저녁 혜정이는 저 코트를 입고 있었다. 무릎까지 내려오는 아이보리색 코트였다. 코트는 검은 잎사귀와 나뭇조각들이 덕지덕지 붙은 채로 더럽혀져 있었다. 아이보리색의 코트는 검게만 보였다. 난 털썩 주저앉아 혜정이가 입고 있던 코트에 붙어 있는 잎사귀와 나뭇조각들을 떼어 낸다. 그 위로 눈물이 떨어졌다. 형들과 민철이도 코트 곳곳에 붙어 있는 더러운 것들을 떼어 낸다. 떼어 내도, 떼어 내도 혜정이가 입고 있던 색으로 돌아오지 않았다. 서로 안아 주며 울고 있던 민지와 은주 누나는 차마 이쪽으로 고개를 돌리지 못하고 서럽게 목 놓아 운다.

내 손등과 코트에 떨어지던 눈물은 멈추질 않았다. 이 코트를 입고 가방을 멘 혜정이를 홀로 보내지 않았더라면, 혜정이를 끝까지 데려다 주고 함께 있었더라면, 혜정이가 그날 아버지에게 허락을 받을 생각을 안 했더라면, 혜정이가 미술을 하겠단 생각을 하질 않았더라면, 혜정이와 다투질 않았더라면, 내 못되기만 한 질투심에 혜정이에게 상처를 주지 않았더라면…. 혜정이가 빌려 온 비디오를 아무 일 없이 봤었더라면…. 코트를 검게 변하게 만든 건 나였다.

난 나를 용서할 수 없었다. 혜정이에게 미안했다. 미안하단 말은 이제 아무 소용없었다. 그것이 날 더욱 용서할 수 없게 했다. 이 모든 것을 받아들일 수가 없었다. 현실감이 사라진다. 이건 현실이 아니다.

머릿속이 아득해져만 갔다. 갑자기 아무도 없는 끝이 보이지 않는 광활한 광장 위에 개미가 되어 홀로 있는 기분이 들었다. 가늠할 수 없이 무섭도록 높은 하늘은 날 짓눌렀고 끝이 보이지 않는 광활함은 날 더욱 작게만 만들며 숨 막히게 했다. 그리고 그 허무의 광활함이 내 가슴으로 들어와 나를 터트릴 것만 같은 무서운 느낌이 들었다. 아팠다. 새하얀 통증이 가슴에서 느껴진다. 주저앉아 있던 나는 손으로 가슴을 쥐어뜯었다. 그 통증을 없애지 않으면 죽을 것만 같았다. 숨이 쉬어지질 않았다. 주먹으로 가슴을 쳤다. 몇 번을 더 치자 그 통증은 입 밖으로 토해져 나오는 기분이 들었고, 난 토해내듯 울부짖었다.

"혜정아, 미안해…. 혜정아…. 혜정아…."

수색이 시작되었다. 잔인하게도 혜정이가 떠난 이곳에는 우리만 있을 뿐 아무도 와 보질 않았다. 혜정이네 어머니는 수색이 시작되는 걸 보신 후 경찰과 함께 경찰서로 가셨다. 수색은 초라하게만 보였다. 모터보트가 한 대 왔으며 두 명의 잠수부가 교대로 한 명씩 찬 강물로 들어갔다. 답답하기만 했다. 며칠 전 티브이에서 봤던 많은 잠수부의 일사불란함은 없었다. 수색 전 가지고 왔던 혜정이의 코트는 다른 지구 구조대가 발견하여 인계받아 온 것이라고 했다. 혜정이의 코트는 한강 동호대교 남단 가장자리에서 발견되었다고 했다. 겨울 햇살은 시리게 비치고 있었다. 온기가 없는 햇살과 몸을 휘감는 강바람은 슬프도록 매정해 보였다. 수색은 정오도 되기 전에 끝났다. 두 시간도 채 되질 않아 오전 수색은 중단되었고 두 시 이후부터 수색은 다시 시작된다고 했다. 멀지 않은 벤치에 은주 누나와 함께 앉아 있던 민지의 소리가 들렸다. 난 고개를 돌려 둘이 있는 곳을 바라봤고 은주 누나는 우리에게 급하게 손짓을 한다. 뭐라고 소리를 치지만 강바람에 흩어져 말소리는 들리지 않았다. 멍하니 강물을 바라보던 우린, 둘이 있는 벤치로 달려갔다. 민지가 일어나 어딘가로 뛰어간다. 은주 누나도 우리에게 손짓을 하고 민지를 따라 뛰어갔다. 민지는 공중전화 박스로 들어갔다.

"왜? 무슨 일이야?"

공중전화 박스 앞에 우린 모였으며 형식이 형이 숨을 몰아쉬며 물었다.

"지금 혜정이… 혜정이한테 호출 왔어…"

수화기를 들고 있는 민지는 우리에게 조용히 하라며 입술에 손을 갖다 댄다. 흐르는 눈물은 수화기를 적신다. 심장이 터질 듯이 뛰었다. 우린 모두 숨을 죽인 채로 민지를 바라봤다. 수화기를 떨어뜨리고 민지가 주저앉았다.

"혜정이 어디 있대?"

형식이 형의 물음에 민지는 답을 못하고 눈물만 흘린다. 형식이 형은 대롱거리는 수화기를 집어 든다. 그리고 버튼을 누른다. 잠시 뒤 형식이 형도 눈물을 흘리고 만다.

"혜정이… 혜정이… 정말 그렇게 됐나 봐…. 혜정이가 어제 음성 예약으로 남겼어…."

"민지야 이렇게밖에 남길 수 없어서 미안해…. 나 지금 너무 힘들어…. 좀 전에 너한테 음성 왔는데 나 확인 안 할 거야. 네 목소리 들으면 더 힘들 것 같아…. 내 소중한 친구, 민지야…. 넌 내 선택 이해해 줘. 어쩔 수 없는 것 같아…. 나 아빠한테 너무 미안해…. 흑흑흑. 아빠 이렇게 힘든 것도 모르고 난 오늘도 아빠한테 내 욕심만 부리러 찾아갔었어…. 나 정말 이기적인 애야…. 장례식장 사람들이 나보고 나쁜 년이래. 그런데 맞아, 나 나쁜 년…. 내가 왜 그랬을까 너무 후회돼…. 아빠가 너무 보고 싶어…. 나 아빠를 따뜻하게 안아 드린 적이 한 번도 없어. 흑흑흑…. 아빠가 나를 안아도 언제나 품에서 빠져나가기만 했었어. 내가 그럴 때마다 우리 아빠 가슴이 얼마나 아팠을까…? 아빠한테 소리치고, 짜증부리고, 괜히 화내고…. 이제 안아 드리려고 했는데…. 이젠 안아 드릴 수 있는데…. 민지야, 너 나 없어도 씩씩하게 지내야 돼! 꼭이야, 알았지? 그리고 너무 슬퍼하지 마. 나 아빠한테 가는 거니까…. 안아드리러…. 오빠들하고 은주 언니한테 미안하다고 전해 줘…. 미안해, 정말. 나 이거 예약으로 남길 거야. 이거 듣게 되면… 이제 나 더 이상 찾지 마. 나 아빠랑 있는 거니까…. 민지야… 잘 있어. 끊을게. 그리고 네가 내 친구라서 너무 고마웠어…."

아니길 바랐다. 혜정일 이곳에서 찾고 있지만 이곳에 없길 간절히 빌었었다. 가방을 보았을 때도, 검게 변한 코트를 매만질 때도 믿고 싶지 않았다. 아닐 거라고 아닐 것이라고 내 속에선 외치고 있었다. 어디선가 숨어서 눈물만 흘리고 있길 바랐다. 슬픔이 가라앉으면 우리에게 돌아올 것이라 믿고 싶었다. 혜정이가 남긴 음성을 우리는 돌아가며 들었고 다들 받아들이기 힘든 사실에 아파했다. 점점 다가오는 무서운 현실에서 도망치고 싶었다.

오후 수색에도 혜정이를 찾을 수 없었다. 무섭도록 슬펐다. 이 모든 게 현실이라면 혜정이를 빨리 찾아 따뜻하게 해 주고만 싶었다. 저 얼음장 같은 검기만 한 곳 어딘가에 혜정이가 있다는 것을 인정할 수가 없었다. 그것을 인정한다면 미칠 것 같았다. 낮게 떠 있던 해는 저물고 어둠이 내려앉기 시작한다. 우리는 발을 동동 구르며 혜정이를 부르지만 섬뜩하기만 한 강물은 더욱 검게 변하고 있었다.

"민지야, 좀 먹어 둬. 오늘 아무것도 안 먹었잖아."

민지는 테이블 앞에 앉아 있었다. 그런 민지에게 형식이 형은 숟가락을 쥐여 주며 말을 한다. 우린 짙은 어둠이 깔린 후 천호대교 근처 해장국집에 들어와 있었다.

"민지야, 이거 좀 먼저 마셔 봐."

은주 누나는 민지에게 따뜻한 보리차를 따라 준다. 민지의 입술은 거칠게 트고 갈라져 있었다. 은주 누나의 입술도 마찬가지였다. 민지는 힘없는 손을 들어 컵에 입을 갖다 대었다.

"야, 먹자! 먹어야 내일 수색도 지켜볼 거 아니야?"

수저를 들지 못하는 우리를 보며 형식이 형이 말했다. 준기 형은 형식이 형의 말에 해장국에 공깃밥을 말아 수저로 꾹꾹 눌러댄다. 그리고 우리를 바라보며 이렇게 먹으라는 듯이 한 숟가락 크게 떠서 입에 넣는다. 준기 형의 눈가는 또 축축이 젖어 간다.

"아줌마 소주 한 병 주세요!"

입 안에 가득 찬 까끌한 밥알 때문인지 준기 형의 목소리는 울먹이고 있는 듯 들렸다. 난 앞에 놓인 소주를 들이켰다. 믿기질 않는 현실에 소주의 쓴 맛은 전혀 느껴지질 않았다. 난 연거푸 몇 잔을 더 들이마셨다. 모두들 말이 없었다. 수저와 젓가락들의 부딪치는 소리가 슬프게만 들렸다.

"그런데… 혜정이 어제 저녁에 나랑 만나기로 했었어…"

민지가 갈라진 목소리로 힘들게 말을 꺼냈다. 모두들 민지를 바라본다.

"저녁이 돼서 나갈 준비를 하고 있는데 전화가 왔었어…"

민지는 힘없이 말을 이어 나갔고 초점 없는 눈빛으로 테이블을 바라보고 있었다.

"혜정이가 어디 가야 할 일이 생겼다고 했어…"

"어디?"

은주 누나가 묻는다.

"물어봤는데 내일 얘기해 준다며 말을 안 했어…. 좋은 일이라고만 했어…"

"좋은 일?"

"응…. 기분이 좋아 보였어. 그리고 내일 좋은 소식 알려줄 테니까 신나게 놀자고 했었어…. 내일 모두 얘기해 주겠다고…"

가슴이 아팠다. 혜정이가 말한 그 내일인 지금 혜정인 없었다. 민지 얘기를 듣고 있던 나는 가슴에 통증이 느껴지고 그 통증은 자꾸만 죄책감으로 변하고 있었다. 혜정이가 남긴 음성을 들었을 때 미칠 것 같은 아픔은 죄책감이었다.

미술을 다시 하고 싶다고 허락을 받으러 간 혜정인 그것을 자신이 욕심을 부린 것이라 생각을 하고 있었다. 그리고 그 욕심은 내가 불러일으킨 것이나 다름없었다. 혜정인 나에게 고맙다고 했었지만 난 알고 있다. 내가 혜정이에게 그런 말을 한 건 혜정이를 위해서 그런 것이 아니었다. 단지 혜정이에게 화가 났었고 상처를 주려 한 말이었다. 혜정이에게 고맙다는 말을 들을 자격이 없었다. 혜정이에게 고마워하지 말라고 말하고 싶었다. 차라리 나에게 못된 놈이라고 욕지거리를 뱉어 달라고 말하고 싶었다. 난 빈 잔에 술을 따라 마셨다. 죽고만 싶었다.

"이유를 모르겠지만 혜정이 가방 안에 미술 도구들이 가득 들어 있었어…. 작년에 미술 관두기로 하고 혜정인 그쪽 이야기를 하거나 물건들을 보면 힘들어진다고 도구들을 전부 버렸다고 했거든…."

혜정이가 남긴 진녹색의 가방 안엔 새로 산 미술도구들이 들어 있었다. 난 그 이유를 알고 있었지만 말을 꺼낼 수가 없었다.

"어제 민철이 혜정이 만났다고 했잖아?"

민철이가 나에게 물었고, 민지는 놀란 눈으로 나를 본다.

"너 어제 혜정이 만났었어?"

모두의 시선이 내 쪽으로 향했다.

"응…."

심장이 두근거린다. 이 모든 게 내 질투심 때문에 생긴 일처럼 느껴졌다.

"언제?"

날 보는 시선들은 날 옥죄는 것 같았고 말을 하기가 겁이 났다.

"어… 그러니까…."

민지의 눈물 가득한 눈길이 나를 재촉한다.

"별일 없었다며?"

답답한지 민철이가 재차 묻는다.

"… 응."

난 결국 말을 못했다.

"그러니까 언제?"

"어제 낮에."

"무슨 다른 말은 없었어?"

민지가 묻지만 어제 일이 입 밖으로 나오질 않았다. 그 모든 말을 했을 때 이들에게 받을 비난이 두려웠다.

"아니 별말 없었어⋯. 저녁에 아빠 보러 간다고 하고 갔어⋯."

내 목소리는 떨리고 있었다. 숨어 버리고 싶었다. 다들 모두 다 아는 듯했지만 일부러 아는 척을 안 하는 것만 같았다. 나를 바라보고 있는 이들의 눈빛을 피해 어디론가 달아나고 싶었다. 난 소주를 들이켰다.

"혜정이가 무슨 욕심을 부리러 갔다는 거야, 대체⋯. 흑흑흑. 왜 그렇게 생각을 한 거야⋯. 혜정이 알잖아. 걔 절대 이기적인 애 아니야⋯. 어떡해⋯. 어떡해, 혜정이⋯."

민지가 또 눈물을 흘린다. 민지의 말에 다들 말없이 눈물을 흘린다. 난 자리에 계속 앉아 있을 수가 없었다. 조용히 담배를 들고 일어나 밖으로 나왔다. 난 담배에 불을 붙이고 터벅터벅 걸어갔다. 그냥 아무도 없는 곳으로 가고만 싶었다. 난 이들에게 거짓말을 했다. 그리고 혜정이에게도 거짓말을 했다. 날 용서할 수가 없었다. 얼마나 걸어갔을까, 주머니에서 삐삐의 진동이 느껴졌다. 난 삐삐를 꺼내 번호를 확인했다. 음성이었다. 혜정이의 번호가 찍혀 있었다. 머릿속이 하얗게 변했고 난 공중전화를 찾아 미친 듯이 뛰어갔다. 떨리는 손으로 버튼을 눌렀다. 그리고 혜정이의 목소리가 들렸다.

"강민철, 나야⋯. 미안해, 이렇게 음성 남겨서⋯. 너한테 하고 싶은 말이 있어서⋯. 널 스무 살에 만나서 재밌고 행복했었다고⋯. 그리고 고마웠어⋯. 너 처음 봤을 때 기억난다. 나 이사 와서 집 정리하고 있을 때였는데, 집 정리하고 그냥 창밖을 멍하니 보고 있었어. 그런데 교복을 입고 있

는 네가 우리 앞집에 멈추는 거야. 널 그냥 지켜보게 됐어…. 그런데 대문
이 잠겨 있었나 봐. 넌 열쇠가 없고…. 몇 번 대문을 밀어 보더니 체념하듯
이 문 앞에 앉는 거야. 추웠었는데, 그리고 메고 있던 가방을 열었어…. 난
네가 책을 꺼내는 줄 알고 공부 잘하는 앤 줄 알았어. 대단하다고 생각했
고…. 근데 가방에서 새우깡을 꺼내는 거야. 어디서 먹다 만 건지 구겨져
있는 봉지를 펴고 허겁지겁 먹는 거야. 나 그때 엄청 웃었어…. 몇 달 만에
그렇게 웃은 건 처음이었어. 지금도 생각하면 웃긴다…. 하하…. 당시에 많
이 힘들었거든. 그 웃음이 그래서 기억에 남아."

혜정이가 웃었다. 눈에서 흐르던 눈물이 혜정일 따라 웃는 내 입속으
로 들어온다.

"그리고 다 먹었는지 고개를 들고 새우깡 부스러기들을 입에 털어넣더
라…. 그런데 눈에 가루가 들어갔는지 봉지를 떨어뜨리고 엄청 아파하는
거야. 그것도 두 눈에 다 들어갔는지 양쪽 눈을 손으로 부비면서…. 엄
청 아파보였는데 난 방에서 떼굴떼굴 굴렀어. 웃으면서…. 너무 웃겨서
배를 잡고 다시 창밖을 보는데 네가 너희 집 담을 넘고 있었어. 다들 사
는 방법이 있구나 하고 또 웃었지…. 그런데 가방을 메고 넘고 있었는데
아까 새우깡 꺼내면서 또 가방은 안 닫은 거야. 네가 바둥바둥거리며 올
라가고 열린 가방에선 책들이 떨어지려고 하고…. 내가 다 긴장하면서 보
게 되는 거야. 하하…. 그리곤 기어코 가방에 든 것들이 쏟아지는 거야!
넌 벌써 담을 넘기 직전인데…. 담에 매달린 네가 짜증나는 몸동작을 하
는데 난 또 쓰러졌지, 웃으면서…. 그리고 넌 담을 넘고 문을 열고 나와
서 쏟아진 내용물들을 주워 담았어. 보니까 사진이 붙은 대학원서가 몇
장 보였어. 그래서 나랑 동갑인 줄 알았고. 하하하. 이렇게 나한테 또 웃
음을 주네…. 너 만나서 많이 웃었다. 뭐든 어설퍼 보이는 네가 재밌었

어…. 그리고 든든했고. 내가 심술도 부리고 장난도 많이 치지만 다 받아주는 네가 참 좋았어. 따뜻했고…. 너희 부모님을 알게 된 것도 좋았어…. 인정 많으시고 너한테 그런 부모님이 계시다는 게 늘 부러웠어…. 바보같이 순수한 네가 좋았고… 흑…."

혜정이는 울음을 참고 있었지만 혜정이의 눈가에 흐르는 눈물이 느껴졌다. 가슴이 찢어질 듯 아팠다. 혜정이의 흐르는 눈물이 내 눈에서 나오는 듯했다.

"그리고 너 민지한테 꼭 고백해야 돼! 안녕."

혜정이의 음성은 여기까지였다. 뭔가 더 할 말이 있어 보였지만 빨리 끊어 버린 것만 같았다. 민지에게 고백을 하라고 했다. 난 널 좋아하고 사랑한다고 말해 주고 싶었다. 이제 그것을 다시는 전할 수 없다고 생각을 하니 견딜 수 없을 정도의 후회가 밀려왔다. 어리석고 바보 같게만 느껴졌다. 혜정이의 생각이 어찌되었건 내 마음을 알려줬어야 했다. 고백을 했어야 했다.

난 수화기를 내려놓고 다시 걸어갔다. 혜정이는 떠났다. 그것을 조금씩 받아들이게 되는 것이 미치도록 싫었다. 그리고 그것을 받아들일수록 나를 더욱 용서할 수 없었다.

겨울의 매서운 바람이 더욱 거세게 불고 있었다. 흐르던 눈물은 바람에 날려가고만 있다. 어느덧 난 혜정이가 떠난 천호대교 위에 도착해 있었다. 모든 게 무의미해 보였다. 떠나고 나서야 깨달았다. 혜정인 나의 꿈이었다. 희망이었고 내 전부와 같았다. 모든 걸 잃은 것 같았다. 그리고 난 혜정이에게 상처를 주었던 그들과 다르지 않게 보였다. 절대로 용서가 될 수 없었다.

내가 있는 이 자리에 혜정이의 가방이 놓여 있었다. 혜정인 어제 이곳에서 몸을 던졌다. 혜정이가 느껴지는 것만 같았다. 난간을 만져 보았다. 얼어붙은 난간이 그리 차게 느껴지질 않는다. 난간 아래를 바라봤다. 불빛은 찬 강물까지 닿질 않았고 난간 아래는 빛 하나 없는 암흑 같았다. 보이지 않는 강의 흐르는 물소리는 깊이를 가늠할 수 없을 만큼 무섭게 들렸다.

얼마나 무서웠을까…. 혜정인 코트를 벗어 얼굴을 감싸고 뛰어내렸다. 얼굴을 감싸서라도 뛰어내려야만 했던 혜정이의 상처를 어루만져 주고 싶었다. 눈물이 하염없이 흘렀다. 그리고 혜정이가 너무도 보고 싶었다. 혜정인 아직 저 어두운 곳 어딘가에 있을 것이다. 난 난간에 한 발을 올렸다. 이 방법밖엔 없어 보였다. 혜정이를 보듬어 주고 싶었다. 혜정일 외롭게 둘 수가 없었다. 혜정이가 얼음장같이 찬 저 어두운 곳에 홀로 있다고 생각을 하니 그리 어렵게 느껴지질 않았다. 이래야만 용서를 받을 수 있을 것 같았다. 난 난간에 걸쳐 앉았다. 어둠이 날 집어 삼킬 듯 보고 있었다. 벚꽃 아래에서 환하게 웃던 혜정이의 얼굴이 어둠속에 비친다.

어제 본 티브이 프로그램에서 했던 말이 떠올랐다. 낙화라 했다.

낙화란 말이 애절하게 다가왔다.

봄이 오길 그토록 바라던 혜정이는 봄을 기다리지 못하고 꽃잎이 되어 떨어졌다. 감은 눈틈으로 눈물이 끊임없이 흘렀다. 난 잔뜩 들어간 몸의 힘을 풀었다. 그리고 세찬 바람에 몸을 맡겼다.

제10장

　눈물은 천호대교의 차가운 바닥에 떨어지고 있었다. 난 비난이 두려워 모두에게 거짓말을 한 비열한 놈이다. 그리고 나약함에 혜정이에게 용서도 구하질 못하는 비겁한 놈이었다. 눈을 떴을 때 집어 삼킬 듯한 어둠에 온몸이 떨렸고 아무 생각도 들지 않았다. 단지 그 무서움에서 벗어나야 한다는 생각뿐이었다. 난 떨리는 몸을 난간에서 겨우 돌려 바닥으로 내려왔다. 난간을 움켜잡았던 손은 얼마나 힘을 줬는지 덜덜 떨렸고, 다리는 풀려 서 있지도 못할 만큼 난 두려웠다.

　난 바닥에 엎드려 울었다. 내 자신이 싫었다. 언제나 선택을 미루고 결정을 내리지 못하는 내가 싫었다. 생각으로만 끝나는 내가 싫었다. 난 평생 무기력증에 걸려 있는 듯했다. 무기력감은 열정을 밀어내고 결단을 막았으며 혜정이를 아프게만 했다. 이런 나를 친구로 생각한 혜정이에게 부끄러웠다. 형들과 민철이, 은주 누나에게 부끄러웠다.

　난 내 뺨을 사정없이 때렸다. 때리고 또 때렸다. 내가 할 수 있는 건 이것밖에 없었다. 내 자신을 짓밟고 싶었다. 그리고 잊고 싶었다. 볼을 때릴 때 순간이나마 생각이 사라진다. 난 내 볼을 더욱 세게 때리고 때렸다. 겨울의 무섭도록 외로운 바람이 내 귓가에서 울어댔다.

　난 서울 끝자락에 걸쳐져 있는 전문대 컴퓨터 공학과에 합격을 했다.

그 한 곳과 지방에 있는 4년제 대학에 붙었지만 난 가까운 곳을 선택했다. 재수 끝에 원하던 서울에 있는 전문대에 붙었지만 난 전혀 기쁘질 않았다. 대학 생활을 하던 친구들은 IMF로 인해 모두 휴학을 한 후 입영 신청을 한 상태였다. 전 국민이 충격에 빠졌던 겨울이었다. 난 학원 사람들과 거리를 두었다. 몇 번의 연락이 왔었고 몇 번의 만남이 있었다. 난 형들과 민지를 더는 볼 수가 없었다. 그렇게 난 그들에게서 서서히 떠나고 있었다.

그 잔인했던 겨울, IMF가 들이닥쳤고 대선이 있었다. 진보진영에서 첫 번째 대통령이 나왔으며 국민들은 금을 모았다. 그리고 끝끝내 혜정이는 찾지 못했다. 그 혹독했던 겨울에 혜정이를 남겨둔 채로 봄은 오고 있었다. 난 형들과 민철이의 연락을 피했고 더 이상 연락은 오지 않았다. 나의 대학생활은 쓸쓸히 시작되었다. 그리고 난 1학기를 마치고 누구에게도 알리지 않은 채 입대를 했다.

2006년 12월.

"하하하! 진짜 웃겼어."

준기 형은 목젖이 보이도록 크게 웃었다. 준기 형의 긴 머리카락은 이제 짧아져 있었다. 어색했지만 짧은 머리가 더 잘 어울려 보였다.

"야, 얼마나 아팠는지 아냐?"

형식이 형은 멀쩡한 이마를 만져가며 말을 했다.

"우린 그런 줄도 모르고 맥주 캔이 찌그러져 있어서 어디서 주워 왔냐고 물어봤다니까. 하하하! 민철아 기억나나?"

기억이 난다. 스무 살 초여름 때의 일이었던 것 같다. 내가 민철이를 때렸던 날이고 준기 형이 옥상으로 맥주를 가져다 주었었다. 10년이 다 되어갈 정도로 오래전 일이었지만 너무도 생생히 기억이 났다. 난 민철이의 물음에 웃으며 고개를 끄덕였다. 우린 준기 형의 학원에 들어와 있었다. 준기 형은 기타 레슨도 해 주며 음악 학원을 운영하고 있었다. 학원이라지만 합주실도 겸으로 하고 있었기에 방음 시설이 된 방들이 다닥다닥 붙어 있었다. 그리고 복도 끝, 사무실 겸 레슨 수업을 하는 넓은 교실처럼 생긴 방에 우린 들어와 있었다. 눈사람 같던 꼬마 아이는 이리저리 뛰어 다닌다.

"서연아 이리 와."

은주 누나가 꼬마를 부른다.

"엄마."

꼬마는 은주 누나를 엄마라고 부른다. 은주 누나와 형식이 형은 결혼을 했다. 난 그 사실을 오늘 처음 알았다. 미안했다. 미안하다고 말을 했지만 형식이 형과 은주 누나는 전혀 개의치 말라고 했다. 그 긴 시간 동안 떨어져 살았지만 이들은 나를 마치 어제 봤던 것처럼 대해 주고 있었다. 형식이 형이 내 목에 헤드록을 걸었을 때 찔끔 흘린 눈물은 반가움의 눈물이었다.

형식이 형과 은주 누나는 우리가 스무 살 때 사건 이후 일 년쯤 지나 헤어지고 친구로 지냈다고 했다. 형식이 형은 지방 전문대에 합격을 해서 그곳에서 자취를 하였고 은주 누나는 의정부 쪽에 있는 전문대에 들어갔다. 그 둘은 자연스럽게 연인에서 친구 사이로 되었다고 했다. 그렇게 다시 좋은 친구로 지내던 어느 날 형식이 형은 요즘 어디 있는지 찾기도 힘든 스티커 사진을 또 혼자 찍어서 가지고 왔다고 했다. 은주 누나는 두 번째 스티커 사진의 프로포즈를 받아줬다고 했다. 그리고 지금은 이렇게 딸 서연이가 뛰어놀고 있었다.

형식이 형은 중소 반도체 회사에 다닌다고 했다. 은주 누나는 육아를 위해 쉬고 있다고 했으며 이제 아이가 유치원에 들어가면 다니던 직장에 다시 가기로 되어 있다고 했다. 크지 않은 회사의 경리직으로 있었다고 했다. 민철이는 친한 친구와 함께 카페를 운영하고 있었다. 바이크 카페라고 했다. 오토바이를 좋아하던 민철이는 자신이 좋아하는 것을 카페에 접목을 시켰다고 했다. 수입 스쿠터를 판매도 하고 튜닝도 해 준다고 했다. 손님들이 직접 튜닝을 할 수 있도록 작업 공간도 마련해 두었다고 했다. 몇몇 스쿠터 동호회들의 모임이 주기적으로 있다고 했다. 민지는 국제 변호사를 준비중이었다. 캐나다에 있는 법대를 나와 이제 변호사 자격증을 취득했다고 한다. 그리고 국제 변호사 자격증 취득을 위해 미국으로 가기 전 한국에 잠시 들어온 것이라고 했다. 내 자신이 초라하게만 느껴졌다.

"넌 뭐하고 지내냐?"

형식이 형이 물었다.

"응, 채권 회사 다니고 있어."

처음엔 어색해서 존댓말이 나왔지만 형식이 형은 하던 대로 편하게 말하라고 했다. 몇 년 만에 본 형에게 말이 편하게 나오지 않았지만 한 번해 보니 예전의 친근한 느낌 그대로였다.

"응, 잘됐네."

내가 하는 일을 자세히 묻질 않았다. 자세히 물어본다면 어떻게 대답을 해야 하나 난 미리 생각을 하고 있었지만 다행스럽게도 더는 묻질 않았다.

"이렇게 학원 의자에 앉아 있으니까 우리 다시 학생이 된 기분이야."

민지가 말했다. 가운데엔 가스 스토브가 활활 열기를 내고 있었다. 그 주위에 학원에서 쓰던 것과 똑같은 책상과 의자들이 놓여 있었다. 그때 처럼 많지는 않았지만 앞에 칠판도 있는 것이 재수 학원을 축소해 놓은 듯했다.

"그러네! 정말, 그런데 칠판은 왜 있는 거야?"

과자를 집어 먹던 민철이가 묻는다.

"작곡도 가르치니까 있어야지."

준기 형은 당연한 걸 묻는다는 듯 대수롭지 않게 말했다.

"작곡도?"

민지가 물었다. 굵은 웨이브 펌이 된 긴 머리카락을 뒤로 넘기는 민지의 옆모습은 예전 모습 그대로였지만 성숙미가 느껴졌다.

"민지가 잘 모르는구나. 얘 작곡도 하잖아. 너 가수 김지은 알아?"

"김지은?"

"응, 2년 전에 그래도 꽤 유명했었는데….'

"아, 그 「리멤버」 부른 가수! 캐나다에서도 한국 학생들 많이 들었어!"

"그래, 그 가수 작곡해 줬잖아."

"정말? 「리멤버」 오빠가 작곡한 거야?"

민지는 정말 놀란 듯 준기 형을 보며 물었다. 준기 형은 발을 꼬며 턱을 괸다. 그리고 붉어진 가스 스토브를 그윽하게 바라본다. 그 모습을 미소를 지으며 바라보던 형식이 형이 먼저 입을 뗀다.

"그 노랜 아니고 그 가수 앨범 열세 번째 트랙인가? 아무튼 한 곡 얘가 만든 거야. 그런 걸 뭐하고 부르나… 타이틀곡이 아니고 그냥 채워 넣으려고 한 곡…. 첨가곡인가?"

"첨가곡 같은 소리하고 앉아 있네, 정말! 지은이 걔 음악 욕심이 얼마나 많은 앤데! 전체 곡을 타이틀화하겠다고 만든 앨범이야. 걔가 내 곡 듣고 달라고 얼마나 졸랐는 줄이나 알아? 하! 참, 음악을 모르는 사람하고 얘길 하는 게 아니야…. 첨가곡! 열 받네, 정말."

그윽하게 폼 잡으며 앉아 있던 준기 형은 형식이 형의 말에 발끈하며 침을 튀어 가며 말을 했다.

"하하! 알았어. 인마, 내가 무식해서 그래. 열내지 마. 하하하."

"그래, 자기는… 그렇게 말하면 준기 당연히 화나지. 첨가곡이 뭐야, 첨가곡이!"

은주 누나의 입에서 첨가곡이란 단어가 나올 때 마다 준기 형의 몸이 들썩거린다.

"그런 건 첨가곡이 아니고 참여곡이라고 하는 거야. 자기야, 알았지?"

"응."

"둘이 애 데리고 나가! 아주 부창부수야, 어찌나 잘 맞는지…."

우린 그들의 만담 같은 얘기에 크게 웃었다.

"이때 혜정이 참 예뻤었는데, 그치?"

형식이 형이 말했다. 난 혜정이의 이름이 들리자 나도 모르게 얼굴로 손이 올라간다. 그리고 볼을 매만지며 울컥하는 마음을 겨우 참아 낸다. 책상 위에 올려진 사진들 속엔 스무 살이었던 우리가 벚꽃나무 아래에서 환하게 웃고 있었다. 예전 찍었던 사진들을 은주 누나가 가지고 왔지만 난 자세히 볼 수 없었다.

"솔직히 난 혜정이가 왜 열심히 공부를 하는지 이해가 안 됐어. 연예인 얼굴이잖아. 차라리 배우를 했으면 더 잘 어울렸을 것 같지 않아?"

은주 누나는 혜정이가 웃고 있는 사진을 보며 말을 했다.

"뭐야 언니? 예전엔 혜정이보다 내가 더 예쁘다고 했으면서 왜 나한텐 공부 열심히 하라고 했어?"

민지가 뽀로통한 표정을 지으며 은주 누나에게 말한다.

"하하! 내가 그랬니? 너도 이쁘지. 그런데 너는 조금 소심하니까. 하하하!"

"내가 소심하다고?"

"민지 진짜 웃기지 않냐? 너 별명이 소심한 모기였어! 왜 과거를 세탁하려고 해. 하하."

준기 형이 민지를 놀려 댄다.

"소심한 모기? 하하, 진짜."

민지가 웃는다.

"혜정이 진짜 발랄을 넘어 어떨 땐 장난기 많은 남자애 같았다니까…. 저기 그 사진이네. 혜정이가 바이킹 타자고 해서 탔다가 지 혼자 신나 가지고 안전 바 잡고 있는 내 손 막 잡아서 들게 했다니까. 나 죽는 줄 알았잖아…. 뭐 덕분에 이제 무서운 거 잘 타지만…. 그 사진 바이킹 타고 나서 바로 찍은 건데 내 표정 봐 봐. 맛이 갔잖아."

민철이가 가리킨 사진엔 혜정이가 해맑은 표정으로 민철이에게 팔짱을 끼고 있었다. 신이 나 웃는 혜정이와 무표정으로 먼 산을 보고 있는 듯한 민철이의 얼굴이 대조를 이루어 전후 내용을 모른다면 미스터리한 장면으로 남을 뻔한 사진 같았다. 난 혜정이의 얼굴을 제대로 볼 수 없어 고개를 돌려 창밖을 내다보지만, 밖이 보이지 않게 뿌연 시트지로 가려진 창 위엔 방금 봤던 혜정이의 웃는 얼굴이 계속 아른거린다.

이들은 대화 도중 혜정이의 이야기가 나오면 거리낌 없이 혜정이에 대해 얘기를 했다. 내가 그토록 잊으려 했던 스무 살의 이야기를 듣게 되자 강바닥의 흙처럼 가라앉아만 있던 내 기억들은 폭풍을 만난 듯 뒤집혀 떠올라 머릿속을 온통 탁하고 어지럽게 만들었다.

어지러운 머릿속엔 먼 과거를 달려온 별빛 같은 기억이 눈앞에 현실처럼 비쳐진다. 난 이들처럼 혜정이를 절대로 즐겁게 떠올릴 수 없었다. 혜정이가 내 기억 속에서 웃는 만큼 난 괴로웠다. 떠오르는 혜정이의 미소는 날 아프게 한다. 10년 전 그 아픔에서 도망치듯 떠나버린 난 여태껏 죽은 듯 살았다. 혜정이를 따라 뛰어내리지 못한 나를 원망하며 살았다. 그러나 이들은 나와 전혀 달랐다. 이들에게 혜정이의 빈자리는 추억으로 채워져 있는 듯 보였다. 하지만 나에게 그 빈자리는 죄책감만이 온통 들어차 있었다.

"그런데 오빠 정말 대단하다."

민지가 준기 형을 보며 말을 했다.

"내가? 난 네가 더 대단하다. 국제 변호사님 말만 들어도 뽀대 난다, 야."

"아직 국제변호사는 아니야. 훗훗…. 근데 오빠 곡도 가수한테 줄 정도고 이렇게 학원도 운영하고 있고 정말 잘된 것 같아. 그런데 록밴드는 이제 안 하는 거야?"

"응, 해체한 지가 언젠데…. 그런데 나는 이 길이 맞는 것 같아. 후회 안 해. 그리고 예전 생각하면 뭘 그리 고민을 했나 하는 생각이 들기도 해."

"그래, 잘한 거야. 너 수능 봤어도 떨어졌을 거야."

형식이 형은 뒤돌아 앉아 서연이를 안으며 말을 한다.

"그래 알았다고! 그래도 형 붙은 데는 나도 갔겠다. 하하."

"이게, 애도 있는데."

형식이 형은 서연이의 귀를 막으며 말을 했다. 우린 모두 웃는다. 그리고 준기 형은 말을 이어 갔다.

"여기 학원에 오는 어린 학생들 중에 예전 내가 겪었던 걸 똑같이 고민하고 있는 학생들이 간혹 있어. 집에서 반대한다거나 자신이 이 길로 갔을 때 과연 자신이 생각한 목표까지 갈 수 있을까 하는 불안함을 느끼는 친구들…. 그럼 나는 이렇게 얘기를 해 줘. 너희들이 선택한 이 길이 그리 힘든 길은 아니라고. 그리고 실패에 대해 너무 두려워하지 말라고. 우선 너희가 진정으로 하고 싶은 것을 찾았다는 것이 더 중요하다고 말이야. 그리고 너희가 생각하는 가수의 꿈, 그건 어떻게 보자면 하나의 큰 카테고리의 선택일 뿐이라고…. 나도 그랬고 지금 여기 오는 친구들이 가장 크게 고민하는 건, 만약 내가 가수가 되지 못한다면 사회에서 낙오되는 건 아닌가 하는 걱정이야. 그래서 중도에 포기를 하는 학생들도 많아. 안타깝지…. 자신이 하고 싶은 것을 찾았지만 주위에선 실패했을 때에 대한 두려운 말들만 많이 해. 그러다 보면 저절로 자신감을 잃고 보통 사람들이 가는 안전하다고 생각하는 길을 찾아가지. 난 말해 줘. 너희가 생각하는 이 길도 안전한 길이라고. 너희가 가수의 카테고리를 선택했다면 만약 가수가 되지 못한다 해도 그 카테고리 아래 무수히 많은 소카테고리들이 존재한다고. 나도 그랬어. 꿈은 그룹사운드로 성공을 하고 싶었지만 그게 쉽지 않더라고…. 좌절도 많이 했어. 그리고 이젠 삶이 걱정스러워졌지. 나이는 들어 가는데 말이야. 그래서 난 음악을 하는 사람들을 뒤받쳐 주는 일을 하면 어떨까 하는 생각이 들었어. 그게 물론 가수로 성공을 하는 것보다야 작아진 꿈으로 보일 수는 있지만 나에겐 그것도 큰 의미로 다가왔어. 또 잃었던 열정이 생기는 거야! 생각을 바꾸니 이쪽의 또 다른 할 것들이 무수히 많아 보이는 거야! 뭐 기술이라고 부르면 뭐하지만 난 기술이 있게 된 거지. 어른들 그러잖아, 기술 배우라고. 하하하! 난 아쉬운 게 우리에게 이런 것을 아무도 알려 주지 않았다는 거야. 내가 방황하던 당시에 누군가가 내가 하고 싶은 음악을 계속한 다면 가수가 되지 않아도 다른 할 것들이 많다고 말을 해 줬더라면 그렇게 힘들게 고민하지 않았을 거야."

준기 형의 이야기에는 열정이 가득해 보였다. 자신이 말한 꿈대로 카페를 운영하고 있는 민철이, 은주 누나와 결혼을 해서 아이를 안고 있는 형식이 형, 그리고 먼 타국에 가서 공부를 한 민지. 난 어디서부터 잘못된 것일까…. 이들에게 보이는 열정을 느껴 본 적이 언제인지 기억도 나질 않는다. 난 스무 살에서 성장을 멈춘 듯이 느껴졌다.

"어른들이 꿈을 크게 가지라고 한 말은 어찌 보면 큰 카테고리를 선택하라는 말과 같은 거지. 그런데 막상 큰 카테고리를 선택하면 위험하다고 해. 관성처럼 안전한 길로 가길 바라지…. 난 그 카테고리의 사용법을 알려 줬으면 좋겠어. 그때 나한테 음악을 계속하라고 한 사람은 혜정이밖에 없었는데…."

준기 형은 어느새 혜정이의 사진을 들고 있었다.

"너희 이제 스물아홉이지?"

형식이 형이 나와 민철이를 보며 말했다.

"동생 나이도 모르냐? 이번 달만 지나면 이제 서른이라고…. 참 내가 서른이라니…."

민철이는 한숨을 쉬듯 말한다.

"벌써 십 년이 다 됐네…."

형식이 형은 손을 뻗어 준기 형에게 사진을 넘겨받으며 말했다.

제11장

"오빠 이때 언니랑 둘이 대관람차 탔을 때 어땠어? 기억나?"

"하… 그걸 어떻게 잊나? 지금도 그때 생각하면 심장이 두근거려. 심장이 터질 것 같고 말은 해야 되는데 눈앞은 하얗지, 은주는 아무것도 모르고 같이 못 탄 너네 걱정 하면서 아래만 보고 있지…."

형식이 형은 마치 방금 대관람차를 탄 것 같은 표정을 짓고 있었다.

"호호호. 맞아, 그랬어! 난 니네가 뒤에서 어수선하게 화장실 간다고 했나? 표 잃어버렸다고 했나? 아무튼 그래서 나도 내리려고 했는데 자기가 막 밀어 넣는 거야. 난 얘가 미쳤나 했다니까. 호호호. 그래서 타고 나서도 너네 걱정돼서 밑에만 보면서 올라갔어. 너네 찾으면서…."

"아무튼 이때 사진 보면 아직도 설레. 하하!"

형식이 형은 사진을 내려놓고 서연이를 안으며 말을 했다.

"설레하는 거 보니까 아직 청춘이구먼."

그런 형식이 형을 보며 준기 형이 말했다.

"야, 그럼 내가 아직 청춘이지. 니네랑 얼마 차이도 안 나는구먼."

"누가 뭐래? 아직 청춘이라고! 둘이 아직도 막 설레고 그러냐?"

준기 형은 은주 누나와 형식이 형을 번갈아 보며 물었다.

"당연하지."

형식이 형은 은주 누나를 안는 시늉을 한다.

"징그럽게 왜 이래, 갑자기!"

그런 형식이 형을 은주 누나는 밀어냈다.

"아이고… 둘이 정말 재밌어…."

민철이가 혀를 차듯 말한다.

"민철이 이때 기억나?"

민지가 나에게 묻는다.

"뭐?"

갑자기 묻는 질문에 난 민지를 바라봤다.

"이거 말해도 되나? 훗훗…."

민지가 미소를 보이며 망설인다.

"괜찮아, 뭔데?"

괜찮다고 말한 나를 보며 민지는 웃기만 한다.

"뭔데 빨리 말해 봐, 민지야."

은주 누나가 궁금한지 민지를 보챈다.

"이때 대관람차 탔을 때 민철이가 내 손 잡았다. 훗훗훗."

"뭐? 이 요물딱지!"

"하하하. 와, 강민철 완전 얌전한 고양이였구먼!"

"그러게, 먹는 것만 좋아하는 줄 알았더니."

"하하하하."

"야, 그럼 강민철이 민지 좋아했던 거야?"

난 말문이 막혀 아무 말도 하지 못한 채 멍하니 있었다. 잊고 있었다. 버려진 물건들 속에 딸려간 아끼던 장난감처럼… 설레는 기억이지만 난 그 설렘을 느끼는 것조차 죄를 짓는 기분이었다.

"아… 기억나지…."

"기억하는구나! 난 나만 기억하는 줄 알았네. 훗훗…. 그때 어떻게 됐는지. 나랑 민철이만 대관람차 탔었거든. 그런데 올라가는데 얘가 뭘 자꾸만 우물쭈물하면서 안절부절하는 거야! 그러더니 슬그머니 내 손을 잡았어. 훗훗, 나 그때 생각하면 우리 어렸을 때 풋풋했던 마음이 느껴져서 기분이 좋아져…."

"어, 민지도 강민철 좋아했구나!"

"여어."

형들이 놀리듯 소리를 낸다.

"나? 그건 비밀이지, 훗훗훗. 근데 얘가 내 손을 잡더니 아무 말도 못하고 덜덜 떠는 거야. 난 가만히 있었는데 조금 있다가 이젠 슬그머니 손을 놓더니 미안하다고 하는 거야, 훗훗."

그랬었다. 그때도 난 결단을 내리지 못하고 미루기만 하는 한심한 놈이었다. 문득 민지와 걸었던 대학로의 파란 하늘이 떠올랐다. 봄이었다. 꽃이 피기 전 선선한 바람이 아직 남아 있던 봄이었다. 붐비는 사람들 속에서 서로 어깨를 기대고 걸었던 그날, 내 가슴은 형식이 형이 느꼈던 것처럼 터질 듯 뛰었었다.

"민지야, 너 사귀는 사람 있어?"

은주 누나였다.

"아니, 없어."

"왜, 거기 괜찮은 남자들 많을 것 같은데? 아니야?"

"응, 괜찮은 사람들 많은데 이상하게 인연이 안 생기네. 훗훗훗."

"그럼 여태껏 아무도 안 사귀어 봤어?"

준기 형이 못 믿겠다는 표정을 지으며 물어본다.

"오빠, 나 너무 무시하는 거 아니야? 하하하."

"그렇지? 이렇게 예쁜 민지를 남자들이 가만히 놔두려고…"

"몇 명 만나 보긴 했는데 다들 얼마 안 돼서 끝나더라."

"왜?"

"모르겠어, 그냥 떨리지가 않았어…"

"뭐냐? 떨리는 사랑을 하고 싶다고? 아직 소녀구먼, 하하."

민지의 말에 민철이는 놀리듯 웃으며 말을 한다.

"훗훗, 그런가? 나도 누군가를 만났을 때 느끼고 싶은 감정이 있잖아. 그게 정확하게 뭔지는 모르겠는데…. 아직 그런 걸 느끼게 해준 사람이 없던 것 같아."

"응, 뭔지 알 것 같네. 떨리고, 설레는 기분…. 그거 어렸을 땐 별거 아닌 것 같아도 이젠 느끼기도 쉽지 않고 그렇다고 그것을 무시하며 살기에는 너무 중요한 부분이거든…"

민지의 말에 준기 형은 뭔가 동감한다는 듯이 고개를 끄덕이며 말을 했다.

"너도 떨리는 사람이 없어서 안 만나고 있는 거냐?"

형식이 형이 준기 형에게 물었다.

"뭐 그럴 수도 있는데 난 지금이 좋아. 누군가를 만나서 내 삶이 변하는 게 싫어. 나중에 날 정말 설레고 떨리게 만드는 누군가를 만나면 변하는 게 상관없을지도 모르지만 아직 그런 사람을 만나질 못했어."

"엄청 떨리고 싶나 보네. 사랑하는 거지, 뭔 놈의 설렘 타령이냐?"

"비슷한지는 모르겠지만 창작을 하는 사람들이 영감을 어디에서 얻는 줄 알아?"

"음… 술?"

"으이구, 인간아!"

형식이 형의 말에 은주 누나는 눈을 흘기며 말을 했다.

"술? 하하, 그럴 수도 있지. 형이 술에서 영감을 얻을 수 있다면 그것도 맞는 거야. 아무튼 창작을 하는 사람들이 영감이 떠오르지 않을 때, 다른 새로운 것을 경험하려고 해. 여행을 가거나 새로운 음악을 듣거나 뭐 그림을 본다든지 아니면 근처 카페에 간다든지 하는 그 모든 건, 영감을 얻기 위한 거지만 사실 영감 이전에 설렘을 느끼려 하는 거야. 나이가 들면서 우린 설렘을 좀처럼 느끼질 못해. 무뎌지는 거지. 어떤 걸 보거나 듣거나 해도 어렸을 때 그 가슴 터질 듯한 설렘이 느껴지질 않지. 그렇지 않아?"

내가 설렜던 게 언제인지 떠올려 본다. 아프다. 설렜던 기억을 떠올리는 것 자체가 나에겐 고통이었다. 무의미한 삶이었다. 시간의 강에 흘러가는 대로 몸을 맡긴 채 떠내려 온 것만 같았다.

"설레는 그 감정은 우릴 젊게 만들고 쉽게 웃게 만들어. 그리고 용기도 주지…. 가슴 터질 듯한 설렘이 들 때 난 내가 생각하는 나보다 더 크고 나은 사람처럼 느껴져. 그리고 그건 자신감으로 변해. 자신감은 내가 좋은 곡이 나오지 않을까 봐 아무것도 하지 못할 때 내 손을 움직여 그냥 써 내려가게 만들어…. 그럴 때마다 좋은 곡이 나오는 건 아니지만 그래도 날 생각하고 뭔가를 하게 만드는 원동력이 되는 거야. 그리고 문득 어떤 것이 떠오르게 만들지. 영감은 설렘이야. 그 설렘 안에 해법이 있거든. 누군가를 사랑하게 만들 수 있는 힘도 있지…. 설렌다는 건 그래서 중요한 거야. 사랑에도, 열정에도, 그 모든 좋은 감정의 밑바탕이 되는 것 같거든. 그래서 난 내 곡을 듣고 설레는 사람들이 많아졌으면 좋겠어."

민철이와 나는 건물 밖으로 나와 담배를 피우고 있었다. 어둠이 내리깔린 명륜동의 거리에는 옷깃을 여민 사람들이 제법 많이 돌아다니고 있었다. 저녁이 되니 온도가 몇 도는 더 내려간 듯했다. 낮은 구름이 잔뜩 낀 하늘은 곧 눈을 흩뿌릴 것만 같았고 멀지 않은 곳에선 캐럴 소리가 들리고 있었다. 12월 초에 들리는 캐럴은 아직 이른 감이 들었지만 지나다니는 연인들의 표정에는 벌써부터 연말의 따뜻함이 느껴지는 듯했다.

"눈이 올 것 같다."

민철이가 하늘을 보며 말을 했다.

"그러게."

약간의 어색한 정적이 흘렀다.

"잘 살았냐?"

민철이가 물었다.

"모르겠다, 잘 산 건지."

"살아 있으면 잘 산 거지."

"훗… 그런가."

민철이의 말에 난 실소가 나왔고 우린 서로 미소를 지으며 눈이 내릴 것 같은 하늘을 올려다봤다.

"미안하다."

무심히 하늘을 올려다보고 있는 민철이에게 난 말했다.

"뭐가 미안해…. 너도 힘들었겠지. 전혀 미안할 것 없어. 너무 힘든 일이었잖아."

민철이는 따뜻한 미소를 지어 보인다. 스무 살이었던 민철이의 얼굴에는 이제 어른스러움이 묻어 나오고 있었다.

"그래도…."

"처음에는 네가 대학 진학 때문에 연락이 잘 안 되는 줄 알았어. 그때 조금 서운했지만 나중에야 네 맘을 알 것 같더라…. 그래서 우린 서로 아픔을 이겨내는 법을 존중해 주자고 한 거야. 그래서 너한테 연락이 올 때까지 기다리자고 한 거고…."

"그랬었구나."

"난 네 연락을 계속 기다렸어. 그래서 연락 끊기진 않게 너한테 예전에도 연락을 했던 거고…. 어제 일은 나도 필름이 끊겨서 오늘 알았어. 몰라, 널 이해하려 했는데도 술 취하니까 서운한 마음이 들었나 봐. 어제는 미안하다. 내가 욕했다며."

"괜찮아, 우리 원래 욕하던 사이잖아. 하하!"

"그래, 이 자식아! 오늘 봐서 정말 좋다."

우린 친구였다. 그것도 가장 힘든 시기를 함께 보낸 소중한 친구였다. 십 년이 지나서야 잃어버렸던 친구를 되찾은 기분이 들었다.

"너 민지 아직도 좋아하냐?"

"어?"

민철이의 갑작스러운 물음에 난 당황스럽기만 했다.

"나 알고 있었어…. 그리고 언젠가는 너한테 말해야 한다고 생각했고."

"무슨 말이야?"

"십 년 전 그때 나한테도 혜정이가 음성을 남겼었어…. 혜정이가 그러더라. 너랑 민지 잘되게 내가 중간에서 잘해 달라고…. 너 분명히 민지한테 고백도 못하고 힘들어할 거라고. 자신이 떠나서 더 그럴 것 같다면서. 남은 우리는 혜정이 자신이 없더라도 재미있고 행복하게 지내라고…. 참, 혜정이 그런 상황에서도 말이야…."

가슴이 울컥했다. 십 년 전 혜정이는 동갑내기 친구들 세 명에게 음성을 남겼다. 그리고 마지막 말은 나와 민지가 잘되길 바란다는 것이었다. 내 거짓말이 혜정이의 마지막에 그토록 바라는 유언이 되어 버린 것이다. 그리고 그 거짓말은 또 남은 이들의 가슴에 새겨져 버린다.

"형들하고 은주 누나는 알아…. 민지는 모르고…."

난 아무 말도 할 수 없었다.

"네가 연락이 안 될 때 내가 얘기했어…. 나한테도 혜정이 많이 소중했던 친구야…. 그런 혜정이가 나에게 그렇게 당부를 하고 떠났는데 그냥 못 들은 것처럼 할 수 없었어. 그래서 형들하고 은주 누나한테만 말했어. 어떻게 해야 하는지…."

엉킨 실타래를 풀 엄두가 나질 않는다.

"그런데 형식이 형이 네가 왜 그러는지 조금은 이해 할 수 있겠다고 얘기 했어. 네가 혜정이랑도 각별하게 지냈는데 아무리 민지를 좋아한다고 둘이 잘되어서 웃으며 지낼 수 있겠냐고…. 더군다나 민지는 혜정이의 단짝친구인데 민지를 보면 혜정이가 떠오르지 않을 수 있겠냐고 말이야. 그렇다고 좋아하는 민지를 보며 감정을 숨기고 만나는 것도 쉽지 않을 테고. 그래서 네가 우리들에게서 떠나고 싶어 하는 것일 수도 있다고. 민철이 너한테 시간을 주자고 하더라…. 그런데 그 시간이 이렇게 길어질 줄은 몰랐지…."

민철이의 이야기를 듣고 있으니 내가 정말 그런 생각으로 이들에게서 떠난 것 같은 착각이 들 정도였다.

때론 거짓은 너무도 쉽게 진실로 둔갑을 하고 만다. 그 방법은 간단해 보였다. 단지 아무 말도 하지 않으면 된다. 잠시 눈을 감고 귀를 닫으면 된다. 왜곡된 사실은 사람들에게 무관심의 자양분을 얻어 숨을 쉬고 또

잉태를 하며 진실보다 오래 살아남아 사실이 되어 간다.

"왜 이렇게 안 올라와?"

뒤에서 은주 누나의 말소리가 들렸다. 뒤를 돌아보니 은주 누나와 민지가 나오고 있었다.

"응, 담배 피우고 있었어. 어디 가?"

민철이가 물었다.

"떡볶이 사러 가려고. 너 거기 알지? 에이치오티 나왔던 떡볶이집."

"거기? 이쪽으로 내려가면 길가 쪽에 있었던 것 같은데….."

"나 아는데."

이상하게도 세월이 이렇게 흘렀건만 그곳이 정확하게도 기억이 난다.

"역시 강민철! 먹는 곳을 까먹을 리가 없지, 하하하."

민철이가 웃으며 말을 한다.

"야, 위에 니 형들이 여기서 그냥 파티하잔다. 나가서 먹자니까 귀찮다고 뭐 사와서 여기서 먹재."

은주 누나는 심통이 났는지 볼멘소리로 말을 했다.

"언니, 서연이도 있고 여기가 낫지. 여기서 우리 학생 때처럼 파티하자. 홋홋."

민지는 신이 난 목소리로 말을 한다.

"난 간만에 외출해서 민지랑 좋은 데 가려고 했는데…. 야, 민지가 그 떡볶이 먹고 싶다니까 민철이랑 민지가 떡볶이 사러 가고 너랑 나는 슈퍼 가자."

은주 누나는 민철이의 팔을 잡아끌며 말을 했다.

"형들 시키지 왜 추운데 애 엄마를 보냈어? 이 양반들 빠져 가지고 말이야."

"아니, 그냥 바람 쐬고 싶어서 나랑 민지가 갔다 온다고 했어. 지금 치킨하고 족발 시키고 있을 거야."

"어, 눈 온다!"

민지가 하늘을 보며 말했다.

낮게 깔렸던 구름은 이제 눈이 되어 내려오고 있었다.

"우와 첫눈이네!"

은주 누나는 떨어지는 눈송이를 손바닥 위에 내려 앉히며 말을 했다.

"이거 왜 이리 커! 함박눈 분위기인데?"

민철이의 말처럼 손가락 반 마디만 한 눈송이가 하얗게 내려오고 있었다.

함박눈이 내리고 있었다. 큼지막한 눈송이는 더욱 하얗게만 보였다. 이차선 좁은 도로엔 금방 눈이 쌓여 갔고 지나가는 자동차의 바퀴 자국만이 두 줄로 나란히 나 있었다. 도로를 건너며 난 자연스럽게 민지에게 손을 내밀었고 민지는 내 손을 꼭 잡았다. 인도에 올라왔지만 온통 눈밭으로 변한 길 위에서 민지의 손을 놓을 수 없었다. 굽이 높은 부츠를 신은 민지도 미끄러운지 내 손을 놓질 않았다. 우린 자연스럽게 함박눈을 맞으며 손을 잡고 걸어가게 되었다.

"손이 따뜻해서 좋네. 손 시렸는데."

민지가 잡고 있던 내 손을 꼭 쥐며 말을 했다.

"그래? 꼭 잡아. 미끄러우니까."

"응, 이번엔 놓지 마. 훗훗."

민지의 농담 같은 말은 날 미소 짓게 만든다. 거리에는 상점에서 틀어 놓은 캐럴이 잔잔히 들리고 있었다.

"넌 하나도 변하지 않은 것 같아."

민지는 내 손을 꼭 잡고 눈 위를 조심스럽게 걸으며 말했다.

"그래? 나쁜 뜻 아니지?"

"응, 당연하지. 너무 오랫동안 못 봤잖아. 그래서 너 많이 변해 있을 줄 알았어."

"그런데 난 많이 변한 것 같은데…."

"아니야, 말수가 더 적어진 거 빼곤 많이 변하지 않았어. 훗훗. 난 몇 년마다 한국에 들어오니까 여기 있는 사람들보다 변화에 더 민감해진 것 같아. 그리고 그걸 느낄 때마다 슬퍼져…."

"그런데 사람이 변하지 않을 수 있나. 다 조금씩 변해 가겠지…."

"응, 그건 그렇지만 음…. 변해도 지우개보단 연필처럼 변해 갔으면 좋겠어."

"연필?"

"응, 시간이 지날수록 닳고 변하겠지… 연필과 지우개처럼. 그런데 지우개는 쓰고 닳다 보면 어떤 모습으로 변해 갈지 예측이 안 되잖아. 한쪽만 닳아버릴 수도 있고 문득 필통에서 꺼낼 때 내가 쓰던 지우개가 맞나 싶을 정도로 변해져 있기도 하고…. 그런데 연필은 짧아지긴 해도 그 모습 그대로잖아. 난 그렇게 변해 갔으면 좋겠어, 변하더라도 좋은 쪽으로 본 모습은 잃지 않게 말이야."

민지는 변해 있는 듯 보였다. 하지만 민지가 말한 대로 민지는 좋게 변한 것 같았다. 예전의 그 어린 소녀 같던 민지는 십 년이 지난 지금 단단하지만 맑은 숙녀 같아 보였다.

눈이 내리니 추위가 한결 누그러진 듯했다. 고요하고 포근했다. 캐럴에서 나오는 종소리가 유난히 크게 울려퍼지는 듯했으며 큰 눈송이는 하얀 꽃잎처럼 보였다.

"여긴 하나도 안 변했네."

민지가 말했다. 우린 떡볶이를 주문하고 밖에서 기다리고 있었다.

"그치? 저기 사진도 그대로네."

가게 안쪽엔 에이치오티 사진이 여러 장 붙어 있었다. 십 년 전쯤 에이치오티가 이 가게에서 티브이 프로그램을 촬영한 적이 있었다. 그 당시 이곳에서 찍은 사진들이었다.

"우리 어묵 먹을래?"

난 김이 모락모락 올라오는 어묵 통을 보며 말했다.

"그래!"

우린 서로 맘에 드는 어묵꼬치를 집어 들었다.

"예전 생각난다…. 그때 너 떡볶이 국물 흘렸었는데, 훗훗."

민지가 어묵을 한입 베어 물고서는 말을 했다.

"응, 기억나…. 나 그때 형 티셔츠 입고 온 거였는데, 아찔했었어."

"너 그때 표정이 꼭 울 것 같았어. 하하, 그래서 내가 너 울까 봐 빨리 지워 준 거야."

"에이, 울 것 같진 않았다."

"하하, 진짜라니까."

예전 생각이 많이 났다. 그리고 마치 예전으로 돌아간 것 같은 기분이 들었다. 세월은 빠르게 흘러가지만 기억은 변하지 않는다. 그리고 가끔 무언가의 힘으로 그 기억 속으로 빠져들게 만든다. 그리고 눈물을 흘리기도 하고 지금처럼 가슴이 따뜻해지기도 한다.

제12장

"와, 뭐야!"

학원으로 돌아와 보니 작은 책상들은 나란히 붙여져 넓은 테이블처럼
변해 있었다. 테이블 위엔 작은 스탠드가 놓여 있었으며 그 주변엔 몇 개
의 향초들도 눈에 보였다. 불이 꺼진 교실 안은 스탠드와 향초들의 은은
한 불빛이 따뜻하게 감돌고 있었다. 초가 타오르는 특유의 냄새는 언제
인지 모를 멀기만 한 어릴 적의 향수를 불러일으키는 듯했다.

"민지야! 그래도 파티인데 이 정도는 해야지, 하하하."

형들과 은주 누나 민철이는 테이블로 변한 책상 주위를 뺑 둘러 앉아
있었고 은은한 불빛 속에서 준기 형이 웃으며 말했다.

"뭐야, 오빠 향초도 있고…. 설레는 사람이 없다더니 이렇게 여자들한
테 작업하면서 찾고 있었구나! 훗훗훗…."

민지가 은주 누나 옆에 앉으며 말을 했다. 은주 누나는 민지 옆쪽을
가리키며 나에게 그쪽으로 앉으라는 손짓을 보냈다. 그리고 난 민지의
옆에 앉았다.

"하하하! 작업은 무슨, 가끔 학생들하고 여기서 파티한다. 됐냐?"

"아닌 거 같은데… 하하! 아무튼 이렇게 하니 분위기 좋다. 밖에 눈도
오고. 오빠들 밖에 나가 봤어? 지금 눈 엄청 많이 오고 있어."

"응, 안 그래도 다 같이 나가서 서연이한테 눈 보여 주고 왔어."

서연이를 안고 있는 형식이 형이 말을 했다.

"서연이 눈 봤어?"

말똥말똥 우리를 바라보고 있는 서연이에게 민지가 물었다.

"네."

"서연이 눈 보니까 좋아?"

존댓말로 대답하는 서연이가 귀여운지 민지는 자꾸만 말을 시킨다.

"네, 하얘서 좋았어요."

"응, 좋았어? 하하! 우리 서연이 말 정말 잘하네. 얼굴도 인형같이 예쁘고."

"그래, 형식이 형 정말 성공한 거야. 얼마나 다행이야, 누나 닮은 게. 하하."

민철이가 웃으며 말했다.

"그치? 나 걱정 많이 했다. 자기 닮을까 봐, 호호호!"

은주 누나가 형식이 형을 보며 말한다.

"그건 그래. 나도 딸이라고 얘기 들었을 때부터 은주 닮았으면 좋겠다고 생각했어."

형식이 형이 서연이의 볼을 쓰다듬으며 말했다.

"아들이면 형 닮고? 아들이 뭔 죄야? 하하."

"야, 나 정도면 남자로 괜찮지! 키만 은주 닮으면. 하하."

형식이 형의 말처럼 형은 십 년 전보다 훨씬 괜찮아져 보였다. 까맣게만 보였던 얼굴은 환해져 있었으며 웃고 있는 듯 자연스럽게 진 눈가의 주름은 형과 잘 어울려 보였다. 문득 형을 닮고 싶다는 생각이 들었다. 나는 재수생 때도 형을 좋아했었다. 동생들인 우리들과 허물없이 지낼 수도 있었으며 또 형처럼 우릴 잘 보듬어 주었었다. 짓궂은 농담에도 얼굴을 붉힌 적이 단 한 번도 없었다. 그리고 함께 눈물을 흘려 주었으며 등을 토닥여줄 줄 아는 따뜻한 사람이었다. 그런 형식이 형이 재수생 때부터 좋아하던 은주 누나와 결혼을 한 것은 정말 잘된 일이었다.

"서연이 오늘 이모한테 노래 불러 준다고 했잖아!"

준기 형이 서연이를 보며 말했다.

"응, 이따가 조금만 더 부르고."

"아직도 연습이 안 된 거야? 삼촌은 연습 다 했는데…."

"으응, 잠깐만. 삼촌은 어른이니까…."

서연이는 준기 형과 민철이를 자주 봤는지 둘에게는 낯가림 없이 말을 편하게 하고 있었다.

"무슨 노래?"

민지가 은주 누나를 보며 물었다.

"얘가 네가 사다 준 인형 어찌나 좋아하는지 예쁜 이모한테 노래 불러 주고 싶다고 너 만난 후로 며칠 연습했어. 호호."

"정말? 우리 서연이 정말 착하네, 예쁜 이모 너무 좋아서 눈물 날 것 같다."

민지는 정말 기분이 좋은지 활짝 웃으며 말을 한다. 촛불에 비친 민지의 눈이 반짝이고 있었다. 작은 교실 안엔 준기 형이 틀어 놓은 노래가 잔잔히 흐르고 있었다.

"오늘 민철이도 오고 정말 기분 좋다. 우리 십 년 만에 다 모인 거네. 우리 이렇게 자주 만났으면 좋겠다. 건배!"

형식이 형이 각자의 잔에 술을 따라 주고 건배를 외쳤다. 우린 각양각색의 잔들을 가운데로 모았다. 민지와 은주 누나는 와인잔을, 형식이 형은 맥주잔을, 나와 민철, 준기 형은 소주잔을 들고 있었다. 저마다 다른 잔의 다른 술이었지만 잔에 따라진 추억은 같았고 우린 그 잔을 마신다. 첫 맛은 썼지만 이내 단향이 입안에 퍼진다.

"그래, 혜정이도 이렇게 다 모인 거 보면 좋아하겠다."

준기 형이 잔을 내려놓으며 말했다.

"그러게, 이렇게 눈도 오고 꼭 혜정이가 꾸민 일처럼 느껴지네."

은주 누나가 은은히 타오르는 촛불을 보며 말을 했다.

"민철이 애인 있나?"

뺨을 매만지고 있던 나에게 준기 형이 물었다.

"응, 없어."

"사귀어는 봤나?"

형식이 형이 묻는다. 두 번 정도 여자와 사귀어 본 적이 있었다. 한 번은 제대 후 복학을 한 후 학교에서 만난 여자였으며 다른 한 번은 3년 전쯤 명일이의 소개로 만난 여자였다. 두 번의 연애 모두 얼마 되지 않아 끝났다. 이별의 아픔도 느끼지 못할 만큼 아무 감정 없이 만났던 나였다. 둘은 나에게 비슷한 말을 하며 헤어지자고 했었다. 나는 사람을 외롭게 만든다는 말이었던 것 같다. 나는 미안하다고 했었다. 그렇게 이성들과의 짧은 만남이 있었고 그 이후로는 누군가를 만나고 싶다는 생각이 들지 않았다.

"응, 예전에…."

"그래? 지금은 없는 거네! 난 민철이 누구 만나는 거 한번 보고 싶더라."

나의 대답을 들은 형식이 형이 말했다.

"왜? 나도 있는데!"

준기 형이 웃으며 묻는다.

"넌 내가 봤었잖아. 김민철도 지금 소희 씨 사귀고 있고. 연애하는 걸 못 본 건 민철이랑 민지밖에 없어서 그렇지."

"오늘 소희도 데리고 오지 그랬어?"

형식이 형의 말을 듣고 있던 은주 누나가 민철이에게 물었다.

"응, 오늘은 그냥 형들이랑 친구들하고 같이 있겠다고 했어…. 안 그래도 아까 눈 온다고 전화하니까 걔 벌써 친구들하고 모여 있더라. 그래서 그냥 거기 있으라고 했어."

"그래? 다음엔 꼭 데리고 와. 소희 주려고 유자차 만들어 놨어."

"유자차?"

"걔 감기 잘 걸리잖아. 그래서 소희도 주고 우리도 먹으려고 만들었어."

"나는?"

준기 형이 은주 누나에게 묻는다.

"넌 사 먹어 짜식아! 니 형수님이 니 것까지 해다 바쳐야 되냐?"

"준기 도련님, 니 것도 있어요. 아직 담근 지 얼마 안 돼서 안 가지고 왔어. 다음에 줄게. 재 대머리 될 것 같지 않니? 홋홋홋."

"진짜?"

준기 형이 놀란 듯 머리를 만지며 말한다.

"그래, 인마. 너 기미가 보여. 그러니까 설렘 찾다가 머리털 다 빠져서 허탈함 느끼기 전에 빨리 누구 만나라. 하하하."

형식이 형이 기회를 놓치지 않고 준기 형을 놀려 댄다. 형식이 형의 말을 들은 준기 형은 절망스러운 표정으로 조심스럽게 앞머리를 만진다.

"아니야! 농담이야, 괜찮아. 하하하."

그 모습을 보던 은주 누나가 웃으며 말을 했다.

"하하하… 아무튼 민철이도 빨리 누구 만나야지. 민지도 그렇고…"

터진 웃음을 겨우 멈춘 형식이 형이 나와 민지를 보며 말했다.

"그럼 둘이 만나면 되겠구먼 둘은 관심 없나?"

앞머리를 만지던 준기 형이 나란히 앉은 우리 둘을 보며 물었다.

"그래 둘이 잘 어울리네! 호호호."

은주 누나도 준기 형을 거든다. 형들과 누나는 민철이의 말대로 내가 민지를 좋아해서 이들을 떠난 줄 알고 있는 듯했다. 농담처럼 말하듯 했지만 난 그것이 농담만은 아니라는 것을 느낄 수 있었다. 이들의 따뜻한 마음이 느껴진다. 그리고 난 미안한 마음에 그들의 얼굴을 바라볼 수 없었다.

"얼굴이 빨개지는 것 보니까 민철이 싫지 않은 눈치인데?"

준기 형이 말하고 나서야 붉어진 내 얼굴의 열기가 느껴졌다.

"뭐야! 이거 진짜야? 그리고 민철이가 왜 싫겠냐? 민지가 아깝지. 하하하!"

형식이 형이 웃으며 말했다.

"어, 그래? 얼굴이 빨개졌다고?"

옆에 앉은 민지는 빨개진 내 얼굴을 확인하려 하는지 고개를 돌려 옆에 앉은 나를 빼꼼히 바라본다. 미소를 띤 민지의 두 눈을 보니 내 얼굴은 더욱 뜨거워지고 있었다.

"고요한~ 밤~ 거룩한 밤…"

서연이는 서서 노래를 부르고 있었고 옆에는 준기 형이 의자에 앉아 통기타로 음을 맞춰 주고 있었다. 우린 잔을 들고 서연이의 노래를 조용히 듣고 있었다. 박수를 치며 요란스럽게 시작됐던 노래지만 맑은 아이의 목소리와 기타 선율의 뜻하지 않은 아름다움에 우린 모두 소리를 죽였다.

"어둠에~ 묻힌 밤…."

아이의 맑은 음성은 작은 종소리처럼 울려퍼진다.

"주~ 의 부~ 모 앉아~ 서…."

형식이 형과 은주 누나는 서연이를 한없이 사랑스러운 눈길로 바라보고 있었다. 아이도 그 둘도 행복하게 보였다. 그 행복함은 우리 모두에게로 전해지는 듯했다. 그리고 보고 싶었다. 난 흐르는 눈물을 들키지 않으려 고개를 돌려 재빨리 닦았다.

"감~ 사~ 기~ 도~ 드~ 릴 때."

난 조용히 잔을 들어 마셨다. 서연이를 보고 있는 형과 누나의 사랑스러운 눈빛이 애잔한 감정을 들게 한다. 혜정이가 만약 이들의 사랑스러운 눈빛을 받고 자랐더라면….

"아~ 기 잘~ 도 잔다~ 아…."

난 조용히 빈 잔을 채웠다. 그리고 잔을 마셨다. 이들과 난 십 년을 떨어져 있었다. 이들에겐 그 십 년만큼의 끈끈한 정이 더해져 있었다. 왠지 서글픈 생각이 들었다.

"아~ 기 잘도 잔다."

머리가 아파서 눈을 떴다. 내 방 침대 위였다. 어떻게 들어온지도 기억이 가물가물했다. 우린 술을 마시며 울고 웃었다. 그리고 눈밭에서 눈싸움을 한 기억이 난다. 민철이와 부둥켜안고 눈밭에서 레슬링을 한 것 같다. 준기 형과 담배를 피웠으며, 준기 형은 나에게 민지에게 고백을 하라고 했다. 준기 형은 술에 취해 그 말을 하고 또 했다. 그리고 민지와 손을 잡았던 것 같았다. 모든 일이 꿈만 같이 선명하지가 않았다. 그리고 난 아무도 없는 예전 집 앞 골목에서 눈사람을 만든 것 같았다. 7년 전 같은 동네 아파트로 이사를 온 후로 봄이 오면 들르던 그곳에 나는 눈사람을 만들어 놓았다. 그것이 꿈이었는지 모를 정도로 현실감이 들지 않았다.

시계를 보니 오후 다섯 시였다. 그리고 핸드폰이 울렸다. 민철이었다. 민지가 이제 떠난다고 했다. 난 전화를 끊고 공항으로 향했다.

공항에 도착을 하니 어둠은 벌써 내려 앉아 있었다. 공항 청사의 밝은 불빛이 주변에 쌓인 눈을 반짝이게 하고 있었다. 난 서둘러 3층 출국장으로 향해 달려갔다. 공항 입구로 들어가고 있을 때 주머니에서 핸드폰이 울렸다. 난 빠른 걸음을 옮기며 핸드폰을 꺼냈다. 발신자의 이름이 보였다. 민지였다. 그제야 어제의 기억이 났다. 우린 헤어지며 서로의 번호를 저장했었다.

"민지야!"

"깜짝이야. 뭐야, 뭔 일 있어? 왜 그렇게 헐떡거려?"

"아니, 너 어디야?

"나 공항이지. 그리고 너 나 가는데 전화 한 통도 안 하냐? 진짜 실망이야!"

"나 지금 공항이야!"

"지금 여기? 인천공항?"

"응, 너 지금 어디 있어?"

"나 티켓팅 하려고 3층에 있어."

"응, 알았어! 기다려."

멀리서 민지가 손을 흔들고 있었다. 심장이 요동을 치듯 떨려 왔다.

"어떻게 여기까지 왔어? 나 배웅 나온 거야? 멋진데!"

민지는 따뜻하게 웃으며 나를 반겨 준다.

"나… 나 할 말이 있어…."

난 가쁜 숨을 고르며 말을 했다.

하지만 떨림은 멈추질 않는다.

"뭔데?"

난 십 년 만에 고백을 하려 했다. 너무 늦었지만 민지를 이대로 보낼 수 없었다. 눈이 시려 온다. 궁금함이 가득한 눈빛을 한 민지의 눈을 난 마주하고 있었다. 그리고 난 떨리려는 목소리를 가다듬으며 말을 했다.

"나 예전부터 혜정이를 좋아했었어. 사랑했고, 지금도… 지금도 잊지 못하겠어…."

단 하루도 잊은 적이 없었다. 어둠 속으로 홀로 걸어간 혜정이의 뒷모습이 떠오르지 않은 날이 없었다. 봄 여름 가을 겨울로 이어진 계절을 거슬러 올라가다 보면 언제나 그 봄에서 멈췄다. 나의 첫사랑은 그곳에 있지만 난 그곳에 쉽게 다가갈 수가 없었다. 그 누구에게도 말할 수 없었다. 홀로 가슴에 품은 내 첫사랑과 아픔은 무엇으로도 덮이지가 않았다. 기억은 나에게 슬픔이었고 죄책감이었다. 참았던 눈물이 흘러내렸다.

우린 공항 내 벤치에 앉아 있었다. 난 민지에게 십 년 전 그때 있었던 이야기를 모두 털어놓았다. 그리고 지난 십 년간 떨어져 있을 수밖에 없었던 내 심정을 숨기지 않고 이야기했다. 가슴에서 큰 무언가가 빠져 나가는 느낌이 들었다. 그리고 내 눈에선 눈물이 하염없이 흘러내렸다. 그리고 민지는 나를 감싸 안아 준다.

"너 많이 힘들었었구나…."

나를 안아 주고 있는 민지의 눈에서도 눈물이 흐른다.

"흑흑…. 미안해. 모두 나 때문에 그렇게 된 거야…."

"아니야, 민철아. 정말 그런 거 아니야."

나를 안고 있는 민지는 내 등을 따뜻하게 어루만져 주며 말을 했다.

"민철아…."

나를 한동안 안아 주고 있던 민지가 조용히 말을 했다.

"정말 네 잘못 아니야. 네가 그런 말을 하지 않았더라도 혜정이의 선택은 변하지 않았을 거야."

"모르겠어. 하지만… 혜정인 다른 선택을 했을 수도 있다는 생각이 자꾸만 들어."

"절대로 아니야, 민철아. 그런 생각 하지 마. 너도 그때 혜정이가 남긴 음성 들었잖아. 혜정인 그것 때문에 그런 게 아니었어. 그건 우리 모두 알고 있어…. 여태껏 너만 잘못 생각을 하고 있던 거야…. 그리고 네가 그렇게 생각을 하는 건, 네가 아직 혜정이의 죽음을 받아들이지 못해서 그런 거야. 아니 받아들이기 싫어서일 거야…."

그 싸늘한 한강의 모습이 문득 문득 떠오를 때마다 괴로웠다. 흐려지지 않는 그 선명한 기억 속에서 벗어나는 방법은 없어 보였다.

"이렇게 말하면 매정해 보일지도 모르겠지만 그건 운명이었다고 생각해야 돼. 나도 한동안은 그것을 받아들일 수 없어서 이곳을 떠난 거야. 그런데 그곳에 가서도 혜정이 생각만을 하며 괴로워했어…. 그래서 혜정이가 떠오르면 일부러 다른 생각을 하며 기억하지 않으려 애썼어. 너무 힘든 일이었으니까…."

민지가 차기만 한 내 손을 잡아 준다. 그리고 차분히 말을 이어 갔다.

"그런데 그곳에 계신 우리 이모가 말씀해 주셨어. 그렇게 힘들게 잊으려만 하는 것은 간 사람을 더 매정하게 대하는 것 아니냐고. 우리 이모 사별을 하셨거든…. 차라리 운명처럼 죽음을 받아들이고 하늘에 먼저 가 있는 사람을 소중하게 기억하라고…. 쉽진 않았어. 그 후 난 이모와 대화를 나눌 때 일부러 혜정이와 함께 했던 일들을 이야기했어. 처음엔 눈물도 많이 흘렸지만 그렇게 혜정이를 자주 떠올리고 기억하다 보니 결국 혜정이의 죽음을 받아들이게 된 것 같아…."

나에게 혜정이는 누구에게도 말하지 못하는 숨겨야만 하는 기억과 같았다.

"그래, 지금도 가끔은 눈물을 흘리지만 그건 처음의 눈물과는 조금 달랐어. 막연한 슬픔이 아닌 그리움의 눈물이야. 떠난 사람을 그리워하는 눈물 조금 흘리면 어때? 난 눈물이 흐르면 아직 혜정이가 내 안에 살아 있다는 걸 느껴. 그리고 지금은 혜정이를 떠올리면 슬퍼지기보단 행복해져…. 그렇게 혜정인 내 곁에서 살아 있는 거니까…."

"나를 용서할 수가 없을 것 같아…. 지금도…."

비겁하고 비열한 내 자신을 자책하며 살아가는 것은 떠난 혜정이에게 용서를 구하는 유일한 방법처럼 보이기도 했다.

"어렸잖아, 민철아. 그 당시 우리 고작 스무 살이었어. 질투도 많고 욕심을 부려도 이해받을 수 있을 나이야. 너 따뜻한 마음을 가졌잖아. 그 마음으로 어렸던 너를 잠시만 안아 줘 봐…. 절대로 네가 생각하는 너의 질투심 때문에 그렇게 된 게 아니야. 너의 과거를 왜곡해서 기억하지 마, 그렇게만 기억한다면 앞으로도 넌 지난 십 년처럼 계속해서 자책하고 괴로워하며 잘못된 선택을 하게 될 수도 있어."

민지는 담담한 목소리로 말을 이어 나갔다.

"미래만 가꾸는 게 아니야. 과거의 기억도 잘 가꿔 나가야 돼. 좋은 기억이든 안 좋은 기억이든…. 그래야 앞으로의 아픔도 잘 이겨낼 수 있고 기쁨도 흘러보내지 않을 수 있을 거야…. 네가 그렇게 기억조차 하기 힘든 그 지난날이 생각해 보면 우리에게 가장 아름다웠던 순간일 수도 있어…. 난 그때의 우리를 생각하면 행복하고 설레거든…. 그리고 그때를 기억하며 앞으로의 희망을 되새기곤 해. 그래야 내가 가야 할 곳이 어딘지 보이거든. 그 당시의 행복으로 위안을 받으며 살 수도 있고, 삶의 목적지로 삼을 수도 있어. 우린 어떻게 보면 거꾸로 살고 있던 것 같아…. 이미 행복했었고 충분히 사랑받고 사랑했었어. 그 당시의 기억에서 자꾸 도망가려 하지 마…. 그것을 모두 잊으면 우린 가야 할 길을 잃게 될지도 몰라. 그래서 난 하루하루 노력하고 오늘을 감사히 즐기려 해. 또 훗날 지금의 내가 그리워질까 봐…. 아팠던 기억 때문에 네가 가야 할 길까지 잃게 하지는 마, 민철아."

언제인가 이런 비슷한 이야기를 들어 본 적이 있었다. 먼 기억 속에서 아련한 목소리가 들리는 듯했다. 멈췄던 눈물이 볼을 타고 흘러내린다.

"너 너무 오래 힘들고 괴로워했어. 설령 네가 정말 잘못을 했다 해도 이 정도면 충분해…. 이제 더는 슬퍼하지 말고 자책하지도 마. 혜정이 지금은 없지만 우리 아름다웠던 스무 살 봄날에 꽃처럼 계속 피어 있는 거야. 아마 혜정인 가장 행복했던 때에 머물고 싶었던 걸지도 몰라. 아마 그곳에서 추억 속의 우리들과 아픔 없이 행복하게만 지내고 있을 거야. 보고 싶으면 기억하면 돼! 그럼 만날 수 있어. 그렇게 살아가자, 너도 나도…."

출국장 앞에 선 민지는 나를 보며 환하게 웃고 있었다.

"민철아 이번에 들어와서 너 볼 수 있어서 정말 좋았어."

"응, 나도…."

"음, 그리고 너 말이야…. 네가 혜정이 좋아했다는 거 아무도 모른다고 했지만 난 느낄 수 있었어. 너 되게 티 나는 애잖아. 하하! 그리고 혜정이 내가 가장 사랑하는 친구야…. 앞으로도 그런 친구는 없을 거야. 그런데 네가 그런 내 친구를 사랑해 줬고 이렇게 용기 내서 고백을 내게 해 줘서 정말 고마워…. 지금 혜정이도 좋아하고 있을 거야. 기지배 인기는 많아서 지금도 고백을 받네! 부럽게. 훗훗훗…."

난 조용히 웃었다.

"너 그리고 약속 꼭 지켜야 돼!"

우린 약속을 했다. 우리의 스무 살을 잊지 않고 아름답게 기억하기로…. 그리고 민지와 이메일로 지난 십 년간 있었던 이야기를 주고받으며 우리의 비워진 기억을 채워 나가자고 했다.

"응."

"그리고 나 아직 생각 중이라 말은 안 했는데 한국에 돌아와서 일할 수도 있어."

"정말!"

"응, 그리고 다시 돌아올 때는 네가 마중 나와야 된다! 알았지?"

"응, 꼭 그렇게."

"그리고 너 괜찮은 애야. 왠 줄 알아?"

난 민지를 바라봤다.

"그건 십 년 전의 일로 아직도 아파할 수 있는 따뜻한 가슴을 가지고 있기 때문이야…. 그거 잊지 마! 나 이제 간다."

"그래, 고마워…. 조심히 가고. 연락할게."

맞잡고 있던 손을 놓으며 민지는 나를 안아 준다. 나도 그런 민지를 감싸 안았다. 따뜻했다. 출국장으로 들어가는 민지가 보인다.

십 년 전 혜정이의 말대로 민지는 씩씩해져 있었다.

제13장

"그랬었구나."

난 아파트 단지 내 벤치에 앉아 있었다. 수화기 너머에선 민철이의 음성이 들렸다. 난 민철이에게 전화를 걸었고 민지에게 했던 모든 이야기를 털어놓았다.

"참 일찍도 얘기한다."

"미안해."

"나한테 미안할 게 뭐 있냐? 네가 힘들었겠지⋯. 난 그런 줄도 모르고 괜히 니 욕만 했었네."

"뭐야⋯. 어젠 이해했다며?"

"하하! 가끔 욕은 했다니까."

"훗훗, 그래. 내가 바보 같았어⋯."

"아니야. 오히려 내가 미안하다."

"네가 왜?"

"아니, 생각해 보니까 그때 당시에 너 참 많이 슬퍼했었어⋯. 모두 울었었지만 난 그때 생각하면 이상하게도 네가 울던 모습이 가장 많이 떠올라. 모르겠어, 네가 감정 표현이 좀 서툰 놈이라고 생각을 했었나 봐⋯. 그래서 앞집에 살았었고 우리보단 더 친하게 지냈어서 그런 거라 생각을 했었지. 네가 혜정이를 좋아하고 있었다는 건 꿈에도 생각하지 못했었어. 너 정말 힘들었겠구나…. 알았더라면 널 그렇게 혼자 슬퍼하게 두지 않았을 텐데, 미안하다."

"내가 말을 안 한 건데 뭐…."

"어떻게 버틴 거야? 정말… 하… 씨… 가슴이 너무 아프다."

민철이의 깊은 한숨 소리가 들린다.

"그것도 모르고 민지를 좋아하는 줄 알고 참…."

"내가 거짓말을 해서 그런 거지. 그게 잘못이었어…."

"하… 이런 말 지금 해도 되는 건지 모르겠네…. 정말 아…."

"뭔데?"

"그냥 나만 알고 있으려고 했는데… 형들도 몰라…."

"그러니까 뭔데?"

뭔가 말을 하려 하지만 망설이고 있는 민철이였다.

"내가 말을 안 하면 네가 계속 그렇게 생각을 하고 있을 테니까, 그러면 안 될 것 같은데…. 너 내가 하는 말 듣고 또 힘들어하고 그럴까 봐…."

민철이는 혼잣말을 하듯 뜸을 들이고 있었다.

"야, 너 이렇게까지 말하고 얘기 안 하면 더 이상해. 빨리 해, 무슨 얘기야?"

"내 말 듣고 너무 가슴 아파하지 말고…. 사실 혜정이 너 좋아했었어. 내가 아니라."

"…."

"듣고 있어?"

"응."

"그때 우리 스무 살 때 말이야. 여름인가, 조금 지나서 혜정이가 나한테 너 좋아한다고 말했었어…"

말을 멈춘 민철이의 숨소리가 들린다.

"응, 얘기해."

내 반응을 살피는 민철이에게 난 대꾸를 해 줬다.

"응, 그래서 그때부터 밤에 전화로 네 이야기를 많이 했어… 나도 그 당시 여자 친구랑 헤어졌었잖아. 걔 이제 이름도 기억이 안 나네… 아무 튼 나도 이성 문제로 혜정이한테 고민 털어놓다가 혜정이도 자연스럽게 자기 고민을 이야기하게 된 거지…"

그랬었다. 혜정이와 민철이가 밤에 통화를 자주 하는 것은 나도 알고 있었다.

"처음에 나도 그 소릴 들었을 때는 혜정이가 농담을 하는 줄 알았어… 그렇잖아, 혜정이가 왜 너를 좋아하겠냐? 이건 농담이다… 너 듣고 있는 거야?"

"응, 듣고 있어…"

"아무튼 혜정이는 농담이 아니더라고. 그리고 시간이 지날수록 네 얘 길 더 많이 하는 거야. 너 하는 거 보면 웃게 된다고… 그리고 바보처럼 순수하다고 했던 것 같아. 난 그냥 바보인 것 같다고 했지만…"

"응… 훗훗."

"그리고 가을인가 지나서 너한테 고백을 하고 싶다고 하더라…"

"응."

"그래서 고백을 하려면 수능 보고 나서 하라고 얘기해 줬지. 그래서 수 능 본 그날 밤에 너한테 고백을 하려고 했던 거야…"

"…"

"그런데 그날 너한테 고백을 하려 하는데 네가 민지를 좋아한다고 얘기했다고 하더라…."

눈앞이 뿌예진다.

"응…."

"그날 우리 헤어지고 혜정이 많이 울었어…. 나랑 둘이 술 한잔 더 했었거든. 그렇게 울다 혜정이가 말하더라. 너랑 민지가 잘되었으면 좋겠다고."

"…."

"야. 너 괜찮아?"

"응…."

"그래, 지난 일이고…. 그런데 너 혹시 혜정이가 너 좋아했던 거 알고 있었냐?"

"응, 알고 있었어…."

뿌예진 눈에서 눈물이 흘러내렸다.

그리고 그날 밤 나는 잠을 이룰 수 없었다.

왜곡된 사실과 밝히지 않은 진실로 인해 우린 많은 잘못된 선택을 하며 삶은 황폐해져 간다. 나를 붙잡고 있던 무기력함에 눈을 감기보단 용기를 내어 깨어 있어야 했다. 지난 십 년 동안 나는 인생을 잃어버린 채 낙오되어 흘러온 것과 같았다. 바로 잠을 엄두조차 내질 못했었다.

아침에 눈을 떴다.

12월의 바람이 그리 춥지 않게 느껴졌다. 찬바람은 내 멍울진 가슴을 쓰다듬는 듯 느껴졌고 오히려 시원한 기분마저 들었다. 참 맑은 하늘이었다. 난 천호대교 위에 있었다. 월요일 아침 출근 시간이 훌쩍 지났지만 난 회사로 가지 않았다. 그리고 혜정이가 마지막으로 머물렀던 그 자리에 서 있었다. 이렇게 이곳에 오기까지가 정말 비겁하게도 길었다.

"혜정아, 나 왔어…."

세차게 흐르는 강물소리가 차갑게 들렸다.

"너를 잊으려고만 해서 미안해. 그런데 나 단 하나도 잊질 않았어. 너를 처음 봤었던 그날…. 우리 서로 울고 있었던 때 기억나? 지금 만약 그때로 돌아갈 수 있다면 너를 조용히 안아 주고만 싶다."

가로등 불빛에 비치던 진한 갈색빛의 머리카락…. 어깨를 들썩이며 울고 있던 혜정이의 뒷모습, 난 기억 속에서 혜정이에게 다가가 조용히 안아 준다. 혜정이가 뒤돌아선다. 뒤돌아서 나를 보고 있는 혜정이의 얼굴은 곧 환해진다. 활짝 웃는 혜정이의 얼굴에 어울리지 않는 눈물 자국을 살며시 닦아 준다.

"네가 처음 벚꽃을 보러 가자고 했을 때 지금이라면 망설이지 않고 바로 갔을 텐데, 아마 그럼 너는 더 즐거워했을 거야…. 그렇지?"

벚꽃 축제에 가자고 조르는 혜정이의 손을 잡고 난 어린이 대공원으로 간다. 혜정이는 아이처럼 신나하며 내 얼굴을 보며 웃는다. 맞잡은 손을 우리는 앞뒤로 흔들며 걷는다. 혜정이의 웃음소리가 들리며 살랑이는 봄바람이 우리의 얼굴을 스친다.

"사랑해, 혜정아…. 이제야 말해서 정말 미안해."

난 십 년이 흘러서야 혜정이에게 고백을 했다. 바람 소리만이 세차게 들리고 강 위에 머물고 만 외로운 갈매기의 날갯짓이 보였다.

"너 지금의 나도 사랑해 줄 수 있어?"

미치도록 보고 싶었다. 아끼고 미뤄 두려 한 소중한 것들은 우리를 꼭 기다려 주지만은 않는다.

"보고 싶다, 혜정아…. 나 이제야 네가 바라던 삶이 무엇인지 조금 알 것 같아…. 그리고 너무 늦었지만 너와 했던 약속 이제 지킬게…. 오늘을 살며, 내가 진짜 원하고 행복해질 수 있는 일을 할 거야…. 네가 나를 계속 좋아할 수 있도록…. 이제 벚꽃이 피면 이곳에 가져다줄게…. 그리고 기억할게…. 사랑해, 혜정아."

떠나고 흘려 보낸 기억 속엔 내가 두고 온 것들이 가득하다. 하지만 그것은 기억하기에 잃어버릴 수 없으며 더욱 소중히 간직될 수 있었다.

혜정이와 함께 설렜던 봄날의 꽃들과 그 여름의 시원했던 바람, 가을을 달렸던 느긋한 열차 소리, 푸른 겨울아침의 찬 내음을 난 기억한다. 이제 더는 잃어버리려 하지 않을 것이다. 아름다웠던 우리 스무 살의 나날을 소중히 간직할 것이다.

난 뒤돌아서 걸어갔다. 나도 모르게 얼굴로 올라가던 손은 멈칫거렸고 난 갈 곳 잃은 손을 주머니에 넣었다. 핸드폰이 만져졌고 난 그것을 꺼내 번호를 눌렀다. 민철이의 반가운 목소리가 들렸다. 그리고 난 말했다.

"민철아, 스쿠터 좋은 거 얼마나 하냐?"

겨울 햇살이 따뜻하기만 했다.

Epilogue

1998년 봄···.

동네 작은 공원에 기다리던 벚꽃이 활짝 피었다.

학교를 오가며 계속 살펴보며 다녔다.

난 혜정이가 올려다봤던 벚꽃나무에 다가가 제일 예쁘고 하얀 벚꽃이 핀 가지를 조금 꺾었다.

난 혜정이의 집 앞에 놓아 주려 서둘러 발걸음을 옮겼다.

횡단보도 앞에 섰다. 나른한 온기가 땅에서 올라오고 있었다.

횡단보도를 건너 골목으로 접어들었다. 골목은 시끌벅적했다.

혜정이네 집에서 가구들과 짐들이 끊임없이 나오고 있었다.

혜정이네 어머니는 보이질 않았다.

봄볕에 땀을 흘리며 트럭에 짐을 싣고 있는 아저씨들만이 보였다.

난 혜정이를 처음 만났던 우리 집 앞 문턱에 앉아서 트럭에 실리고 있는 이삿짐을 멍하니 바라봤다.

손에 들린 벚꽃 잎이 떨리고 있었다.

'와장창창.'

아저씨들이 싣고 있던 책상의 서랍이 바닥으로 떨어졌다.

"이봐 김씨, 거 조심히 좀 하라고!"

"예, 예! 이게 왜 떨어지나, 아이고야···."

아저씨는 서랍에서 떨어진 물건들을 대충 담아 다시 실었다.

그리고 얼마 지나지 않아 트럭은 골목을 빠져나갔다.

난 골목에서 빠져나가는 트럭을 하염없이 바라봤다.

그리고 고개를 돌려 혜정이네 집을 바라본다. 뭔가가 눈에 들어왔다.

난 일어나서 바닥에 떨어져 있는 것을 집어 들었다.

손에 들고 있던 벚꽃을 떨어뜨렸다.

눈물이 왈칵 흐르며 난 주저앉고 말았다.

내 눈물은 스티커 사진에 떨어져 흘렀다.

스티커 사진이었다.

혜정이가 민철이에게 고백을 하려 찍었던 스티커 사진이었다.

그러나 그 스티커 사진에는 'KMC·SHJ'이라고 찍혀 있었다.

그리고 비어 있던 혜정이의 옆자리엔

남자의 얼굴이 볼펜으로 그려져 있었고 그것은 내 얼굴이었다.

난 떨어진 벚꽃을 주웠다.

그렇게 기다리던 봄이 다시 왔지만 혜정인 가고 없었다.

혜정이가 있는 봄은 이제 다시는 없을 것이다.

눈물이 뭉쳐져 앞이 보이질 않았다.

눈물이 끈적거리는 것만 같이 나의 눈을 가렸다.

닦아도, 닦아도 닦이질 않았다.

스물한 살의 봄 난 엄마를 잃은 아이같이 혜정이와 함께했던

그 골목에서 펑펑 울고 있었다.

〈끝〉

나에게 용기를 주었던 수정이와
힘이 되어 준 양현이 누나,
모든 것이 있게 한 나의 아버지께 이 책을 바칩니다.